신의
아이들

The Children of God

신의 아이들

The Children of God

추종남 장편소설

손안의책

Contents

신의 아이들

너희가 사람의 미혹을 받지 않도록 주의하라
많은 사람이 내 이름으로 와서 이르되
나는 그리스도라 하여 많은 사람을 미혹케하리라
-마태복음 24:4,5

The Children of God

예언자 0

대기실의 어둠이 파르르 흩어졌다. 예배당에서부터 들려오는 신도들의 노랫소리가 비명처럼 높아지며 두꺼운 커튼을 흔들고 있었다. *나는 구원열차 올라타고서 하늘나라 가지요. 죄악역 벗어나 달려가다가 다시 내리지 않죠.* 커튼에 막혀 뭉개지던 노랫말이 선명하게 들려오기 시작했다. *차표 필요 없어요. 주님 차장되시니 나는 염려 없어요. 나는 구원열차 올라타고서 하늘나라 가지요.* 애타게 구원열차를 부르는 신도들의 목소리가 끊임없이 커튼을 두드렸다.

"피아노 언니가 소리 지르는 노래 아니라고 했는데 또 저래, 또!"

나는 귀에 대고 있던 휴대용 라디오를 겨드랑이에 끼워 넣었다. 피아노 언니가 알려 준 대로 '명랑한 목소리'와 '또랑또랑한 발음'으로 노래를 따라 불렀다. *나는 구원열차 올라타고서 하늘나라 가지요.* 양손을 맞잡이 배꼽 아래 두고 몸을 늘썩거리며 옆을 힐끔거렸다. 나를 물끄러미 내려다보는 오빠의 시선이 내 겨드랑이로 옮겨가고 있다. 아직 아무 말도 없었지만 어떤 잔소리가 들려올지 알고 있었다.

"시끄러워서 하나도 안 들린다고!"

하지만 오빠는 *이제 곧 쇼 타임이야,* 하며 커튼을 가리킬 뿐이었다. 두꺼운 천의 떨림이 멈추지 않았다. 예배당 신도들의 목소리가 한층 높아진 탓이었다. 어느새 리듬과 멜로디가 모두 사라졌다. '노래라고 부를 수 없는 노래가 들려올 때', '오직 구원열차를 부르는 악다구니만 남았을 때' 우리는 밖으로 나갈 준비를 해야 했다.

"예배 시간이라고 해야지. 오빠 그러다 목사님한테 또 혼난다."

나는 커튼 너머에 신경을 집중한 오빠의 눈치를 살피며 휴대용 라디오를 슬그머니 내려놓았다. 기척을 느낀 오빠가 완전히 돌아보기 전에 팔짱을 껴서 빈손을 감추었다. 오빠의 눈이 다시 잔소리로 반짝였다.

"예배 시간 동안만…. 저거 너무 무거워서 계속 들고 있으면 나 키 안 클지도 모른다고!"

"나 아무 말 안 했어. 아까부터 왜 혼자 오바를 할까, 내 동생은?"

"그럼 나 이거 두고 가도 되는 거지?"

오빠가 마음대로 하라는 듯 어깨를 으쓱거렸다. "오늘은 빨리 끝내자. 민주도 없으니까."

마침내 오빠의 허락이 떨어졌음에도 나는 기뻐할 수 없었다. 저녁 식사도 거른 채 이불 속에 누워 있던 언니의 모습이 떠올랐기 때문이다. 뒤늦은 걱정이 밀려왔고, 걱정이 늦어서 미안했다.

그러나 오빠는 대수롭지 않다는 듯 말했다.

"그냥 가벼운 감기야. 민주, 몸이 약하잖아. 보약이라도 지어 먹여야 하나?"

"까만 물? 그거 쓰잖아." 나는 혀끝에 쓴맛이 맴돌아 얼굴을 찡그렸다.

"네가 아직 열세 살 꼬맹이라 그래. 오빠랑 언니는 괜찮아."

"오빠도, 언니도 아이들이면서! 우리 다 같이 신의 아이들이거든?"

"그건 목사님이 만든 말이고. 열여덟, 열아홉 살이면 옛날엔 시집 장가도 간 나이라니까."

"지금은 옛날 아니잖아!"

오빠가 기다렸다는 듯 웃음을 터트렸다. 내 머리칼을 마구 헝클며 나를 어린아이 취급했다. 나는 뿜어져 나오려는 콧바람을 억지로 삼켰다. 참아야 했다. 다음에는 어린이라서 잘 삐친다고 놀릴 차례였으니까. 그때 구원열차를 불러대던 노랫소리가 멎었다. 커튼의 떨림도 함께 멈춰 있었다. 오빠가 손을 내밀었다.

"쇼 타임이야."

"또 그런다, 또! 무슨 어른이 이렇게 말을 안 듣냐! 이 오빠 완전 어린이네."

나는 기회를 놓치지 않고 당한 그대로를 돌려주었다. 메롱! 약이 오르라고 혀도 길게 빼물어 보였다. 무엇보다 오빠가 반격할 시간이 없다는 것을 기뻐하며 손을 잡았다.

두꺼운 커튼이 단숨에 걷혔다. 예배당의 불빛이 요란스럽게 쏟아져 들어와 어둡던 대기실을 환히 비췄다. 단상 위에서 우리를 돌아보며 환영의 박수를 치는 목사님이 보였다. *나는 구원열차 올라타고서 하늘나라 가지요.* 넓은 예배당을 빼곡히 채운 신도들이 다시 노래를 불렀다. *죄악역 벗어나 달려가다가 다시 내리지 않죠.* 악대가 뒤따라 연주를 재개하여 분위기를 띄웠다. *차표 필요 없어요. 주님 차장되시니 나는 염려 없어요.* 우리는 손을 꼭 잡고 단상으로 걸어 나왔다. *나는 구원열차 올라타고서 하늘나라 가지요.* 신도들이 힘차게 손뼉을 치고 열광적으로 몸을 흔들며 우리를 환영하는 가운데, 우리에게 다가온 목사님이 비밀하게 속삭였다.

"천사님이 감기 따위에 걸리셨다? 죽을병 아니면 머리채를 잡고서라도 끌고 왔어야지!"

오빠는, *이번 만요*, 라고 대답하며 설교대 앞으로 걸어갔다.

나는 언제나처럼 목사님과 함께 뒤쪽에 자리를 잡고 설교를 기다렸다. 오빠가 단상 아래를 천천히 굽어보며 집중을 끌어내는 중이었다. 신도들과 눈이 마주칠 때마다 살포시 웃어 주며 무표정한 얼굴에 자연스러운 미소를 그려나가고 있을 것이다. 찬양이 그친 예배당에 경건한 침묵이 내려앉았다. 그 위로 오빠의 부드러운 목소리가 울려 퍼졌다.

"마라나 타. 이 세상의 종말은 언제 시작되나요?"

"10월 28일!"

신도들이 목 놓아 외쳤다. 자리에서 벌떡 일어난 악대원이 꽈배기처럼 생긴 뿔 나팔을 불었다. 부우우우. 뱃고동을 닮은 소리가 높게 솟아올라 길게 울었다. 오빠가 살며시 고개를 끄덕였다.

"이제 한 달도 남지 않았어요. 예수 그리스도께서 끔찍한 환난이 예정된 종말로부터 우리 믿는 자들을 구원하시기 위해 달이 빛을 거두고 별들이 떨어지는 공중에 재림하시는 그날이." 악대원이 한 번 더 뿔 나팔을 불었다. "그날, 예루살렘의 나팔이 울리면 지상의 이 끝에서 저 끝까지, 사방에서 우리 믿는 자들의 몸이 공중으로 떠오를 거예요. 바로 우리가 휴거라고 부르는 현상이죠. 그렇게 공중에 떠오른 우리는 예수 그리스도께서 부어 주신 영생의 기름으로 온몸을 적시고 천국으로 출발할 거예요."

매일 똑같아서 지루한 순간들이었다. 더욱이 오늘은 몰래몰래 장난을 주고받을 언니도 옆에 없다. 나는 허전한 손을 매만지다가 손톱 주변에 허옇게 일어난 거스러미들을 뜯어냈다. 목사님이 내 발을 꾹 밟았다. 똑, 바, 로, 서, 있, 어, 하고 입 모양으로 윽박질렀다. 고개를 들자 설교대에서 벗어나 신도들에게 다가가는 오빠가 보였다. 마이크를 놓고 목소리만으로 설교를 이어가는 중이었다.

"우리 믿는 자들이 천국으로 휴거하여 사라지면 이 땅에는 그날부터 지옥과도 같은 고통이 시작되죠. 완전한 종말이 찾아오는 1999년까지 무려 7년이나요. 그것이 성경에 나오는 심판의 7년이에요. 오대양의 바다는 해일로 요동치고, 여섯 대륙의 땅에는 단 한 방울의 비도 허락되지 않으며, 곳곳의 화산들이 불길을 쏟아낼 거예요. 재앙 속에 살아남은 사람들은 유럽을 통폐합한 독재자

적그리스도로부터 지배를 받게 되어….”

나는 오빠가 설교를 끝낸 뒤 풀어놓을 예언을 미리 중얼거려 보았다. 내일은 지난 8월 24일 수교를 통해 정식 외교 관계가 수립된 우리나라와 중국의 첫 번째 정상회담이 가장 큰 뉴스였다. ‘노태우 대통령이 북경 인민대회당 광장에서의 공식 환영식에 참석한 뒤 양산곤 국가주석과 한반도 비핵화 원칙에 합의하고 동북아 정세와 세계정세 전반에 의견 일치를 보았다’는, 어려운 이야기들을 들려줄 예정이었다. 그런데.

“민주 천사님이…!”

허겁지겁 예배당으로 달려 들어온 여자 신도가 느닷없이 소란을 피웠다. 눈물범벅이 된 얼굴로 계속해서 언니의 이름을 외치며 예배당을 휘젓고 다닌 것이다. 하지만 아무 일도 없다는 듯 예배가 이어졌다. 잠시 후 안절부절못하는 여자 신도의 모습이 아지랑이처럼 일렁거렸다. 그녀는 내 눈동자에 맺힌 미래였기 때문이다.

나는 허공을 더듬더듬 바라보며 주변을 두리번거렸다. 가, 만, 히, 있, 어. 목사님의 경고를 무시하고 출입문으로 한 걸음 발을 내디뎠다. 보이는 미래를 봐야 하는 시간이었다. 보인다.

——오빠가 활짝 열린 예배당 문밖으로 달려 나간다. 내가 뒤따라 달리며 같이 가자고 소리치지만 돌아보지 않는다. 오빠는 복도를 빠르게 달려 여자 화장실로 들어간다. 민주야! 황민주! 언니를 부르며 화장실 칸칸의 문을 발로 걷어차 연다. 미지막 칸은 굳게 잠겨 있다. 오빠가 발로 한 번, 두

번, 세 번 걷어찬다. 자물쇠가 부서지는 소리가 들려온다. 오빠가 온 힘을 다해 다시 발을 내지른다. 마지막 칸의 문이 활짝 열린다——

오빠의 설교가, 구절마다 '그렇게 될지어다'라며 아멘을 외치던 신도들의 추임새가 멎었다. 예배당 문밖으로 걸어 나온 내게 모든 시선이 집중되어 있다는 것을 알 수 있다. 하지만 나는 돌아서서 괜찮다는 말은, 걱정하지 말라는 말은 할 수가 없었다. 텅 빈 복도에서 눈을 떼지 못했다. 보인다.

——활짝 열린 마지막 칸의 문 안에서 언니가 목을 매달아 허공에 대롱거리고 있다. 치마 속에서부터 다리를 타고 흘러내린 오줌이 발끝에 맺혀 바닥에 뚝뚝 떨어진다. 휘청거리며 주저앉으려던 오빠가 부서진 벽을 짚고 간신히 버틴다. 언니의 다리를 끌어안는다. 언니의 몸을 들어 올린다. 괜찮은 거지? 민주야. 말 좀 해봐, 괜찮은 거잖아. 황민주! 오빠는 계속 외친다. 하지만 언니는 대답하지 않는다——

"언니!"

언니를 부르며 앞으로 달려 나간 순간, 나는 뒤를 따라온 목사님에게 덜미를 잡혔다. 귓속으로 가만히 있으라는 명령이 들려왔다. 벗어나기 위해 몸부림을 쳤다. 내 눈에 목을 매단 모습으로 선명하게 맺혀 있는 언니를 구해야만 했다. 오빠가 달려와 목사님에게서 나를 빼앗았다.

나는 오빠의 팔을 끌어당겨 언니에게 가려 했지만, 어느새 다리가 풀려 무너지듯 쓰러졌다. 오빠가 나를 품에 안았다. 식은땀으로 범벅이 되어 있는 얼굴을 닦아주며 낮은 목소리로 *선민아, 이선민,* 하고 내 이름을 불렀다. 나는 오빠의 옷자락을 힘껏 잡아당겼다.

"언니가… 언니가… 화장실에… 화장실에서!"

"알았으니까, 선민아. 숨 쉬면서, 진정하자."

차분히 숨을 뱉고 마시는 오빠를 따라서 나는 호흡을 되찾았다. 눈에 맺혀 있던 미래가 연기처럼 흩어져 사라진다. 온몸에 힘이 빠져나가는 것이 느껴진다. 눈동자에 눈물이 차올라 출렁거린다. 오빠에게 아슬아슬하게 매달린 나는 간신히 쥐어짠 목소리로 알렸다.

"언니…, 우리 언니를 구해 줘."

그것이 지금, 내가 할 수 있는 전부였다.

西紀 1992年 10月 1日 木曜日 祖國日報

승천교회 예언자 小女 自殺, 마침내 종말론의 거짓이 밝혀지나

시한부 종말론 주장하는 예배 중 교회 화장실에서 목매.

1992년 10월 28일 세상의 종말이 시작된다는, 이른바 시한부 종말론을 주장하여 사회 혼란을 야기 중인 승천교회에서 自殺 사건이 발생했다. 지난 9월 27일 23시경 승천교회의 예언자로 알려진 黃민주(18)孃이 교회 화장실에서 목을 매달았다. 현장에서는 외부 침입의 흔적이 보이지 않았고, 시신에서는 他殺의 혐의점을 찾을 수 없었다.

경찰은 유서를 발견하지는 못하였으나, 黃孃이 평소 복용하던 수면제에 항우울제 성분이 포함되어 있음을 확인하고 黃孃의 죽음을 우울증에 의한 自殺로 잠정 지었다. 동시에 목사 崔재권(54)氏와 또 다른 예언자 李제훈(19)君을 소환하여 黃孃이 죽음에 이르게 된 과정을 철저히 조사한 뒤 위법 사항이 드러날 경우 사법처리하겠다는 방침이다. 필요할 경우 어린 나이로 인해 조사 대상에서 제외된 예언자 李선민(13)孃도 소환하겠다며 수사 의지를 드러냈다.

한편, 승천교회 측은 黃孃이 휴거를 위해 殉教하였다며, 10월 28일 예수 그리스도의 공중 재림과 함께 부활할 것이라고 주장하는 유인물을 도심에 배포하여 논란을 낳고 있다.

정부 당국은 이를 계기로 승천교회뿐만 아니라, 시한부 종말론을 주장하는 단체들에 대한 전면적인 조사를 시행하여 불법 사례가 발견되면 의법 조치할 것을 전국 檢警에 지시했다. 더불어 국민에게 수상한 종교 단체의 권유에 현혹되지 말고 일상을 지킬 것을 당부했다.

〈朴希哲 기자〉

1992년 10월 7일

남자는 무관심을 과시했다. 사장실로 들어온 기준을 보고도 수화기를 내려놓지 않았고, 통화를 끝낸 뒤에는 장부를 뒤적이기만 했다. 멀뚱히 서 있는 기준의 존재를 지워 버린 듯 자리에 없는 직원을 탓하며 신경질을 부렸다. 기준을 소파로 안내한 건 다시 한참이 지난 후였다. 형식적인 사과조차 없었다.

"처음부터 직접 오시지 뭐 이런 걸 보내셨대. 우푯값 아깝게."

남자가 등기우편 소인이 찍혀 있는 서류 봉투를 탁자 위로 툭 던졌다. 승용차 안에서 진한 키스를 나누는 연인의 사진 여러 장이 쏟아져 나왔다. 얼굴이 집중적으로 찍힌 사진 속의 여자는, 남자의 책상 뒤편에 커다란 사진으로 걸려 있는 여배우와 꼭 닮은, 바로 그녀였다.

"기자님! 요즘 애들을 신세대, 엑스세대라고 불러요. 이름부터 후리하지? 후리섹스도 즐기면서 사는 애들이야. 걔들 딴따라 연애질에는 눈 하나 깜박 안 한다고."

"…."

기준은 반응하지 않았다. 남자가 어수선하게 꼼지락거리던 손을 와이셔츠 옷깃 안쪽으로 넣어 목을 주무르는 모습을 한참 바라본 뒤에야 차분히 입을 열었다.

"좋은 선택이에요. 목을 주물러주면 혈압과 심장 박동 수가 낮아져서 불안이 완화될 수 있거든요."

남자가 은근슬쩍 손을 거둬들였다. 이빨로 물어뜯어 뾰족하게 날이 선 손톱이 한 번 더 불안을 증명하고 사라졌다.

기준은 이 남자가 여유를 가장하고 있음을 확신했다. 더는 시간을 낭비할 필요가 없었다. 필름통을 꺼내 보이자 태연한 척 앉아 있던 남자가 몸을 기울이며 손을 뻗어왔다. 재빨리 주먹을 말아 쥐어 필름통을 감춘 기준이, 손목을 잡고 늘어지는 남자에게 고개를 저어 보였다. 규칙 위반이었다.

"똥밭에서 구르다가 겨우 미니시리즈 주연 자리 따냈는데 한 번 봐줍시다."

"사람 서운하게 만드는 재주가 있으시네. 내가 차세대 최진실을 망가뜨릴 사람 같아요?"

"원본 확실해요? 따로 빼놓은 건?"

"내가 개새끼는 아닙니다."

남자는 봉투와 교환한 필름을 허겁지겁 확인했다. 하지만 기준은 건네받은 봉투를 가만히 들고만 있을 뿐이었다. 얇은 누께와 가벼운 무게가 만져졌다. 굳이 세보지 않아도 요구했던 돈에 한참 모자란 것을 알 수 있었다.

"피디들 똥꾸녕에 기름칠한다고 사채까지 끌어 썼더니 사정이 좀 그러네."

남자가 두 다리를 널찍하게 벌리고 앉았다. 몸이 뒤로 젖혀지며 가슴이 활짝 열렸다. 크게 만든 덩치로 넓은 영역을 차지해 권위를 드러내는, 촌스러운 자기소개였다. 불안은 더 이상 느껴지지 않았다. 남자는 이제 밑질 것이 없어졌다는 듯 서열을 다시 정리했다.

"반말 괜찮지? 나이가 마흔하나? 둘? 그쯤 같은데. 아니래도 기분 나빠하진 말고."

기준은 남자의 변화에 당황하지 않았다. 남자는 지난 1990년 '범죄와의 전쟁'을 피해 밤무대를 정리하고 연예기획자로 변신한 조직폭력배였다. 그로부터 '직접 만나서 얘기하자'는 전화가 걸려왔을 때부터 예상했던 일들이, 역시 예상대로 벌어지고 있을 뿐이다. 얇은 돈 봉투에 불만을 드러내지 않은 것도 그 때문이다. 평소와는 다른 방식으로 돈을 받아내야 했다. 대신 평소보다 많은 돈을 받아낼 생각이었다. 시간을 확인했다. 연예기획사로 들어온 지 30분이 지나고 있었다. 주차장에서 사장실까지 길게 잡아야 3분 거리였고, 그 3분은 복싱 선수들의 한 라운드 경기밖에 되지 않았다. 어떤 일이 벌어진다 한들 충분히 버틸 수 있는 시간이었다. 기준은 옅은 미소를 지어 보이며 작전을 개시했다.

"웃으니까 착해 보이네. 스포츠조국 연예부 김기준 기자님, 내 야당 하는 건 어때? 우리 애들 좀 빨아주다가, 최진실이 같은 탑스

타 기사에 같이 태워주기도 하고. 그럼 내가 예뻐해 줄 텐데.”

“그깟 돈 좀 모자란다고 마음 쓰실 필요 없습니다.”

“아니야. 이렇게 믿음 쌓아가면서 서로 돕고 살면 좋지.”

“난 특종 보너스 받으면 됩니다.”

“말 안 했나? 나 농담 싫어해.”

“농담하는 것처럼 보여요?”

“원본…, 아니야?”

“내가 개새끼 아니라고만 했죠.”

남자가 가늘게 뜬 눈으로 기준을 노려보았다. 머릿속에는 여러 선택지가 떠다니고 있을 것이다. 돈을 더 줄까, 말까. 저 새끼를 죽일까, 살릴까. 입꼬리를 비틀어 웃은 기준이 돈 봉투를 테이블에 내려놓고 일어났다. 출입구를 향해 돌아서며 미리 준비해 놓았던 휴지를 입안 가득 구겨 넣은 뒤 어금니를 꽉 물었다.

“야, 이 개새끼야!”

외마디 외침과 함께 테이블이 우지끈 무너지는 소리가 들렸다. 테이블을 밟고 날아오른 남자가 기준의 등에 발차기를 꽂아 넣었다. 기준은 버티지 않았다. 힘이 작용하는 방향으로 몸을 둥그렇게 말며 쓰러졌다. 흥분한 남자가 쫓아와서 마구잡이로 발길질을 퍼부었다.

“사람이 좋게 말하면 적당히 넘어갈 줄도 알아야지, 씨발 놈아!”

기준은 팔로 얼굴을 단단히 가린 채 총천연색의 싸구려 시트지로 꾸며진 사무실 건물 입구를 떠올렸다. 지금쯤 문이 거칠게 열렸을 것이다. 소속 연예인들의 사진이 붙어 있는 긴 복도에 거친 발소리가 울리고 있을 것이다. 사장실 앞을 지키는 험악한 얼굴의 덩치들이 저항도 못 해본 채 매를 맞고 바닥에 쓰러질 것이다. 잠시 후 상상이 그대로 이루어지고 있다는 듯 복도에서 소란이 들려왔다. 그러나 남자에게는 아직 들리지 않은 듯 발길질이 멈추지 않는다.

"특종? 넌 오늘 여기서 뒈지는 거야. 착하게 살아보겠다고 네꾸다이를 맺더니 사람을 호구로 봐?"

무질서하던 남자의 발길질이 얼굴을 감싼 기준의 팔을 집요하게 공략했다. 예상했던 3분은 어느새 지나 버린 뒤였다. 충격이 차곡차곡 쌓인 팔에서 힘이 빠져나가며 방어막이 무너졌다. 팔이 벌어진 틈으로 구둣발이 날아와 코를 강타했다. 허리가 뒤로 꺾였고, 몸이 무방비하게 뉘어졌다. 남자가 다가와 기준의 가슴을 지그시 눌러 밟았다. 거친 숨소리만 남은 사무실에 바깥의 소란이 크게 번져왔다.

"조용히 안 해? 이 새끼들이 형님 비즈니스 하시는데."

남자의 신경질적인 외침을 신호처럼 한 남자가 문을 박차고 들어왔다. 한 남자의 뒤로 엎드려뻗쳐 있는 덩치들이 보였다. 계획보다 늦어졌지만, 상황은 예상대로 끝나 있던 것이다. 기준은 그제야 참고 있던 숨을 길게 내쉬었다.

"넌 뭐야?" 남자가 한 남자에게 외쳤다.

"양아치 새끼들은 넥타이만 매면 꼭 사업가 행세를 하더라?"

한 남자가 남자에게 무언가를 던지자, 쇳덩이가 철컹거리며 날아갔다. 남자가 가슴에 안긴 쇳덩이를 들어 올렸다. 둥근 족쇄가 허공에 대롱거리는, 수갑이었다.

"차는 법 알지? 너 지금 폭력 현행범으로 잡힌 거야."

기준은 자동차 보닛 위에 쇼핑백의 내용물을 쏟았다. 남자의 비밀 금고 속에서 꺼내 온 현금, 만 원권 지폐 열 묶음이었다. 소리 내어 돈을 헤아리는 기준은 순간순간 얼굴을 찌푸렸다. 콧잔등을 가로지른 상처가 욱신거리고 있었다. 옆에서 안쓰럽게 바라보고 있던 한 남자, 강형사가 입가에 남아 있는 휴지 조각을 떼어주었다.

"세상이 어찌 되는 건지 모르겠네. 사회부 특종 기자였던 양반이 연예인들 꽁지나 따러 다니시고."

"우리 형사님 밥값이라도 챙겨드리고 싶어서."

기준이 현금 절반을 밀어주었으나 강형사는 받지 않았다. 도리어 현금 전부를 쇼핑백에 넣어 기준에게 안겨 주었다. 그리고 코를 긁적이며 말했다.

"오늘은 그냥 친구 만나러 온 거야."

"얼굴 봤으니까 간다…?"

"젠장, 소주나 한잔해. 30분만 기다려 달라고 해서 기다렸고, 30분이 지나도 안 나오면 찾으러 오라고 해서 찾으러 갔잖아. 이제 네가 내 말 들어줄 차례야."

"내일 통화하자. 나 최수종네 집에 뻗치기 하러 가야 해. 그 친구

하희라랑 만나는 거 같거든."

"언제 적 소문을 이제 와서…."

청춘스타 최수종과 하희라는 티브이 쇼 '젊음의 행진'을 함께 진행했던 1988년부터 열애설에 시달렸다. 매니저는 그때마다 두 사람이 의남매일 뿐이라며 열애를 부정해 왔고, 대중은 열애를 증명할 증거가 나오지 않자 두 사람을 의남매로 인정하게 된 상태였다. 하지만 두 사람이 함께 출연해 온 영화와 드라마를 모두 확인한 기준은 소문이, 그냥 소문이 아니었다는 것을 확신했다.

최수종은 하희라를 마주 볼 때마다 연기가 망가졌다. 눈썹을 추켜세우며 눈을 크게 뜬 채 하얀 치아를 드러낸 미소를 지었기 때문이다. 약간은 넋이 나간, 그래서 멍청해 보이는 그 모습은 사랑에 빠진 전형적인 얼굴이었다. 구애가 성실히 이어진 듯 작품이 거듭되는 동안 하희라 역시 같은 표정으로 변해 갔다. 객관적인 증거만 확보된다면 큰돈을 만질 수 있는 청춘스타들의 스캔들이었다.

"분명해. 걔들 한창 좋을 때야. 기자질 하면서 남은 건 사람 보는 눈밖에 없어."

"그럼 인마, 제수씨도 좀 봐라."

"수경이?"

"아, 씨발 맨 정신으론 거시기한데…."

"말해 봐." 기준은 강형사를 빤히 바라보았다.

"너… 승천교회라고 알지? 시한부 종말론."

대한민국은 지금 시한부 종말론으로 몸살을 앓고 있었다. '1992년 10월 28일 자정. 예수가 재림하며 믿는 자들의 몸이 공중으로 떠올라 천국으로 돌아간다는 휴거(携擧) 현상이 일어난 뒤, 믿는 자들이 사라진 이 세상에는 자연재해와 전쟁 등의 재앙으로 7년간 고난이 이어지고, 1999년 12월 31일 하나님의 심판으로 종말을 맞이하게 된다'는, 헛소리로 치부되어야 할 주장이 수만 명의 사람을 홀려 사회를 어지럽히는 중이다. 승천교회는 바로 그 시한부 종말론을 주장하는 여러 교회 중 세력이 가장 큰 곳이었다.

"내가…, 거리 포교 단속을 다녀왔거든. 거기서 제수씨를 본 거 같아."

"마누라가 뭐 하고 사는지도 모를까. 술 먹자는 핑계치곤 과해."

"내 속도 모르고 사는 세상에 남의 속까지 다 안다고 생각하지 말자, 우리."

강형사의 진지한 태도는 흔들리지 않았다. 거짓말의 징후는 찾아볼 수 없었다. 아니, 기준은 강형사를 제대로 관찰하지 못했다. 그의 주장을 부정할 방법들을 찾기에 급급했기 때문이었다.

"수경이는 영민이 간호한다고 종일 병원에 붙어사는 사람이야."

"병실 비우고 교회 왔다 갔다 했으면? 네가 밖으로 도는 동안 무슨 일이 일어나는지 아무도 모르는 거다. 내기할래?"

기준은 도로로 나간 뒤에야 냉정을 되찾았다. 핸들을 잡고 액셀러레이터를 밟아 미로 같은 퇴근길을 헤쳐 나가는 동안 복잡한 머릿속이 정리됐다. 그동안 신문으로 읽었던 시한부 종말론 관련 기사들을 되새기며 강형사의 주장이 잘못되었음을 다시 한 번 되짚었다.

"시한부 종말론은 기독교적 세계관을 이용한다고 알고 있어. 하나님이 타락한 세상을 심판하기 전에 인간들에게 예수를 구원자로 보내서 기회를 주고, 믿음을 회복한 인간들을 종말에서 구원한다는 얘기 말이야."

"정답! 거기에 성경을 멋대로 해석해서 종말이 오는 구체적인 날짜와 시간을 확정했기 때문에 '시한부'지. 딴따라들 쫓아다니면서도 신문은 열심히 보는구나?"

"시한부 종말론에 빠지기 위해서는 먼저 성경의 이야기들을 믿는다는 전제가 필요해. 우리처럼 예수쟁이가 아닌 사람들에게는 헛소리로 들릴 테니까."

자동차가 신호에 걸려 멈췄다. 기준은 룸미러에 매달린 염주를 손가락으로 툭툭 치며 조수석의 강형사를 바라보았다. 이제 다른 사람을 아내로 착각했을 가능성에 관해 이야기할 차례였다. 그러나 강형사는 기준의 결론을 따르지 않았다.

"우리 김기자께서 시한부 종말론은 알아도 승천교회가 어떤 곳인지는 전혀 모르고 계시네."

1980년대 초반, 개척 교회의 목사 최재권은 생계를 위해 번역을 맡았던 미국의 삼류 종교 서적을 통해 '시한부 종말론'에 빠져들었다. 하지만 그로 인해 모든 교단과 교파로부터 철저히 외면받았고,

이단으로 낙인찍힌 채 제명 처분을 내려졌다. 최목사는 열 명의 신자들을 이끌고 반지하의 좁은 창고에서 근근이 시한부 종말론을 설파해 나갔다.

"근데 최재권, 이 새끼가 봉사를 나가던 고아원에서 애들을 입양하면서 상황이 달라졌어."

강형사가 경찰수첩에 끼워 놓았던 사진을 꺼냈다. 최목사로 짐작되는 중년 남성 옆에 여드름쟁이 소년과 소녀, 그리고 어린 여자아이가 서 있는 사진이었다.

"일명 신의 아이들이야. 이 아이들이 예언이라는 걸 풀어놓기 시작했거든."

태풍, 지진, 홍수 같은 자연재해부터 남침을 위해 만들어진 북한군의 제4땅굴 발견, 쿠웨이트를 침공한 이라크와 34개국의 다목적군이 충돌한 걸프전쟁의 발발, 크리스마스에 기적처럼 발표된 소련의 해체, 미국 LA에서 한인들에게 막대한 피해를 줬던 흑인들의 폭동 등 국내외의 굵직한 사건들, 그리고 사소한 뉴스거리들까지 예언은 틀린 적이 없었다. 다만 그들은 사건이 일어나기 하루 전에만 예언을 발표했다. 예언은 10월 28일의 휴거를 증명하기 위한 수단일 뿐, 세상의 흐름에 영향을 주어서는 안 된다는 것이 이유였다. 직접 계시를 내리신 주님의 뜻이라고 했다. 그러한 구도자적 태도가 예언의 순수성을 강조하며 신뢰를 높였다.

"교회는 매주 만 원씩 헌금하는 신자가 백 명만 돼도 넉넉한 운영이 가능해. 근데 승천교회는, 거짓말 조금 보태서 신자가 매일

백 명씩 불어났어. 시한부 종말론의 새 역사를 쓴 거라고.”

신의 아이들이 전하는 예언을 듣기 위해 전국에서 모여든 사람들이 최목사의 시한부 종말론 앞에 무릎을 꿇었다. 승천교회는 빠르게 몸집을 키웠다. 비좁은 반지하 창고는 작은 예배당이 되었고, 작은 예배당은 큰 예배당이 되었으며, 큰 예배당은 주차장이 딸린 4층짜리 단독 건물이 되어 있었다. 그 사이에 최목사를 모방하여 시한부 종말론 교회를 일으키는 목사들이 생겨났다. 그들은 승천교회가 소화하지 못하는 신자들을 받아들이며 나름의 영역을 개척했고, 대한민국 곳곳에 시한부 종말론을 전염시켰다.

“예언 같은 소리 한다. 신문이나 뉴스를 성실히 보면 대강 때려 맞출 수 있는 걸 갖고 요란은…. 목사가 대본 만들어서 애들 연기시키는 거 아니야?”

“대본이든 아니든, 중요한 건 승천교회가 적중률 높은 예언으로 쇼부를 본다는 거지. 꼭 예수쟁이가 아니어도 용한 무당 찾아가는 심정으로 교회를 드나든다고요.”

강형사가 룸미러에 매달린 염주를 손가락으로 툭툭 쳤다. 마침 주행 신호가 떨어졌다. 기준은 자동차를 출발시켰다. 액셀러레이터를 밟는 발에 힘이 잔뜩 들어가 있었다.

종합병원 2인 병실 안의 풍경은 평상시와 같았다. 비상계단 출입구에 설치한 카메라의 망원렌즈로, 침상에 몸을 기대고 앉은 여성의 뒷모습이 비치고 있다. 기준은 뷰파인더에서 눈을 떼어냈다. 더 이상의 감시는 의미가 없다. 일일연속극이 방영될 시간이었다. 넋을 놓고 티브이를 바라보고 있을 아내 수경의 표정이 훤했다.

“승천교회 예배 시작까지 30분밖에 안 남았어. 이 정도면 나무아미타불 관세음보살이야.”

“택시 타고 10분이면 가는데 아직이지. 너희 지갑, 제수씨가 관리하는 건 아니지? 그럼 큰일 난다. 세상 끝장난다니까 천국 가겠다고 돈들을 꼬라박아요. 전세금까지 빼다 박는 정신 나간 새끼들이 한 트럭이라니까!”

“….” 기준이 미간을 구긴 채 강형사를 노려보았다.

“걱정돼서 그래, 걱정이 돼서. 거기 사람들 목사가 헌금하란 말을 안 해도 알아서 돈을 가져다 바치니까…. 미안하다.”

“민철아. 걱정은 고마운데, 우리 있는 돈 없는 돈 다 긁어서 영민이 병원비로 써. 그딴 데 꼬라박을 돈, 없어.”

무거운 침묵이 깊게 내려앉았다. 장난은 끝났다. 이제는 정말 철수할 때였다. 그때 요란한 호출음이 비상계단에 메아리쳤다. 기준은 병실을 향해 몸을 돌리며 허리춤에서 삐삐를 꺼냈다. 100482. 담당 간호사가 보낸 위급 신호였다. 곧장 비상구를 박차고 나와 온 힘을 다해 병실로 달렸다.

“영민아.”

그러나 병실은 평온했다. 아들 영민은 언제나처럼 눈을 감은 채 조용히 잠들어 있었고, 먼저 들어왔던 담당 간호사가 차분하게 수액의 낙하 속도를 조절하는 중이었다. 위급해 보이는 것은 불안하고 초조하게 침대 주변을 맴돌고 있는 수경뿐이었다.

"당신…." 그녀가 문 앞에 서 있는 기준을 발견했다.

여전히 상황을 파악하지 못한 기준은 손안의 삐삐를 들어 보였을 뿐이다. 수경은 무슨 말인지 알아들었다는 듯 고개를 살며시 저었다.

"내가 비상벨을 눌렀어. 영민이가 기침이 좀 심해서. 그런데…."

"영민이 괜찮아요, 아버님. 돌아가서 다시 삐삐치려고 했는데 빨리 오셨네요."

담당 간호사가 의료 도구들을 스테인리스 쟁반에 담았다. 곁으로 다가간 수경이 흐트러진 이불을 정리하며 침대 위에 놓여 있던 거울을 치웠다. 기준은 복도 끝까지 비추던 거울의 반사면을 멍하니 보고만 있었다. 삐삐를 받은 직후 도착할 수 있었던 그럴싸한 이유를 떠올려야만 했다. 잠시 후 그가 말했다.

"병원비 주려고 오던 길이었어." 그리고 한 박자 느리게 들고 있던 쇼핑백을 건넸다.

수경은 그제야 기준의 얼굴 곳곳에 반창고들을 발견한 듯 놀란 눈을 떴다. 기준은 얼굴로 뻗어오는 그녀의 손을 잡아 감싸 쥐었다. 괜찮아. 소리 없이 말했다. 울컥 눈물을 머금은 아내를 품에 안고 등을 쓸어내리며 괜찮아, 다 괜찮을 거야, 하고 계속 소리 없이 되뇌었다. 그런데.

"뇌사 판정이 나오면 치료를 계속해야 할 의무가 사라지게 됩니다."

아직 퇴근 전이던 주치의는 상담을 요청한 기준에게 뇌사 판정 신청서부터 내밀었다. 당장 선택을 필요로 하는 것은 아니라면서도, 갑작스럽게 일어날지 모를 상황에 대비하는 것이라며 아들의 죽음을 에둘러 예고했다.

"오늘 일 때문에 그렇습니까? 안사람이 기침을 발작으로 착각했답니다. 아니, 식물인간은 숨 쉬는 것처럼 발작하라는 거라고 말씀하신 분이 선생님 아닙니까?"

"오늘이 문제가 아닙니다. 뇌사로 진행되는 징후들이 보이고 있어요."

기준은 파르르 떨리는 손으로 지갑을 꺼냈다. 힘껏 주먹을 쥐어 떨림을 잡고 지갑을 펼쳤다. 그리고 스크랩해 둔 신문기사를 의사에게 보이도록 내밀었다. 병실에서 다정한 포즈를 취하고 있는 외국인 의사와 환자의 사진이었다.

"미국에서는 12년 만에 깨어난 식물인간도 있어요. 영민이, 겨우 1년입니다."

"아버님…. 기적은 어딘가에는 있을 수 있지만, 어디에도 없는 겁니다."

"내 손으로 내 아들을 죽이란 말입니까?"

"의식 없는 환자에게도 의지는 있습니다. 아드님처럼 특별한 이유 없이 상태가 악화된다면 환자 입장에서도 생각해 봐야지요. 투병은 환자에게 더욱 힘든 싸움이에요. 의사와 보호자는 환자의 마음에 귀를 기울일 필요가 있습니다. 환자가 무엇을 원하는…."

기준은 뇌사 판정 신청서를 들고 갈가리 찢음으로써 의사의 입을 막았다.

"포기 못 합니다. 영민이가 죽어도 나는 절대 포기 안 합니다!"

기준은 병실로 돌아가지 않았다. 아내에게 주치의와의 상담 내용을 전할 수 없었다. 도망치듯 엘리베이터를 타고 로비로 내려가자 강형사가 기다리고 있었다. 바짝 마른 입술에 침을 바르며 로비 출구로 걸어갔다. 카메라 가방을 들고 두어 걸음 뒤에서 따라오던 강형사가 병원을 나선 뒤에야 조심스럽게 물었다.

"의사는 뭐래?"

"영민이는 시한부 종말론 같은 거 안 믿는 엄마가 있으니까 걱정하지 말라더라."

"하…. 나 제수씨가 그렇게 흔한 얼굴인지 몰랐잖아, 젠장."

강형사는 신음처럼 안도의 한숨을 내쉬며 기준에게 다가왔다. 그리고 내기의 상금이라는 듯 돈을 건넸다. 기준이 거부하자 억지로 주머니에 찔러 넣었다.

"너 말고, 영민이 용돈이야."

"고맙다…. 깨어나면 꼭 줄게."

"영민이 뺑소니친 놈은 아직 소식 없지? 오랜만에 담당 새끼 푸닥거리 한 번 할까?"

기준은 당장이라도 교통계로 달려갈 것처럼 구는 강형사에게 고개를 저어 보였다. 영민에게 사고가 일어났던 밤으로부터 1년이

훌쩍 지나 있었다. 승합차로 추정되는 용의 차량은 현장을 비롯해 전국의 카센터와 폐차장, 어디에도 흔적을 남기지 않은 채 사라졌다. 사고 현장에 목격자를 찾는다는 플래카드를 걸고 유인물을 뿌렸으나 목격자는커녕 허위 신고조차도 없었다. 이제 와서 담당 경찰을 들볶아 봐야 아무것도 달라지지 않는다는 걸 잘 알고 있다. 용의자 검거는 꿈같은 이야기가 되어 버린 지 오래였다. 비현실적인 결과를 기대하기보다는 영민을 살릴 수 있는 현실적인 방법을 고민할 시간이었다.

"내 얘기는 그만하고. 승천교회 목사를 아직도 입건시키지 못한 이유나 들어보자."

"뜬금없이 왜 승천교회 얘기야, 마음 아프게."

"승천교회 털어달라고 온 거 아냐? 단속하다 수경이, 아니 수경이 닮은 여자 만난 핑계로."

"아니야, 새끼야." 강형사가 코를 긁적였다.

"피노키오 알지? 걔 거짓말할 때마다 코가 길어지잖아. 그거 꽤 과학적인 상징이야."

"뭔 소리야?"

"뇌가 거짓말을 할까 말까 갈등하는 순간 스트레스가 발생해. 그게 콧속의 발기 조직을 충혈 시키면서 코가 부어. 코가 부으니까 간지럽고, 간지러우니까 코를 만지거나 문지르지."

"걱정돼서 온 건 진짜야." 강형사는 멋쩍어하며 손을 내렸다.

"알아, 것도."

미안한 건 기준이었다. 강형사는 사회부에 적을 두고 있을 당시, 수사와 취재를 품앗이하던 파트너였다. 영민의 사건 초기에 상부로부터 온갖 눈총을 받으면서까지 도움을 주었던 친구이기도 했다. 그렇기에 시한부 종말론자들 속에서 아내와 닮은 여자를 발견한 뒤 걱정이 우선했으리라는 것을 쉽게 짐작할 수 있었다. 하지만 기준은 강형사로부터 도움을 구하는 신호가 읽히자 사정을 묻지도 않은 채 딴전만 부렸다. 늦게라도 선의에 답하고 싶었다.

"요즘은 신사적으로 수사하나 봐? 물 먹이고 전기 먹이는 애들 좀 부르지."

"걔들 목 날아간 지가 언젠데…. 이근안 그 새끼가 수배된 거 88년부터야."

기준은 농담으로 어색해진 분위기를 흔들었고, 강형사는 기다렸다는 듯 손날로 목을 그으며 장난스럽게 응답했다. 두 사람은 아무 일도 없었다는 듯 서로를 바라보며 피식 웃었다.

"두 달 뒤가 대선이야." 강형사가 사뭇 진지하게 말을 이었다. "다음 대통령은 김영삼 아니면 김대중이지. 민주화 투사들! 윗대가리들 벌써부터 납작 엎드려서 꿀밤 한 대도 못 먹이게 한다."

"이제야 세상이 제대로 돌아가려고 하는데 미친놈들이 설치는 거구나?"

"빤히 구라를 까고 있는데 엮을 수가 없다, 젠장."

승천교회의 목사 최재권이 주장하는 시한부 종말론은 어떠한 과학적 근거도 없었다. 자의적으로 해석한 성경의 상징들과 신의 아이들이라는 꼬맹이들의 망상으로 이루어진 헛소리일 뿐이다. 10월 28일은 평범한 수요일로 끝날 것이고, 이튿날은 평상시와 똑같은 하루가 시작되리라는 건 자명한 사실이었다. 하지만 그것은 아직 오지 않은 미래였다. 그날이 되어 정말 아무 일도 일어나지 않아야만 법적으로 거짓이 되는 것이다. 그런데 10월 28일에 예수가 재림하지 않아도, 휴거가 일어나지 않아도, 종말이 시작되지 않는다 하여도 최목사를 처벌할 수 있는 건 아니었다. 최목사가 시한부 종말론을 진심으로 믿고 있었다고 끝까지 주장한다면, 고의성이 성립되지 않아 죄를 물을 수가 없기 때문이다.

"헌금은 얼마나 되지? 아까 그랬잖아. 천국 가겠다고 전세금까지 빼서 교회에 꼬라박는다고."

"추정치로 50억? 60억쯤 될 거야."

최목사의 거짓을 확실하게 증명할 방법은 시한부 종말론을 통해 거둬들인 막대한 헌금뿐이었다. 한 푼이라도 불법적인 이득을 취했다는 것이 밝혀지는 순간 최목사의 주장과 믿음은 모두 사기가 되는 것이다. 강형사는 기준의 생각을 알고 있다는 듯 질문을 꺼내기도 전에 답을 내놓았다.

"최목사, 빠꼼이야. 종말론으로 불법적인 이득을 취한 부분이 없어. 헌금은 자발적이고, 회계는 투명해."

"하긴 먼지가 있었으면 벌써 잡았겠지. 민철아…, 이제 간 보지 말지. 내가 도와줄 테니까 그냥 용건을 이야기해."

"…얼마 전에 예언자 애들 중 하나가 자살을 했어."

"신의 아이들?"

"황민주라고 여기." 강형사는 자동차 안에서 보여 주었던 사진을 다시 꺼냈다.

황민주라는 이름의 여드름쟁이 소녀가 어느 날 갑자기 화장실에서 목을 맸다. 유서가 발견되지는 않았으나 타살의 가능성도 희박했다. 대신 방에서 수면제가 발견되며 우울증에 의한 자살로 결론이 내려졌다.

"근데 여기 남자애, 이제훈이라고 신의 아이들 중 오야 역할 하는 녀석인데… 이놈이 우리한테 협력한다고 붙었었어."

사건 당일 이제훈은 현장에 출동한 경찰에게 은밀히 접촉을 해왔다. 황민주가 자살할 이유가 없다며 죽음의 진실을 밝히고 싶다고 도움을 요청한 것이다. 시한부 종말론이 거짓이라는 증거를 제공하는 것은 물론이고, 법적인 증언까지도 맡을 수 있다며 적극적으로 거래를 이끌었다.

"근데 장례식 끝나는 날 체포하는 형식으로 데리고 왔더니 사람이 달라져 있더라고."

친권자인 최목사의 반대로 소환이 지연된 장례 기간 사이에 일이 틀어져 버린 것이다. 이제훈은 거래 따윈 처음부터 없던 것처럼 굴었다. 입을 꾹 다물고 아무 말도 하지 않았다. 경찰이 친동생인 이선민을 들먹이며 겁박을 해도, 또 동생과의 안전을 보장해주겠다며 회유를 해도 마찬가지였다. 조서에 남겨진 진술은, '민주는 순교한 거예요. 신도들, 우리를 위해서'라는 한 줄뿐이었다.

"그래도 예언자가 자살했으니까 교회는 자빠지겠다 싶었거든? 근데 최재권 이 새끼가 그걸 순교라고 포장해서 장사를 하더라."

"그런 포장이 가능해?"

"황민주가 재림할 예수의 부름을 받고 마중을 간 거란다, 젠장. 거기에 최목사가 죽은 성도들이 부활한다 어쩐다 하는 성경 구절을 읽어 주면 신자들은 예수가 올 때 황민주도 부활하는구나… 이렇게 알아서 확대해석을 하는 거지. 이제훈이 순교, 순교, 하고 지랄할 때 알아봤어야 했는데…."

"확실히 구린내는 나네. 자료 넘겨. 기획 만들어서 줄게."

"직접 들어간다는 거 아니었어?"

"사쓰마리* 하나 섭외해. 도꾸다네**라면 눈이 뒤집혀서 덤벼들 애들 한 트럭이야."

"너만큼 잘 따는 애들이 없으니까 그러지."

"나 어떻게 사는지 봤잖아. 내가 승천교회 돈 먹겠다고 달려들면 어쩌려고 그래?"

기준을 똑바로 바라보던 강형사가 시선을 옆으로 흘렸다. 연예기획사에서의 소란이 되짚어지고 있을 것이다. 하지만 이내 현실을 부정하듯 고개를 세차게 저으며 억지를 부렸다.

"야 인마! 그래도 한 번 기자면 영원히 기자지."

"펜 꺾었어." 기준은 카메라 가방을 들어 보였다. "요즘 이게

---

* 경찰출입기자를 일컫는 은어. 경찰서를 돌며 사건을 취재하는 사쓰마와리[察回り]라는 단어에서 파생되었다.

** とくだね. 특종.

더 편해. 찰칵하면 끝이거든."

"이 새끼가… 김기준! 너 왜 이렇게 편협해졌어? 사진 기자는 기자도 아니냐?"

"무슨 말을 하는지 알잖아."

강형사의 억지를 차분하게 받아주던 기준이 단호하게 말했다. 강형사가 알고 있던 기준은, 정의를 말하던 사회부 김기준은 이제 어디에도 없다는 것을 인정해야 할 시간이었다.

"내가 걸고 네가 잡던 시절은 이미 끝났어. 민철아, 나는… 난 그냥 딴따라들 괴롭히면서 돈이나 뜯는 쓰레기야."

예언자 1

'빨간색 자동차.' 숨을 꾹 참은 나는 속으로 말했다.

옥상 난간에 몸을 기대고 내려다보는 교회 앞 거리에 잠시 후 빨간색 자동차가 들어와 빠르게 달려갔다. 나는 주변을 두리번거렸다. 거리마다 아지랑이처럼 어른어른 피어나고 있는 장면들을 마법의 주문을 외듯 읽어 나갔다.

'검은색 자동차, 남자랑 여자…, 저 언니가 안고 있는 건… 갓난아기? 꼬부랑 할머니와 회색 자동차. 시끄러운 소리, 빵빵.'

내가 속으로 발음하는 단어들을 따라서 거리의 풍경들이 만들어졌다. 잠시 후 검은색 자동차가 지나가자 다세대주택에서 갓난아기를 안은 남자와 여자가 나왔고, 회색 자동차가 나타나 느릿느릿 걸어가는 할머니에게 신경질을 부리듯 클랙슨을 울렸다.

'우리 봉고차가 들어오고 박기사 아저씨가 내리는데… 그전에 오빠?'

뒤를 돌아보자 옥상 문이 열리고 오빠가 나타났다. 옥상까지 단숨에 달려온 듯 거칠게 숨을 쉬며 이마에 송골송골 맺혀 있는 땀을 닦았다. 나는 다시 옥상 난간에 몸을 기댔다. 마지막으로 보였던 장면을 확인해야 했다. 때마침 주차장으로 들어온 교회 봉고차가 멈춰 섰고, 운전석에서 허겁지겁 내린 박기사 아저씨가 더듬더듬 소리쳤다. *처처천… 천사님!* 마치 내가 뛰어내리기라도 한다는 듯 커다란 덩치로 이리저리 뒤뚱거리며 받아낼 준비를 하고 있다. 괜찮다는 뜻으로 손을 흔들어 주었으나 소용없었다. 오빠가 곁으로 다가온 뒤에야 아저씨는 가슴을 쓸어내렸다. 내가 미리 보았던 장면과 같은 마지막 모습이었다. 나는 참았던 숨을 길게 내쉬었다.

"뭐 보고 있었어?"

"경찰이 오빠 또 잡으러 올까 봐, 오기 전에 알려 주고 싶어서."

"경찰 이제 안 온대도 그러네. 뭐가 그렇게 무서운데?"

"어제… 오빠 경찰에 잡혀간 거, 나 때문이었으니까."

"누가 그래?" 오빠가 버럭 소리를 지르며 나를 돌려세웠다.

나는 오빠를 보지 않았다. 난간에 놓아둔 휴대용 라디오에 시선을 걸어둔 채였다. *쉿!* 손가락을 입술로 가져갔다. 오빠에게는 아무 소리도 들리지 않을 라디오를 향해 한발 다가섰다.

"내일 노태우 대통령이 3당 대표랑 개별 회동을 한 뒤에 개각을 매듭지을 예정이라고 발표할 거야. 그리고 미국에서 북한의 외교부장이 김일성, 김정일 부자의 권력 세습이 완결됐다는 걸 확인해 줄 거고…. 또 국군의 날 행사가 있을 거고, 중앙노동위원회에서 문화방송 노동조합의 재심 신청을 기각할 거고….”

“그만해.” 오빠가 휴대용 라디오를 뒤춤에 감췄다.

나는 오빠를 보며 말했다. “내일 우리 교회 얘기는 없어.”

“누가 너 때문이라고 했어?”

“어제… 오빠 경찰에 잡혀가는 모습 보면서 깨달았어. 오빠가 시키는 대로 부지런히 미래를 봤으면 막을 수 있었다는 걸. 그러고 나니까 언니도 나 때문에 죽었다는 걸 알겠더라고. 내가 게으르지 않았으면, 그랬으면…, 언니는 죽지 않았을 거야. 그날.”

그날, 오빠에게 언니의 위험을 알린 나는 곧장 정신을 잃었다. 다시 눈을 떴을 땐 박기사 아저씨에게 안겨 위층으로, 위층으로 올라가는 중이었다. 교회 곳곳에는 어느새 출동한 경찰들이 어슬렁거리고 있었다. 그래서 아저씨의 품속으로 깊숙이 숨어들어야 했다. 공중전화 부스처럼 생긴 작은 기도실에 도착한 뒤에야 입 안을 맴돌고 있던 질문을 꺼낼 수 있었다.

‘아저씨, 언니는 어디에 있어?’

‘….’

박기사 아저씨는 주변을 두리번두리번 경계하느라 바빴다. 방송이 모두 끝나서 지지직거리는 전파음만 흘러나오는 내 휴대용 라디오를 넣어준 뒤 공손히 기도실 문을 닫았다.

‘모모… 모시러 올 때까지… 저저… 절대 나오시면 안 됩니다.’

나는 불을 켜지 않았다. 어둠 속에 오도카니 앉아 예배당에서 보았던 미래를 되새겼다. 복도를 달려 그 여자 화장실로 들어가는 오빠의 뒷모습과 한 칸 한 칸 열리는 문, 그리고… 그리고 끔찍한 풍경들이 차례차례 살아났다. 가슴이 답답해지며 숨이 차고 눈시울이 뜨거워졌다. 하지만 그것은 결국 도착하지 못한 미래라고 생각하며 진정을 되찾아갔다. 오빠는 지금껏 그래왔듯 한발 먼저 움직여서 내게 미리 보였던 미래를 바꾸고 있을 테니까. 그래서 언니가 무사히 돌아올 것이라고 믿었다.

눈이 어둠에 적응되자 벽에 매달린 십자가가 반짝 빛나 보였다. 나는 무릎을 꿇고 앉아 아버지 하나님에게 기도를 드렸다. 이제 가짜가 아니라 진짜로 믿겠다고, 주일 아침마다 방에 남아 늦잠을 자겠다며 떼를 쓰지 않겠다고, 예배 시간에 언니랑 장난을 치지 않겠다고, 다음번에 주택복권이 당첨되면 모두 헌금을 하겠다고, 수많은 약속을 했다. 대신에 내가 보았던 미래가 달라지게 만들어 달라고 부탁했다. 박기사 아저씨를 기다리며 까무룩 잠이 들었다 깨어날 때마다 십자가를 보며 기도를 반복했다. 그런데.

…어젯밤 11시경 시한부 종말론을 주장하는 승천교회에서 자살 사건이 발생했습니다…. 휴대용 라디오에서는 언젠가부터 전파음 대신 뉴스가 흘러나오고 있었다. *…화장실에서 목을 매단 것은 승천교회의 예언자로 알려진 열여덟 살 황민주 양이었습니다.*

나는 다음 소식으로, 다음 소식으로 넘어가는 뉴스를 멍하니 듣고 있었다. 미래가 보이는 것이라고, 내일 뉴스가 미리 들려오는 것이라고 생각했다. 오빠에게 언니가 있는 그 여자 화장실이 몇 층이었는지 정확하게 일러 주지 않았다는 것을 깨달았다. 그래서 오빠는 언니를 찾아 헤매는 중이었고, 그래서 아버지 하나님께서는 오빠를 도우라는 계시를 보내주신 것이었다. 나는 기도실 문을 박차고 나갔다. 그리고 기도실 앞을 서성거리는 오빠와 마주쳤다.

'선민아….'

'왜 여기에 있어?'

나는 오빠의 손을 잡아끌었다. 언니를 구해야 했으니까. 끔찍한 미래를 바꿔야 했으니까.

오빠는 꼼짝하지 않았다. 축 늘어진 어깨 때문에 초라해 보이는 모습으로 나를 내려다보고만 있었다. *선민아, 선민아.* 속이 텅 비어 있는 목소리가 나를 불렀다. 창문으로 쏟아져 들어오는 아침 햇살에 어둠이 부서지던 그 복도에서, 손안의 휴대용 라디오를 통해 '아침 뉴스를 마치겠다'는 아나운서의 목소리가 들려오던 그 날.

"…그날 내가 조금만 더 빨리 미래를 알렸으면 오빠는 분명히 언니를 구해냈을 거야. 그러니까 다 내가 잘못한 거야."

나는 급히 입을 다물었다. 느꺼운 기운이 왈칵 치솟았다. 한 마디라도 더 뱉는 순간 울어버릴 것만 같았다. 내가 눈물을 흘릴 자격이 없다는 것을 이제는 알고 있었다. 이를 악물었다. 주먹을 꽉 쥐고 부들거리는 몸의 떨림을 꼭 붙들었다.

"울고 싶을 땐 울어야지."

오빠가 들썩이는 어깨를 감싸주었다. 나는 재빨리 고개를 돌렸다. 집요하게 따라붙는 오빠의 시선을 피하려 안간힘을 썼다. 하지만 결국 눈이 마주쳤고, 부글부글 끓어올라 있던 울음이 넘쳐흘렀다. 서둘러 눈물을 닦아냈다.

“미안…. 정말로 미안해. 오빠 말 안 들어서 미안하고, 잘못한 주제에 울어서 미안하고…. 미안하고 다 미안해.”

“나 경찰서 간 거, 네 잘못 아니야. 민주 죽은 것도 네 잘못 아니고.”

오빠가 손을 뻗어 눈물 가득한 눈가를 닦아 주었다. 흐릿해지던 오빠가 선명하게 보였다. 눈꼬리가 내려앉아서 슬퍼 보이는 얼굴로 대답을 기다리고 있었다. 나는 고개를 무겁게 끄덕이며 오빠를 향해 무너졌다. 오빠의 가슴에 얼굴을 묻고 엉엉 소리 내 울었다.

“나는 참 나쁜 오빠다. 그치?”

오빠가 나를 등에 업고 옥상을 빠져나오며 물었다. 나는 복도에 또각또각 울리는 발소리를 들으며 한참 동안 오빠의 나쁜 점을 떠올려 보았다. 아무것도 떠오르지 않았다.

“뭐가?”

“하나밖에 없는 동생에게 다 자기 잘못이라고 생각하게 만들었으니까.”

오빠에게 나쁘다는 말은 어울리지 않았다. 언니의 장례 내내 나를 달래고 위로해 주었던 오빠였고, 언니의 장례를 마치고 돌아와서 경찰에게 붙잡혀 가던 중에도 창가의 나를 돌아보며 괜찮다고 손을 흔들어 주던 오빠였다. 오히려 나 때문에, 내가 걱정할까 봐 제대로 슬퍼하지도 못한 우리 오빠였다. 나는 오빠의 목을 꼭 끌어안았다.

"나만 힘들어해서 미안해."

"이제 미안해하지도, 힘들어하지도 마."

"…왜?"

"민주는 순교한 거니까."

"순교? 그거… 성경에 나오는 말 아니야? 신앙을 지키기 위해서 목숨 바치는 거."

"꼭 종교를 위해서가 아니더라도, 무언가 소중한 것을 위해 죽음을 선택하는 것도 순교래."

"그런 거 싫어…."

"그럼 신문에서, 방송에서 나오는 말을 믿어야 할까?"

나는 다급히 고개를 저었다. 신문과 방송에서는 언니가 시한부 종말론이 거짓으로 밝혀지는 것이 두려워서 우울증이라는 병이 생겼고, 그 병 때문에 죽었다고 떠들어댔다. 모두 당장이라도 아니라는 것을 증명해 보일 수 있는 헛소리들이었다.

"누가 어떤 말을 해도, 아무 말도 믿지 않기로 한 거, 오빠 말만 믿기로 한 약속 기억나지?"

"응…. 그렇지만…."

나는 신문이나 방송의 헛소리만큼은 아니었지만, 순교라는 것도 마음에 들지 않았다. 간절했던 기도를 들어주지 않았던 하나님의 언어였기 때문이다. 내가 언니의 죽음을 다르게 부를 수 있는 이름을 찾는 동안, 오빠는 말없이 계단을 모두 밟아 내려왔다. 그리고 어느새 예배당 앞에 도착해 문을 열었다. 그날, 언니의 죽음을 수습하러 온 경찰들에 의해 폐쇄되어 텅 비어 있던 곳이었다.

오빠가 불을 켜고 단상을 향해 걸어갔다. 껌벅거리며 밝아진 형광등 빛이 어둡던 자리마다 밝게 스며들었다.

"오늘 밤, 다시 예배가 시작될 거야."

"…이제 신도들도 없는데?"

"담장 아래 잠들어 있던 신도들이 거리로 나갔어."

나는 좀 전까지 내다보던 옥상 밖의 풍경이 떠올랐다. '주님의 계시가 있을 때까지 집에 돌아가 있으라'는 오빠의 명령에도 몇 날 며칠 교회 담장 아래를 지키고 있던 열성 신도들이 보이지 않았다는 것을 이제야 깨달았다. 오빠는 그들이, 언니가 '예수 그리스도를 맞이하기 위해 배웅을 나간 것이고, 그날 10월 28일에 예수 그리스도와 함께 부활하여 우릴 마중 나온다'라는 내용의 '찌라시'를 뿌리며 언니의 순교를 세상에 알리는 사역 중이라고 했다.

"뉴스에서는 우리 신도들을 미친 사람 취급하면서 민주의 순교를 알리는 찌라시를 자세히 소개할 거야. 언제나처럼 우리를 욕하기 위해, 우리의 목소리를 전해 주는 어리석은 나팔수가 되어 주는 거지. 그렇게 다시 어린 양들이 돌아오면 우린 민주를 위해서 기도하게 될 거야."

단상 옆에는 유리벽으로 만든 장식장이 놓여 있었고, 그 속에는 화장터에서 한 줌의 가루가 되어 돌아온 언니의 납골함이 보관되어 있었다. 나를 등에서 내려준 오빠가 나지막이 기도를 읊조렸다.

“주께서, 호령과 천사장의 소리와 하나님의 나팔로 친히 하늘로 좇아 강림하시리니 그리스도 안에서 죽은 자들이 먼저 일어나고 그 후에 우리 살아남은 자도 저희와 함께 구름 속으로 끌어올려 주를 영접하게 하시리니 그리하여 우리가 항상 주와 함께 있으리라(데살로니가전서 4:16-17).”

오빠의 목소리 위로 웅성거림이 들려왔다. 뒤로 돌아서자 어느새 예배당을 가득 채운 신도들이 하얀 국화꽃을 들고 이곳, 언니의 곁으로 걸어오고 있었다. 미래가 보이는 것은 아니었다. 반드시 이루어내겠다는 오빠의 의지가 내 머릿속에서 그려지고 있을 뿐이었다. 언니의 납골함 앞에 국화꽃이 놓이고, 구원을 꿈꾸는 신도들이 예수와 함께 돌아올 언니를 찬양한다. 그때에는 신문과 방송에서 미친년이라 부르며 갈가리 찢어발기던 언니는 더 이상 없을 것이다. 자비롭게 웃고 있는 언니의 영정이 어머니 마리아를 대신해 넓은 예배당을 굽어살피게 될 테니까.

“아멘.” 기도를 마친 오빠가 내 어깨에 손을 올렸다.

“선민아, 민주는 순교한 거야. 우리를 위해서, 신도들을 위해서.”

“….”

나는 고개를 끄덕였다.

언니는, 순교를 했다.

1992년 10월 10일

교복 차림의 소녀들이 압도적인 머릿수로 경비들을 뚫고 방송국 로비를 향해 달린다. 녹화를 마치고 정문 밖으로 나오던 최수종과 하희라가 단숨에 포위된다. 애타게 오빠를 부르는 소녀들이 최수종을 가로막고 있는 장애물들을 밀쳐 낸다. 하희라의 매니저가 벽돌처럼 생긴 휴대용 전화기를 휘둘러 길을 연다. 그런데 하희라는 매니저를 따르지 않는다. 소녀들에게 자리를 내준 것도 아니다. 비틀거리고 휘청거리는 와중에도, 마치 북쪽만을 가리키는 나침반처럼 최수종을 향해 몸을 움직인다. 혼잡이 가져오는 위험에 아랑곳하지 않는다. 최수종도 역시나 조금씩 조금씩 하희라에게 다가가고 있다.

기준은 카메라로 최수종과 하희라를 쫓는 동안 확신이 한층 강해졌다. 소녀들에게 치이고 밀리면서도 서로에게 향하는 몸짓은 의식적인 것이 아니었다. 서로가 서로를 끌어당기는 흔한 연인들의 모습이었다. 하지만 아직 셔터를 누를만한 순간은 찾아오지 않았다. 사진은 글과 달랐다. 설명이 필요한 순간은 부정되기 십상이다. 한눈에 관계가 인식될 이미지가 필요했다. 그는 다시 망원렌즈를 조작하며 카메라를 움직였다.

소녀들을 이끌고 주차장으로 옮겨간 최수종과 하희라는 각자의 자동차 앞에서 헤어지는 순간, 손을 재빨리 잡았다가 놓는다. 그리고 서로를 바라보며 환히 웃는다.

기준의 카메라가 눈을 깜박였다. 소녀들의 시선을 피해 저지른 은밀한 장난이 필름에 담겼다. 열애를 증명할 결정적인 한 장은 아니었으나, 다음을 기대하게 만드는 분명한 전조였다. 그들은 멀어지는 동안에도, 각자의 자동차에 오르는 최후의 순간에도 서로를 바라보는 눈길을 유지하고 있었다. 두 대의 자동차가 서로 반대 방향으로 움직였다. 카메라를 내려놓은 기준이 하희라를 선택하며 자동차에 시동을 걸었다.

지난 이틀간 최수종을 미행한 기준은 아무 성과도 얻을 수 없었다. 최수종이 이동 중인 자동차에서 감쪽같이 사라졌기 때문이다. 언제 빠져나갔는지조차 알지 못했다. 목적지에 도착하여 매니저가 홀로 하차하는 모습을 바라보면서도 상황이 파악되지 않았다. 철저하게 따라붙지 못한 것을 자책할 뿐이었다. 그러다 문득 하희라를 떠올렸다. 미행은 최수종의 열애 상대를 찾으려는 것이 아니라, 하희라와의 열애를 증명하기 위한 과정이다. 그의 비밀스러운 동선을 모두 파악할 필요가 없었다. 모로 가도 도착지가 될 그녀를 지키고 있으면 그만이었다.

기준의 예측은 틀리지 않았고, 기회는 예상보다 빨리 찾아왔다. 신호 대기 중인 하희라의 자동차 맞은편 차도에서 최수종의 자동차가 다가오고 있었다. 자동차 두어 대 간격을 두고 뒤를 쫓던 기준은 카메라를 들고 초점을 맞췄다. 생각은 필요 없었다. 진동하는 특종의 냄새가 몸을 작동시켰다. 최수종의 자동차가 하희라의 자동차와 교차된 채 멈췄다. 그때! 그의 자동차 뒷문이 열리고, 뒤이어 그녀의 자동차 뒷문이 열렸다. 최수종이 하희라의 자동차로 몸을 던졌다. 기준은 한순간도 놓치지 않고 바쁘게 셔터를 눌렀다. 그동안의 믿음이 한 컷씩 증명되어 갔다.

"쉬운 일이 없구나…."

번화가로 접어들며 정체가 시작되었다. 기준은 흐름이 끊어진 도로에 갇혀 있는 하희라의 자동차를 집요하게 바라보고만 있었다. 얼마의 시간이 흘렀을까. 짙게 선팅되어 아무것도 보이지 않는 검은 차창 위로 최수종과 하희라의 모습이 아른거렸다. 밀폐된 자동차 안에서 젊은 연인이 만들고 있을지도 모를 뜨거운 장면들이 그려졌다. 셔터를 누르듯 핸들을 찰칵찰칵 더듬었다.

"예수 천국! 불신 지옥!"

느닷없는 외침이 정체로 침묵 중인 도로를 뒤흔들었다.

기준은 화들짝 놀라며 정신을 차렸다. 수위가 극단으로 향하던 상상이 깨어지자 부끄러움이 몰려왔다. 헛기침으로 더운 숨을 뱉어냈다. 얼굴이 시뻘겋게 달아올랐다. 그 순간 불쾌한 외침이 다시 한 번 크게 울렸다. 그는 신경질적으로 고개를 돌렸다.

"예수 천국! 불신 지옥!"

거리는 포교를 나온 종말론자들에게 점거되어 있었다. 요란한 팻말들이 소란스럽게 출렁거렸다. '10월 28일 예수님의 공중 재림' '인류의 종말이 시작된다' '재난에 대비하라' '믿는 자들만이 살아남는다' '예수 천국! 불신 지옥!' 어느새 행인들이 발걸음을 멈추고 모여들고 있었다. 포교를 당하는 모양새는 아니었다. 호기심을 드러내는 몇몇을 제외한 나머지는 몸을 살짝 뒤로 젖힌 자세로 경계를 늦추지 않았다.

믿는 자들이 하늘로 휴거하고 종말이 시작된다는 10월 28일까지 겨우 18일이 남아 있었다. 전 재산을 헌납한 가족부터 가족과 연을 끊고 집을 나온 가정주부, 사업을 크게 말아먹은 가장, 건강 때문에 명문대를 그만둔 미래의 이학박사, 상급자의 괴롭힘 때문에 휴가를 나온 뒤 복귀하지 않은 군인, 혼인빙자간음으로 결혼에 실패한 여자, 공부가 싫다고 무작정 가출한 고등학생까지…. 언론을 통해 시한부 종말론의 다양한 피해 사례가 적극적으로 전파되는 중이었다. 그런 광신도들을 직접 마주친 사람들이 느끼는 감정은 서로 크게 다르지 않을 것이다. 마침 모두의 마음을 대변하는 듯한 비난이 거리에 울렸다.

"이 한심한 새끼들아, 개소리 좀 그만 지껄여! 제발 장사 좀 하자! 이 염병할 새끼들아!"

구경꾼들을 뚫고 나타난 과일 노점상의 쩌렁쩌렁한 목소리가 헛소리들을 깔아뭉갰다. 잠시 잠깐 종말론자들이 당황한 모습을 보이며 주춤거렸지만 곧장 확성기를 든 남자가 앞으로 나와 전열을 가다듬었다.

"지금 장사가 중요해요? 당신들 다 불지옥에 떨어져서 타죽게 생겼어! 알지도 못하면서 무식하게 굴고 있어! 예수님 믿으면 천국이고 불신은 지옥이야, 이 사람아!"

"마귀가 씌었어, 마귀가 씌었어." 종말론자들이 추임새를 붙이며 기세를 회복했다.

"이런 미친놈들이 장사에 똥 뿌리는 것도 모자라서 뭐? 지옥? 마귀?"

웃통을 벗어 던진 노점상이 확성기를 든 남자에게 달려들었다. 기다렸다는 듯 주변 노점상들이 합세했다. 온갖 육두문자가 거리에 쏟아졌다.

종말론자들도 지지 않았다. 확성기를 든 남자를 감싸며 노점상들과 뒤엉켰다. *예수 천국, 불신 지옥!* 하나님의 이름으로 마귀들을 공격했다.

"가지가지 한다, 정말."

넋을 놓고 거리의 상황을 지켜보던 기준이 실소를 터트렸다. 만일 '유머 일번지'*의 피디가 주변에 있었다면 시청자들에게 외면받았던 프로그램을 되살릴 방법을 배웠을지도 모른다는, 의미 없는 가정을 마지막으로 관심을 끊었다. 그사이 도로의 정체가 풀려가고 있었다. 다시 미행을 이어 갈 시간이었다. 허리를 곧게

* 1983년 4월부터 1992년 10월 4일까지 방송된 인기 코미디 프로그램.

펴고 앉아 느슨해진 긴장의 끈을 조였다. 그때 유난히 튀는 목소리가 날아들었다.

"여러분! 마귀들 말에 귀를 기울이지 마세요!"

기준은 다시 거리로 고개를 돌렸다. 종말론자들과 노점상들이, 그리고 행인들까지 뒤엉킨 난장판 속에서 목소리의 주인을 찾아 눈을 바삐 움직였다. 잘못 들은 것일지도 몰랐다. 잘못 들은 것이 분명했다. 잘못 들은 것이어야만 했다. 하지만 목소리는 또다시 소란을 뚫고 들려왔다.

"마귀의 유혹에 빠진 사람들은 종말이 시작된 이 땅에 남아서 고통을 겪을 거예요. 주님의 선택을 받은 우리가 천국에서 잘 먹고 잘사는 동안, 여러분은 죽을 수도 없는 고통에 허우적거리다가 심판받고 불지옥에 떨어질 거라고요! 마귀들이 하는 말은 듣지 말고 우리 말을 들어요!"

기준은 카메라를 들었다. 망원렌즈를 좌우로 움직이며 난리굿을 피우는 종말론자들을 살폈다. 사방에서 클랙슨이 요란하게 울어댔다. 도로의 정체가 해소되기 시작한 것이다. 그러나 꼼짝할 수 없었다. 망원렌즈가 어느새 한 사람을 집요하게 비추고 있다. 그의 아내, 수경이었다.

"마라나 타. 좋은 저녁입니다."

승천교회 앞을 지키고 있는 종말론자들이 방문객들에게 두 손 모아 인사를 했다. 〈마라나 타〉는 주님이 재림하신다는 뜻으로,

우리 주님이 오신다 혹은 오실 것이다, 로 해석되는 아람(Aram)어 〈마란 아다(maran 'athâ')〉에서 유래한 인사말이었다. 강형사로부터 넘겨받은 자료를 숙지했던 기준은 자연스럽게 인사를 주고받으며 승천교회로 들어섰다.

"마라나 타."

승천교회는 허름하게 찍힌 사진과 달리 크고 웅장했다. 예배당부터 각종 사무와 교육 공간, 갈 곳 없는 신자들의 숙소, 그리고 최목사와 신의 아이들이 기거하는 성역까지 차례로 쌓아 올린 4층 건물이 낮은 지붕의 주택가를 압도하고 있었다. 신자들이 대문 없이 활짝 열어둔 정문을 끊임없이 통과해 모여들었다. 텅 비어 있던 사진 속의 주차장이 가득 채워지며 한껏 높아진 승천교회의 기세를 증명해 나갔다.

"젠장!"

기준의 발밑으로 한숨이 툭 떨어졌다. 북적이는 인파 속에서도 주차장 저 끝에 포교 현장의 종말론자들이, 그 속에 서 있는 여자가 한눈에 들어왔다. 가까이 다가가서 확인해 볼 필요도 없었다. 거리에서 헛소리로 악다구니를 쓰던 표정이 깨끗이 지워진 얼굴, 수경이었다.

기준은 갑작스럽게 불법 유턴을 감행하던 중에도, 자동차에서 내려 종말론자들을 뒤쫓는 동안에도, 골목에서 그들을 완전히 놓쳐 버린 뒤에도 눈을 의심했다. 강형사가 수경과 착각했던 '그 여자'를 본 것이라고 생각했다. 그러나 최수종과 하희라에게 돌아가지는 않았다. 자동차로 돌아와 승천교회를 향해 출발했다. 입으로는 자신의 아내가 아니라고 부정하면서도, 머릿속으로는 그녀를 끌고 나올 방법들을 떠올리며 달려왔던 것이다.

하지만 정작 수경을 찾아낸 기준은, 곁으로 다가가지 못한 채 멀뚱히 바라만 보고 있었다. 그녀의 웃음 때문이었다. 아들에게 사고가 일어나기 한참 전부터 사라졌었던, 아득한 기억 속에만 남아 있던 웃음이 사이비 교회에서 활짝 피어 있던 것이다.

예배의 시작을 알리는 종소리가 들려왔다. 수경이 바쁘게 움직이는 종말론자들 사이로 휩쓸려 사라졌다. 기준은 뒤늦게 교회 건물 안으로 들어갔다. 그녀는 이미 완전히 사라져 어디에서도 보이지 않았다.

"나는 부활이요, 생명이니 나를 믿는 자는 죽어도 살겠다고 말씀하신 하나님 아버지!"

최목사의 기도로 '황민주 천사 순교 13일 추모 기도회'가 시작됐다. 기도는 악대가 은은하게 연주하는 찬송가 음률에 실려 예배당 구석구석 퍼져나갔다. 넓은 예배당을 빼곡히 채우고 있던 종말론자들이 앞줄부터 차례로 일어났다. 국화꽃 한 송이를 들고 최목사가 서 있는 단상 옆으로 걸어 나갔다. 거기, 투명한 유리 상자 안에 황민주의 납골함이 봉인된 추모 제단이 꾸며져 있었다. 신자들은 헌화를 마치고 질서 있게 자리로 돌아가 앉았다. 슬픔은 보이지 않았다. 간혹 눈물을 보이는 신자들도 있었으나, 주변의 종말론자들에 의해 엄격하게 통제되었다.

"울긴 왜 울어? 민주 천사님은 10월 28일에 예수님 모시고 부활하기 위해 순교하신 거야."

기준은 교회가 연출하는 엄숙한 종교의식이 우스꽝스럽기만 했다. 시한부 종말론을 믿고 안 믿고 이전의 문제였다. 놓쳐 버린 수경을 찾기 위해 추모 행렬에 동참해 둘러본 예배당은 처참했다. 예수의 성화(聖畵)와 최 목사의 초상화를 함께 걸어 둔 단상 위의 풍경부터 벽면마다 빨간색 페인트로 휘갈겨 쓴 문구들—7년의 大환란 적그리스도의 시대가 다가온다, 휴거하여 재난에 대비하라, 1992년 세상의 종말이 시작된다, 믿는 자에게는 구원이 불신자에게는 지옥이—과 예수의 공중 재림과 종말로 펼쳐질 재앙 등을 조악하게 표현한 그림들까지…. 이런 우상화된 지도자의 표상과 원시 주술 같은 상징들은 이곳이 사이비 교회라는 것을 자인하는 꼴이었다. 종교로서 마땅히 가져야 할 최소한의 기품은 찾아볼 수 없었다. 기준의 마음을 홀렸던 수경의 웃음은 완전히 지워졌다. 어서 이 미치광이 소굴에서 그녀를 데리고 나가야 한다는 목적만 남아 있었다. 그때 진중하게 이어지던 최목사의 기도가 부서져 나가기 시작했다.

"쓰임이 있어 먼저 부르신 황민주 천사에게 축복의 기름을 부어주소서. 기름이 넘쳐흘러 지상의 우리 영혼까지 젖게 하소서. 그리하여 황민주 천사의 순교가 우리 믿는 자들의 영혼을 살찌우게 하옵시고…."

예배당 뒤쪽으로부터 시작된 웅성거림이 엄숙하던 분위기를 단숨에 흐트러트린 탓이었다. 신의 아이들, 이제훈과 이선민이 예배당으로 들어서고 있었다. 종말론자들은 그들을 따라 시선을 옮기며 할렐루야, 아멘을 주문처럼 연신 되뇌었다. 서로 손을 꼭 잡은 신의 아이들이 신자들에게 눈인사를 건네며 단상을 향해 걸어갔다. 예배 말미에 단상 뒤의 장막을 거둬내고 등장한다던 경찰의 정보와는 달랐다. 황민주의 죽음을 순교로 꾸미기 위해 새로이 준비된 의식 같다고, 기준은 생각했다. 그러나 등장이 계획보다 빨랐던 모양이었다. 예배당을 장악하고 있던 최목사의 기도가 모든 주목을 빼앗긴 채 서둘러 마무리됐다.

"…주 예수 그리스도의 이름으로 간절히 기도드리옵니다. 아멘!"

기준은 그 순간 최목사의 얼굴에 맺힌 불쾌감을 읽었다. 미간을 구기며 꾹 다문 입술을 씰룩거린 것이다. 하지만 최목사는 프로였다. 단상에서 내려오는 동안 인자한 표정을 만든 뒤, 신의 아이들 앞에 한쪽 무릎을 꿇고 앉았다. 이제훈이 내민 손에 입을 맞추며 쇼를 절정으로 인도했다. 신의 아이들이 최목사가 내려온 단상으로 올라갔다. 촌스러운 황금빛 의자에 앉아 예배당을, 종말론자들을 오래도록 굽어보았다. *아멘.* 종말론자들이 입을 모아 신성한 마침표를 찍었다.

"이로써 금일의 추모를 마치고 최재권 목사님의 안수기도가 곧 시작될 예정입니다. 순번을 받으신 형제자매님들께서는 질서 있게 앞으로 나와 주시기 바랍니다."

전도사의 안내에 따라 열 명가량의 신자들이 곳곳에서 일어났다. 그 순간 기준도 엉덩이를 들썩였다. 도무지 찾을 수 없던 수경이 안수기도를 받기 위해 모습을 드러냈고, 단상 아래 도착하여 종말론자들과 함께 예배석을 마주 보며 무릎을 꿇었다.

최목사가 신자들에게 다가갔다. 옆에 따라붙은 전도사로부터 귀엣말을 전해 들은 뒤 중년 남자의 머리에 손을 올렸다. 죽마고우에게 사기를 당해 모든 것을 잃고 주님을 영접하게 된 어린 양이라는 소개와 함께 기도가 시작되었다.

"여기 마귀의 간계에 빠져 크나큰 시련을 겪는 아버지의 어린 양이 있습니다. 아버지에게 봉헌할 양식을 동업자라는 이름의 마귀에게 빼앗긴 뒤, 뜻에서 멀어졌던 어린 양이 있습니다."

승천교회의 수사 자료를 건네주던 강형사는 종말론자를, 잘못된 신앙을 가진 사람들과 구구절절한 사연을 가진 불쌍한 사람들로 나누었다. 그리고 후자의 경우를 안타까워했다. 성별과 나이와 직업… 모든 것이 제각각인 사람들을 하나로 묶은 것은 신앙이 아니라 무언가에 실패하거나 좌절한 경험일지도 모른다고 말했다. 기준은 '불쌍하다'라는 평가에 동의할 수 없었다.

'힘든 일이 있으면 이겨내려고 노력을 해야지. 세상 끝난다는 말에 홀려서 얼씨구나 천국으로 도망치겠다고, 교회에 돈을 갖다 바치고 시간을 버려? 그건 불쌍한 게 아니라 한심한 거야.'

사람은 누구나 힘든 일을 겪지만, 모두가 시한부 종말론 같은 빤한 거짓에 홀려 현실을 외면하는 것은 아니었다. 대부분의 사람들은 힘든 일들을 묵묵히 견디며 극복해 나가는 법이었다. 따라서 사이비 종교에 빠져 스스로를 파괴하는 것도 모자라, 평화로운 이 사회를 어지럽히는 종말론자들은 '동정할 가치도 없는 패배자'라는 것이 기준의 결론이었다.

그런데 지금 기준의 아내가, 함께 고난과 시련을 이겨내는 중이라고 생각했던 수경이 시한부 종말론 앞에 꿇어앉아 거짓 구원을 갈구하고 있다. 뺑소니 교통사고로 사경을 헤매는 아들의 어미로서 최목사에게 위로받고 있는 것이다.

"장님이 눈을 뜨고, 앉은뱅이가 걷는 기적은 바라지 않습니다. 다만 아버지 하나님께서 휴거를 역사하실 그날, 10월 28일 그날까지만, 여기 어린 양의 아픈 자녀를 보살펴 주시옵소서. 그리고 선택받은 14만 4천 명의 믿는 자들이 재림하신 예수 그리스도를 따라 하늘로 돌아갈 때… 그때 목숨을 거두어 주시옵소서."

기도의 구절마다 그렇게 되리라며 아멘, 아멘, 간절히 동의하던 수경이 눈물을 터트렸다. 함께 기도에 빠져 있던 예배당의 종말론자들 속에서도 훌쩍거리는 소리가 들려왔다.

어느새 단상 앞으로 걸어 나온 기준은 아내의 머리에 얹어진 최목사의 손을 떼어냈다. 감정을 모두 누른 무표정한 얼굴로 그를 노려보았다. 최목사가 애써 차분하게 물어왔다.

"지금 이게 뭐 하는 짓이죠?"

기준은 대답 대신 최목사를 밀쳐 냈다. 신자들의 탄식으로 예배당이 요동쳤다. 전도사가 버럭 소리를 질렀으나 귀에 들어오지 않았다. 자리에서 벌떡 일어난 아내의 팔을 낚아채 돌아섰다. 종말론자들이 쏟아 내는 적의를 뚫고 성큼성큼 앞으로 걸어 나갔다.

"이것 좀 놔! 팔 아파!"

수경은 건물을 나서기 직전, 기준의 팔을 뿌리쳤다. 턱을 치켜들어 분노를 드러냈다. 기준은 반응하지 않았다. 뒤를 따라 나온 종말론자들을 날카롭게 노려보며 다시 그녀에게 손을 뻗었을 뿐이었다.

"할 말 있으면 여기서 얘기해!" 수경이 팔을 뒤로 감추며 쏘아붙였다.

"이런 정신병자 소굴에서 무슨 말을 해!"

"말 함부로 하지 마!"

"사람 죽여 달라는 기도가, 네 아들 죽여 달라는 기도가 정상이야?"

"죽이는 게 아니라 함께 휴거하는 거야! 10월 28일에 휴거가 시작되면 나는 천국으로 가게 돼. 그럼 우리 영민이는? 온갖 재앙이 와서 멸망할 이 세상에 영민일 두고 어떻게 가!"

수경은 떨리는 손으로 가슴께를 더듬거렸다. 증명사진과 함께 '天國'이라고 적힌 목걸이형 신분증을 꼭 잡았다. '하나님의 소유'가 되었다는 뜻으로서 '인침(印鉽)'이라 불리는, 휴거 자격을 얻은 열성 신자들에게만 발행되는 일종의 천국행 티켓이었다. 단순한 호기심으로 방문한 것이 아니라는 증거이기도 했다.

"정말 이걸 믿어? 빌어먹을 종말 따위를 믿느냐고!"

기준은 인침을 거칠게 뜯어내 바닥에 팽개쳤다. 수경이 화급히 바닥에 주저앉았다. 몸을 던져 인침을 밟으려 날아드는 발을 막아냈다. 그녀는 세상 가장 소중한 것을 대하듯 두 손을 모아 인침을 주워들었다. 부아가 치민 기준이 아내를 일으키며 소리쳤다.

"차라리 산타클로스를 믿어! 순진한 척이라도 할 수 있게!"

"놔!"

수경은 외마디 비명으로 기준을 밀어냈다. 흰자위를 드러내고 노려보며 발작하듯 몸부림쳤다. 그것을 신호처럼 종말론자들이 움직였다. 한 걸음 한 걸음 위협적으로 다가왔고, 순간적으로 달려들었으며, 기준을 단숨에 교회 밖으로 끌어냈다.

"울면 안 돼, 울면 안 돼. 산타할아버지는 우는 아이에게는 선물을 안 주신대요!"

종말론자들은 바닥에 던져진 기준을 향해 조롱 가득한 노래를 불렀다. 서로 팔짱을 껴서 교회 입구에 견고한 인(人)의 장벽을 세운 채였다. 자리에서 일어나 수경을 애타게 부르며 교회 안으로 들어가려는 기준을 거칠게 밀어냈다.

"산타할아버지는 알고 계신대. 누가 착한 앤 지 나쁜 앤 지 오늘 밤에 다녀가신대."

다시 바닥에 쓰러진 기준은, 다시 자리에서 일어났다. 그리고 다시 덤벼들기를 여러 번이었다. 자신을 밀어내는 손에 힘이 들어가고 있음이 느껴졌다. 거듭된 도전이 종말론자들을 흥분 상태로 이끌고 있는 것이다. 계산대로라면 감정적인 드잡이가 몸싸움으로 번지는 그때, 두 시간에 한 번씩 순찰을 빙자해 정찰을 나오는 경찰과 마주치게 될 예정이었다. 폭행의 피해자로서 공권력을 앞세워 당당히 교회로 들어가는 것이 목표였다.

다시 자리에서 일어나 고개를 주무르던 기준이 순간, 모든 동작을 멈췄다. 승천교회 건물에 시선을 단단히 걸어놓은 채였다. 긴장한 얼굴로 침을 꼴깍 삼켰다. 종말론자들은 꿍꿍이에 속지 않겠다는 듯이 노랫소리를 높였다. *울면 안 돼! 울면 안 돼!* 기준은 멍하니 고개를 저었다. 몇몇 종말론자들이 기준을 따라 승천교회 건물로 고개를 돌렸다. 곧장 새된 비명이 터져 나왔다.

"천사님!"

이선민, 신의 아이가 건물 3층 창문을 밟고 올라서서 이쪽을 바라보고 있었다. 종말론자들이 팔짱을 풀고 이선민을, 천사님을 부르며 발을 동동 굴렀다. 모두 당황한 상태였다. 지금 무엇이 필요한지, 무엇을 해야 하는지 판단할 수 있는 사람은 아무도 없었다.

기준은 느슨해진 종말론자들의 장벽을 비집고 달려 들어갔다. 덜미를 잡으려는 몇몇 신자의 손을 거칠게 뿌리쳤다. 이선민이 뒤로 돌아섰고, 창문 밖 허공으로 몸을 누이고 있었다. 종말론자들은 이제 기준을 신경 쓸 겨를이 없었다. 오직 천사님, 천사님 애타게 소리치기만 할 뿐이었다. 기준은 신자들 뒤쪽에 숨어 있던 아내를 지나쳐 달려갔다—아주 잠깐 그녀를 향해 뻗었던 팔을 그대로 거두어야 했다.

이선민이 누운 자세 그대로,

떨

어

졌

다

기준은 늦지 않았다. 양팔을 벌리며 낙하지점에 도착했고, 품에 이선민을 안았다. 전기에 감전된 것처럼 온몸이 저려 왔다. 다리가 휘청거리며 무너지는 몸을 따라 의식도 함께 주저앉고 있었다. 눈이 감기며 어둠이 스며들었다. 의식이 완전히 사라지기 직전이었다. 이선민이 또랑또랑하게 뜬 눈을 껌벅였다.

"괜찮죠, 아저씨?" 마치 무슨 일이 있었냐는 듯 태연한 목소리가 들려왔다.

기준이 다시 눈을 뜨자 하얀 천장이 보였다. 물속에 잠겨 있는 것처럼 먹먹한 귀가 맑아지기 시작했다. 사방에서 비명 소리가 들려오고 있다. 아직 의식이 혼미한 상태였다. 비명 속에 섞인 고통들이 마치 제 것인 듯 느껴졌다. 경련이 일어나며 몸이 뒤틀렸다. 그 순간 눈앞에 수경이 나타났다. 그녀는 젖은 수건으로 얼굴을 닦아주며 기준을 달랬다.

"괜찮아, 여보."

기준은 턱 끝까지 차올라 있던 숨을 크게 쏟아냈다. 그제야 정신이 완전히 돌아왔고, 시야가 넓어지며 주변이 비쳤다. 비명을 내지르는 환자들이 누워있는 침대와 그 사이를 바쁘게 뛰어다니는 의료진들이 보였다. 아들이 입원해 있는 종합병원 응급실이었다. 기준이 몸을 일으켰다. 허리부터 시작된 통증으로 진짜 고통이 찾아왔다.

"근육통만 조금 있을 거래. …다행이야. 어디 다친 건 아니라서."

수경이 기준을 부축하며 자리에 앉혔다. 종말론자의 광기는 더 이상 찾아볼 수 없는, 기준의 아내였고 영민의 엄마였다. 어쩌면 지독한 악몽을 꾸었던 것일지도 모른다고, 기준은 생각했다. 그러나 수경은 곧장 현실을 일깨워주었다.

"고마워…. 당신 덕분에 천사님도 무사하셔."

응급실에는 건물 밖으로 몸을 던졌던 이선민도 함께 실려 와 잠들어 있었다. 기준은 멀찍이 떨어진 침대를 지키던 이제훈과 눈이 마주쳤다. 고맙다는 듯 목례가 돌아왔지만 외면했다. 고개를 돌려 물수건을 짜는 아내를 바라보았다. 어떤 감정도 생각도 읽어낼 수 없는 얼굴이었다.

"언제부터야?" 기준이 단도직입적으로 물었다.

"아마도…, 석 달 전쯤이었을 거야."

수경은 예상했던 질문이라는 듯 대답에 망설임이 없었다. 뒤쪽의 이제훈을 힐끔힐끔 의식하며 낮은 목소리로 말을 이었다.

"옆 병실 할머니께 전도 받았어. 병원에만 있으니까 답답해서 바람이나 쐬고 올 생각이었어. 처음에는…."

수경은 당연하게도 시한부 종말론을 받아들이지 못했다. 노인이 칭송해 마지않던 최목사의 설교는 낯설기만 하여 좀처럼 집중이 되지 않았다. 예배가 이어지는 동안 영민을 병실에 홀로 두고 왔다는 죄책감에 시달려야 했다. 오늘도 어제처럼 아무 일도 일어나지 않는다는 것을 알고 있으면서도, 하필 오늘 큰일이 날지도 모른다는 두려움이 엄습했다. 하지만 아들을 위해 기도하자는 노인을 뿌리치고 일어나지는 못했다. 신의 아이들이 등장할 때까지도 영민을 향한 걱정으로 전전긍긍하고만 있었다.

그럼에도 불구하고 이제훈의 설교는 수경에게 스며들어 왔다. 최목사와 마찬가지로 시한부 종말론을 이야기하였으나, 최목사처럼 막무가내로 믿음을 강요하지 않았기 때문이었다. 종말을 인간의 탄생과 죽음에 빗대어 설명하며 그것이 하나님께서 세상을 창조하신 태초부터 약속되어 있던 미래라는 것을 이해시켜 나갔다. 뛰어난 언변으로 예배당을 단숨에 휘어잡고 두려워할 필요가 없음을 강조했다. 하나님께 선택받은 전 세계 14만 4천 명의 인간들은 10월 28일 휴거를 통해 천국으로 올라갈 것이라고 예언했다.

'종말의 고통은 지상에 남겨진 인간들의 몫입니다.'

어느새 설교에 푹 빠져 있던 수경은, 그러나 이제훈이 끔찍한 재앙의 풍경을 묘사해 나가는 동안 설교 밖으로 튕겨져 나왔다. 선택받은 14만 4천 명에 속하지 않았으므로, 종말의 고통을 감당해야 할 당사자였기에 더는 함께할 수 없었다. 생생하게 그려지는 지옥도에 뜨겁게 호응하는 신도들 속에서 철저히 소외되어 갔다.

'이제 주님께서 보여주신 내일을 말씀드릴 차례에요.'

이제훈은 종말에 가까워지고 있다는 증거를 제시했다. 이튿날 오후 7시경 개화동에 건설 중인 신(新)행주대교의 주탑이 부러지고 교각과 상판이 내려앉으며 붕괴된다는 예언이었다—공사가 끝난 시간대에 일어나는 사고이기에 인명 피해는 없다고 했다. *아멘.* 신도들이 의자 아래로 내려가 꿇어앉았다. 양손을 모으고 다리의 붕괴로 세상의 붕괴를 예고한 하나님의 직통 계시를 받들었다. 벌떡 일어난 수경이 유난히 돋보인 것은 그래서였다.

'하나님은… 왜 종말이 시작되지 않았는데 벌써부터 재앙을 내리시는 거죠? 대체 왜 괴롭히시는 거냐고요. 대체 우리가 뭘 잘못했는데요!'

수경의 감정이 격해져 있었다. 이제훈의 말대로라면 그녀에게 찾아온 불행들은, 아들의 사고는 모두 하나님 때문이었다. 의인으로 살진 못했지만 악인으로 살지도 않았다. 누구나 일상에서 저지르는 소소한 잘못 이상의 죄를 지은 적도 없었다. 그녀는 이처럼 가혹한 처벌을 받아야 할 사람이 아니었다.

'벌을 받고 있는 게 아니에요.' 이제훈이 말했다. '지금의 재앙은 결과가 아니라 과정이라는 걸 아셔야 해요. 하나님은 어떠한 상황에서도 믿음을 잃지 않는 인간을 가려내기 위해, 그리하여 종말에서 구원을 받을 인간들을 선택하기 위해 시련을 내리고 계신 거예요. 자매님이 겪은 불행들, 그건 자매님의 잘못이 아닙니다. 아버지 하나님의 시험일뿐이에요. 하지만 이제 다 끝났어요. 자매님은 이렇게 아버지 하나님을 영접하기 위해 아버지 하나님의 집을 찾아왔잖아요. 시험을 무사히 통과한 거예요. 자매님께서도 구원을 받을 수 있어요.'

하늘을 가리키는 이제훈의 손가락을 따라 고개를 든 수경이 털썩 꿇어앉았다. 높은 벽에 걸려 있는 십자가를 올려다보는 동안 자연스럽게 양손이 모아졌다. 예배가 끝난 뒤에도 그 자세 그대로 자리에 남아 있었다. 신도들을 따라 배우지도 않은 통성기도를 무작정 읊어댔다. 주님의 뜻을 몰랐던 지난 시간에 대해 목소리를 높였다. 그녀의 가족에게 찾아온 불행을 고통으로만 알고 하늘을 원망하기만 했던, 주님을 몰랐던 시간을 반성했다. 살아온 모든 순간이 부끄러웠다. 숨을 쉬는 것조차 죄스러웠다. 기도가 점차 울음으로 번져 갔다.

'잘 왔어요.' 그때 이제훈이 곁으로 다가왔다.

신의 아이들은 통성기도로 고통을 쏟아내는 신도들을 찾아다니며 한 명 한 명에게 손을 내밀어 주고 있었다. 거룩한 손길이 닿을 때마다 울음으로 일그러졌던 신도들 얼굴에 평온이 찾아왔다. 그리고 수경의 차례였다. 마침내 신께서 천사를 보내주신 것이다.

'자매님의 오늘이 아드님을 구원할 수 있는 시작이 될 거예요. 이제 자매님은 혼자가 아니에요. 우리가 함께 기도할게요. 그동안 정말 고생 많았어요.'

그날을 덤덤히 진술하는 동안 아련해지던 수경의 눈에서 눈물 한 줄기가 흘러넘쳤다. 부끄럽다는 듯 눈물을 훔쳐내고는 해맑게 웃어 보였다. 하지만 더 이상 기준을 보고 있지 않았다. 간증에 도취하여 시선을 허공에 걸어둔 채였다.

"뭐가 그렇게 무서웠는지 모르겠어. 종말이 오면 모든 게 끝날 텐데… 주님만 믿으면 구원받을 수 있는 거였는데…."

"종말이 10월 28일이라고 했니? 확실한 거야?"

기준은 말을 잘랐다. 수경이 시한부 종말론에 얼마나 깊이 빠져 있는지 설명은 충분했다. 더러운 늪에 빠진 아내를 건져내야 할 시간이었다. 하지만 그녀는 기준의 안타까움을 느끼지 못한 채 철없이 굴었다.

"당신도 주님을 영접하고 싶어진 거야? 그래! 자격이 생겼을 거야. 천사님을 구했잖아!"

"그런 건 필요 없어. 종말은 오지 않을 거니까."

"…당신이 믿을 리가 없지. 당신은 언제나 혼자 잘난 사람이었으니까…. 하지만 이번엔 당신이 틀렸어. 이미 종말의 날은 다가오는 중이고, 나는 선택을 받았어. 환란 속에서도 하나님의 표식을 받은 우리 14만 4천 명의 믿는 자들은 살아남을 거야."

기준은 수경의 간증에서 우월감을 읽었다. 세상이 멸망할 때에도 신에게 선택되어 살아남을 소수라는 주장 때문이었다. 기시감이 느껴졌다. 언론에서 보도된 피해 사례, 경찰의 수사 자료, 그리고 거리 포교 현장과 승천교회를 비롯한 모든 곳에서 마주친 종말론자들이 떠올랐다. 그들의 무모한 믿음과 근거를 알 수 없는 자신감 역시 선택받은 소수로서의 우월감에서 비롯되었다는 것을 깨달았다. 아내가 동정할 가치도 없는 패배자들과 함께 묶이고 있었다. 참을 수 없었다.

"네가 느끼는 우월감은 가짜야. 하나님의 표식을 받은 14만 4천 명? 그건 일종의 상징이야. 구약성서의 열두 지파와 신약성서의 열두 사도를 곱하고, 무수히 많은 수를 뜻하는 숫자 천을 곱한 결과라고. 숫자 그대로 14만 4천 명이 아니라, 하나님의 모든 백성을 가리킨다는 해석이 지배적이야."

"…교회 다닌 적 있어?"

"상식이야." 경찰의 수사 자료에 적힌 내용이었다. "신문에서, 뉴스에서 승천교회가 주장하는 시한부 종말론이 얼마나 허황된 거짓말인지 매일 폭로되고 있으니까."

"당신이 말하는 것도 결국에는 누군가의 해석이지? 그게 틀렸을 거란 생각은 안 해봤어? 14만 4천 명이란 답을 얻기 위해 억지로 끌어다 만든 셈법은 아닐까?"

수경은 차분하게 대응했다. 승천교회로부터 오늘 같은 상황을 대비한 교육을 받아왔을 거라고, 기준은 생각했다. 하지만 결국 대화를 통해 설득해 낼 거라 자신했다. 그녀가 동정할 가치도 없는 패배자들과는 다르다고 믿기 때문이었다.

"예수는 종말이 도둑처럼, 아무도 모르게 오는 거라고 말하지 않았나?"

"종말은 아무도 모르게 온다고 하셨지만, 무화과나무의 비유를 배우라고도 하셨지. 가지가 연해지고 잎사귀를 내면 여름이 가까운 줄 알라며 믿는 자들에게 계시를 약속하신 거야."

"아니. 예수는 그날과 그때는 아무도 모른다고 했어. 하늘의 천사들도, 아들도 모르고 오직 하나님만 안다고…. 예수의 가르침은 언제 올지 모를 종말에 대비해서 착하게 열심히 살라는, 그런 거잖아. 종말이 언제라고 말하는 사람은 모두 사이비라고!"

기준이 '사이비'라는 단어에 힘을 주어 발음하자, 침착한 표정을 짓고 있던 수경의 얼굴이 순간적으로 꿈틀거리며 일그러졌다.

"그건 선택받지 못한 사람들의 변명이야! 주님께서는 노아에게 대홍수를 미리 귀띔하신 적이 있어. 지금도 우리가 믿음을 잃지 않도록 천사님들께 직통 계시를 내려주시잖아? 그래! 아까 얘기했던 신행주대교! 그거 천사님께서 예고하신 시간에, 예고한 대로 무너졌어. 당신 좋아하는 신문을 찾아보면 알 거야."

"신행주대교 공사의 위험성은 오래전부터 전문가들을 통해 제기되어 왔던 거야. 네가 관심을 갖지 않았으니까 몰랐을 뿐이지."

"지금까지 몇 년간 매일매일 예언해 오신 것들은 어떻게 설명할래? 모두 말씀대로 이루어졌어. 알아? 주님께선 천사님들을 통해 10월 28일의 휴거가 진짜임을 증명하고 계신 거라고!"

예언은 훌륭한 전략이었다. 성경의 예언서들을 흉내 내어 사술의 혐의를 피했고, 현실의 각종 사건 사고들을 이용해 예언의 현재적 시점을 부여했으며, 화자를 아이들로 설정하여 다소 허황된 이야기까지도 용인될 수 있는 분위기를 조성했다. 그렇게 완성된 예언은 시한부 종말론의 중요한 근거로서 승천교회를 신비롭게 포장하고 있었다. 동시에 세상 사람들이 모르는 미래의 비밀을 공유함으로써 종말론자들의 우월감을 강화시키는 역할을 했다.

"모두 뉴스를 꼼꼼히 챙기면 대강 맞출 수 있는 사안들이야. 모호한 언어들을 사용해서 부족한 디테일을 채웠을 거고. 잘 생각해 봐. 정말 사건 사고를 하루 전날 예언했는지. 늦은 밤의 예배에 참석한 신자들이 아직 접하지 못한 뉴스를 내일 일어날 일로 꾸몄을지도 몰라. 신자들은 길어진 예배로 판단력이 흐려져 있는 상황에서 믿어야 하는 분위기에 휩쓸렸을 수도 있어."

수경이 눈동자를 위쪽으로 굴렸다. 생각을 되짚고 있는 것이 분명했다. 이따금 고개를 끄덕이고 저으며 긍정과 부정을 오갔다. 아들이 뜻하지 않은 뺑소니 교통사고를 당해 식물인간 상태로 투병 중이었다. 의지만으로는 이겨낼 수 없는 상황에서 의존할 대상을 갈구하는 것은, 그래서 절대자로 설정된 신에게 몸을 기대는 것은 인간의 당연한 본능이었다. 다만 종교에 무지하여 옳고 그름을 판단할 수 없었기에 잠시 잘못된 길로 들어섰을 뿐이다. 이제 돌아올 시간이었다.

"알아, 너 힘들었던 거. 하지만 사이비 교회는 아니야. 만일 기댈 곳이 필요하다면, 그게 신앙이라면 정상적인 교회에 가자. 나도 같이 주님 영접하고 영민이를 위해서 기도할게."

"내가 비정상이라는 말이야?"

수경이 말꼬리를 잡고 늘어지며 뾰족하게 굴었다. 반론 거리가 모두 떨어졌다는 의미였고, 설득이 마무리되어 간다는 뜻이었다.

타협은 금물이다. 강하게 몰아붙여야 할 때였다.

“확대해석하지 마. 네가 아니라 승천교회가 비정상적이라는 말이니까.”

“눈앞에 찾아온 종말을 부정하는 교회들을 어떻게 아버지 하나님의 집이라고 할 수 있어?”

“대체 종말이 눈앞에 찾아왔다는 근거가 뭔데?”

“천사님들은….”

“또 그놈의 천사야? 제발 그만 좀 해! 천사가 자살을 하냐? 생명의 주관자라는 너희들 신(神)이, 그 잘난 하나님이 교만과 반역이라고 금지한 자살을 선택하는 게 무슨 천사야!”

수경이 다급히 손을 뻗어 기준의 입을 틀어막았다. 저 건너편의 이제훈을 신경 쓰고 있는 눈치였다. 그는 이쪽의 소란에 관심이 없다는 듯 잠든 동생의 머리칼을 쓸어내리고만 있었다. 수경은 기준의 입에서 손을 떼어내며 비밀하게 쏘아붙였다.

“직통 계시 때문이야. 부름이 강해지면 주님께 향하기 위해 그런 행동을 하시는 거라고.”

“그 황민주! 왜 자살했는지 경찰에 수사 요청했던 게 저기 이제훈이야. 시한부 종말론이 사기라고 밝히는 조건으로 경찰에 협조하려 했었다고.”

이제훈이 높아진 목소리를 따라 고개를 돌렸다. 하지만 당황하지도, 놀라지도, 분노하지도 않았다. 단지 무표정한 얼굴로 기준을 바라보고 있었다. 갑작스러운 폭로였다. 진실 여부와 상관없이 마땅히 터져 나왔어야 할 감정들조차 보이지 않았다. 감정을 통해서 드러날지도 모를 무언가를 감추기 위해 자신을 통제하고 있는 것이라고, 기준은 확신하며 이제훈을 꼼꼼히 관찰해 나갔다. 하지만 거기까지였다. 풍채 좋은 남자가 곁으로 다가가며 시야가 차단되었다. 귀엣말을 전해 들은 이제훈이 자리에서 일어났다. 이쪽으로는 어떠한 관심도 주지 않은 채 서둘러 응급실을 빠져나갔다.

"천사님들 모독하지 마. 당신 마귀야? 왜 마귀 짓을 해?" 수경이 기준의 등을 쳤다.

"마귀는 누가 마귀야? 사람의 죽음을 순교로 이용해 처먹는 최 목사가 마귀지!"

"…민주 천사님은 순교하신 거야." 조용히 뇌까린 수경은 확신한다는 듯 다시 힘주어 말했다. "순교하신 거야, 민주 천사님."

기준은 수경이 한심하게 느껴졌다. 동정할 가치도 없는 패배자들 속에 서 있던 모습을 지워내고 지워내도 자꾸만 떠올랐다.

"모르겠다, 승천교회든 종말이든…. 네가 뭘 믿든 상관없는데, 근데 수경아 너 애 엄마야. 거기서 시간을 낭비하는 게 아니라 영민이가 나을 수 있도록 노력을 해야지!"

"영민이를 위해서 열심히 찬양하고 기도하고 있잖아! 내 믿음으로 같이 구원받으려고."

"기도 말고, 간병을 하라고!"

"내가 뭘 할 수 있는데? 난 의사도, 간호사도 아니야. 종일 영민이 죽어가는 거 보고 있는 게 전부야. 그게 얼마나 무서운지 모르지? 당신은 모를 거야…. 나한테 다 떠넘겼잖아. 당신은 그저 취재, 취재. 일에 미쳐서 항상 밖으로만 돌았어."

"억지 쓰지 마. 이럴 땐 그냥 미안하다고, 잘못했다고 하면 되는 거야."

기준은 수경의 엄살을 받아 주고 싶지 않았다. 아들의 사고 이후 그들 부부는 각각의 역할을 나누어 짊어지고 있었다. 일상에서 한참이나 멀어진 삶에 고충이 없길 바라는 것은 욕심이었다. 기준 역시도 쓰레기라는 손가락질 속에서 살아가고 있다. 그러나 아내에게 고통을 토로하기는커녕, 사회부를 포기한 희생을 알리지도 않은 채였다. 그것은 기준이 아들을 위해서 마땅히 감당해야 할 몫이기 때문이다. 아들을 팽개치고 종교에 매달린 아내를 이해할 수 없는 것은 그래서였다.

"당신 언제 영민이 손 한 번 잡아준 적 있니? 아니, 영민이를 아들이라고 생각은 해?" 수경은 냉정하게 선을 그은 기준에게 서운한 기색을 감추지 못했다.

"병원비 벌어야지!"

"그까지 돈이 중요해?"

"안 중요하면? 그동안 내가 가져다준 돈은 왜 받은 건데?"

"그건…."

수경이 기준의 눈을 피했다. 사납게 덤벼들던 모습 뒤에 감춰 놓았던 불안들을 드러냈다. 손으로 바짝 마른 입술의 살비듬을 떼어 내며 딴전을 부렸다. 목젖을 크게 들썩여 마른침을 삼켰고,

가슴을 들썩이며 숨을 들이마셨다. 그러다 옷 안에 감춰둔 사각 실루엣이 도드라졌다. 천국행 티켓, 인침이었다.

기준은 인침이 열성 신자들에게만 지급된 증표라던 경찰의 수사 자료를 떠올렸다. 성실한 헌금 납부가 열성 신자를 판단하는 여러 기준 속에서 가장 높은 비중을 차지하고 있다는 내용이 기억났다.

"너, 병원비 건드렸어?"

"…보름 뒤엔 지상에서 얻은 모든 것에 의미가 없어져."

"야이, 씨발년아!"

기준이 손을 높이 치켜들었다. 각오하고 있었다는 듯 눈을 질끈 감은 수경이 이를 악문 채로 얼굴을 찡그렸다. 기준은 한참 그 모습을 바라보다 손을 거두고 침대에서 내려왔다.

"너 영민이한테 얼씬도 하지 마."

"…." 조심스럽게 눈을 뜬 수경이 고개를 숙였다.

기준은 출입구를 향해 절뚝절뚝 천천히 걸어갔다. 곧 수경이 달려와 용서를 빌 것이라 생각했다. 헌금 사실을 뻔뻔하게 고백하던 순간에도 떨리던 음성 때문이었다. 이미 벌어진 상황을 관성적으로 인정했을 뿐, 진심이 아닐 거라고 믿었다. 그녀는 곧 제정신이 들며 후회가 몰려올 것이다. 그때 기준은, 아들을 위하는 마음에서 비롯된 실수였다고, 그렇게 아내를 이해하겠노라고 다짐했다. 하지만 응급실 출입구에 도착할 때까지도 수경은 자리에서 꼼짝하지 않았다.

기준은 선언한 대로 아내를 버리고 싶었고, 돌아가서 아내를 다

그쳐 설득하고 싶었다. 서로 모순되는 선택을 사이에 둔 채 꼼짝할 수 없었다. 그때 응급실 밖에서 그를 부르는 목소리가 들려왔다.

"빨리 나와 봐요, 아저씨."

어느새 잠에서 깨어나 복도로 나와 있던 이선민이 손을 흔들고 있었다. 기준은 이선민의 얼굴이 보이자 승천교회가 눈에 어른거렸다. 아들을 죽여 달라는 기도에 동조하던 아내였다. 애초부터 고민은 필요 없었다. 기준은 양손에 무겁게 들고 있던 미련을 내려놓고 응급실을 나섰다.

"아저씨가 말한 거 진짜예요?" 이선민이 기준의 뒤를 따르며 물었다.

"말 걸지 마. 난 너랑 말 섞고 싶지 않다."

"조금 전에 우리 오빠가 경찰에 잡혀간 게 아니라면서요? 그거 진짜냐고요."

이선민이 달려와 앞을 막아섰다. 온몸에 통증이 남아 있는 기준과 달리 투신의 후유증 따위는 없다는 듯 멀쩡한 모습이었다. 더구나 미안하다는 말도, 고맙다는 말도 없이 가슴을 내민 채 빚쟁이처럼 뻔뻔하게 대답을 요구하고 있었다.

"네 오빠가 경찰에 잡혀갔다고 해? 거짓말을 하다 하다 이제는 동생까지 속여먹는구나."

"우리 오빤, 우리한테는 거짓말 안 하거든요!"

"그럼 오빠 말을 믿으면 되겠네."

기준은 이선민을 친절하게 대할 필요를 느끼지 못했다. 손가락을 까딱거려 비키라는 신호를 보냈다. 그러나 이선민은 고집스럽게 버티고 서 있었다. 세모눈을 치켜뜨고 기준을 노려보았다. 기준도 지지 않았다. 팔짱을 끼고 이선민을 찍어 누르듯 내려다보았다. 그러다 문득, 이선민의 말이 되짚어졌다.

'우리 오빤, 우리한테는 거짓말 안 하거든요!'

반대로 뒤집으면 '우리를 제외한 사람들에게는 거짓말을 한다'고 읽을 수 있는 말이었다. 시한부 종말론이 거짓이라는 자백은 아니었으나 이제훈과 달리 아직 어린 이선민은 허점투성이라는 것을 의미했다. 의도하는 대로, 구슬리는 대로 움직여 승천교회의 약점을 찾아낼 수 있을지도 모른다. 무엇보다 이제훈이 경찰에 잡혀간 것으로 알고 있는 이선민이었다. 오빠에 대한 신뢰가 깨지는 순간 경찰의 미끼를 덥석 물 가능성이 컸다.

"정말 궁금해? 아저씨랑 친한 경찰이 있는데 만나서 물어볼래?"

"나 경찰 싫어해요. 경찰서에는 절대 안 갈 거예요."

이선민이 입꼬리를 비틀어 기분 나쁜 웃음을 흘렸다. 마치 꿍꿍이를 모두 알고 있다는 듯 기준을 위아래로 훑어보았다.

"아저씨 뻥친 거죠?"

"뭐?"

"자매님 데려가려고, 우리 오빠가 경찰에 자수한 것처럼 뻥친 거잖아요."

"그렇게 잘 알고 있으면, 제발 좀 집에 가라고 말해 줄래? 순진한 사람 그만 좀 속여먹고."

기준은 이선민을 설득하고 싶은 마음이 단번에 사라졌다. 대화가 이어지는 동안 지금처럼 아내가 개입될 순간들을 견디지 못할 것 같았다. 끝까지 이성적으로 대응할 자신이 없었다. 강형사에게는 미안하지만 다른 기회를 기약하기로 했다. 마찬가지로 더는 이야기하고 싶지 않다는 듯 고개를 돌려 버린 이선민을 두고 걸음을 옮겼다.

"오빠…." 그 순간 나지막이 중얼거린 목소리가 들려왔다.

이선민이 오빠는커녕 아무도 없는 복도를 달려 출입문으로 향하고 있었다.

등장부터 퇴장까지 모두 제멋대로였다. 기준은 고개를 저으며 이선민을 한심하게 바라보았다. 그러나 몸은 무의식적으로 뒤를 따르기 시작했다. 불쾌감 이전에 막연한 촉이 발동한 것이다. 걸음을 옮길 때마다 무엇인지는 몰라도 무엇인가가 있다는 확신이 생겨났다. 무작정 내디딘 걸음이 분명해진 목적을 향해 빠르게 움직였다.

예언자 2

오빠가 말한 대로였다. 뉴스에서 언니의 순교가 알려지자 신도들이 다시 교회로 모여들었다. 그리고 10월 28일에 예수 그리스도를 모시고 돌아올 언니를 위해 찬양하고 기도했다. 하지만 오빠가 짐작하지 못한 문제도 따라왔다. 언니의 순교를 알린 뉴스에서 '정부가 시한부 종말론을 주장하는 단체들에 대한 전면적인 조사를 지시했다'라는 소식도 함께 전해진 것이다. 언제고 경찰이 쳐들어올 수도 있다는 뜻이었다.

나는 보이는 미래는 물론이고, 보이지 않는 미래까지 성실히 살펴야 했다. 만약의 상황이 찾아오기 전에 오빠를 데리고 도망쳐야 했으니까. 전에 없이 예민한 상태로 살아가는 중이었다. 매일, 매시간, 매 순간 숨을 참아가며 주변을 두리번거렸다.

"조금 있다가 여자 신도의 남편 때문에 시끄러워질 거야."

오빠와 함께 대기실로 향하던 복도에서, 나는 걸음을 멈췄다. 굳게 닫힌 예배당 문 너머에서 잠시 후 벌어질 소동이 미리 보이고 있었다. 그러나 이후에 펼쳐질 상황은 흔하게 일어나는 신도 가족의 항의였을 뿐 특별한 위험은 보이지 않았다. 잠시 고성이 오가는 시간을 지나 언제나처럼 어물쩍 마무리되는 장면까지 읽어내자 괜한 호들갑을 떤 것 같아서 창피했다. 그런데 오빠는 아무것도 아닌 결론을 곱씹듯 골똘히 생각에 잠겨 있었다.

"오늘은 예배당으로 등장해볼래?"

"왜?"

"목사님을 도와줄까 해서."

"뭘 도와줘?"

"겁쟁이처럼 굴어서는 선지자가 될 수 없는 법이거든."

오빠는 알쏭달쏭한 말을 끝으로 예배당 문을 열었다. 국화꽃을 품에 안고 언니의 추모 제단으로 향하던 신도들이 자리에 멈춰 섰다. 이어서 악대가 연주하는 잔잔한 음악이, 목사님의 기도가 차례로 멎었다. 추모 예배가 중단되고 침묵이 찾아왔다. 신도들은 단상으로 걸어가는 우리와 눈이 마주칠 때마다 두 손을 가지런히 모으고 할렐루야를 낮게 읊조렸다. 억지로 화를 참고 있다는 듯, 아랫입술을 지그시 깨문 목사님이 다가와 공손하게 우리를 맞이했다. 신의 아이들에겐 누구도 책임을 물을 수 없었다. *아멘.* 우리가 단상 위로 올라가자 예배당은 다시 원래의 예정된 모습대로 흘러갔다.

나는 오빠와 함께 황금빛으로 번쩍이는 임금님 의자에 앉아 예배당을 굽어보고 있었다. 목사님은 단상을 등지고 꿇어앉은 신도들 한 명 한 명에게 안수기도를 전하는 중이었다. 구원열차를 부르는 외침이 들려올 때까지 캄캄한 대기실을 지키고 있는 평소에는 볼 수 없던 의식이었다.

"아버지 하나님께서 휴거를 역사하실 그날, 10월 28일 그날까지만, 여기 어린 양의 아픈 자녀를 보살펴 주시옵소서."

목사님은 우리와 마주 보는 위치에 서 있기 때문인지, 그 어느 때보다 과장되게 소리쳤다. 얼굴이 사과처럼 빨개졌고, 목에 지렁이 같은 핏줄이 솟아났으며, 콧구멍이 더럽게 벌름거렸다. 나는 입술 사이를 비집고 나오려는 웃음을 꾹 참았다.

그리고 오빠에게 비밀하게 말했다. "목사님 또 오바한다, 그지?"

"…."

목사님이 너무 지나쳐서 사기꾼 같다고 입버릇처럼 말하던 오빠는 웬일인지 아무 대꾸도 하지 않았다. 진지하게 목사님의 안수기도를 지켜보고만 있었다.

"선택받은 우리 14만 4천 명의 믿는 자들이 재림하신 예수 그리스도를 따라 하늘로 돌아갈 때… 그때 목숨을 거두어 주시옵소서."

여신도를 위한 안수기도가 끝나는 순간이었다. 오빠가 손가락으로 예배당 한복판을 가리켰다.

"아들을 죽여 달라는 기도 따위를 하니까 당연히 화가 나지."

예고되었던 미래처럼 그 남자가 단상으로 걸어 나오고 있었다.

목사님은 남자의 접근을 아는지 모르는지 여전히 여신도의 머리 위에 손을 올려놓은 채였다. 기도 내내 아멘아멘을 간절히 되뇌며 눈물을 터트린 여신도를 뿌듯하게 바라보고 있다. 남자가 여신도에게서 손을 떼어낸 뒤에야 정신을 차렸다.

“지금 이게 뭐 하는 짓이죠?”

목사님은 아무렇지 않은 척, 점잖게 굴었으나 두려움을 감추지 못했다. 다리를 요란하게 후들거리다 남자에게 밀려 전도사님의 품으로 쓰러졌다.

남자가 여신도를 잡아끌고 당당히 돌아섰다. 놀란 신도들이 웅성거렸다. 여기저기에서 남자를 잡을까 말까 망설이고 고민하는 어수선한 모습이 보였다. 그러나 힐끔힐끔 단상 앞의 눈치를 보고 있을 뿐이었다. 목사님의 허락이 필요한 일이었으니까. 이제 목사님이 마귀의 간계에 홀리지 말라고 소리쳐야 했고, 신도들이 어쩔 수 없다는 듯 진정해야 했으며, 활짝 열린 예배당의 문이 닫힌 뒤 예배가 다시 이어져야 했다. 그것이 내가 보았던 미래였다. 그런데.

“언제까지 우리 형제자매님들이 사탄과 마귀에게 끌려가는 모습을 지켜보고만 있어야 합니까. 이룬 뒤에는 지켜야 한다는 아버지 하나님의 말씀을 기억하셔야 해요.”

어느새 자리에서 일어난 오빠가 설교대로 가서 마이크를 잡고 있었다. 단상 아래 목사님이 뒤를 돌아보며 그, 런, 말, 이, 어, 딨, 어, 입 모양으로 다그쳤다. 그러거나 말거나 오빠는 단상 밑으로 내려가 마이크를 건넸다. 신도들 앞이었다. 목사님은 오빠를 거절하지 못한 채 장단을 맞췄다.

“처…천사님 말씀대로입니다. 망설이지 마십시오. 우리는 아버지 하나님의 군대가 되어 서로가 서로를 지켜야 합니다. 자, 나아갑시다. 마귀에게 붙잡힌 우리 자매를 구하십시오!”

목사님의 뒷모습을 바라보는 오빠가 피식 웃었다. 나는 예배당으로 입장한 이유가 지금 이 순간을 위해서라는 것을 깨달았다. 얼마 전, 경찰에 끌려가던 오빠를 버려두고 비겁하게 어디론가 숨어 버렸던 목사님을 골탕 먹인 것이었다. 통쾌한 복수였다.

하지만 나는 오빠와 함께 즐거워할 수 없었다. 복수로 인해 내가 보았던 미래가 와장창 무너졌고 새로운 미래가 그려지는 중이었다. 신도들이 기다렸다는 듯 군데군데에서 군대처럼 일어나 예배당 밖으로 몰려나간 직후부터였다. 보인다.

——경찰들이 예배당으로 들어온다. 신도들에게 소리소리 질러 모두 자리에 앉게 한 뒤 오빠에게 또다시 수갑을 채우려고 한다. 그런데 지난번과 다르게 목사님이 오빠를 보호하며 양손을 내밀어 대신 수갑을 찬다. 하지만 얼굴이 상처투성이가 되어 나타난 남자가 저기 뒤쪽 예배당 입구에 서서 경찰과 이야기를 나누며 오빠를 가리킨다. 경찰이 결국 오빠에게 수갑을 채운다——

나는 혼자 예배당을 빠져나왔다. 오빠가 목사님에게 잡혀 은밀하게 야단을 맞는 동안 여신도의 비명이 복도에 크게 울렸다. 새로운 미래가 점점 가까워지고 있었다. 오빠를 구할 방법을 찾아야 했다. 허겁지겁 옥상으로 올라갔다.

"울면 안 돼, 울면 안 돼! 산타할아버지는 우는 아이에게는 선물을 안 주신대요."

남자를 교회 바깥으로 몰아낸 신도들이 서로 팔짱을 끼어 장벽을 만들고, 때 이른 크리스마스캐럴을 부르고 있었다. *정수경!* 교회 주차장에 남겨진 여신도의 이름을 외친 남자가 신도들에게 달려들었다. 부딪쳐 넘어졌으나 곧장 다시 일어났다. 그런 남자의 모습 위로 잠시 후의 미래가 그려졌다. 보이는 미래가 찾아와 있던 것이다. 보인다.

――신도들은 포기하지 않는 남자에게 점점 흉포해진다. 남자를 밀쳐낸 손에는 힘이 잔뜩 들어가 있다. 그럼에도 불구하고 장벽으로 달려들길 포기하지 않는 남자에게, 누군가 다리를 걸어 넘어트린다. 그리고 마구잡이로 매질을 쏟아낸다. 의식을 잃은 듯 축 늘어진 채 풀려난 남자가 비틀거리며 일어나 골목을 돌아본다. 신도들이 마귀를 물리쳤다고 환호하는 사이 순찰을 돌던 경찰차가 멈춰 선다. 남자가 도와달라는 듯 손을 흔들자 요란한 사이렌을 울리며 교회로, 교회로 달려온다――

"그만 해요!"

나는 신도들을 향해 있는 힘껏 소리쳤으나, 과격해진 노랫소리는 뚫리지 않았다. *울면 안 돼! 울면 안 돼! 산타할아버지는 우는 아이에게는 선물을 안 주신대요.* 나는 더 크게 소리치기 위해 배에 잔뜩 힘을 주고 난간에 몸을 기댔다. 그러다 몸이 앞으로 기우뚱거렸다. 난간을 잡아 간신히 균형을 유지한 그때였다. 건물 아래 피투성이가 되어 쓰러진 여자애가, 내가 보였다! 깜짝 놀란 나는 엉덩방아를 찧으며 주저앉았다가 일어났다. 다시 조심스레 난간에 몸을 기대고 밑을 바라보았다. 보인다.

――나는 난간 밖으로 기운 몸의 균형을 잡지 못한 채 바닥으로 떨어진다. 나를 발견한 남자가 신도들을 밀치고 달려온다. 하지만 끝내 닿지 못한다. 쿵. 바닥을 뒤흔들며 떨어진 내게서 흘러나온 피가 사방으로 흐른다――

온몸이 으스러지는 듯한 미래의 고통이 생생하게 전해져 오는 가운데, 나는 경찰차의 사이렌 소리가 더는 들려오지 않는다는 것을 깨달았다. 마침내 미래를 바꿀 방법을 찾아낸 것이다.

서둘러 계단을 밟아 내려갔다. 아래층 계단 복도에 도착하여 창문 밖으로 고개를 내밀었다. 지상에는 여전히 죽어있는 내가 보였다. 다시 계단을 내려갔고, 복도의 창문 밖을 바라보았다. 바로 그곳이 내가 뛰어내릴 장소였다. 망설이지 않고 창틀에 올라섰다. 오빠를 위해서였으니까. 잠시 후, 다시 신도들에게 뛰어들기 위해 몸을 풀던 남자가 나를 발견한 듯 멈춰 섰다.

나는 뒤로 돌아섰다. *열, 아홉, 여덟.* 천사님을 부르는 신도들의 목소리가 들려왔다. *일곱, 여섯, 다섯.* 남자가 신도들이 만든 장벽을 파고들 시간이었다. *넷, 셋, 둘.* 남자가 이쪽으로 달려오고 있을 것이다. *하나.* 나는 허공에 몸을 누였다. 무섭지 않다. 무사히 남자의 품에 안겨 미리 보았던 그대로를 이루어 내리라는 것을 알고 있다. 지상으로 떨어지는 동안 오빠에게 자랑스럽게 말하겠다고 결심했다. 내가 경찰들을 못 오게 만들었어! 하지만.

오빠에게는 아무런 말도 전할 수 없었다. 동네가 떠나가라 울부짖던 신도들 때문이었고, 응급실에 도착할 때까지 곁에 꼭 붙어있던 구급대원들 때문이었으며, 우르르 몰려와 내게 이런저런 검사를 했던 의사들 때문이었다. 일이 이렇게 커질 줄 알았다면 다른 방법을 찾았을 텐데. 3층 창문에서 뛰어내린 이후까지 미리 살펴보지 않은 것이 후회됐다. 뒤늦게 오빠에게 혼이 날지도 모른다는 걱정이 찾아왔다. 오빠와 둘만 남게 된 뒤에도 눈을 꼭 감고 잠든 척을 하는 이유는 그래서였다. 얼마의 시간이 지났을까. 마침내 오빠가 다정한 손길로 흐트러진 머리를 정리해 주었다. 눈을 감고 있어야 할 시간이 끝날 참이었다. 갑작스럽게 날아든 남자의 목소리가 아니었다면.

"그 황민주! 왜 자살했는지 경찰에 수사 요청했던 게 저기 이제훈이야. 시한부 종말론이 사기라고 밝히는 조건으로 경찰에 협조하려 했었다고."

나는 눈을 떴다. 말도 안 되는 이야기였다. 오빠와 함께 남자의 바보 같은 헛소리를 비웃어야 했다. 그러나 오빠는 눈을 뜨고 깨어난 나를 발견하지 못했다. 한숨을 삼킨 채 남자를 향해 고개를 돌렸다. 아무 표정이 없어서 무서운 얼굴이었다. 왠지 모르게 심장이 두근두근 시끄럽게 뛰었다.

"처처처천사님…, 목사님께서 오셨습니다."

박기사 아저씨가 말을 더듬거리며 다가왔다. 나는 재빨리 눈을 감았다. 오빠가 이불을 정리해 주고 자리에서 일어나는 소리가, 아저씨와 함께 멀어지는 발걸음 소리가 차례로 희미해졌다. 대신에 남자와 여신도의 다툼이 선명하게 들려왔다.

"마귀는 누가 마귀야? 사람의 죽음을 순교로 이용해 처먹는 최목사가 마귀지!"

나는 숨을 멈춘 채 귀를 기울였다. 하지만 거기까지였다. 보이지 않는 미래를 당겨와 미리 들어본 다툼은 별로 궁금하지 않은 돈 얘기로 넘어가며 과격하게 변해갔을 뿐이었다. 결국 남자가 난동을 부리다가 경비원에게 끌려가는 마무리였다. 눈을 뜨고 자리에서 일어났다. 남자에게 직접 확인을 해보는 수밖에 없었다. 먼저 응급실 밖으로 나갔다.

"빨리 나와 봐요, 아저씨."

다툼을 끝낸 남자가 멍하니 걸어오다 멈춰 섰다. 내 부름으로 인해 남자가 여신도에게 돌아가서 소리를 지르며 난동을 부리는 미래가 사라졌다. 그러나 사정을 알 리 없는 남자는 고마운 줄도 모르고 신경질만 부렸다.

"말 걸지 마. 난 너랑 말 섞고 싶지 않다."

"조금 전에 우리 오빠 경찰에 잡혀간 거 아니라면서요? 그거 진짜냐고요."

"네 오빠가 경찰에 잡혀갔다고 해? 거짓말을 하다 하다 이제는 동생까지 속여먹는구나."

"우리 오빤, 우리한테는 거짓말 안 하거든요!"

"그럼 오빠 말을 믿으면 되겠네."

남자가 비키라는 듯 손가락을 까딱거렸지만 그럴 수 없었다. 남자는 아직 내 질문에 대답하지 않았다. 나를 기분 나쁘게 내려다보며 싸움을 걸어올 뿐이었다. 호락호락하게 보이고 싶지 않았다. 흰자위를 크게 드러내며 사납게 이를 악물었다. 남자는 잠시 생각에 잠기는 것 같더니만 슬그머니 눈길을 거두었다. 그리고 정신 나간 사람처럼 미소를 지으며 친근한 척 성큼 다가왔다.

"정말 궁금해? 아저씨랑 친한 경찰이 있는데 만나서 물어볼래?"

"나 경찰 싫어해요. 경찰서에는 절대 안 갈 거예요."

나는 남자가 아무것도 모른다는 사실을 눈치챘다. 경찰에게 잡혀가면 사기죄로 감옥에 가게 된다고 지겹도록 잔소리를 해온 오빠였다. 그런 오빠가 경찰에게 도움을 요청했을 리가 없다. 게다가 남자는 분명 목사님이 '죽은 사람을 순교로 이용해 먹는 마귀'라고 했다. 오빠가 신문이나 방송의 헛소리에 맞서기 위해서 언니의 죽음을 순교로 만들었다는 사실을 모르고 있다. 원하는 것을 얻기 위해 함부로 지껄인 것이다.

"아저씨 뻥친 거죠?"

"뭐?"

"자매님 데려가려고 우리 오빠가 경찰에 자수한 것처럼 뻥친 거잖아요."

"그렇게 잘 알고 있으면, 제발 집에 좀 가라고 말해 줄래? 순진한 사람 그만 좀 속여먹고."

남자는 끝까지 잘못을 인정하지 않았다. 때마침 오빠가 출입문을 열고 복도로 들어섰다. 남자의 거짓말을 드러내 망신을 줄 기회가 찾아오고 있는 것이었다.

나는 오빠를 바라보며 우쭐거렸다. 그런데 점점 가까워지는 오빠는 온통 흙투성이였다. 티셔츠에 묻은 흙을 털어낼 때마다 시뻘겋게 부어오른 몸이 언뜻언뜻 드러났다. 오빠를 불러보았지만 나를 보지 못한 듯 그대로 지나쳐 걸어갔다. 오빠를 잡으려 뻗은 손엔 허공 한 줌이 남았다. 보이는 미래가 보이고 있는 것이었다. 잠시 후, 매를 맞은 오빠가 이곳을 지나갈 예정이라는.

"오빠…."

나는 남자를 두고 달렸다. 미래의 오빠가 들어왔던 출입문을 열고 밖으로 나왔다. 저기 멀리, 주차장에 오빠가 보였다. 고래고래 소리를 지르는 목사님에게 매를 맞고 있었다. 신도들이 천사님이라고 부르니 정말 천사가 된 줄 아느냐고, 잘난 척하지 말라고, 미친년 똑바로 관리하라 했지 않았느냐고. 오빠가 바닥에 쓰러졌다. 목사님이 허리춤에서 벨트를 풀고 있었다. 이제 곧 채찍질이 쏟아질 것이다. 나는 속력을 높였다. 느닷없이 비친 미래는 오빠를 구하라는 신호였으니까. 아직 늦지 않았다.

"안 돼… 아아안 됩니다, 가시면."

어디선가 나타난 박기사 아저씨가 앞을 막아섰다.

"비켜, 아저씨! 우리 오빠 지금 매 맞고 있잖아!"

아저씨는 내 말을 듣지 않았다. 나를 낚아채듯 붙잡아 품에 안았다. 팔다리를 버둥거려 보았지만 빠져나갈 수가 없었다. 소리를 지르려 하자 커다란 손으로 입을 막았다. 죄송하다고, 용서하시라고 더듬더듬 반복하는 목소리가 들려오는 동안 몸에 힘을 빼며 고개를 축 늘어트렸다. 아저씨가 깜짝 놀란 듯 다급히 손을 떼어냈다. 나는 재빨리 아저씨를 밀치며 품에서 뛰어내렸다.

"아저씨가 제일 싫어!"

하지만 박기사 아저씨는 당황한 중에도 재빨리 나를 붙잡았다. 주먹을 마구잡이로 휘둘러 여기저기를 때려 보았지만 꿈쩍도 하지 않았다.

"놔, 아저씨! 내가 이거 놓으라고 했어. 우리 오빠 지금 계속 맞고 있단 말이야!"

"죄송… 죄죄송합니다. 용서하십시오."

아저씨가 빠르게 움직였다. 매를 맞고 있는 오빠에게서 점점 멀어졌고, 매를 맞고 있는 오빠의 모습이 점점 보이지 않았다. 나는 악다구니를 쓰며 박기사 아저씨에게 소리쳤다.

"지옥에 갈 거야, 아저씨는. 내가 아버지 하나님께 그렇게 해달라고 기도할 거야."

"서서선민 선민 천사님을 지지… 지키라는…, 제훈 천사님의 명령입니다."

내가 봉고차 조수석 문의 잠금장치를 들어 올리는 순간, 운전석의 박기사 아저씨가 곧장 문을 잠갔다. 차 안에서 여러 번의 신경전이 오고 가며 아저씨와 눈치 싸움을 벌이고 있었다. 내가 기회를 엿보고 있는데 갑자기 딸각 소리와 함께 잠금장치가 완전히 풀렸다. 오빠가 걸어오고 있었다.

"아저씨는 진짜 지옥에 갈 거야!"

나는 이제야 문을 열어준 박기사 아저씨를 흘겨본 뒤 봉고차에서 내려 달려갔다. 그러나 오빠는 내 걱정을 모른 척, 아무 일도 없었다는 듯 속 편하게 웃어 보일 뿐이었다. 세수라도 한 듯 말끔한 얼굴로.

"뭐가 그렇게 안달이 났을까, 내 동생은?"

"나 때문에 오빠가 매를 맞았으니까."

"매를 맞아? 내가?"

"이씨…. 다 봤거든?"

"너 때문에 오늘 하루가 아주 힘들어. 거기가 어디라고 뛰어내리길 뛰어내려!"

"그 아저씨 때문에 경찰 오는 게 보였다, 뭐."

"그래, 경찰 온대."

"…!"

나는 급히 숨을 꾹 참았다. 보이지 않는 미래를 당겨와야 했다. 오빠를 구할 방법을 빨리 찾아내야 했다.

"뻥이야. 잡아가려면 벌써 왔지."

오빠가 내게 살며시 꿀밤을 먹였다. 하나도 아프지 않았지만 눈물이 날 것 같았다. 나 때문에 매를 맞은 오빠가, 나 때문에 경찰에 잡혀가기까지 한다는 건 생각만으로도 가슴이 아팠다.

"울보네, 내 동생은."

오빠가 괜찮다고 말하듯 엉덩이를 토닥이며 나를 꼭 안아 주었다. 그러나 오빠는 하나도 괜찮지 않은 것 같았다. 가슴을 들썩이며 숨을 쉴 때마다 몸을 움찔거렸다. 매를 맞은 곳곳에 통증이 남아 있다는 증거였다.

"많이… 아파?"

"오빤 어른이라 안 아파." 나를 놓아준 오빠가 아무렇지 않다는 듯 어깨를 으쓱거렸다.

나는 손을 뻗어 오빠의 가슴을 툭 쳤다. 티셔츠 아래 온몸이 벌겋게 부어올라 있다는 것을 알고 있었다. 순간적으로 얼굴이 일그러진 오빠는 재빨리 하품을 하며 괜찮은 척을 했다. 오히려 더 쳐보라는 듯 가슴을 내밀었다.

"오빠 아프잖아!"

"이 정도는 어른들한테 아무것도 아니야. 너도 크면 알게 될 거야."

"이씨… 나 어린이 아니거든!"

"너 어린이 맞아. 박기사님한테 또 심술부렸지? 내가 다 봤어. 박기사님, 선민이가 또 지옥 가라고 했죠?"

"아니… 아아안 그러셨습니다. 선민 천사님."

오빠는 활짝 열린 차창에 몸을 기대고 박기사 아저씨를 괴롭혔다. 원하는 답을 끌어내기 위해 '선민이가 어려서', '선민이는 어린애라서', '선민이가 애 같아서'라며 비슷비슷한 질문을 반복했다. 아프다는 걸 인정하면 내가 미안해할까 봐 고집스럽게 딴전을 부리고 있는 것이다. 하지만 내가 오빠를 위로할 수 없어서 서운해한다는 것은 모르고 있었다. 말해 봐야 어린이 취급만 받을 것 같아서 나는 입을 꾹 다물고 고개를 돌렸다. 그러자 숨이 턱 막혀왔다.

오늘 소동을 일으켰던 여신도의 남편이, 그 남자가 건물 모퉁이에서 우리를 훔쳐보고 있었다. 내 뒤를 따라온 것이었다. 어쩌면 오빠가 매를 맞고 있는 장면을 봤을지도 몰랐다. 남자의 목소리가 불길하게 떠올랐다.

'아저씨랑 친한 경찰이 있는데 만나서 물어볼래?'

복도에서 마주했던 미래의 오빠는, 목사님으로부터 오빠를 구하라는 뜻이 아니라 그 남자가 매를 맞은 오빠를 보지 못하게 하라는 계시였던 것이다! 나에게 목사님을 막을 힘 따위는 없었으니까. 섣불리 판단했던 내 잘못이다. 오늘만은 어린애라고 놀림을 받아도 어쩔 수 없었다.

"오빠…."

나는 오빠를 의심했던 내 죄를 더듬더듬 고백해 나갔다. 그러니까, 잠이 든 척을 하고 있던 병실에서부터 시작된 일이라고.

"시동 거세요, 기사님."

오빠가 나를 안고 조수석에 올라탔다. 지시를 받자마자 준비를 끝낸 아저씨가 봉고차를 출발시켰다. 차창 너머로 모습을 완전히 드러낸 그 남자가 보였다. 마치 사진을 찍는 듯한 손 모양으로 멀어지는 우리 봉고차를 겨누고 있었다. 오빠가 몸을 틀고 앉아 차창을 가렸다.

"괜찮아. 걱정 마. 아무 일도 없을 거야." 그리고 말했다. "오빠 믿지?"

1992년 10월 13일

점심시간이 끝났다. 넥타이부대가 회사로 돌아가자 시끌벅적하던 다방이 조용해졌다. 티브이 소리가 다방의 빈자리를 채워나갔다. 기준과 마주 앉아 있는 정장 차림의 남자가 티브이를 힐끔거렸다. 지난 10월 3일 방송을 시작한 문화방송의 주말연속극 〈아들과 딸〉이 재방송되는 중이었다.

"이번 주가 5회 방송이죠? 슬슬 반응이 오고 있는 것 같더군요." 기준이 말했다.

문화방송이 장기화된 파업 중에도 대대적인 홍보를 펼치고 있는 〈아들과 딸〉은, 1960년대 남아선호사상이 뿌리 깊은 가정에서 태어난 이란성 쌍둥이의 차별적인 성장을 그려나가고 있다. 딸이라는 이유로 쌍둥이 오빠에게 모든 기회와 혜택을 빼앗긴 채 희생을 강요당하는 '후남'이란 인물에게 동시대를 살아온 중년 여성들이 공감대를 형성하며 시청률이 가파르게 상승하고 있었다.

"최수종 씨는 귀남이 같은 역할, 괜찮겠어요?" 기준이 반응 없는 남자에게 재차 물었다.

최수종은 후남의 쌍둥이 오빠인 '귀남'으로 분하고 있다. 남아선호사상의 세례 속에서 나약하고 유약하게 자라 이기적이기까지 한 부정적인 역할이었다. 청춘스타의 과감한 연기 변신이었고, 오랜만에 하희라와 함께 출연하지 않은 작품이기도 했다.

"난 최수종 씨가 사극이 어울릴 거 같은데. 대왕이나 장군 같은 역할은 관심 없대요?"

남자는 아무런 대꾸를 하지 않았다. 대신에 순간순간 찡긋거리던 콧잔등을 완전히 구겨 보였다. 감춰 놓았던 혐오를 노골적으로 드러내며 앞에 놓여 있는 사진을 기준에게 돌려주었다. 최수종과 하희라의 데이트 현장을 기어코 잡아낸 사진들이었다.

"최수종 씨 입장은 분명합니다. 협상 따윈 하지 않겠습니다."

"뭘 믿고 이렇게 세게 나오시는지 궁금하네요. 마감 시간 많이 남았습니다. 전화 한 통이면 오늘 석간으로 바로 나가는 거고요."

"하희라 양과의 결혼을 이미 결심하신 상태입니다. 발표가 조금 빨라지는 것뿐이겠죠."

"하희라 양이 하겠답니까? 한창 좋을 나이에?"

"하희라 양도 같은 생각입니다."

"기사 내보내고 반응을 보죠. 정말인지 아닌지."

"…."

"최수종 씨 너무 이기적이잖아. 귀남이를 연기해야지, 귀남이가 되면 어떡합니까. 아들과 딸 50부작이라면서요? 스캔들 터지면

이래저래 안 좋은 거 다 알잖아요."

"보도하세요. 만약 이 명함이 진짜라면 말이죠."

남자는 사진과 함께 보낸 기준의 연예부 명함을 들어 보였다. 입을 막기에 급급했던 그간의 호구들과는 다르게 명함의 진위부터 확인했던 것이다. 남자가 짐을 정리하기 시작했다. 승리를 확신한 모양이다. 판을 다시 뒤집을 수 있을 정도로 수위가 높은 사진을 아직 공개하지 않았다는 사실을 모르기 때문이었다.

하지만 기준은 가만히 앉아만 있었다. 부끄러움을 느낀 것은 아니다. 불필요한 양심 따위는 버린 지 오래였다. 단지 새로운 사진을 의사결정권자에게 전달하고, 판단을 기다리고, 또 흥정을 반복해야 하는 과정이 구차하게 느껴진 탓이었다. 최수종과 하희라의 열애로 기대되는 이익은 그 모든 것을 감수할 만큼 매력적인 액수는 아니었다. 기준은 남자가 자리에서 일어나자 질리도록 '종말이'를 찾아대던 티브이로 고개를 돌렸다.

재방송 중인 주말연속극 〈아들과 딸〉은 말괄량이 막내딸이 사고를 쳐서 등장인물들의 목소리가 높아져 있었다. 너 나 할 것 없이 구박을 쏟아내며 막내딸의 이름을 불러댔다. *종말아, 종말아, 이노무 기집애 종말아!* '다음엔 딸 말고 아들이 나오라는 뜻'으로 종남(終男)이었으나, 최근 유행하는 시한부 종말론을 따라 드라마 촬영 직전에 바뀌었다는 이름, 종말(終末)이었다.

기준은 종말의 이름이 불릴 때마다 자연스럽게 승천교회가 연상되었고, 며칠 전 종합병원 주차장에서의 폭행이 떠올랐다. *건방진*

놈, 미친년, 감시, 잘, 하랬지. 투신 사건에 대한 질책과 함께 쏟아진 매질은 이제훈이 쓰러진 뒤에도 멈추지 않았다. 최목사는 허리띠를 풀어 채찍처럼 휘둘렀다. 분노가 어두운 하늘을 쩌렁쩌렁하게 울렸다. 폭행은 행인들이 하나둘 관심을 두기 시작한 뒤에야 겨우 끝이 났다. 사진으로 기록하지는 못했지만 경찰을 움직이기엔 충분했다. 증거는 이제훈의 몸에 차고 넘치게 남아 있을 것이다.

그러나 사건은 아직 강형사와 공유되지 못한 상태였다. 최수종 하희라 작전의 마무리로 바쁜 하루가 이어졌고, 매일 내일을 기약해야 했다. 그렇게 사흘째인 오늘로 밀려온 정보는 열애설을 대신할 보험이 되어 있었다.

기준이 자리에서 일어났다. 가짜 연예부 명함에 이름을 새겨 넣으며 사회부 밥그릇은 건들지 않겠다고 다짐했던 기억을 주머니에 구겨 넣은 채였다. 아들보다 중요한 건 없었다.

"기자님이 무슨 생각을 하는지 맞춰볼까요?"

기준이 승천교회 앞에 자동차를 멈추고 시동을 끈 순간, 이제훈이 조수석 문을 열었다. 마치 기다렸다는 듯 자연스럽게 자동차에 올라탔다. 그리고 보는 눈이 많다며 일단 자리를 옮기자고 제안했다. 당황한 그대로 굳어있는 기준을 대신해 잠금에 놓여있는 자동차 열쇠를 돌려 시동을 걸었다.

"처음엔 기자님 계획대로 될 거예요."

이제훈은 차가 주택가 깊숙한 곳에 정차하자 미리 엿보았다는 미래를 예언해 나갔다.

최목사는 자신을 찾아온 기준을 보고도 놀라지 않는다. 마치 기다리고 있었다는 듯 커피를 권하는 여유를 보이기도 한다. 그리고 기준이 원하는 대로 '이제훈 천사님'을 불러준다.

"기자님이 예배당에서 봤던 신의 아이는 잊으셔야 할 거예요. 나는 비 맞은 강아지처럼 바들바들 떨면서 나타날 거니까요. 반쯤 넋이 나간 얼굴로 주기도문을 중얼거릴 거고요. 하늘에 계신 우리 아버지여 이름이 거룩히 여김을 받으시오며…."

기준은 겁을 먹지 않아도 된다고 이제훈을 달래며 주기도문을 그치게 한다. 그리고 조심스럽게 이제훈의 티셔츠를 들어 올린다. 온몸에 시퍼렇게 잡혀있는 멍 자국이 보인다. 가죽 벨트를 이용한 폭행의 흔적들이 선명하다. 그러나 최목사는 여전히 평온하다.

"기자님은 내 옷을 내려주고 나서 이렇게 말할 거예요." 이제훈은 기준을 흉내 내려는 듯 목소리를 굵게 만들었다. "기사가 나가면 본격적인 수사가 시작될 겁니다."

기준은 말한다. 신자들은 목사님께 큰 실망을 하겠죠? 최목사는 당황하지 않고 이제훈에게 묻는다. 제가 천사님의 성체에 손을 대던가요? 이제훈은 어느새 손에 가죽 벨트를 들고 팔을 흐느적흐느적 흔들고 있다.

"목사님은 내가 주님께서 임재(臨在)하시어 계시를 받는 순간마다 자해한다고 할 거예요. 신내림 같은 거죠."

이제훈이 강하게 휘두른 가죽 벨트가 찰싹찰싹 울며 그의 몸에 감긴다. 그때마다 주기도문을 중얼거리던 목소리가 비명처럼 커진다. 가죽 벨트가 허공을 매섭게 가른다.

"사진이라도 찍어 놓으시지…." 이제훈이 안타깝다는 듯 말했다.

기준은 계획한 그대로가 이제훈에 의해 묘사되자 온몸에 소름이 돋았다. 최목사가 전면에 내세운 스피커답게 화려한 언변에 홀릴 뻔도 했다. 하지만 이제훈은 중간중간 목을 주무르고 혀를 빼물어 입술에 침을 묻히는 실수를 저질렀다. 아직 불안과 긴장을 감출 수 있을 만큼 완벽한 거짓말쟁이는 아니었던 것이다. 덕분에 객관적 거리가 회복되어 갔다.

폭행 현장이 목격당했다는 것을 알고 있는 상황에서 기준의 행보를 예상하는 것은 어렵지 않은 일이었다. 그것을 바탕으로 설계된 상황을 예언이란 이름으로 포장했을 뿐이다. 이제훈을 이용한 최목사의 협박이었다. 빤히 들여다보이는 얕은수가 기준의 얼굴에 조소를 그려냈다.

"없는 말을 만들려니 스트레스를 받는 모양이구나. 목을 주물러서 신경을 자극하는 건 심장박동을 늦춰 진정을 찾으려는 본능이거든. 입에 침이 마른 건 무슨 뜻인지 잘 알 테고."

"음, 그럼 내가 더 못 믿을 이야길 해드릴까요? 기자님은 협박죄로 체포될 거예요. 목사님이 모든 상황을 녹음해 둘 거라서 증거는 확실하죠. 출동한 형사, 기자님 친구네요? 그 친구, 배신감을 느낀다고 말할 거예요."

"협박은 네가 하고 있는 거 같은데?"

"나는 기자님이 목사실에 들어가면 벌어졌을 일을 미리 알려드린 거예요."

"왜지?"

"우리 선민이 구해 주셨으니까요." 이제훈이 당연한 일이라는 듯 말했다.

기준은 짐작조차 할 수 없던 결론에 당황했다. 이제훈을 최목사의 꼭두각시로 인식하며 필요 이상으로 경계했고, 지나치게 공격적으로 굴었던 탓에 눈이 어두워져 있던 것이다. 동생을 구해 준 어른으로서, 먼저 폭행의 피해자인 이제훈을 위로했어야 한다는 후회가 밀려왔다. 강력한 조력자를 얻을 기회를 놓쳐 버린 것일지도 몰랐다. 시작부터 엉켜 버린 관계를 풀어야 했으나 아무런 방법도 떠오르지 않았다. 시간이 무정하게 흘러갔다. 이제훈이 안전벨트를 풀고 있었다. 그때, 골목 초입을 비추는 룸미러에 이선민의 모습이 나타났다.

"네 동생은 아저씨한테 미안해서 같이 안 온 거니?"

기준은 대뜸 자동차에서 내려 큰 소리로 이선민을 불렀다. 사건의 당사자를 끌어들여 어색해진 분위기를 회복하면 대화를 처음부터 다시 시작할 수 있을 것으로 생각했다. 하지만 이선민은 벌써 사라져 버린 뒤였다. 자동차 밖으로 나와 골목 저편으로 사라지는 발소리에 귀를 기울이던 이제훈이 낭패라는 듯 머리칼을 마구 헝클었다.

"문제 있으면 아저씨가 도와줄까?"

"됐어요. 이미 다 듣고 갔을 텐데요."

"누구, 네 동생이? 이거 똥차 같아 보여도 방음은 나쁘지 않아."

"그러니까 차에서 나오지 말았어야죠!"

"무슨 말을 하는지 모르겠구나. 아저씨가 도와줄 일 있으면 편하게 얘기해 봐."

"기자님이 말해 보세요. 대체 뭐 때문에 자꾸 도와주겠다고 그러는 건지. 나도 들어봐야겠군요."

기준은 이제훈의 쌀쌀맞은 태도가 서운하지 않았다. 조금 전까지 진심을 오도한 채 각을 세웠으니 앙금이 남아 있는 것은 어쩔 수 없었다. 자리를 떠나지 않은 것만으로도 다행이었다. 아직은 이제훈을 설득할 기회가 남아 있었다.

"너희는 최목사에게 매를 맞는 게 무서워서 시키는 대로 해왔다고 생각해."

"기자님이 목격한 순간이 목사님에게 처음으로 매를 맞은 거라면요?"

"그러기에는 매질을 하는 최목사와 당하는 너의 행동이 너무 자연스러웠어."

"만일 기자님 말이 사실이라면, 우리가 맞으면서까지 교회에 남아 있는 이유가 뭐라고 생각해요?"

이제훈은 기준의 추리에 흥미를 느낀 듯 눈을 반짝이며 거듭 질문을 던져왔다.

"너흰 언젠가 도망을 치다가 붙잡힌 적이 있을 거야. 그때도 매를 맞았을 테고, 결국 최목사를 벗어날 수 없다는 무기력에 지배당해서 포기했던 건 아닐까? 폭력에 길들여진 거지. 그러는 동안 민주가 자살을 했고, 선민이가 옥상에서 투신을 했어. 너희 지금 도움이 필요한 상황이야."

"그럴싸하게 들리기는 하네요. 그런데 도움은 필요 없어요."

"너희만을 위한 게 아니야. 매 맞는 게 아무리 무서워도 순진한 사람들, 불쌍한 사람들 속이는 건 나쁜 짓이야. 아저씨하고 손잡자. 이제라도 잘못된 것들 바로잡아야지."

"그냥 돈 뜯어내는 걸 도와달라고 하세요. 그건 역겹지는 않을 거 같네요."

기준은 이제훈에게서 노골적인 경멸이 느껴졌다. 어중된 변명 대신 진심이 필요한 순간이었다.

"당연히 돈 때문이야. 수경이…, 내 마누라가 내 아들 치료비를 갖다 바쳤으니까. 그래서 최목사를 혼내 주고 싶은 것도 진심이야. 너도 복수해야지."

"기자님이 돈을 뜯어내는 게 어떻게 내 복수가 되죠?"

"황민주를 자살로 몰고 간 우울증이 어디에서 비롯되었을까? 나는 학대, 라고 생각하는데?"

"기자님은 틀렸어요. 민주는 목사님에게 맞은 적이 없어요."

이제훈은 난호했다. 하지만 뒤로 한 걸음 물러나며 후퇴의 몸짓을 보였고, 팔짱을 끼어 기준과의 사이에 장벽을 쌓았다. 온몸을 이용해 몹시도 불편하다고 외치는 중이었다.

"…나도 하나 물을게요. 순진한 사람들, 불쌍한 사람들이 왜 종말을 믿는다고 생각해요?"

"도망치지 마, 제훈아. 넌 현실을 똑바로 바라볼 의무가 있어."

"사모님은 왜 시한부 종말론을 믿기 시작했을까요? 바보 같고 멍청해서? 나약하고 한심해서? 인생의 패배자라서? 그래요?"

기준은 거듭된 질문으로 압박해 오는 이제훈을 빤히 바라보았다.

"나를 흔들고 싶은 거니?"

"원하신다면 얼마든지 흔들어드리죠. 기자님은 왜 사흘이나 지나서 찾아온 거죠?"

"그건…, 사흘이 필요했으니까."

"아니요. 기자님에게 아직 사회부 기자라는 자부심이 남아 있기 때문이에요. 그래서 나 혼자 나쁜 놈이 되면 그만인 연예인 협박은 할 수 있어도, 사회정의를 훼손하는 짓은 할 수 없어요."

이제훈은 동의를 구하듯 기준을 바라보며 눈썹을 들어 올렸다. 기준이 긍정도 부정도 없는 무표정으로 일관하자 피식 웃음을 흘리고 말을 이었다.

"하지만 사이비 종교에서 뜯어낼 수 있는 돈은 연예인들에게 뜯어낼 수 있는 돈보다 훨씬 커요. 욕심은 나는데 자존심하고 신념이 자꾸 걸리는 거죠. 그래서 승천교회를 협박할 수밖에 없는 그럴싸한 명분이 필요했어요. 그걸 찾는데 걸린 시간이 사흘이고요."

“나에 대해 조사를 많이 했구나. 하지만 내가 연예인들을 좇는 건 안전하기 때문….”

“반론은 됐어요. 어차피 자기 합리화에 불과할 테니까. 다른 사람을 함부로 판단하지 말라는 경고로 알아들으세요.”

기준은 이제훈의 심술이 시작된 지점을 되짚었다. 황민주의 학대 사실을 부정하며 뒤로 물러나던, 팔짱으로 심리적인 장벽을 쌓았던 직후부터 감정적으로 변해 있었다.

“내가 민주의 죽음을 멋대로 판단해서 화가 난 모양이구나?”

“화가 난 게 아니라 기자님을 혼내는 거예요.”

“그래, 내가 섣불렀다. 사과하마.”

“…진실은 눈에 보이지 않는 곳에 존재하는 거예요.”

날을 세웠던 이제훈의 목소리가 그제야 가라앉았다. 그러나 논쟁은 아직 끝나지 않았다. 이제훈의 심술에는 황민주의 죽음을 함부로 판단했다는 것에 대한 분노가 결여되어 있었다. 오직 기준의 입을 다물게 만들겠다는 의지만 강하게 느껴졌다. 더 이상 협조는 기대할 수 없었다. 그렇다면 전리품이라도 차지해야 했다. 기준은 곧장 반격에 나섰다.

“그렇게 민주를 생각하면서, 민주가 자살한 이유를 조사해 주겠다는 경찰을 배신한 이유는 뭐지? 심지어 네가 직접 도움을 요청한 거였잖아.”

“민주는 순교한 세 맞으니까요. 우리를 위해서, 신자들을 위해서.” 한순간도 물러나지 않던 이제훈이 눈을 피했다.

"만약 네가 경찰에 끝까지 협조했다면 승천교회는 몰락하고, 최목사는 구속되었을 거야. 하지만 넌 최목사를 도와서 황민주의 죽음을 순교로 포장했어."

"포장하지 않았어요. 민주는 순교한…."

"너 때문에!" 기준은 버럭 소리를 질러 이제훈의 변명을 잘랐다. "네가 최목사를 돕는 바람에 저 빌어먹을 교회가 아직 남아 있는 거라고! 최목사를 위해서가 아니라면, 넌 대체 왜 그랬니?"

"…."

"내가 함부로 판단해 볼까? 넌 어떤 계기로 황민주가 죽음을 선택한 이유를 알게 됐어. 하지만 최목사를 보호하기 위해서는 그것을 덮어야 했을 거야. 그렇지?"

기준이 추리할 수 있는 것은 거기까지였다. 이제훈에 대한, 신의 아이들에 대한 정보가 절대적으로 부족했다. 그러나 황민주가 자살한 이유 속에 기준이 원하는 것을 얻어 낼 수 있는 열쇠가 존재한다는 것만은 분명했다.

"선민이를 구해 주셨으니까 한 번 더 기회를 드릴게요. 여기에서 멈추세요."

"네 말대로 진실은 눈에 보이지 않는 법이지. 하지만 그걸 찾는 게 내가 잘하는 일이야."

"이제부터 후회는 온전히 기자님 몫이에요."

"후회, 안 해."

"앞으로 기자님이 정의로운 척은 하지 않으셨으면 좋겠네요."

그 말을 끝으로 이제훈이 돌아섰다. 기준은 멀어지는 그를 바라보며 고개를 살짝 끄덕였다. 자신에게 정의는 멸종된 지 오래라고, 나지막이 뇌까렸다.

예언자 3

오빠가 방에 불을 껐다.

나는 눈을 감지 않았다. 아직 잠을 잘 수 없었다. 가만히 어둠을 바라보고 있다가 몸을 뒤척였다. 2층 침대가 삐걱거렸다. *이선민!* 언제나처럼 침대 1층에서 언니의 앙칼진 목소리가 날아들 것 같았다. 그래서 기다렸지만 아무 소리도 들려오지 않았다. 몸을 이리저리 흔들었다. 침대가 삐걱삐걱 울었다. 2층 침대와 비키니옷장, 앉은뱅이책상이 세간살이의 전부인 좁은 방이 금세 소란스러워졌다. 오직 언니의 침대 1층만 조용했다. 삐걱삐걱. 침대의 울음이 반복될 때마다 하루 종일 꾹꾹 눌러놓았던 짜증이 치솟았다. 몸을 일으켜 앉았다. 침대 난간에 기대어 바닥에 이불을 깔고 누워 있는 오빠를 바라보았다. 침대가 다시, 슬프게 삐걱거렸다.

"자?" 나는 오빠에게 물었다.

"아니."

"그 아저씨 만난 얘기 왜 안 해줘?"

"별거 없었어."

"거짓말…. 나 다 봤어. 오빠랑 그 아저씨랑 얘기하는 거."

나는 어제, 미래를 통해 김기자라고 불리는 그 남자가 교회로 찾아오는 오늘을 미리 엿보았다. 걱정할 필요는 없었다. 그 남자는 오빠를 폭행한 사실로 목사님을 협박하다가 경찰에 끌려갈 예정이었으니까. 며칠 동안 가슴을 조마조마하게 만들었던 내 실수가 깨끗하게 정리된다는 것이 마냥 기뻤다. 교회로 들어올 경찰들이 기다려지기까지 했다. 그러나 오빠는 달랐다. 내가 미래를 들려주는 동안 아이고, 이런, 저런, 하고 안타까워하더니만 생각지도 못했던 엉뚱한 답을 내놓았다.

'그 사람의 미래를 바꿔줘야겠어.'

'왜?'

'어찌 됐든 옥상에서 떨어지는 널 구해 준 사람이잖아.'

'그건 구해 준 게 아니야. 경찰을 못 부르게 만들려고 내가 선택한 미래지.'

'그래도 구해 준 건 구해 준 거야. 고맙단 인사도 제대로 못 했는데 이렇게라도 보답해야지.'

'난 그 사람 싫은데…. 거짓말쟁이라니까?'

'그러니까 나 혼자 다녀올게. 너는 아직 어려서 잘 모르겠지만, 어른들은 좋아하는 것만 하고 살 수 없는 법이거든.'

오빠의 필살기에 가로막힌 나는, 그 남자의 미래를 바꾸어 주려는 이유를 끝내 이해할 수 없었다. 자고 일어난 뒤에도 물음표로 남아 있던 질문을 따라서 밖으로 나왔다. 보이지 않는 미래를 끌어당겨 두 사람의 대화를 미리 엿들을 생각이었다—밤새 궁금증에 뒤척이며 떠올린 방법이었다. 교회 앞의 텅 빈 거리에 서서 숨을 크게 들이마신 뒤 꾹 참았다. 얼굴이 뜨겁게 달아오르며 숨이 막혀왔고, 사방의 풍경이 파르르 떨렸다. 그리고 보였다.

미래의 그 남자가 자동차를 끌고 나타나 내 앞에 정지했다. 그 순간을 기다리고 있었다는 듯 모습을 드러낸 미래의 오빠가 재빨리 자동차에 올라탔다. 자동차는 다시 시동을 걸었고 골목으로 사라졌다. 그 뒤를 따라 달려간 나는 좁은 골목 안으로 접어들며 다시 숨을 참았다. 미래의 오빠와 미래의 그 남자가 이야기를 나누는 미래의 자동차가 눈앞에 나타났다.

창문에 귀를 대보았지만 내가 머물 수 있는 공간이 아니었기에 목소리는 들려오지 않았다. 언젠가 보았던 만화영화의 슈퍼영웅처럼 두 사람의 입술을 가만히 들여다보기도 했다. 당연히 아무것도 읽어낼 수 없었다. 단지 심각해진 분위기만 느껴질 뿐이었다. 그러다 문득 미래의 그 남자가 문을 열고 나왔다. 저기 골목 끝에 서 있다가 후다닥 도망치는 미래의 나를 향해 이름을 크게 불렀다. 뒤따라 자동차에서 내린 오빠가 짜증스럽게 머리를 헝클었다.

'문제 있으면 아저씨가 도와줄까?'

'됐어요. 이미 다 듣고 갔을 텐데요.'

'누구, 네 동생이? 이거 똥차 같아 보여도 방음은 나쁘지 않아.'

'그러니까 차에서 나오지 말았어야죠!'

오빠는 내가 엿듣게 될 것을 예상하고 있었다. 그래서 내게 들려주지 않으려고 일부러 자동차 안을 선택한 것이다. 오빠가 감추고 있는 것들이 더더욱 궁금해졌다. 나는 뱉어낸 숨을 재빨리 들이마시고 다시 꾹 참았다. 희미하게 사라지려는 미래를 꽉 붙잡아야 했다.

'황민주를 자살로 몰고 간 우울증이 어디에서 비롯되었을까? 나는 학대, 라고 생각하는데?'

'기자님은 틀렸어요. 민주는 목사님에게 맞은 적이 없어요.'

그 남자는 교회에서 도망친 적이 없는 우리가 도망을 치다가 붙잡혀서 매를 맞았다고, 언니가 목사님에게 매를 맞았기 때문에 목숨을 끊은 거라고 헛소리를 끈질기게 나불거렸다. 오빠는 당연하게 그 남자를 가만히 내버려 두지 않았다.

'…나도 하나 물을게요. 순진한 사람들, 불쌍한 사람들이 왜 종말을 믿는다고 생각해요?'

'도망치지 마, 제훈아. 넌 현실을 똑바로 바라볼 의무가 있어.'

'사모님은 왜 시한부 종말론을 믿기 시작했을까요? 바보 같고 멍청해서? 나약하고 한심해서? 인생의 패배자라서? 그래요?'

그 남자는 오빠가 던진 질문들을 받아치지 못한 채 마구 흔들렸다. 괜찮은 척 해보려 애를 썼지만 결국 입이 무겁게 닫혔고 얼굴이 어둡게 굳어졌다.

나는 답답했던 속이 뻥 뚫리는 것 같았다. 언니의 죽음을 함부로 판단한 것에 대한 사과를 받아냈을 때는 기뻐서 소리를 지를 뻔도

했다. 오빠는 처음부터 그 남자를 직접 혼내 줄 작정이었는지도 모른다. 병원에서 여신도를 상대로 오빠가 경찰에 자수했다는 뻥을 친 것에 대한 벌을 받아야 했으니까.

'그렇게 민주를 생각하면서, 민주가 자살한 이유를 조사해 주겠다는 경찰을 배신한 이유는 뭐지? 심지어 네가 직접 도움을 요청한 거였잖아.'

그 남자는 끈질겼다. 되지도 않는 뻥으로 다시 오빠를 공격했다. 나는 두근거렸다. 오빠가 다시 그 남자를 호되게 야단치는 멋진 모습을 기다리고 있었다. 그러나 오빠는 부정하지 않았다. 고개를 돌려 그 남자를 피했다. 내 가슴이 크게 출렁거렸다. 그때까지만 해도 나는, 오빠를 굳게 믿고 있었기 때문이었다.

'민주는 순교한 게 맞으니까요. 우리를 위해서, 신자들을 위해서.'

'만약 네가 경찰에 끝까지 협조했다면 승천교회는 몰락하고, 최목사는 구속되었을 거야. 하지만 넌 최목사를 도와서 황민주의 죽음을 순교로 포장했어. 너 때문에! 네가 최목사를 돕는 바람에 저 빌어먹을 교회가 아직 남아 있는 거라고! 최목사를 위해서가 아니라면, 넌 대체 왜 그랬니?'

그 남자가 오빠를 밀어붙일 때마다 나는 한 걸음씩 물러났다. 그 남자의 말 대로였다. 오빠가 언니의 죽음을 순교로 만들었기에 신도들이 돌아왔고, 목사님이 다시 단상에 설 수 있게 되었으니까. 더는 오빠 곁에서 그 남자를 비웃을 수 없었다.

"오빤 나하고 언니한텐 거짓말 안 한다는 약속 어겼어!"

나는 낮의 기억을 되짚어 나가는 동안 거칠게 차올랐던 숨을 크게 토해냈다. 그동안 오빠에게 속아 왔다는 것이 분해서 견딜 수가 없었다. 어느새 오빠는 몸을 일으켜 어둠 속에 앉아 있었다. 내가 진정될 때까지 아무 말 없이 기다렸다.

"선민아…, 나는 널 속이지 않았어."

"경찰에 잡혀갔던 것부터가 거짓말이잖아!"

"경찰에 잡혀갔다고 말한 적 없어. 네가 그렇게 생각한 거지."

"이씨…. 그럼 경찰한테 왜 도와달라고 했던 건데?"

"아주 잠깐, 바보처럼 경찰을 믿었어. 민주의 죽음이 이용당할 여지가 있어서 그만둔 거고."

사실, 오빠가 경찰과 무엇을 했는지는 이제 내게 상관없는 문제였다. 중요한 것은 그 남자가 '함부로 판단'해서 던진 마지막 질문이었다.

"오빠는 언니가 왜…, 왜 자살했는지 알고 있지?"

"…."

오빠는 그 남자에게 그랬듯, 내게도 침묵으로 답했다.

"알고 있는데, 목사님을 위해서 감춘 거지? 대답해."

"…세상은 틈만 나면 죽은 민주를 씹어 대. 하지만 우리 교회는 달라. 아무도 민주의 죽음을 가볍게 여기지 않아. 모두 민주를 찬양하고 민주를 위해 기도해. 이게 목사님을 위한 일이라고 생각해?"

“그게 전부가 아니었으니까, 오빠는….”

그 남자가 예배당에서 소란을 피운 날도 마찬가지였다. 그날, 오빠는 목사님이 신도들에게 무례한 침입자와 싸울 것을 지시하도록 등을 떠밀었다. 언니의 장례가 끝나던 날 경찰에 잡혀가던 오빠를 두고 어디론가 숨어 버렸던 목사님에게 골탕을 먹인 것이라고 나는 생각했었다. 하지만 돌이켜 보면 목사님의 비겁했던 행동이 신도들 사이에 알음알음 퍼져나가고 있던 시기였다. 오빠는 그런 목사님에게 신도들을 이끌 기회를 주어 기지개를 켜고 일어나려는 소문을 잠재운 것이었다. 그리고 그날을 시작으로 예배 시간마다 목사님을 치켜세워 나갔다.

‘아버지 하나님께서 노아에게 고페르 나무로 방주를 지으라 이르신 것처럼, 최재권 목사에게 교회를 지으라 이르셨습니다. 심판을 모르고 먹고 마시고 장가들고 시집을 가던 사람들이 홍수가 나서 멸망(마태복음 24:38-39)되는 동안에도 평화로웠던 노아의 방주처럼 평화로운 최재권 목사의 방주에서 우리는 10월 28일의 휴거를, 구원을 기다리고 있는 것입니다.’

오빠는 은전 서른 닢에 예수를 팔아넘긴 유다가 되어 가던 목사님을, 주위의 조롱을 이겨 내고 하나님 말씀에 따라 방주를 완성한 의로운 사람 노아로 바꿔 놓는 중이었다. 분명히!

“넌 노아에 대해 오해하고 있어. 노아는 대홍수에서 살아남아 풍요를 상징하는 포도나무를 심었지만, 열매로 포도주를 만들었고 취하도록 마신 뒤에 벌거벗고 잠드는 추태를 부리며 또다시 타락하게 되지. 인간은 같은 실수를 반복하는 존재….”

“성경 공부는 하고 싶지 않아! 나는 오빠가 목사님을 위해서 감춘 비밀을 알고 싶어.”

“나는 결코 목사님을 위해서 움직이지 않았다는 말이야. 넌 김기자가 함부로 내린 결론에 내 행동들을 끼워 맞추고 있을 뿐이고.”

“오빠도 인정했으면서! 경찰에 잡혀갔던 거 아니라며!”

“김기자가 알고 있는 건 그게 전부야. 나머지는 교회를 협박하려고 만든 거짓말이야. 아니라면, 민주가 목사님에게 매를 맞아서 자살했다는 말도 믿어야지! 그 사람은 사이비 기자야. 사람들을 협박해서 돈을 뜯어내는 사기꾼이라고!”

어둠 때문이었을까. 나는 오빠의 목소리에서 압박감을 느꼈다. 다정하게 이해시키려고 노력하거나, 농담으로 어물쩍 넘기던 평소와는 달랐다. 하지만 점점 빨라지는 말 속에서 느껴지는 초조함은 왠지 낯설지가 않았다. 어둠 속에 앉아 있는 오빠가 얼마나 진지한 얼굴을 하고 있을지도 알 것만 같았다. 언제였더라. 나는 기억할 수 있는 모든 기억을 더듬었다.

“그거 알아?” 그리고 오빠가 내게 했던 첫 거짓말을 기억해 냈다. “오빠 지금 엄마 아빠 죽었을 때랑 똑같아. 내가 엄마 아빠를 찾으니까, ‘치료 다 받으시면 돌아오실 거야’라고 했지?”

우리가 병원에서 큰아버지 집으로, 큰아버지 집에서 작은아버지 집으로, 작은아버지 집에서 고모 집으로 옮겨가는 동안에도 오빠의 대답은 변하지 않았다. 그리고 고모가 오빠와 나를 각각 기숙

공장과 먼 친척 집 식모로 보내려 한다는 것을 알고 도망을 나온 뒤에는 다시 물을 필요가 없는 질문이 되었다. 길거리를 전전하는 동안 목격했던 몇 번의 교통사고를 통해 엄마 아빠가 죽었다는 것을 깨달았다. 나는 울지 않았다. 산타클로스가 없다는 걸 알게 되었을 때처럼 엄마 아빠가 돌아오지 않는다는 것을 서서히 인정해 가는 중이었으니까. 이미 알고 있는 것을 확인받은 것에 지나지 않았다. 무엇보다 슬퍼하기에는 너무 힘든 시간들이, 너무 많은 시간들이 지나가 있었다.

"이번에도 나 슬프지 말라고 거짓말 한 거야? 그런 거야?"

"거짓말 하지 않았어."

"오빠…. 나는 오늘까지도 언니가 나 때문에 죽었다고 생각했어. 내가 부지런히 미래를 봤으면, 오빠에게 빨리 위험을 알렸다면 언니를 구할 수 있었을 테니까."

오빠는 내 잘못이 아니라고 했지만 내 잘못이라는 생각은 여전했다. 오빠 말을 듣지 않고 미래를 보지 않으려고 매일매일 꾀를 부린 것이 사실이었으니까. 아무렇지 않게 지내다가도 후회가 불쑥불쑥 솟아나 나를 괴롭게 만들었다.

"어쩌면 오늘 나는 그 남자의 말을 듣고, 내 잘못이 아닐 수도 있다는 생각을 했던 거 같아. 그래서 언니가 죽은 이유를 알아내려고 끈질기게 오빠를 괴롭혔는지도 모르겠어. 내 잘못 아닌 걸 확인받으려고. 나 참 나쁘고 이기적이지?"

"네 잘못 아니라고! 너 아무것도 잘못한 거 없어."

"이제는 잘못이 있고 없고가 중요한 게 아니야. 지금 오빠랑 이렇게 다투면서 한 가지를 깨달았는데…, 아무리 생각해 봐도 언니가 자살할 이유가 없어. 오빠도 알잖아. 우리는 10월 28일에…."

"선민아! 민주는… 순교한 거야. 그게 유일한 진실이야."

오빠는 악을 쓰며 믿음을 강요했다. 나는 맞서지 않았다. 어리광으로 비치지 않도록 울음기를 모두 거두고 진심으로 부탁했다.

"그러지 마. 엄마 아빠가 왜 죽었는지 알고 있던 그때랑은 달라. 언니가 우릴 두고 죽어 버린 이유를 알지 못하면…, 그러면 아무리 많은 시간이 지나도 괜찮아지지 않을 거 같단 말이야. 아마 죽을 때까지 계속 그 생각만 하면서 살아가게 될 거야. 나한테도 진실을 알려 줘."

격해져 있던 오빠의 숨소리가 잦아들어 있었다. 내 마음이 닿았다고 생각했다. 무거운 침묵을 견디며 한참을 기다렸다. 그러나 아무런 대답도 돌아오지 않았다. 높아진 목소리를 보조하며 커진 손짓도 완전히 멈춘 채였다. 소란스럽게 일렁이던 어둠이 잔잔하게 가라앉았다. 오빠는 고요 속으로 도망쳐 버린 것이다. 더는 대화를 하고 싶지 않다는 뜻으로 받아들일 수밖에 없었다.

나는 오빠에게서 등을 돌려 누웠다. 베개 옆에 놓인 곰 인형을 품에 꼭 끌어안았다. 정적이 어둡게 내린 방에 침대가 다시 삐걱, 울었다. 언니가 보고 싶었다.

1992년 10월 14일

"…내가 선민이를 기관에 보내서 치료를 받게 하자고 했어요."

고아원 원장은 경찰과 기자들에게 벌써 여러 번 진술한 내용이라며 마뜩잖다는 듯 입을 뗐다. 기준은 맞은편 소파에 앉아 있는 원장을 향해 몸을 기울였다. 화자를 고취할 수 있는 적극적인 청자의 자세였다.

"어디가 많이 아팠던 모양이죠?" 그리고 호기심 가득한 목소리로 추임새를 더했다.

"특별히 아픈 건 아니었는데, 애가 매일같이 뭐가 보인다고 헛소리를 하다가 픽픽 쓰러져서 잠이 드니까… 이상하잖아요? 걱정되잖아."

"거참! 원장님이 고생을 많이 하셨겠네요."

"고생까지는 아니고…, 다 내 새끼다 생각하니까 마음이 쓰이는 거지."

"근데 선민이는 뭐가 그렇게 보였다고 하던가요?"

“자꾸만 내일이 보인다는데… 날씨도 그렇고, 고아원에 손님이 오는 것도 그렇고 꽤 잘 맞췄던 거 같아요. 그래, 선민이는 좀 이상하긴 했어. 신 내린 무당 있죠? 그런 거 비슷했거든.”

“무당….”

“아무튼, 그랬더니 제훈이가 소파 밑으로 내려가서 무릎을 꿇더라고요. 동생이 아픈 게 아니라고 싹싹 비는데…, 이건 뭐 내가 나쁜 놈이 된 거 같더라니까. 나는 좋은 마음에… 그래, 좋은 마음으로 그런 거지 쌀 아까워서 그런 거 아닙니다. 근데 제훈이는 내 바지 끄덩일 붙잡고, ‘원장님 저는 선민이 없으면 안 돼요, 선민이도 저 없으면 안 돼요’ 하고 울고불고 난리를 치는데…. 우애가 좋은 건 좋지만, 내가 얼마나 곤란했다고요.”

원장은 이제훈이 무릎을 꿇었던 자리와 이선민이 잠들었던 소파를 일일이 가리키며 한껏 수다스러워졌다. ‘친남매처럼 지내던 고아들이 최목사에게 입양되었다’라는 사실관계 위주로만 작성된 경찰의 수사 자료와 언론의 기사에서는 생략되었던 세부적인 내용들이 마침내 쏟아지고 있었다. 기준이 듣고 싶었던 것들이었다.

“그때, 민주가 노크를 했어요.”

원장실로 들어온 황민주는 잠든 이선민 곁에 앉아 무릎을 내주었다. 이선민이 잠투정을 하며 품으로 파고들어 안겼다. 황민주는 머리를 쓸어내려 주며 이선민을 돌보겠다고 약속했다.

“신경 안 쓰이게 한다고 하니 별수 있나요? 해보라고 해야지.”

“그때부터였겠군요. 셋이 친남매처럼 뭉쳐 다닌 게.”

"잘 됐죠. 제훈이랑 선민이, 사람한테 마음 열기 쉽지 않았는데."

"부모님이 자살을 했다죠?"

"아! 자세한 얘기는 모르시겠구나? 하긴 이런 얘기까지 해주는 뉴스는 없었으니까. 동반자살이었어요. 애들만 기적적으로 살아남았지요."

서울올림픽 개막을 앞둔 1988년의 일이었다. 날품을 팔아 하루하루 연명하던 남매의 아비는 몸을 담보로 사채를 끌어왔다. 노점으로 번듯한 집을 구해 판자촌을 탈출한 이웃의 성공을 좇아 1톤 트럭을 구입하기 위해서였다. 순조로운 출발이었다. 아내가 솜씨를 발휘한 분식들이 번화가 행인들의 발길을 붙잡았고, 넉넉히 준비했던 재료가 떨어져 일찌감치 집으로 돌아와야 했으며, 바구니 가득한 돈을 세느라 밤이 깊어지는 것도 몰랐다. 단칸 판잣집에는 매일 반복되던 부부싸움 대신, 매일 반복해서 웃음이 피어났다. 남매에겐 처음으로 나이키 운동화와 함께 용돈을 안겨 주기도 했다. 하지만 행복은 오래가지 않았다. 대대적인 노점상 단속 때문이었다. 담당 공무원에게 촌지를 찔러주어도 피할 수 없는 칼바람이었다. 서울올림픽 개막일이 다가오고 있었다. 정부는 전 세계에 조명될 대한민국을 깔끔하게 포장하기 위해 환경 정리라는 명목으로 노점상들을 밀어 버리는 중이었다. 아비는 단속원들에게 물건을 모두 빼앗긴 채 간신히 트럭만 건져 돌아와야 했다. 그런데 판자촌 역시 쑥대밭이 되어 있었다. 성화가 봉송되는 길목의 초라

한 풍경이 도시를 빈곤하게 보이게 만들 여지가 있다며 강제로 철거된 것이었다. 무너진 집 앞에서 울고 있는 남매를 트럭에 태운 아비는, 그럼에도 불구하고 재기를 꿈꿨다. 다음 집은 판잣집이 아니라 아파트가 될 거라며 아내와 남매를 달랬다. 트럭에서 숙식하며 장사를 재개할 기회를 엿보았다. 물론, 기회는 돌아오지 않았다. 노점상과 판자촌이 정리되자 거리의 부랑자들과 장애인들이 보호시설로 옮겨져 '환경'이 '정리'되는 실정이었다. 대한민국이 가난의 흔적을 지워 나가는 동안 사채 이자는 눈덩이처럼 불어나 원금의 두 배가 되어 있었다. 깡패들이 최후통첩을 해온 날, 무릎을 꿇은 채로 흠씬 두들겨 맞은 아비가 트럭에 올라타서 시골의 큰아버지 댁으로 가자며 서울을 떠났던 날, 그날 아비는 절벽을 향해 달렸다.

"그때 기적이 일어난 거죠." 원장이 말을 이었다. "제훈이가 쿠션이랑 선민이를 함께 끌어안아서 둘만 살아남았다고 하더라고요. 그럼 뭐합니까. 애들 앞으로 나온 생명 보험금이 빚잔치로 퉁이 되니까 친척들이 손을 떼버려서 거리로 나앉았는데…."

친척 집을 전전하던 남매는 결국 누구에게도 보호받지 못했다. 가족을 불행으로 밀어 넣은 서울올림픽이 성공적으로 지나간 거리를 방황하며 살아가야 했다. 결국 슈퍼마켓에서 빵을 훔치다 붙잡혔고 이곳, 서울 근교에 있는 고아원으로 옮겨진 것이었다.

"딱 그다음 날 첫눈이 오고 날이 추워졌거든요. 얼어 죽을 뻔한 거지. 운도 참 좋아요."

"황민주 양과 친해진 뒤엔 특별한 일은 없었습니까?"

"여기에 적응하게 됐죠. 선민이는 증상이 나아졌고, 제훈이는 다른 애들도 두루두루 잘 챙겨서 내가 많이 편해졌지. 민주가 그만큼 진국이었다는 거예요. 그런 애가 자살을 했다는 게…."

"황민주 양도 제훈 남매처럼 비슷한 사연이 있었나요?"

"비슷하진 않은데, 그 아이도 연속극이에요. 도박에 술 좋아하는 아비 때문에 엄마는 집을 나가고…." 원장은 순간 불쾌하다는 듯 이마를 찌푸렸다. "애들이 최목사한테 입양해달라고 했던 것도 다 그 인간 때문이었지, 아마?"

"입양이 된 게 아니라 입양을 해달라고 했다고요?"

"이건 기자님한테 처음 말하는 거네요. 이런 쪽은 별로 궁금해하는 사람이 없어서. 그러니까 그날이…, 1989년 봄이었나? 그 양반이 대낮부터 잔뜩 취해 찾아와서 난리를 쳤어요."

'민주야, 민주야 아비 왔다!'

황민주를 찾는 외침이 고아원 뒤쪽의 산에 부딪혀 메아리로 돌아왔다. 술에 취한 민주의 부친 황재호가 고아원 마당에서 고래고래 소리를 질러대고 있었다. 원장은 고아원으로 들어가려는 황재호의 팔을 붙잡아 간신히 막아내는 중이었다.

'글쎄 민주 지금 어디 나갔다니까!'

'안에 있는 거 다 아니까 나와! 나오라고! 아비가 데리러 왔어. 민주야!'

'집으로 데려가서 뭐 하려고? 두들겨 패기밖에 더해?'

황재호가 문득 멈춰 섰다. 억울하다는 듯 원장을 바라보며 낡아서 해진 바지 주머니를 주섬주섬 뒤적였다. 구겨진 지폐와 동전들을 꺼내 들어 원장에게 펼쳐 보였다.

'이제 지하철 공사하러 다니면서 돈도 벌고 그럽니다. 잘 키울 수 있어요. 아비가 이렇게 고생하면서 키우겠다는데, 딸년이 아비 밥도 해주면서 효도를 해야죠. 원장님도 그러시는 거 아닙니다. 나 이제 정신 차렸어요.'

'술은?'

'안 먹어요, 안 먹어. 내일부터는 진짜로요.'

원장은 고민에 빠졌다. 매일 같이 이어지는 무례한 방문에 지쳐가는 중이기도 했다. 한 번쯤 황재호에게 아버지가 될 기회를 주는 것도 나쁘지 않다고 생각했다. 그때, 건물 모퉁이에 숨어 있던 이선민이 고아원 안으로 들어가는 모습이 보였다.

'언니! 오빠!'

애타게 소리치며 아이들 사이를 오가던 이선민은 문이 빼끔 열려 있는 복도 끝의 창고로 향했다. 불도 켜지 않아 어두운 그곳에서는 이제훈이 황민주의 넋두리를 들어주고 있었다.

'엄마가 자고 있는 내 머리를 쓰다듬어 주면서 미안하다고 했어. 가지 말라고 붙잡고 싶었는데, 눈을 뜨면 울 것 같아서, 울면 아빠가 깨서 엄마를 또 때릴 거 같아서 인사도 못 했어. 다행이야, 오빠하고 선민이한테는 인사할 수 있어서. 그동안 정말 고마웠어.'

황민주가 울음을 터트렸다. 그 와중에도 덩달아 우는 이선민을 챙겨 품에 안고 등을 토닥여주었다. 울음을 삼킨 뒤 애써 웃는 얼굴로 이제훈을 바라보았다.

'오빠랑 선민이랑 함께한 시간 행복했어. 잊지 않을 게. 영원히.'

'가긴 어딜 가! 너도 내 동생이야. 우린 가족이고, 너희를 위해선 뭐든지 할 거야. 내 가족 내가 지켜. 죽더라도, 내가 지켜.'

'선민이가 봤다잖아. 원장님이 날 아빠한테 보내는 모습….'

황민주가 이선민을 더 꼭 끌어안으며 몸을 웅송그렸다. 어깨를 들썩이며 흐느끼고 있었다. 이제훈이 다가가 넓게 벌린 팔로 동생들을 끌어안았다.

'나한테 좋은 계획이 있어.'

이선민을 쫓아 들어가 모든 대화를 엿들은 원장은 이제훈의 좋은 계획이 궁금했다. 그래서 아이들을 주의 깊게 살폈다고 했다. 그날 밤 이제훈은 사무실에 몰래 숨어들어 어디론가 전화를 걸었고, 이튿날 최목사가 아이들을 입양하겠다며 찾아왔다.

"최목사가 예전부터 제훈이를 엄청 탐냈었거든요. 얼씨구나 한 거지."

"제훈이를? 왜죠?"

"신앙이 뛰어나다고 했었나? 몰라. 봉사랍시고 와서 허구한 날 성경이나 읽다 가는 게 전부였던 양반이라…. 제훈이도 최목사를 별로 안 좋아했었어요. 말이 나와서 하는 얘기지만 생긴 게 딱 사기꾼이잖아. 근데도 간 거죠. 민주 때문에.”

원장이 화장실에 다녀오겠다며 자리에서 일어났다. 홀로 남겨진 기준은 사실관계를 차근차근 정리했다. 남매와 황민주의 관계는 세간에 알려진 것보다 깊고 애틋하다. 따라서 황민주가 자살한 당일 경찰에 협조를 약속했던 이제훈은 진심일 가능성이 컸다. 그러나 태도가 급변하여 최목사를 도와 황민주의 죽음을 순교로 꾸몄다. 폭력과 강압만으로는 설명되지 않을 만큼 낙차가 큰 변화였다. 그사이에 생략된 과정이 필요했다. 답은 거기에 있을 것이다.

“아저씨, 제훈이 형네 교회에서 온 사람이에요?”

기준이 생각에 깊이 잠겨갈 무렵, 아이 하나가 원장실 안으로 고개를 내밀었다.

“제훈이를 아니?”

“왜 몰라요. 얼마나 친한데!”

“원장님은 제훈이가 놀러 온 적 없다는데?” 기준은 자리에서 일어나 아이에게 다가갔다.

“원장님 없을 때만 와요. 선민이랑, 민주 누나랑…. 근데 저번에는 혼자 왔어요.” 아이가 주변을 두리번거리곤 속삭였다. “정말 교회에서 온 거 맞죠?”

기준은 고민하지 않고 고개를 끄덕였다. 비밀을 공유하겠다는 분명한 신호였다. 마다할 이유가 없었다. 아이는 품에서 통장을 꺼냈다. 일말의 의심도 묻어 있지 않은 손길로 비밀스레 기준에게 건넸다.

"제훈이 형한테 민세가 줬다고 하면 돼요." 그리고 도망치듯 사라졌다.

아이의 이름으로 얼마 전 개설된 통장이었다. 기준은 서둘러 통장을 넘겼다. 개설 당시 입금했던 예금 내역 아래 한 건의 이체 내역이 기록되어 있었다. 황민주의 장례 이튿날 오명한이란 이름으로 입금된 천만 원이었다. 기준은 서둘러 취재 수첩을 꺼내 펼쳤다. 오명한. 승천교회 집사의 이름이었다.

1992년 10월 18일

정오가 넘어서야 시영아파트 505호의 현관문이 열린다. 삼십대 초반의 젊은 남자가 깔끔한 정장 차림으로 집을 나선다. 승천교회의 집사 오명한이다. 갓난아기를 품에 안은 젊은 여자가 뒤를 따라 나와 엘리베이터 앞까지 배웅한다. 갓난아기의 볼을 쓸어내린 오집사가 젊은 여자의 볼에 가볍게 입을 맞춘다. 잠시 후 주차장으로 내려와 임시 번호판을 달고 있는 고급 외제자동차로 다가간다. 트렁크에서 먼지떨이를 꺼내 반짝이는 차체를 전체적으로 훑는다. 팔짱을 끼고 고급 외제자동차를 흡족한 듯 바라본 오집사는 조수석에서 두꺼운 성경책을 꺼내 품에 안는다. 그리고는 바로 옆에 주차된 국산 중형자동차에 올라탄다. 세차조차 하지 않은 듯 얼룩덜룩한 모습 그대로 출발하여 시영아파트 단지를 빠져나간다.

“평화사거리파 알지? 범죄와의 전쟁 때 영혼까지 털린 애들 중에 망치라고 있어.”

기준은 며칠간 찍어온 오집사의 사진을 맞은편에 앉아 있는 강형사에게 건네주었다. 강형사는 커피를 나르는 다방 종업원의 늘씬한 다리에 정신이 팔려 사진을 성의 없이 힐끔거렸다.

"망치? 그 양아치 새끼 내가 아주 잘 아는데, 얘는 망치 아니야."

"망치가 새 조직을 짰어. 승천교회 집사 오명한이 여기 식구고."

"얘는 처음 보는 녀석인데 아마 족보도 없는 시다바리일 가능성이…." 강형사가 허겁지겁 사진을 들었다. "이 새끼가 승천교회 집사라고? 맞네, 이 새끼."

"아직 경찰에 쪽이 안 팔렸으니까 심부름하기 딱 좋겠지?"

"심부름?"

오집사의 중형자동차는 슬롯머신도박장에 도착한다. 덩치들이 깍듯하게 인사를 한 뒤 운전대를 넘겨받아 대신 주차를 한다. 좁은 어깨를 활짝 펼친 오집사는 팔자걸음으로 슬롯머신도박장에 입장한다. 그리고 한참 슬롯머신 게임을 즐긴다. 그가 앉아 있는 기계만이 끊임없이 은구슬을 토해낸다. 잠시 후 망치가 덩치들을 이끌고 슬롯머신도박장 안으로 들어온다. 오집사가 벌떡 일어나 허리 굽혀 인사한다. 망치는 격려하듯 오집사의 어깨를 토닥이며 함께 사무실로 들어간다.

"망치가 많이 예뻐하나 보네?" 사진들을 넘겨보던 강형사가 볼멘소리를 했다. "근데 젠장, 도저히 모르겠다. 그래서 심부름이 뭔데?"

"교회하고 똥구멍을 맞춰서 비자금을 조성하는 일이지."

기준은 테이블에 널려 있는 사진들을 순서대로 정렬했다. 오집사의 중형자동차에 상자를 싣는 덩치들의 사진을, 슬롯머신도박장에서 나온 오집사에게 다가오는 덩치의 사진을, 덩치가 오집사에게 영수증을 건네는 사진을 차례로 늘어놓은 뒤, 영수증을 확대한 사진 속의 숫자를 가리켰다.

"이건 틀릴 확률이 거의 없는 내 확신이야. 교회는 조폭들이 운영하는 상회에서 매일 물품들을 구입해. 사무용품부터 신도들 간식까지 전부. 대신 10개를 사면 1,000개의 가격을 지불하는 거지. 그렇게 남긴 돈은 교회와 조폭들이 나눠 먹는 거고."

리베이트를 이용한 기초적인 횡령 수법이었다. 승천교회는 정확히 파악되지 않을 정도로 많은 신자들을 보유한 덕에 매입된 물품들은 아무리 부풀려도 티가 나지 않았고, 폭력 조직은 이중 삼중으로 명의를 세탁한 상회의 간판을 수시로 변경해가며 운영하는 치밀함을 보였기에 꼬리가 잡히지 않은 것이다.

"정상 지출을 잡아서 비자금을 만드니까 회계장부가 깨끗하지…. 허튼짓만 더럽게 했네. 아니, 교회가 깡패 새끼들이랑 붙어먹는다고 누가 상상이나 했겠냐."

강형사는 테이블에 늘어놓은 사진들을 뒤적였다. 오집사가 승천교회에 짐을 내려놓는 사진이, 함께 짐을 나르는 신자들의 사진이, 그들과 함께한 수경의 사진이 차례로 보였다. 당황한 강형사가 허둥대며 사진들을 뒤섞다가 수경의 사진이 튕겨 기준 앞으로 날아갔다. 기준은 못 본 척, 그 위로 고아원에서 입수한 통장을 내려놓았다.

"최목사는 경찰에 붙은 이제훈을 말려야 했을 거야. 그 대가가 천만 원이었던 거고."

"친남매 같았던 거고, 친남매는 아니라 이거지? 기분이 괜히 엿 같아진다, 젠장."

기준 역시 착잡한 건 마찬가지였다. 고아원 원장으로부터 전해 들은 아이들의 사연이 명치끝에 얹혀 있는 듯 내내 불편했다. 최목사가 횡령했을 수십억 원의 헌금 중 고작 천만 원이라는 돈에 황민주가 자살한 이유를 덮어 버린 이제훈이 한심하다가도, 시한부 종말론의 한 축을 담당하고도 고작 천만 원에 친남매 같았던 황민주를 저버릴 정도로 궁핍했을 이제훈이 불쌍했다. 그러나 감상에 오래 빠져있을 수는 없었다. 다음 행보에 도움이 안 되는 불필요한 감정들이었다. 버려지지 않아도 버려야 했다.

"젠장, 목사라는 새끼는 신학대까지 나와서 깡패 새끼들하고 붙어먹고…, 세상 잘 돌아간다. 이런 개 같은 세상에 나는 의리 있는 친구가 있으니 얼마나 든든하냐! 진짜 고맙다. 제수씨 복수는 내가 꼭 해줄게."

기준은 테이블 위의 사진들을 그러모으는 강형사의 손목을 잡았다. 잠시 영문을 몰라 어리둥절해 있던 강형사가 마음을 읽었다는 듯 단호하게 고개를 저었다.

"경찰 밥그릇에 함부로 손대면 어떻게 되는지 알잖아."

"너는 실적을 올리고 나는 돈을 갖는 거야."

"네가 아무리 큰 도움을 줘도 뽀찌는 못 떼 줘. 맛만 봐도 얹히는 돈이야. 젠장, 기준아. 나 네 손에 팔찌 채우기 싫다."

"승천교회에 먹어도 탈 안 나는 돈이 있으면?"

"…."

거세게 저항하던 강형사가 멈칫, 하고 기준을 바라보았다.

"설거지해줄 사람이 필요해."

자정이 가까워지자 유흥가의 불이 하나둘 꺼졌다. 대통령 노태우가 '범죄와의 전쟁'으로 유흥업소 등 식품접객업소의 심야 영업을 규제한 지 벌써 2년째였다. 당시 범죄의 온상으로 지목된 유흥주점을 철폐하겠다며 취해진 조치였다. 하루도 빠짐없던 집중 단속으로 경찰서 유치장이 매일 문전성시를 이룬 적도 있었다. 하지만 단속은 시간이 지나며 느슨해졌고 규제는 허울만 남았다. 자정 후에 업소들은 간판 조명을 끄고 셔터를 내린 채 불법 영업을 이어가는 중이었다.

"오명한이 안에 있지?"

불나방룸살롱의 셔터가 완전히 내려가기 직전에 건물 안으로 파고든 기준은, 짜증이 가득한 웨이터에게 만 원짜리 지폐 한 장을 찔러주었다. 웨이터가 노랫소리 들려오는 지하로 고개를 돌렸다. 벌써 유흥의 2막이 시작된 상태였다. *저녁이 되면 의무감으로 전화를 하고, 관심도 없는 서로의 일과를 묻곤 하지.* 기준은 〈015B〉의 노래 '아주 오래된 연인'이 흘러나오는 룸 앞에 도착해서 문을 열었다. 접대부를 옆구리에 끼고 출장 밴드의 연주에 맞춰 악을 쓰는 남자, 오집사가 보였다.

기준은 뚜벅뚜벅 걸어 들어가 자리에 앉았다. 테이블 위의 과일 안주를 하나 집어 먹었다. 오집사가 마이크를 들고 물었다.

"너 뭐 하는 새끼냐?"

"너 잡으러 온 새끼." 기준이 미행을 하며 찍어온 사진을 꺼냈다.

오집사는 밴드와 접대부를 밖으로 내보내고 기준의 맞은편 자리로 와서 앉았다. 사진을 확인하는 동안 쏟아지려는 한숨을 간신히 참아내는 모습이었다.

"경찰?"

"기자."

"촉새였어?" 긴장이 풀어진 오집사가 짧게 한숨을 토했다. "하, 이 새끼. 지금 뽀찌 달라고 이렇게 화려하게 지랄한 거야?"

"너 혹시 금융실명제라는 거 아냐?"

"개소리할 시간에 구걸이나 해. 구걸이 쪽팔리면 전당포에 카메라라도 잡히던가."

오집사는 지갑에서 만 원권 지폐 몇 장을 꺼내 기준에게 던졌다. 흩날리는 지폐 속에 섞여 있는 명함이 툭 떨어졌다. 전당포 이름이 크게 적혀 있었다. 기준은 신경 쓰지 않고 할 말을 이어갔다.

"지금 우리나라는 가명이나 차명으로도 금융거래를 할 수가 있어. 그래서 너 같은 새끼들이 나쁜 짓을 해서 번 돈을 마음먹고 묻어 두기라도 하면 찾을 수가 없지. 그러니까 금융거래 시에 본인의 실제 명의, 즉 실명을 사용하도록 강제하는 법이 필요해. 그게 바로 금융실명제야. 금융거래의 투명성과 조세 형평성을 제고하고, 사회 부조리 제거 등의 효과를 기대할 수 있지. 나는 이번 대통령선거에서 김영삼이든 김대중이든 이거 시행할 놈한테 표를 줄 생각이야. 좆같은 새끼들이 좆같이 돈 버는 거, 이거 영 좆같거든."

"좆대로 하시든가."

"그럼 최영미라는 여자애 얘길 한번 해볼까. 반년 전까지 여기에서 임신한 것도 모르고 술을 따르다가 배가 불러오니까 때려치우고 사라진 애거든. 걔 얼마 전에 돌아가신 엄마 명의로 십억짜리 통장을 개설했더라? 나라가 아주 개판이지?"

"너 진짜 뒈지고 싶냐."

"망치는 꼬붕이 업소 아가씨를 빼돌린 것도 모자라서 뒷주머니까지 찬 걸 아나 모르겠네?"

오집사가 술잔을 들어 벽에 힘껏 던졌다. 잔에 담겨있던 술과 깨진 유리 파편이 사방으로 흩어졌다. 그사이 주머니에서 꺼낸 칼을 겨누고 있었다. 기준은 눈 하나 깜박하지 않았다. 떨어진 지폐와 전당포 명함을 태연하게 챙기며 자리에서 일어났다.

"난 네가 그 돈을 끝까지 안전하게 먹을 수 있는 방법을 알고 있는데… 나도 명함 한 장 줄까?"

예언자 4

나는 아침에 눈을 떴고, 세수와 양치를 했고, 밥을 먹었고, 옥상에서 경찰이 출동할지도 모르는 미래를 감시했고, 다시 밥을 먹었고, 대기실에서 등장을 기다렸고, 신도들의 예배를 지켜봤고, 침대에서 곰 인형을 끌어안고 잠을 잤다. 평소와 똑같은 하루를 보냈지만, 평소와는 다르게 오빠와는 눈도 마주치지 않았다. 내일 뉴스를 전해 주지 않은 것은 물론이고 아침 인사와 잠자리 인사까지, 오빠와 한 마디도 나누지 않았다. 언니가 자살한 이유를 알려 줄 때까지 주는 벌이었다. 나쁜 마음에서 비롯된 거짓말이 아니라는 것을 알고 있었기 때문에 그것으로 충분했다.

그렇게 벌써 일주일이 지났다. 오빠는 아직 나를 찾지 않았다. 자존심을 부리는 것은 아닐 것이다. 나를 애처롭게 바라보다가 고개를 돌리길 여러 번이었으니까. 마음의 준비가 끝나지 않았을 뿐이라고, 나는 믿고 있다. 내가 먼저 다가가서 죄를 사해 주는 방법을 떠올린 것은 그래서였다. 그러면 오빠는 고해성사를 하듯 모든 것을 고백하게 될 것이다.

사실은 나도 힘들었다. 옥상에서 북적이는 거리를 바라보는 매일매일 혼자라고 느껴졌고 또 혼자라서 외로웠다. 어서 문제를 해결하고 원래의 우리로 돌아가고 싶었다. 오늘 아침 박기사 아저씨에게 전해진 오빠의 부탁을 듣게 되기 전까지는 말이다.

"박기사님. 점심시간에 선민이랑 롯데리아에 좀 다녀와 주시겠어요?"

나는 점심시간에 집사님이 우리를 찾아온다는 것을 알고 있었다. 오빠가 우리의 정체를 알고 있는 몇 안 되는 사람이라며 조심을 당부했던 남자였다. 어쩌면 위험한 일이 생길지 몰라서 나를 대피시키려는 것일 수도 있었다. 햄버거가 먹고 싶다고 말했던 바람을 들어주는 것일 수도 있었다. 며칠 전이였다면 얌전히 아저씨를 따라 롯데리아로 갔을 것이다. 하지만 지금은 아니다. 오빠가 아직도 내게 감출 것이 남아 있다는 의심이 먼저였다.

옥상으로 가는 척 방을 나섰던 나는, 오빠가 화장실에 간 사이에 다시 방으로 돌아와 비키니옷장 속에 숨어들었다. 미래의 만남을 훔쳐보기 위해서였다. 위험한 일이 아니었으므로 미래는 알아서 찾아오지 않을 것이다. 나는 숨을 꾹 참아서 보이지 않는 미래를 기다렸다. 가슴이 답답해지고 얼굴이 뜨겁게 달아오르자 옷장 문틈 사이로 비치는 방 안이 과격하게 흔들렸다. 잠시 후 그 속으로 사람들의 모습이 아지랑이처럼 아른아른 피어나며 풍경이 안정을 되찾기 시작했다. 보인다. 몇 시간 후의 오빠와 집사님이.

——뭘 어쨌는데 촉새가 붙어? 불안한 듯 방 안을 맴돌던 집사님의 외침이 문틈으로 흘러 복도에 메아리친다. 화들짝 놀라서 문을 걸어 잠그고 낮아진 목소리로 다시 오빠를 다그친다. 왜 촉새가 붙느냐고 물었잖아. 네가 그 기자 새끼랑 만난 거 내가 모를 거 같아?——

집사님은 어떤 이유에서인지 그 남자에게 협박을 당했고, 그것이 오빠 때문이라고 의심하여 찾아온 것이었다. 미래의 오빠가 목사님에게 매를 맞는 장면을 들켜 버리는 바람에 수습하려고 만났다고 사실대로 말했지만 믿으려 하지 않았다. 한참 어린 오빠에게 신경질적으로 화풀이하며 생떼를 부리고 있었다. 한심했다. 더는 훔쳐볼 가치가 없다고 판단했다. 그런데.

——너, 이 새끼! 짭새들한테 그랬던 것처럼 도와 달라 어쩐다 찐 붙은 거 아니야? 내가 그랬지? 한 번 더 지랄하면 그땐 황민주, 그년 무덤에서 파내 조져 버린다고. 어?——

미래의 집사님이 천박한 욕과 함께 언니를 불러냈다. 나는 화장(火葬)되어 납골함에 안치된 언니를 무덤에서 파내겠다는 말이 무슨 뜻인지 이해하지 못했다. 그래서 마른침을 삼키며 다음 대화를 기다리고만 있었다. 하지만 미래의 오빠는 입을 고집스레 다문 채 내가 숨어 있는 비키니옷장을 바라보고 있을 뿐이었다. 마치 내가 여기에 숨어있다는 것을 눈치챈 듯 집요한 눈길이었다. 걱정할 필요는 없었다. 미래의 오빠가 다가와서 옷장 안을 들여다보아도 다른 시간 속의 나를 절대 발견하지 못할 테니까. 그런데도 나는 차곡차곡 개켜진 옷 속으로 몸을 깊이 파묻었다. 보인다.

—— 집사님이 오빠의 어깨를 잡아 돌려세운다. 이 새끼가 어디서 말을 씹어? 오빠는 비키니옷장을 한 번 더 힐끔거린 뒤 집사님을 바라본다. 그리고 비밀하게 말한다. 나는 그 남자에게 집사님의 정체가 들통난 이유를 알 것 같은데요? ——

미래의 오빠는 내가 엿듣고 있다는 것을 확실히 알고 있다. 내게 언니와 관련된 이야기를 들려주지 않기 위해서 영리하게 말을 돌린 것이었다. 미래의 집사님은 언니에 관한 이야기를 더는 꺼내지 않았다. 오직 오빠가 말한 '이유'만 알고 싶어 했다.

—— 그러나 오빠는 집사님이 궁금해하는 '이유'는 약속한 것을 내놓아야 알려 줄 수 있다고 말한다. 화가 난 집사님이 오빠의 얼굴을 향해 손을 휘두른다. 오빠는 재빨리 집사님의 팔을 붙잡는다. 목사님도 얼굴은 안 때린다고, 얼굴에 상처 나면 장사에 문제 생긴다고, 감당할 수 있겠냐고 묻는다. 집사님이 말한다. 너 원하는 거, 이 좆같은 나라 뜨는 날 줄 테니까… 말, 하라고 새끼야! 오빠는 잠시 사이를 둔 뒤 입을 연다. 최영미, 아기도 있던데요? 집사님이 더 이상 참을 수 없다는 듯 잡혀 있던 팔을

빼내 오빠의 뺨을 후려친다. 크게 휘청거린 오빠가 간신히 균형을 잡고 선다. 입술이 피로 붉게 물들어 있다. 목사님을 찾아온 손님 얘길 엿들은 거예요. 오빠가 비밀스럽게 덧붙인다. 민주 일 때문에 집사님을 대신할 사람이 필요하다고 했어요——

내가 알아들을 수 없는 내용으로 가득 채워지던 대화는 그것으로 끝이 났다. 미래의 집사님은 충격을 받은 것처럼 서 있다가 돌아섰다. 나는 궁금한 것이 많았지만 고민에 빠질 시간이 없었다. 현재의 오빠가 돌아오기 전에 어서 이 방에서 빠져나가야 했다. 참고 있던 숨을 길게 토해내며 옷 속에 파묻혀 있던 몸을 일으켰다. 그때 미래의 오빠가 옷장을 향해 흐릿하게 다가오고 있었다.

"너는 여전히 내가 거짓말을 한다고 생각하겠지?" 그리고 내게 말을 걸어왔다.

미래의 오빠는 미래를 엿보고 있는 나를 인정하며 아직 할 말이 남았다는 듯 입을 움찔거리고 있다. 나는 다시금 숨을 참아 흐릿하게 사라지던 미래의 오빠에게 기회를 주었다.

"나는 정말이지 거짓말을 하지 않았지만, 이제 거짓말이 아니라는 말은 하지 않을게. 네가 날 믿지 못하게 만든 건 모든 걸 혼자 결정한 내 잘못이라는 것을 깨달았으니까. 미안해, 선민아."

내가 기다렸던 고백이었으나, 기대했던 진실은 아직 담겨 있지 않았다. 나는 옷장 문을 열고 미래의 오빠와 마주했다. 조금만 더 솔직해지길 기대하며.

"나는 네가 언제까지고 아이일 거라고만 생각했었나 봐. 모두 너를 위한 거라고 했지만 네가 스스로 생각하고, 느끼고, 판단할 수 있다는 걸 무시해 온 꼴이었어. …늦었지만 너에게도 너의 진실이 필요하다는 것을 인정할 수 있게 되었어."

"그럼 이제 언니가 왜 죽었는지 말해 주는 거야?"

나는 더는 숨을 참지 못한 채 물었다. 미래의 오빠가 듣지 못하리라는 것을 알고 있었으나 미래의 오빠라면 왠지 들을 수 있을 것만 같았다.

"네가 진실을 찾을 수 있게 도와줄 거야."

"어떻게?"

미래의 오빠가 내게 손을 뻗어왔다. 마치 머리를 쓰다듬어 주듯 허공을 더듬으며 흐릿하게 사라졌다. 다시 숨을 참아 보았지만 미래의 오빠는 나타나지 않았다. 대신에 방문이 열리며 현재의 오빠가 들어왔다. 비키니옷장 안에 앉아 있는 나와 눈이 마주치고서도 못 본 척 고개를 돌려 앉은뱅이책상으로 가서 성경책을 꺼냈다.

나는 미래에서 끝내 듣지 못한 대답을 요구해볼까, 잠시 고민하다가 이내 고개를 저었다. 기다려야 했다. 오빠도 나와 같은 미래를 겪은 뒤에야 정확한 답을 해줄 수 있을 것이다. 아무 일도 없었다는 듯 비키니옷장에서 내려왔다.

——어제 오후 5시경 북아현동 시영아파트에서 도시가스 폭발로 5명이

숨지고 20여 명이 중경상을 입어 인근 병원으로 옮겨져 치료 중입니다. 같은 시각 아파트 복도에서는 시한부 종말론을 주장하는 종교단체의 집사 오명한 씨가 숨진 채 발견되었습니다——

복도에서 오빠를 기다리던 나는, 화들짝 놀라며 귀에 대고 있던 휴대용 라디오를 떼어냈다. 오빠에게 자연스럽게 말을 붙이기 위해 내일 뉴스에서 예언거리를 찾아내던 중이었다. 국정감사 소식과 대통령선거 준비 소식이 지나간 뒤, 오늘 오후에 집사님이 죽었다는 소식이 들려온 것이다. 우리 방에서 볼 일을 마치고 나온 집사님이 문득 나와 눈이 마주치며 멈춰선 그때였다.

"이런 미친년이, 재수 없게 뭘 꼬나 봐?"

미래에서 보았던 그대로, 오빠와의 대화 끝에 충격을 받고 멍해져 있던 집사님이 얼굴을 구기며 정신을 차렸다. 어쩌면 언니의 죽음에 대한 것들을 알고 있을 수도 있는 사람이었다. 아주 잠깐, 그의 죽음이 예정된 미래를 알려 주고 진실을 물어볼까도 생각해 보았다. 그러나 곧장 언니를 천박하게 부르던 것이 생각났다.

나는 '미친년'처럼 생긋 웃어 보였다. 조급할 필요가 없었다. 바닥에 더러운 가래침을 뱉고 사라진 집사님이 오늘 죽게 된다는 사실은 이제 곧 만나게 될 오빠에게만 들려줄 비밀이었다. 진실은 그때 자연스럽게 알게 될 것이다.

하지만 나는 오빠를 만날 수가 없었다. 집사님이 사라지자 전도사님이 기다리고 있었다는 듯, 곧장 우리 방으로 찾아왔고 오빠를 어디론가 데리고 갔기 때문이었다. 복도에 쭈그려 앉아서 다시 오빠를 기다릴 수밖에 없었다. *열, 아홉, 여덟, 일곱, 여섯, 다섯, 넷, 셋, 둘… 열, 아홉, 여덟, 일곱, 여섯, 다섯, 넷, 셋, 둘… 열, 아홉, 여덟…*. 오빠는 돌아오지 않았다.

1992년 10월 20일

오집사는 기준의 예상보다 빠른, 이틀 만에 연락을 해왔다. 마포대교 아래 한강 둔치에 도착한 기준은 단번에 그 이유를 알 수 있었다. 오집사는 지금, 무언가로부터 쫓기는 중이었다. 손으로 연신 머리칼을 쓸어 올리고 얼굴과 목을 더듬으며 불안과 초조를 드러냈다. 틈틈이 주변을 두리번거리며 경계를 늦추지 않았다. 중형자동차 전면에 붙어 있는 불법 주정차위반스티커도 제거하지 않고 달려왔을 만큼 다급한 상태였다. 인사도 생략한 채 '그 돈을 끝까지 안전하게 먹을 수 있는 방법'을 알려 달라고 채근했다.

"네 돈은 교회 돈이랑 달라. 출처를 찾을 수 없을 정도로 세탁이 잘 되어 있어."

"그래서 어디서 났는지 물어보는 거야?"

"그건 내가 알 바 아니고, 네가 자수를 해도 돈은 안전하다는 말이야."

"이 새끼가…, 빵집에서 시간 때우라는 훈수하려고 잘난 척을 한 거야?"

"용의자의 죄를 입증하는 데 공헌한 공범을 놓아주거나 형량을 낮추어 주는 걸 사법 거래라고 해. 우리나라에서는 불법이지만, 알음알음 이용되고 있지."

"그래서 어쩌라는 거야!" 조급증을 이기지 못한 오집사가 목소리를 높였다.

"널 빼줄 경찰이 있어. 최목사와 망치를 엮을 증거만 내놔."

"배신을, 해라?"

"지킬 의리가 있었으면 뒷주머니는 차지 말았어야지."

"돈 앞에 의리는 무슨. 나 때문에 망치가 들어가면 남은 새끼들이 가만히 있어?"

오집사는 망치를 언급하며 주변을 두리번거렸다. 한 손으로 다른 쪽 손바닥을 문지르며 한층 깊어진 불안과 초조를 드러냈다. 이들 사이 망치와 틀어진 것이 분명했다. 기준은 준비해 두었던 미끼를 던졌다.

"너 미국 비자 계속 빤찌 먹고 있지? 내가 대사관에 줄을 대줄 수 있어. 여기까지 딱 잘라서 절반, 5억이야."

"…생각 좀 해보고."

"싫으면 관둬."

기준이 돌아섰다. 이미 동공이 활짝 열리는 긍정적인 반응을 끌어낸 뒤였다. 이제 와서 망설이는 척 시간을 끌어 흥정을 해보려는 수작에 맞장구를 쳐줄 수는 없었다. 오히려 겁을 줄 필요를 느꼈다. 기준이 두어 걸음 앞으로 나아가자 오집사가 화급히 달려와 팔을 붙잡았다. 절대 놓지 않겠다는 듯 힘이 잔뜩 들어가 있었다.

"…집에 승천교회하고 거래했던 내역을 적어 놓은 이중장부가 있어."

운전 중에도 오집사의 불안과 초조는 그치지 않았다. 연신 사이드미러와 룸미러를 번갈아 힐끔거렸고, 갑작스럽게 엉뚱한 방향으로 진로를 변경하기도 했다. 있지도 않은 미행을 의심하는 것이 분명했다. 조수석에 앉아 있던 기준은 손을 뻗어 불안정하게 흔들리는 핸들을 잡아 주었다.

"출발하기 전에 아까 말한 형사한테 삐삐를 쳤어. 오늘 망치네 영업장 단속 좀 뜨라고."

"무슨 소리야?" 짐짓 태연한 척 오집사가 물었다.

"그냥 그렇다고."

"실없는 양반일세."

오집사가 금방 안정을 되찾았다. 중형자동차가 도로 위를 곧게 달려 나갔다. 무안한 듯 눈길조차 주지 않던 그는 한참 뒤에야 입을 열었다.

"이제훈, 그 새끼가 찌른 거지?"

"취재원을 함부로 발설하는 기자가 어디에 있나?"

"젠장, 그럼 어떻게 찾은 건데? 내 돈 말이야, 세탁 아주 잘 됐다며? 손을 잡았으면 그 정도는 알려 줘야지."

"이제훈이 숨겨 놓았던 차명계좌를 주웠어."

"차명계좌? 그 새끼 통장이 나랑 무슨 상관인데?"

오집사는 정말 모르겠다는 듯 고개를 갸웃거렸다. 연기를 하는 것 같진 않았다. 기준은 통장을 꺼내 보이며 입수하게 된 경위와 입금된 돈에 대한 나름의 추리를 들려주었다. 하지만 오집사는 코웃음을 칠뿐이었다.

"그러니까 내가 경찰하고 붙어먹으려는 그 새끼 아가리를 막으려고 천만 원을 쐈다? …반은 맞고 반은 틀렸어. 아가리를 막는 방법은 여러 가지가 있으니까."

"여기 입금자 오명한은 네 이름이 아닌가?"

통장의 입금 내역을 확인한 오집사가 주먹으로 핸들을 내리쳤다. 신경질적인 클랙슨 소리가 짧게 울렸다. 꾹 누르고 있던 흥분이 터진 듯 반복해서 핸들을 가격했다. 클랙슨이 빽빽 울어댔다.

"어떤 미친 새끼가 그런 돈을 실명으로 쏴! …이런 개새끼들이 날 수술하려고 해!"

"짐작 가는 사람이 있나 보군."

"전부 의심스럽지, 전부다!"

오집사는 분을 이기지 못한 채 비명처럼 소리를 질러댔다. 그러다 생각에 잠긴 듯 거칠게 몰아쉬던 숨이 서서히 잦아졌다. 그가 기준을 돌아보며 말했다.

"근데 이제 뭐가 됐든 상관없잖아? 우리 기자님, 형사님이 계시는데. 아, 아멘! 씨발 할렐루야!"

"예수를 믿기는 하냐?"

기준이 대시보드 위에 놓인 성경을 들어 보이자, 오집사가 재빨리 성경을 빼앗아 갔다. 순간 예민한 기운이 훅 끼쳐 왔다. 자동차 안에 어색한 공기가 흘렀다. 오집사가 문득 너털웃음을 터트려 분위기를 환기해 나갔다.

"내가 예수는 안 믿어도 성경은 믿고 있지. 이 성경이 내 인생을 역전시켜 주셨거든. 기자님. 내 인생 말이야, 더럽게 힘들었어."

기준은 가난했던 어린 시절을 푸념하듯 회고하는 오집사를 피해 차창에 머리를 기댔다. 빠르게 지나가는 거리의 풍경을 멍하니 바라보았다. 시작부터 끝이 보이는 레퍼토리였기 때문이다. 어린 시절에 저질렀던 크고 작은 범죄의 책임을 모두 가난에 전가하고, 그래서 엇나가게 된 삶을 더 큰 범죄를 저지르게 된 핑계로 사용하며, 그렇게 만들어진 악행의 이력서로 조직에 들어가 비로소 번듯하게 살아가고 있다는, 조직폭력배들의 흔해 빠진 자서전적 무용담이었다. 스스로에 대한 후한 평가와 함께 범죄는 모험과 고행으로 미화되는, 조사 '은, 는, 이, 가'를 제외하고는 어떤 것도 믿을 수 없는 전형적인 '구라'였다.

"어이, 어이. 거기 삐삐 왔다고."

오집사가 기준의 옆구리를 쿡쿡 찔렀다. 한창 재미있는 부분을 이야기해 주려는 참에 산통을 깼다며 투덜거렸다. 멍하니 휴식을 취하던 기준이 반사적으로 허리춤에서 삐삐를 꺼내며 정신을 차렸다. 100482. 병원이었다. 곧장 주변을 두리번거려 공중전화를 찾았다. 오집사는 신경 쓰지 않고 수다를 이어갔다.

"내가 씨발 불나방에서 일하던 냄비를 잘못 건드려서 코가 꿰였어요. 망치 몰래 애까지 싸지르는 바람에 다시 좆같은 인생이 되고 있었는데, 이 성경 덕에 구원을 받았잖아. 신이라는 게 정말 있더라니까? 댁도 그러니까 교회 다니면서 기도도 헌금도 많이 하…."

"세워!"

"다 왔어, 다 왔어."

중형자동차는 어느새 시영아파트 단지로 접어들고 있었다. 그리고 기준이 발견한 공중전화부스를 지나쳐 가고 있었다.

"차 세우라고, 이 새끼야!"

기준은 오집사의 중형자동차가 완전히 멈추기도 전에 문을 열고 내렸다. 단지 내에 설치된 공중전화를 향해 달렸다. 공중전화부스로 들어가려는 학생을 끌어내고 수화기를 잡았다. 미리 꺼내 놓았던 동전을 넣고 병원으로 전화를 걸었다. 길게 늘어지는 전화 연결음이 들려왔다.

"빨리 좀 받아라. 씨발, 제발."

담당 간호사의 응답을 애타게 기다리던 기준은 멀리, 주차를 마치고 자동차 밖으로 나온 오집사와 눈이 마주쳤다. 아직 거래는 끝나지 않았다. 더 이상의 조급함을 드러내는 것은 금물이었다. 아무 일도 아니라는 듯 손을 살짝 들어 보였다. 의심스럽게 이쪽을 바라보던 오집사가 그제야 어깨를 으쓱하고 돌아섰다. 그리고 깜박했다는 듯 자동차에 들어갔다가 나왔다. 품에 성경책이 소중하게 안겨 있었다. 그때.

"오빠!" 여자의 목소리가 아파트 단지에 울려 퍼졌다.

아파트 건물을 올려다보는 오집사를 따라, 기준도 5층으로 시선을 옮겼다. 오집사의 동거녀가 아기를 안고 베란다에 나와 있었다. 지상을 향해 손을 흔들며 다시 온 힘을 다해 '오빠'를 불렀다. 피울음이 섞여 있는 듯 끝이 갈라진, 심상치 않은 목소리였다. 멈추지 않고 흔드는 손에 반가운 기색은 사라지고 다급함만 남아 있었다. 기준이 눈을 가늘게 뜨며 여자에게 집중했다.

그 순간 붉은 화염이 베란다로 쏟아져 나와 여자를 집어삼켰다. 동시에 날카로운 파열음이 하늘을 뒤흔들었다. 오집사의 집이 폭발했고, 충격파로 건물의 유리창이 모두 깨져 버린 것이다. 온 세상이 잠시 잠깐 크게 휘청거렸다.

기준이 공중전화부스의 유리벽을 잡고 간신히 균형을 잡았다. 저 멀리, 중형자동차 트렁크에서 알루미늄 야구방망이를 꺼내 드는 오집사가 보였다. 전화는 아직도 연결되지 않은 채 연결음만 끈질기게 들려왔다. 폭발이 일어난 아파트로 달려 들어가는 오집사가 보였다.

기준은 수화기를 내팽개치고 공중전화부스 밖으로 나왔다. 삐삐가 아들이 위독해진 신호라면 더더욱 돈이 필요했다. 오집사가 멋대로 움직이게 놔둘 수는 없었다.

건물로 들어선 기준이 작동 중지 상태의 엘리베이터를 뒤로한 채 계단으로 향했다. 오토바이 헬멧으로 얼굴을 가린 남자가 바쁘게 내려오고 있었다. 난리를 피해 대피 중인 평범한 배달부일 것이다. 하지만 옆을 스쳐 지나가는 순간에 풍긴 비릿한 내음은 평범하지 않았다. 익숙하고 불길한 냄새였다. 멀어져 가는 뒷모습에서 눈을 뗄 수가 없었다.

"사람 살려!" 사람들의 비명이 계단을 타고 쏟아져 내렸다.

기준은 이미 건물 밖으로 나간 헬멧에게 관심을 끊고 다급히 계단을 올라갔다. 대피 중인 주민들로 가득 차 있는 계단 복도에 시뻘건 피가 흐르고 있었다. 핏자국을 따라가자 계단에 몸을 반쯤 걸친 채 쓰러진 오집사가 보였다. 경동맥이 끊어진 듯 피가 솟아나는 목을 부여잡고, 다른 한 손으로 멀찍이 떨어져 있는 성경책을 잡으려 안간힘을 쓰는 중이었다. 그러나 오래 버티지 못했다. 발작하듯 꿈틀거리던 사지가 축 늘어졌다. 숨이 끊어져 버린 것이다.

기준이 코를 킁킁거렸다. 조금 전 헬멧의 몸에서 풍기던 익숙하고 불길한 냄새가 오집사의 피비린내와 겹쳐졌다. 계단 복도의 창밖으로 고개를 돌렸다.

헬멧이 오집사의 중형자동차 앞에 서 있었다. 주유구에 불붙은 심지를 넣고 빠르게 걸어갔다. 잠시 후 오집사의 중형자동차가 커다란 불길을 토해내며 들썩였다. 강력한 폭발음이 다시 한 번 아파트 단지를 흔들었다. 헬멧은 검게 피어오르는 연기 속으로 유유히 사라졌다. 창밖을 보며 멍하니 서 있는 기준의 허리춤에서 삐삐가 울렸다.

삐빅— 삐빅— 삐빅—.

생명유지장치가 몸 여기저기 장착된 영민은 마치 인조인간으로 개조되는 공상과학영화 속 등장인물 같았다. 중환자실 유리벽 너머의 아들을 바라보면서 그렇게라도 일어나라고, 어떤 모습이든 상관없으니 살아만 있어 달라고 기준은 마음속으로 빌었다.

“돈 나올 구멍은 있냐?” 강형사가 다가와 격려하듯 어깨를 두드렸다.

“이제부터 만들어 봐야지.”

기준은 짐짓 아무렇지 않은 척 고개를 끄덕여 보였다. 그 모습을 안쓰럽게 바라보던 강형사가 손에 들린 서류 봉투를 열었다. 기준이 오집사를 미행했던 사진들을 확인하며 고민에 빠졌다. 잠시 후 결심을 굳혔다는 듯 봉투를 곱게 닫아 기준에게 건넸다.

“십억짜리 통장, 오늘 아침에 해지됐더라. 근데 현장에선 돈이나 새 통장의 흔적은 발견되지 않았어. 폭발에 사라진 건 아닐 거고… 망치 그 새끼가 가져간 거 빤하잖아.”

“아니. 나는 손을 뗄 거야. 다시 최수종이나 괴롭힐래.”

“나 때문이면 신경 쓰지 말고. 최목사랑 승천교회는 다르게 엮어볼 테니까. 그 돈, 네 말대로 출처가 아예 안 잡혀. 눈먼 돈이야.”

“눈앞에서 사람이 죽었어. 죄 없는 일반인들까지 휩쓸렸다고. 이런 상황에 돈을 뜯어내자고?”

“‘딴따라들 괴롭히면서 돈이나 뜯는 쓰레기’라고 했잖아. 왜 옛날의 김기준이 돼서 정의감을 불태우는 건데? 영민이 살려야지!"

기준은 폭발로 먹먹해진 귀에 들려오던 비명과 불에 그슬린 공기 속에 섞여 있던 피 내음이 생생하게 살아나는 것 같았다. 오한이 몰려오며 헬멧을 쓰고 옆을 지나간 남자가 떠올랐다.

"가스 폭발 '사고'라고? 빨래라는 거 알잖아. 배신의 기미가 보이니까 가족들을 죽여 버린 뒤에 오집사 목을 땄어. …나 무섭다, 민철아."

"깡패가 무섭다? 배에 칼 맞아가면서 취재하던 김기준이가 깡패를 무서워한다고?"

"네 말처럼 영민이 살려야지. 근데 내가 죽으면 병원비는? …민철아, 나 이제 내 맘대로 죽지도 못해."

기준은 유리벽 너머의 영민을 바라보았다. 무언가 할 말이 남은 듯했던 강형사가 기준을 따라 시선을 옮긴 뒤 입을 다물었다. 기준이 자리에서 일어났다. 중환자실에서 주치의가 나오고 있었다.

"순간적으로 무호흡 증상을 겪었던 것으로 보입니다, 일단은."

"감사합니다, 정말 감사합니다."

기준은 긴장이 풀린 듯 다리가 후들거렸다. 강형사가 재빨리 손을 뻗어 몸을 받쳐 주었다. 하지만 기쁨은 잠시뿐이었다. 주치의가 한 걸음 뒤로 물러나며 후퇴의 동작을 내보인 것이다. 부정적인 결과를 암시하는 신호였다.

"폐 기능이 약화된 건지, 호흡중추를 담당하는 뇌간에 이상이 생긴 건지 아직은 알 수 없어요. 만일 후자라면 뇌사로 진행되고 있다는 징후로 의심을 해봐야 할…."

"선생님…."

기준은 주치의의 말이 한 글자도 빠짐없이 들려왔다. 그러나 단 한 글자도 이해되지 않았다. 어느새 주치의가 입을 뻐끔거리는 붕어처럼 보일 뿐이었다. 더는 들을 필요가 없었다. 선택은 이미 정해져 있었다. 강형사를 돌아보며 말을 이었다.

"…미국의 그 의사, 12년 동안 누워있던 식물인간을 깨웠다는 그 의사 불러 주세요. 돈은 얼마가 들어도 상관없습니다."

마치 기다리고 있었다는 듯 고개를 끄덕여 주는 강형사가, 기준은 고마웠다.

1992년 10월 21일 I

"동작 그만, 이놈의 새끼들아!"

강형사가 문을 걷어차 열며 슬롯머신도박장으로 들어갔다. 기세등등한 외침에 동작을 멈춘 손님들이 슬그머니 레버에서 손을 떼며 눈치를 살폈다. 강형사의 얼굴을 확인한 종업원들이 손님들에게 아무 일 아니라고, 다시 대박을 꿈꾸라며 파이팅을 외쳤다. 덩치 하나가 능글맞게 웃으며 강형사에게 다가왔다.

"왜 이러십니까, 형님. 어제도 만나시고서."

"누가 네 형님이야, 이 새끼야!"

강형사가 덩치의 턱에 주먹을 꽂아 넣었다. 그대로 주저앉아 쓰러진 덩치가 충격에 꿈틀거릴 때마다, 몸 이곳저곳을 무자비하게 걷어차고 밟았다. 모습을 드러낸 깡패들이 슬금슬금 다가오며 볼멘소리를 쏟아 냈다.

"너무 하시는 거 아닙니까?"

"움직이지 말라고, 이 개새끼들아!" 강형사가 손에 잡힌 의자를 잡아 휘둘러 그들과의 거리를 확보했다.

강형사의 뒤에 붙어 도박장 안을 살피던 기준은, 블라인드가 내려진 사무실 안쪽에서 조심조심 이동하는 그림자를 발견했다. 잠시 후 사무실의 불이 꺼졌다. 톡톡. 등을 두드려 강형사에게 그것을 알렸다.

“경찰입니다! 관계없는 분들은 어서어서 나가세요!”

기준은 손님들에게 경고를 전하며 강형사의 뒤를 따랐다. 의자를 휘두르며 한 걸음 한 걸음 앞으로 나아가는 동안 깡패들은 이러지도 저러지도 못한 채 어정쩡하게 서 있었다. 의자를 붙잡는 용기를 내보인 깡패도 있었으나 곧장 복부를 걷어차이고 쓰러졌다. 사무실 앞에 도착한 강형사가 의자로 잠긴 문을 후려쳤다.

“문 열어, 망치. 뒈지기 싫으면.”

강형사가 반항할 틈을 주지 않고 망치를 제압하는 사이에 기준이 빠르게 수색을 해나갔다. 하지만 사무실에는 사라진 십억 원과 관계된 어떠한 단서도 보이지 않았다. 기준은 캐비닛을 뒤집어 쏟아 놓은 잡동사니를 정리하는 척 소파를 힐끔거리며 강형사의 취조를 받고 있는 망치를 관찰했다.

“저는 형님께서 갑자기 왜 이러시는지….”

“형, 사, 님! 이 새끼야.”

“네. 형, 사, 님! 명한이는 제가 아끼는 동생입니다.”

“아끼는 동생이 돈 좀 처먹었다고 죽여?”

“안 죽였습니다!”

"어디서 소리를 질러!"

강형사가 도자기를 잡아 패대기쳤다. 바닥에 떨어져 산산이 부서진 파편이 튀어 올랐다. 얼굴에 기다란 상처가 그어진 망치가 몸을 바들바들 떨며 바닥에 납작 엎드렸다.

"뒷주머니 찬 거 몰랐습니다. 알았어도 그깟 돈 몇 푼… 빼따나 치죠. 죽이진 않습니다."

"돈 몇 푼이 아니면 죽여도 된다는 말이네, 씨발. 한 십억쯤은 어떠냐?"

"백억이라도 못 죽입니다. 제가 조양은, 김태촌 형님 같은 거물도 아니고요. 형사님도 아시잖습니까. 제가 겁이 많아서 범죄와의 전쟁 때도 살아남았다는 거."

"예수한테 먹일 돈 쌔벼 먹고 깡이 세졌나 보지."

기준이 다가와 말했다. 압박이 높아질 때마다 불안의 신호를 가감 없이 드러낸 망치는 자백대로 겁쟁이였다. 막무가내식 테러와 잔혹한 살인을 지시했다는 것이 믿기지 않았다. 확인이 필요했다. 기준은 탐색을 끝내고 본격적인 거래를 제안했다.

"오집사가 빼돌린 돈하고 최목사랑 거래한 내역, 그리고 어제 칼질한 선수만 내놔. 일본이든 중국이든 네가 밀항할 수 있는 시간은 줄 테니까."

"맹세코 저는 아니지만 돈이 필요하신 거라면 드리겠습니다."

망치가 소파 아래에서 작은 금고를 꺼냈다. 떨리는 손으로 다이얼을 돌려 번호를 맞춰 나갔다. 강형사가 금고를 신경질적으로 걷어찼다.

“뻥끼 치지 마, 이 새끼야. 네 불알만 한 금고에 십억이 어떻게 들어가?”

“십억은 무슨 십억입니까? 정말 명한이 그 새끼가 십억이나 재낀 겁니까?”

망치가 크게 놀란 눈으로 그들을 바라보았다. 거짓의 징후는 찾아볼 수 없는 얼굴이었다. 꾸준히 주장한 것처럼 오집사가 뒤로 빼돌린 돈의 존재를 몰랐을 가능성이 커졌다. 그렇다면 ‘동업자’를 의심해 봐야 할 차례였다. 그때 창문에 무언가 부딪친 듯, 쿵— 둔탁한 소리가 들려왔다.

“이런 개새끼들이 뒈지려고.”

강형사가 짜증스럽게 일어나 블라인드를 올리자 창문에 얼굴을 뭉개고 있는 덩치가 보였다. 흰자위를 들어내며 풀어진 눈이 완전히 뒤집히자 목을 부여잡고 있던 손이 툭 떨어졌다. 경동맥을 가로지르는 칼자국이 붉게 드러나며 피가 폭발하듯 쏟아졌다.

슬롯머신도박장은 아수라장이었다. 사무실 창가를 두드렸던 덩치는 죽어 버린 뒤였고, 남은 깡패들은 잔뜩 흥분한 채 손에 잡히는 대로 의자, 재떨이, 마대 걸레를 들고 한 사람을 조준하고 있었다. 헬멧을 쓴, 어제 기준이 오집사 살해 현장에서 마주친 바로 그 남자였다.

깡패들에게 둘러싸인 헬멧은 여유로웠다. 사방에서 들어오는 공격을 가뿐하게 피하며 약을 올렸다. 그러다 의자를 휘두르며 들어오는 깡패의 팔을 잡았다. 관절을 꺾으며 몸을 눕힌 뒤 작은 나이프로 목을 그었다. 빠르게 살인을 완료하는 동안 일말의 망설임도 보이지 않았다. 분수처럼 뿜어져 나온 피로 도박장이 붉게 얼룩졌다. 헬멧이 다음 공격을 예고하듯 손을 앞으로 뻗었다. 이미 압도당한 깡패들이 주춤주춤 물러났다.

사무실 밖으로 나온 기준이 말했다. "오집사를 죽인 놈이야."

"너희 식구 아냐?"

강형사는 망치에게 물었다. 아니라는 대답이 돌아오기도 전에 권총을 꺼냈다. 총구를 천장에 겨누고 방아쇠를 당겼다. 공포탄의 우렁찬 폭음이 도박장 안의 모든 움직임을 한순간에 정지시켰다.

"덩어리들 다 앉아."

깡패들이 고분고분하게 몸을 낮춰 앉았다. 헬멧은 홀로 우두커니 선 채로 항복하겠다는 듯 두 손을 들어 올렸다. 강형사의 권총이 헬멧의 이마에 정조준되었다.

"뚜껑 벗는다, 실시!"

"…."

"뚜껑 벗으라고, 이 개새끼야!"

기준은 헬멧을 바쁘게 관찰해 나갔다. 그러나 헬멧으로 가린 얼굴과 강형사의 엄포에도 꿈쩍하지 않는 몸에서는 아무것도 읽어낼 수가 없었다. 소매가 살짝 내려간 오른 손목에 선명히 남아있는 몇 개의 흉터들이 눈에 보이는 전부였다. 자해가 여러 차례에 걸쳐 벌어졌다는 것을 암시하듯 전형적인 흔적들이 겹겹이 쌓여 있는 모양새였다. 헬멧에 대해 알 수 있는 건 그뿐이었다.

삐빅— 삐빅— 삐빅—.

그때 기준의 허리춤에서 삐삐가 울렸다. 그것을 신호처럼 고개를 살짝 틀어 벽면의 시계를 힐끔거린 헬멧이 줄지어 서 있는 슬롯머신들 사이로 몸을 날렸다. 몸을 낮추고 있던 깡패들이 기회를 놓치지 않겠다는 듯 달려 나갔다. 표적을 찾던 강형사가 신경질적으로 비키라고 소리쳤다. 그 사이에 헬멧은 슬롯머신을 밟고 공중으로 날아오르며 다시 모습을 드러냈고, 삐삐를 확인하며 돌아선 기준 앞에 착지했다. 사무실 바닥에 떨어진 전화기로 향하던 기준에게 죽음의 공포가 엄습했다. 하지만.

헬멧은 아무런 위해도 가하지 않았다. 기준보다 먼저 사무실 안으로 들어갔을 뿐이었다. 문이 닫혔고, 자물쇠가 걸리는 소리가 들려왔다. 피에 젖어 붉어진 창 너머로 캐비닛을 세워 문을 막아 버리는 모습이 어른거렸다. 순식간에 벌어진 일이었다.

"저 개새끼가!"

강형사가 한 박자 늦게 분노를 터트리며 문고리에 권총을 발사했다. 이미 캐비닛으로 막혀 버린 문은 열리지 않았다. 의자를 들고 문을 부수려 했다. 깡패들도 서둘러 합세했다. 난장판의 한가운데에 멀뚱히 서 있던 기준은 문득 거리의 공중전화기를 떠올리며 화급히 밖으로 달려 나갔다. 또 한 번 삐삐가 울렸다.

"알겠습니다. 문제 생기면 연락 주세요."

기준은 멍하니 공중전화 수화기를 내려놓았다. 슬롯머신도박장 밖으로 나온 강형사가 하얗게 질린 얼굴로 허겁지겁 달려오는 동안에도 생각에 잠겨 삐삐를 들여다보고 있을 뿐이었다.

"김기준! 나가면 나간다고 말을 해야지. 젠장, 너 모가지 따였는 줄 알았잖아!"

"헬멧은 잡았어?"

"문을 부수고 창문을 깨트렸어. 개새끼가 사무실을 털고 있더라고. 독 안에 들어갔으니 곧 잡힐 거야." 강형사가 조심스럽게 물었다. "…넌 무슨 일인데?"

"영민이 때문에."

"괜찮은…, 거지?"

"아무 일도 없어. 삐삐를 치지도 않았대."

기준은 삐삐를 다시 들여다보았다. 100482. 분명 아들의 위급 신호였다. 하지만 담당 간호사는 아들이 어제와 같은 상황일 뿐 더 나빠지지는 않았다고, 그래서 삐삐를 칠 이유가 없다고 했다. 신호에 담긴 의미와 달리 아들은 무사한 것이다. 찝찝한 기분이 가시지 않았다.

"형님! 아니 형사님! 개새끼요." 망치가 그들에게 헐레벌떡 달려오며 소리쳤다.

"뭐, 개새끼? 이 새끼가 미쳤나."

"아뇨, 저 안에 있는 개새끼요. 누군지 알았습니다."

망치가 절반가량이 찢어져 나간 종잇조각을 내밀었다. '天國'

그것은 수경이 목에 소중하게 걸고 있던 승천교회의 천국행 티켓이라는 인침의 일부로, 사진과 이름 부위가 사라진 채였다. 망치는 헬멧이 흘린 것이 틀림없다고 주장했다.

“최목삽니다. 그 새끼가 시킨 거라고요.”

“이 의리 없는 새끼. 불리해지니까 바로 덤터기를 씌우네.”

“그게 말입니다….” 잠시 머뭇거린 망치가 강형사 눈치를 보며 입을 뗐다. “…여자애가 자살했을 때 좀 틀어졌습니다. 최목사, 이 개새끼가 여자애 장례 끝나고 해외로 튀려다가 잡혔거든요. 아니, 전 재산을 들고 해외 선교 간다는 게 말이 됩니까? 아직 정산 안 된 돈도 있고… 네, 빡이 돌아서 좀 팼습니다.”

“그래서 이게 다 최목사가 복수하는 거다? 이래서 깡패들도 독서가 필요한 거야. 말이 되는 소리를 해야 한 대라도 덜 처맞지.”

“그 말 맞을 거야.” 기준이 망치의 머리를 후려치려는 강형사를 막았다. “하지만 감추고 있는 게 있어.”

망치는 진술을 하는 동안 턱을 살짝 들어 올린 채 위쪽으로 눈동자를 굴렸다. 기억을 되짚는 보편적인 행동이었지만 되짚어야 할 만큼 오래된 일이 아니었다. 진술 내용을 선택하고 있다고 보는 것이 타당했다. 기억을 즉석에서 잘라내 다시 조립하는 동안 인과관계가 무너져 버렸기 때문에 지금 상황이 최목사의 복수라는 결론이 억지스럽게 들릴 수밖에 없었다. 기준에겐 의도적으로 감추어 놓은 서사가 훤히 보이고 있었다.

“자존심 때문에 이런 난리를 친다는 건 무리가 있어. 그만한 이유가 있을 텐데 복잡하진 않을 거야. 이런 새끼들끼리 서로 빨래를 하는 이유야 뻔하니까. 이를테면 네가 동업자인 최목사를 제끼고 혼자 교회를 먹으려 했다고 한다면 복수에 개연성이 생기겠네."

"…." 망치가 변명을 삼키듯 목젖을 꿀렁였다.

"이 새끼 진짠가 보네. 근데 최목사가 저런 칼잡이를 어떻게 알지? 저 정도면 에이급이야."

"…미친놈들 장르가 다양합니다. 최목사 새끼가 신자들 중에 변호사도 있다고 얼마나 자랑을 했는데요. 똑똑하고 잘난 사람들이 절절매니까 이 새끼가 겁대가리를 상실한 겁니다. 그 새끼들은 예수 뜻이라고 하면서 시키면 뭐든 합니다. 사람 죽이는 건 일도 아닐 거라고요, 저 개새끼!"

망치가 슬롯머신도박장의 출입구를 가리키며 목소리를 높였다. 사무실을 진지로 삼았던 헬멧이 밖으로 나오고 있었다. 깡패들에게 붙잡힐 거라는 예상과 달리 아무런 상처도 입지 않은 듯 멀쩡한 모습이었다. 달라진 건 옷이 피로 붉게 물든 면적뿐이었다. 기준과 강형사는 그것이 무엇을 뜻하는지 알고 있었다. 망치도 마찬가지였다. 공포에 질린 듯 온몸을 떨며 알아듣기 힘든 악다구니를 쏟아냈다. 하지만 헬멧은 눈길조차 주지 않은 채 멀어지고 있었다.

"하이바! 거기 스톱!"

강형사가 재빨리 권총을 뽑아 들었다. 그 순간 요란한 폭발음과 함께 땅이 크게 흔들렸다. 슬롯머신도박장에서부터 시작된 폭발이었다. 불길이 폭발 현장의 흙먼지를 삼키며 높게 치솟았다. 후폭

풍에 밀려나던 기준과 강형사가 간신히 균형을 잡았다. 검은 연기 속에서 살아남은 깡패가 비틀거리며 걸어 나왔다. 한쪽 팔로 다른 한쪽 팔이 잘려나간 몸통을 더듬거렸다. 그가 비명을 지르며 쓰러지자 주변의 연기가 살며시 흩어졌다. 그 틈으로 배달용 오토바이에 올라탄 헬멧이 보였다.

"저거 짜장면 배달하는 애들이 타는 그 오토바이 맞지?"

조수석의 강형사는 좀처럼 잡히지 않는 배달용 오토바이를 바라보며 입을 다물지 못했다. 마침 근처에 주차해 놓았던 자동차에 올라타 곧장 추적을 시작했지만 번화가로 나올 때까지 조금도 가까워지지 못하고 있었다. 운전대를 잡은 기준의 실력을 탓할 수는 없었다. 도로는 자동차들로 가득했다. 배달용 오토바이는 복잡하게 얽혀 있는 자동차 사이사이를 곡예 하듯 빠져나가며 점점 거리를 벌리고 있었다.

"이런 개새끼!"

기준이 핸들을 내리쳤다. 아무 일도 없었다는 듯 태연하게 달려가는 헬멧의 뒷모습에서는 어떠한 죄의식도 느껴지지 않았다. 오히려 신의 계시를 따랐을 뿐이라고 외치는 것처럼 당당해 보였다. 분노는 헛소리로 세상을 혼란에 빠트리는 것도 모자라 신의 이름으로 살인까지 지시하는 최목사에게 향했다. 그러다 빠르게 지나치던 도로의 이정표가 눈에 들어왔다. 헬멧을 잡을 방법이 떠올랐다.

"다시방 좀 열어봐."

조수석의 강형사는 넋이 나간 채로 멀어지는 배달용 오토바이를 바라보고만 있었다. 기준의 지시를 이해하지 못한 듯 얼뜨기처럼 굴었다. 기준이 턱짓으로 조수석 앞을 가리킨 뒤에야 서둘러 글러브박스를 열었다. 덜컹. 경첩이 고장 난 탓에 한쪽으로 주저앉는 글러브박스를 아슬아슬하게 받쳐 잡았다. 안타깝다는 듯 쯧쯧 혀를 찼다.

"좀 고쳐라, 얼마 한다고."

"지도나 꺼내."

"지도?"

"망치 말대로 최목사가 사주한 거라면, 저 새끼가 지금 어디로 가든 결국 승천교회에 도착할 거잖아. 못 따라잡겠으면 질러가면 되는 거야."

"우회전!" 곧장 지도를 펼친 강형사가 빠르게 길을 찾아 외쳤다.

기준이 서둘러 방향을 전환하자, 도로의 흐름이 깨지며 잠시 혼란이 일어났다. 여기저기에서 클랙슨 소리가 신경질적으로 쏟아졌다. 그에게는 손을 들어 유감을 표할 여유조차 없었다. 액셀러레이터를 더욱 깊숙이 밟아 혼란을 뚫고 달렸다. 새로운 도로에 안정적으로 합류한 뒤에도 속도를 줄이지 않았다.

"아 참! 우리 식구들 승천교회부터 턴다고 했는데?"

"최목사 데리러 간 거잖아. 벌써 끝난 거 아냐? 몇 시에 털기로 했는데?"

기준은 거칠게 운전대를 움직였다. 신호를 무시하며 앞으로, 앞으로 달려갔다. 단속을 나와 있던 교통경찰의 기동오토바이가 옆으로 따라붙었으나, 지도를 읽던 강형사가 창밖으로 신분증을 내밀어 손쉽게 떨쳐냈다. 승천교회까지 앞으로 오 킬로미터가 남아 있었다.

"저기, 저거 뭐야?" 기준이 속도를 낮추며 정면을 가리켰다.

저 멀리, 작은 키의 보행자가 8차선 대로로 걸어 나오고 있었다. 자동차들이 아슬아슬하게 보행자를 비켜 갔다. 보행자는 단 한 순간도 자동차들을 신경 쓰지 않고 뚜벅뚜벅 걸어 도로 한가운데에 도착했다. 그리고 기준의 자동차를 향해 돌아섰다. 마침내 얼굴이 보였다. 신의 아이, 이선민이었다.

기준은 다급히 브레이크를 밟았다. 자동차가 미끄러지며 전진하는 동안 온 힘을 다해 핸들을 붙잡고 있었다. 타이어가 찢어지는 듯 요란한 소리가 들려왔다. 도로 위에 길게 타이어 자국을 남긴 자동차가 우측으로 90도가량 돌아간 채로 멈춰 섰다. 운전석 차창 너머에서 이선민이 다가왔다. 단 한순간도 놀라지 않은 얼굴로 노크를 했다.

똑똑.

예언자 5

오빠는 돌아오지 않았다. 대신 박기사 아저씨가 찾아와 햄버거를 건네주었을 뿐이었다. 복도에 나른하게 쏟아지던 햇살이 누렇게 변해 흩어진 늦은 오후였다. 종일 굶었던 나는 허겁지겁 햄버거를 입안에 쑤셔 넣었다.

"오빠 어디 있는 줄 알아?"

"도도… 돌아오시던 길에 모모… 목사님께서 다시 부르셔서 가가… 가셨습니다아."

"아저씨! 왜 말끝을 길게 늘여? 할 말 더 있는데 안 하는 거지?"

"아아… 아니… 아닙니다."

"다 티 나거든! 집사님 죽었다고 연락 와서 그런 거잖아. 나는 아까 낮부터 죽을 줄 알고 있었네요!"

목사님은 대책회의랍시고 오빠를 붙잡고 있을 것이다. 집사님의 죽음과는 아무 관계도 없는 오빠에게 어쩔 셈이냐며 잔소리를 쏟아내고 있겠지. 가만히 앉아서 목사님의 성질을 받아주고 있을 오빠의 모습이 눈에 훤했다. 미래를 통해 본 것은 아니었다. 교회에 사건 사고가 터질 때마다 반복되어 온 과정이었다. 결론까지도 쉽게 예상할 수 있었다.

"그럼 예배 시간에 집사님도 같이 추모해? 그건 싫은데."

내가 언니의 순교를 받아들일 수 있었던 이유는 신도들이 언니를 위해 기도하고 찬양하는 추모 예배가 마음에 들었기 때문이었다. 그 속에 언니를 모욕했던 집사님이 포함된다는 것은 상상만으로도 끔찍했다. 오늘은 예배에 참석하고 싶지가 않았다.

박기사 아저씨는 내 주변을 맴돌았다. 아마도 언니 일 때문에 나를 혼자 두지 말라는 지시가 있었겠지. 예배 시간에도 예배당과 우리 방을 끊임없이 오갔다. 감시하는 것이 아니라는 듯, 그때마다 예배당의 소식을 가져와서 시시콜콜 알렸다.

오빠는 내 걱정과 달리 집사님을 추모하지 않았다. 생각해 보면 당연한 일이었다. 집사님의 사망은 아직 비밀이어야 했다. 사고 현장에서 죽은 남자가 집사님이라는 사실은 늦은 밤 뉴스에서나 알려질 예정이다. 자정까지 예배당에 머무를 신도들은 내일이 되어서야 알게 될 소식이었다. 더욱이 언니의 순교는 오빠가 언니를 위해 만든 거짓말이었다. 애초에 집사님처럼 천박한 사람을 끼워 줄 리 없었다.

박기사 아저씨는 예배가 끝난 뒤 오빠가 대책회의를 위해 다시 목사실로 불려갔다는 소식을 전했다. 그리고 꾸벅꾸벅 졸고 있던 나를 안아서 침대에 눕혀 주었다. 나는 무겁게 내려앉는 눈꺼풀을 간신히 들어 올리고 있었다. 밤이 깊어지도록 오빠는 돌아오지 않았다.

——여러 대의 경찰차가 사이렌을 요란하게 울리며 골목골목에서 빠져나온다. 모두 우리 교회를 향해 달려와 마치 장벽을 쌓듯 멈춰 선다. 빠져나갈 틈은 보이지 않는다. 모든 자동차의 문이 한 번에 열린다. 험악한 인상의 경찰들이 내린다. 교회 안으로 달려 들어온다. 잠시 후 오빠를 데리고 나간다. 신도들이 울부짖으며 뒤를 따르고 있다. 경찰들에게 둘러싸인 오빠가 뒤를 돌아보며 슬프게 웃는다——

나는 숨을 크게 토해내며 눈을 떴다. 오빠가 경찰에 끌려가던 순간이 생생하게 살아난 끔찍한 꿈이었다. 몸을 일으키자 땀으로 흠뻑 젖은 옷이 등줄기에 달라붙어 있었다. 2층 침대 난간에 기대어 좁은 우리 방을 살폈다. 커튼 틈으로 가는 빛이 쏟아져 들어오고 있었다. 시계가 벌써 정오를 가리키는 한낮이었다. 오빠는 보이지 않았다. 목사실에서 밤을 꼬박 새운 것도 모자라 지금껏 돌아오지 못한 것이다. 오빠를 기다리며 졸다 깨고를 반복하다 아침 여섯 시가 되어서야 잠이 들었다. 악몽을 꾸는 것이 당연했다.

침대에서 내려와 커튼을 쳤다. 햇빛이 쏟아져 들어와 어둠 속에 어른거리는 악몽을 단숨에 물리쳤다. 눅눅하던 기분이 포근하게 말라가는 것 같았다. 그런데 하얗게 나갔던 시야가 정상으로 돌아오며 하나둘 떠오른 교회 앞의 풍경 위로, 악몽의 잔상이 다시금 피어나고 있었다. 눈을 비벼 보았다. 그럴수록 잔상이 점점 선명해졌다. 미래였다. 사이렌을 울리며 달려오는 경찰차와 경찰들에게 끌려가는 오빠가 등장하는 악몽은, 과거가 아니라 반복될 불행을 경고한 미래였던 것이다.

"오빠!"

나는 복도로 달려 나갔다. 휴대용 라디오에서는 집사님의 죽음을 시한부 종말론에 빠진 광신도들의 짓이라고 몰아가는 뉴스가 들려오고 있었다. 경찰의 출동을 예상하지 못했던 내가 바보 같고 한심했다. 어린이라서 그랬다는 핑계로는 넘길 수 없는 실수를 저지른 것이다. 오빠를 데리고 도망쳐야 했다. 우왕좌왕 복도를 헤매며 오빠를 찾았다.

"오빠!"

목사실에서도, 기도실에서도, 화장실에서도, 신도들의 숙소에서도, 식당에서도, 행정실에서도, 예배당에서도… 교회 어디에서도 오빠는 보이지 않았다. 그러는 동안 나는 혼자라는 사실을 깨달았다. 오빠는 물론이었고, 목사님, 전도사님, 박기사 아저씨, 신도들 누구도 마주치지 못했다. 텅 빈 복도에는 오직 내 발소리만 울리고 있었다. 혹시 어쩌면, 여전히, 다행히, 꿈을 꾸고 있는 것은 아닐까. 볼을 꼬집었다. *아— 야!* 생생한 통증이 멍한 정신을 아프게 찔렀다. 멀리에서부터 사이렌 소리가 희미하게 들려오기 시작했다. 예고된 시간이었다. 그런데.

"이유 없는 경찰 수사, 종교 탄압 중단하라!"

신도들이 교회 정문에 모여 겹겹이 벽을 쌓고 있었다. 골목골목에서 빠져나온 경찰차들은 더는 다가오지 못한 채 멈춰서야 했다. 주차장으로 달려온 나는, 미리 보였던 미래가 무너진 자리에 세워진 현재를 지켜보며 상황을 파악해 나갔다. 가장 앞에서 손을 높이 들고 소리치는 신도를 따라 신도들이 외쳤다.

"이유 없는 경찰 수사, 종교 탄압 중단하라!"

"주님의 집 침범하면, 지옥에서 타죽는다!"

"주님의 집 침범하면, 지옥에서 타죽는다!"

경찰 쪽으로 안경을 쓴 남자가 다가갔다. 아버지 하나님의 자녀가 되기 전에 법에 봉사하며 살아왔다던 변호사 신도였다. 그가 경찰들에게 집사님 살인 사건이 교회 짓이라는 증거를 가져오라며 호통을 쳤다. 어려운 법령이 거리에 쏟아졌다. 당황한 경찰들이 뒤로 한발 물러났다. 아니, 곧 물러날 것이다. 내 눈에는 미래와 현재가 어지럽게 뒤엉켜 펼쳐져 보이는 중이었다. 미래도, 현재도 우리에게 유리한 상황이라고 알려 주는 것이겠지. 물론 안전이 아주 잠시뿐이라는 것도 함께 경고했다. 경찰들은 '폭발 현장에 대단한 시경 감식반'이라는 것을 '급파'하고, '뭐가 됐든 가스 폭발과 살인 사건이 세트라는 꼬투리를 잡으라'며, '없으면 만들어서라도 가지고 오라'는 지시를 주고받았다. 빨리 오빠를 찾아야 했다.

"바람이 쌀쌀해졌습니다. 교회로 들어가 계세요."

느닷없이 들려온 목사님의 목소리가 건물 안으로 들어가던 나를 멈춰 세웠다. 목사님이 전도사님을 대동하고 나타나 신도들 속으로 걸어가고 있었다. 겁쟁이처럼 오빠를 버리고 숨어 버렸던 얼마 전과 달리 제 발로 경찰들에게 향하는 중이었다.

"제가 가서 우리의 결백을 밝히겠습니다. 더불어 오명한 집사님의 억울한 죽음에 대해 철저한 수사를 당부하고 돌아오겠습니다."

"위험하십니다. 어떤 누명을 씌울지 모르는 일인데…." 신도들이 걱정스레 목사님을 붙잡았다.

"괜찮아요. 아버지 하나님께서 저를 지켜주실 겁니다. 하잘것없는 제 육신보다는, 우리의 방주인 교회를 지켜야 합니다."

신도들이 말을 잇지 못했다. 감동을 받은 듯한 얼굴로 한 명 두 명, 손을 가지런히 모아 나갔다. 목사님이 걸음을 멈췄다. 설교 직전의 오빠처럼 신도들을 잠시 굽어보았다. 목사님의 눈길이 지난 자리 자리에 서 있던 신도들이 바닥에 꿇어앉았다.

"여러분은 저들이 왜 하나님의 집을 흙발로 짓밟으려는지 아십니까? 이 최재권을 박해하기 위함일까요?"

신도들이 갑작스러운 질문에 술렁였다. 목사님은 대답을 원치 않았다는 듯 곧장 말을 이었다.

"아닙니다. 이미 구원이 약속된 여러분을 시험에 들게 하기 위함입니다. 우리 믿는 자들의 방주가 젖과 꿀이 흐르는 땅에 당도하지 못하도록 방해하기 위해서입니다. 그동안 돈, 명예, 사랑, 친구, 평안, 우리의 모든 것을 빼앗아 갔던 흑암의 세력이 이제 주님의 구원마저 빼앗아 가려는 것입니다."

목사님의 목소리가 높아지자 교회 앞이 예배당처럼 변해갔다. 목사님의 말끝마다 아멘, 아멘 동의하는 신도들이 빠르게 늘어갔다. 목사님은 언제 경찰들에게 가려 했냐는 듯 자리에 붙박여 신도들에게 소리쳤다.

"우리 믿는 자들이 주님의 부름을 받아 하늘로 휴거하게 되는 건 언제입니까?"

"…10월 28일."

"언제입니까?"

"10월 28일!"

"일주일 남았습니다. 간악한 마귀들과 함께 불지옥에 떨어질 수 없습니다. 시험에 들지 않게 노래합시다. 흑암의 세력을 물리칠 수 있는 하나님의 힘을 찬양합시다. 우리 믿음, 흔들리지 않았노라 목소리를 높입시다. 10월 28일에 약속된 구원을 받아 하늘로 올라갑시다."

"아멘!" 연설을 따라 감정이 벅차오르던 신도들의 목소리가 한껏 높아져 있었다.

목사님은 평소와 다르게 신도들을 지휘했다. 마치 오빠를 꼭 닮은 언어와 몸짓으로, 마치 오빠처럼 신도들을 흥분 상태로 이끌었다. 어제부터 이어진 대책회의를 통해 오빠에게 배운 것이 분명했다. 오빠는 언제나처럼 위험한 미래를 미리 바꿔 버린 것이다. 주변을 둘러보던 나는 우리 방 창가에 서 있는 오빠를 발견했다. 유리창 너머에서 목사님을 흐뭇하게 바라보는 얼굴이 반짝반짝

비쳤다.

나는 빼꼼 열려 있던 창문을 닫고 커튼을 쳤다. 바깥에서 힘차게 들려오던 찬송가 소리가 낮게 줄어들었다. 침대 밑에 감춰두었던 여행 가방을 서둘러 꺼냈다. 오빠는 커다란 가방을 낑낑거리며 옮기는 나를 멀뚱히 바라보기만 했다. 경찰을 완전히 막아냈다고 생각하고 있을 테니까. 나는 미리 살펴본 미래를 경고했다.

"조금 있다가 경찰들이 목사님을 데리고 떠날 거야. 그리고 신도들이 흩어진 후 다시 돌아와 교회 안으로 들어올 거야. 그 전에 도망쳐야 해."

"가면 안 돼, 선민아."

"대체 왜? 뭐 때문에 가면 안 되는데? 오빠 또 잡혀간단 말이야!"

"여기 남아 있는 게 민주가 원하는 거니까."

"또! 또 거짓말! 언니가 원한 건, 여기에서 도망치는 거였어!"

"민주가 그랬지? 우리가 하는 말 한마디 한마디에 신도들이 힘내는 게 보인다고…."

언니는 눈물이 많았다. 불쌍한 신도들의 사연이라도 듣게 되는 날이면, 밤새 훌쩍거리는 것도 모자라 며칠씩 마음 아파했다. 우리가 통성기도를 하는 신도들에게 다가가 손을 내밀어 주는 것도 그렇게 착한 언니의 제안이었다. 오빠가 기억하는 대로 언니는, '우리가 하는 말 한마디 한마디에 힘을 내는 신도들을 가까이에서 위로해 주고 싶어'했다.

"우리 신도들이 원하는 대로 종말이 왔으면 좋겠다고 했었잖아. 기억나지? 민주는 신도들을 두고 가지 못했을 거야."

그러나 신도들이 원하는 대로 종말이 오면 좋겠다는 건 착한 언니의 착한 말에 지나지 않았다. 여행 가방을 산 것도 언니였고, 여행 가방을 싼 것도 언니였다. 우리가 함께 도망쳐서 살아가기로 한 날을, 우리를 아는 사람이 아무도 없는 약속의 땅에서 살아갈 날을 누구보다 원했던 언니였다. 그 사실을 모를 리 없는 오빠는 말장난으로 나를 붙잡아 두려 하고 있었다.

"…나 혼자라도 갈 거야. 오빠가 경찰에 잡혀가는 거, 또 보고 싶진 않아."

엄마와 아빠가 죽은 뒤부터 우리는 한 번도 떨어진 적이 없었다. 나를 잃어버리지 않기 위해 언제나 내 손을 꼭 붙잡고 있던 오빠였다. 나를 혼자 보낼 수 없다는 걸 알고 있었다. 무거운 여행 가방을 두고 돌아선 것은 그래서였다. 그것은 결국 나를 따라오게 될 오빠의 몫이었으니까.

"선민아." 오빠가 나를 불렀다.

나는 문 앞에 멈춰 섰다. 내게 다가오는 오빠의 발소리가 들려왔다. 하나, 둘, 셋을 세고 뒤를 돌아보았다. 하지만 오빠는 여행 가방 대신 내 침대 위에 놓여 있던 곰 인형을 들고 있었다.

"어린아이 취급하는 거 아니야. 이거 없으면 잠 못 자잖아."

지금보다 더 어릴 적의 나는 미래를 볼 때마다 몽롱해지는 상태를 이겨내지 못하고 픽픽 쓰러져 잠이 들곤 했다. 그 모습이 고아원 원장님 눈에는 마치 병이 든 것처럼 보였고, 내게는 치료기관으로 보내지는 결정이 내려졌다. 오빠가 울며불며 매달려도 소용이 없던 그때, 나를 책임지겠다고 나서서 우리를 지켜준 것이 언니였다. 그리고 그 밤, 내 이불 속으로 들어와 자장가를 불러 주었다. 아이 취급을 받는 게 싫어서 밀어내 보기도 했지만, 불안하게 쿵쾅거리던 마음이 편안하게 가라앉으며 잠이 들었다. 언니는 내가 추위와 첫눈을 피해 고아원에 들어온 날부터 뜬눈으로 밤을 지새우는 것을 보았다고 했다. 나는 언니와 이런저런 이야기를 나누는 동안 무서운 아저씨들이 집을 부순 것도, 아빠가 트럭을 절벽으로 몰았던 것도, 친척들 집에서 쫓겨난 것도 모두 어두운 밤에 일어난 일이었다는 것을, 그래서 내가 밤을 무서워한다는 것을 알게 되었다. 언니는 밤에 나를 지켜 줄 것이라며 자신의 곰 인형을 내게 주었다. 그때부터였다. 나는 밤에 잠을 잘 수 있게 되었고, 미래를 볼 때 쏟아지는 잠을 이겨낼 수 있었다.

"잘 다녀와." 오빠가 곰 인형을 받아 든 내 머리를 쓰다듬었다.

"가면 안 돌아올 거야. 우린 영영 헤어질지도 몰라. 괜찮아?"

"…우린 절대 헤어지지 않아."

오빠는 나를 잡지 않았다. 오빠 역시도 내가 오빠를 두고 혼자 떠날 수 없다는 것을 알고 있을 것이다. 하지만 지고 싶지 않았다. 우리가 떨어질 수 없다면 오빠가 나를 쫓아와야만 했다. 내가 이끄는 대로 함께 도망쳐야만 했다.

“지금 아버지의 집이 사탄과 마귀의 간계로 위험에 처해 있습니다. 하지만 아버지의 어린 양들은 시험에 넘어가지 않고 아버지의 집을 지키기 위해 지금 여기 모여 있습니다.”

나는 노상 예배가 이어지고 있는 주차장으로 나왔다. 커튼을 걷어 내고 창가에 서 있는 오빠에게 떠나는 뒷모습을 보여 주며 장난이 아니라는 것을 깨닫게 만들 셈이었다. 정문으로 뚜벅뚜벅 걸어가며 숨을 참았다. 앞으로 한 걸음 한 걸음 나아갈 때마다 숨이 막혀 왔다. 아무에게도 들키지 않고 교회 밖으로 나갈 수 있는 길이 보이기 시작했다.

목사님이 기도를 인도하며 신도들 사이사이를 오가고 있었다. 나는 목사님이 등을 지는 자리와 자리를 밟아가며 살금살금 이동했다. 바닥에 앉아 기도 중인 신도들은 고개를 숙이거나 눈을 감고 있어 나를 볼 수 없었다. 그렇게 정문 근처까지 바짝 다가갔다. 오빠는 여전히 창가에서 꼼짝하지 않은 채였다. 서운한 마음을 감출 수가 없었다. 자리에 서서 한참 동안 오빠를 노려보았다. 그래서 목사님이 뒤를 돌아보는 순간을 놓치고 말았다. 나는 재빨리 주저앉아 신도들 틈에 몸을 숨겼다. 목사님이 잠시 내 쪽을 바라보았으나, 기도에 취해 있는 바람에 나를 발견하지 못한 것 같았다. 기도가 끝나가는 중이었다. 이제 밖으로 나가야 했다.

“우리가 사방으로 우겨 쌈을 당하여도 싸이지 아니하며, 답답한 일을 당하여도 낙심하지 아니하며, 박해를 받아도 버린바 되지 아니하며, 거꾸러뜨림을 당하여도 망하지 아니하(고린도후서 4:8-9)

길, 우리 주 예수 그리스도의 이름으로 기도드립니다. 아멘."

나는 정문 밖으로 몸을 내밀고, 담벼락에 몸을 감추며 바깥의 상황을 주시했다. 무질서하게 주차된 경찰차들 사이로 몸을 숨겨가며 삼삼오오 모여 짜증스레 담배를 피우는 경찰들을 피해 저기 멀리 골목 끝까지 걸어가야 했다. 그곳에 도착해서 오빠를 향해 손을 크게 흔들어 보일 것이다. 나와 진짜 헤어지게 된다는 것을 깨닫고 허겁지겁 달려 나오게 만들 생각이었다. 그 길로 오빠의 손을 잡고 아주 먼 곳으로 도망을 쳐야지. 계획을 정리하며 경찰들을 바라보았다. 위험이 앞에 있었다. 더 이상 숨을 참을 필요가 없었다. 경찰들로부터 나를 지키기 위해서 보이는 미래가 알아서 찾아올 테니까. 그래, 보인다.

——현장을 어슬렁거리던 경찰들이 문득 동작을 멈춘다. 모두가 골목 진입로를 바라본다. 낯익은 자동차 한 대가 경찰들을 발견하고 멈춰 서 있다. 운전석 유리창 너머의 얼굴이 보인다——

나는 눈을 껌뻑였다. 다시 만날 일이 없을 줄 알았던 김기자, 그 남자였다. 또다시 목사님을 협박하러 오는 것 같지는 않았다. 옆자리에는 일전에 경찰들이 오빠를 잡아가던 날 보았던 형사님이 앉아 있었기 때문이다. 얼마 전에 보았던 미래에서 그 남자와 친구 사이라고 했던 기억이 났다. 수상한 냄새가 나는 미래였다. 보인다.

——그 남자와 형사님이 자동차에서 내린다. 형사님이 큰 동작으로 억울하다는 듯 무언가를 설명하고 있다. 그때 그 남자의 자동차를 뒤적이던 경찰이, 이것 좀 보십시오, 소리친다. 경찰들이 모두 그 자동차로 모여든다. 집사님을 미행하며 찍은 사진이 무더기로 발견된 것이다. 반장님이라고 불리는 경찰이 형사님의 정강이를 걷어차고, 다른 경찰이 그 남자의 팔에 수갑을 채운다. 살인 사건의 참고인으로 긴급체포한다고——

"꼬마야, 뭐하냐?" 현실에서 들려온 목소리가 미래를 흐트러뜨렸다.

경찰이 옆에서 나를 뜨악하게 내려다보고 있었다. 어느새 나는 그 남자의 자동차가 도착하게 될 자리까지 걸어와 미래를 살피고 있던 것이다. 담배를 꼬나문 경찰이 험악한 표정을 지으며 나를 노려보았다.

"너 이제훈이 동생 맞지?"

나는 마지막으로 우리 교회의 우리 방 창문을 돌아보았다. 내가 위험에 빠져 있는 데도 오빠는 여전히 거기, 그 자리에 그대로 서 있었다. 더는 기다리고 싶지 않았고 기다릴 수도 없었다. 경찰들이 서로 눈짓으로 작전을 주고받으며 내게 모여들고 있었다.

딴전을 부리듯 주변을 둘러보며 나는 앞으로 걸어갔다. 겁은 나지 않았다. 안전하게 도망칠 수 있는 길이 훤히 보이고 있었으니까. 골목 모퉁이를 돌자마자 전봇대 뒤로 몸을 감췄다. 뒤를 따라

온 경찰들이 나와 비슷한 옷을 입은 아이를 나로 착각하여 살금살금 따라갔다. 겁에 질린 어린아이의 울음소리가 골목골목에 크게 울리기 전에 나는 달렸다.

"여기쯤인가?"

경찰들을 완전히 따돌린 나는 8차선 대로변에 도착했다. 교회로 달려가는 그 남자의 자동차를 멈춰 세울 수 있는 유일한 장소였다. 오빠에게 '눈에 보이지 않는 진실을 찾겠다'고 선언했던 그 남자는 집사님을 조사하고 있는 중이었다—협박을 받은 집사님이 화풀이를 위해 오빠를 찾아왔던 것이 떠올랐다. 그 남자가 어떤 진실을 얼마만큼 알아냈는지 궁금했다. 무엇이 되었든 언니의 죽음과 관계가 있을 것이다. 경찰에게 붙잡히기 전에 만나야 했다.

나는 인도로 내려갔다. 쌩쌩 지나는 자동차로부터 위협이 느껴지자, 눈앞에 내가 안전하게 걸을 수 있는 미래가 펼쳐져 보였다. *열, 아홉, 여덟.* 자동차들의 움직임을 읽으며 천천히 앞으로 나아갔다. *일곱, 여섯, 다섯.* 여러 대의 자동차들이 신경질적으로 소리를 지르며 아슬아슬하게 나를 피해 가자 멀리서 그 남자의 자동차가 모습을 드러냈다. *넷, 셋, 둘.* 나를 발견한 듯 급제동이 걸린 자동차가 미끄러지며 옆으로 회전했다. *하나.* 도로에 타이어 자국을 길게 남긴 그 남자의 자동차가 멈춰 섰다. 나는 앞으로 걸어갔다. 미리 보았던 그대로 세 걸음이었다. 운전석의 창문을 똑똑 두드렸다.

"이래도 못 믿겠다고요?"

내가 옥상에서 뛰어내리게 되었던 과정까지 예로 들어가며 미래를 볼 수 있다는 것을 설명했지만, 맞은편에 앉아 있는 그 남자와 형사님은 팔짱을 낀 채로 나를 노려보고만 있었다. 나는 숨을 참았다. 의심이 덕지덕지 묻어 있는 두 남자의 눈초리를 피해 사람들로 와글거리는 롯데리아를 둘러보았다.

"흰 티셔츠 오빠가 음식을 받고 돌아서면, 뒤에 언니랑 부딪혀서 쟁반이 떨어질 거예요. 씨발! 구두가 더러워진 아저씨가 욕을 하면서 흰 티셔츠 오빠를 밀어요. 흰 티셔츠 오빠가 넘어지면서 옆에 있는 사람들도 넘어질 거고요."

나는 그 남자와 형사님의 시선을 계산대로 인도했다. 곧이어 내가 말한 그대로의 장면이 만들어지자 두 사람 모두 바보처럼 입을 벌렸다. 나는 주문해 놓았던 햄버거 포장을 벗기며 그들에게 마음껏 놀랄 시간을 주었다.

"나 이번에 승진하냐 못 하냐?" 형사님이 침을 꼴깍 삼키고 대답을 기다렸다.

"모든 사람의 미래를 볼 수 없어요. 나한테 일어나거나 내가 보고 들을 수 있는 일들만, 딱 하루 안에서만 볼 수 있어요."

"그럼 너희들 태풍이 오고 전쟁 나고 그런 건 어떻게 맞췄는데?"

"내일 뉴스를 미리 들으면 돼요." 나는 탁자 위의 휴대용 라디오를 가리켰다. "알아요, 못 믿는 거. 나 믿어 준 사람은 우리 오빠하고 언니밖에 없었으니까 이해할게요. 근데 진짜예요."

형사님이 입을 삐쭉거렸다. 새로운 트집을 찾고 있다는 듯 나를 위아래로 훑어보고 있었다. 피곤했다. 진실을 알려 달라며 오빠를 괴롭힌 내가 할 말은 아니지만 믿음보다 의심이 큰 사람을 설득하기란 여간 어려운 일이 아니었다. 다행히도 그 남자, 기자 아저씨는 달랐다. 의심 대신에 새로운 질문을 던져 대화를 이끌었다.

"네 오빠도 미래를 볼 수 있어?"

"나만요. 저번 주에 아저씨가 목사님 협박하러 왔던 것 때문이죠? 아저씨 온다는 거 내가 알려 준 거예요. 우린 그렇게 하거든요. 사람들이 내 말은 안 믿어도 오빠 말은 믿으니까."

"뻥까고 자빠졌네! 네가 미래를 볼 수 있으면 황민주가 죽는 걸 왜…."

얄밉게 끼어들었던 형사님은 말을 끝내기도 전에 '아!' 하고 크게 비명을 질렀다. 기자 아저씨에게 옆구리를 꼬집힌 것이다. 나는 남은 콜라를 다 마시고 빈 컵을 내밀었다. 형사님이 입을 삐죽거리며 일어나 계산대로 향했다.

"솔직하게 말하마." 기자 아저씨가 말했다. "우리도 황민주…. 네 언니가 왜 죽었는지 아직은 몰라."

"아직도요? 눈에 안 보이는 진실 찾는 거 잘한다고 잘난 척을 하더니."

"너야말로 오빠한테 물어보면 될 걸 왜 우리한테 온 거지?"

"그건…."

기자 아저씨는 나를 비웃었다. "내가 그랬지? '하다 하다 동생까지 속여먹는'다고."

"아니에요! 나를 위해서 그런 거예요. 내가… 슬퍼할까 봐."

"그럼 계속 순교했다는 말을 믿으면 되겠구나. 슬프지 않게."

"…우린 10월 28일 날 미국으로 가려고 했어요. 아무도 우릴 모르는 곳으로 가서 행복하게 살기로 약속했는데, 갑자기 죽을 리가 없잖아요."

나는 아무에게도 말하면 안 되는 계획을 들려주었다. 이제는 영영 취소된 계획이었으므로 비밀이 아니어도 상관없었다. 무관심한 척 탁자에 물 그림을 그리며 나를 힐끔거리던 기자 아저씨가 생각이 깊어진 듯 손을 멈췄다. 때마침 돌아온 형사님이 컵을 세게 내려놓았다. 콜라가 기분 나쁘게 튀어 올랐다.

"지랄한다. 죄지은 놈들은 왜 죄다 미국, 미국 거리는 거냐? 젠장, 사람들 미치게 만들어 놓고 도망칠 생각부터 한 주제에 이제 와서 도와달라고 부탁하는 거 뻔뻔하다는 생각 안 들어?"

"부탁하는 거 아니에요. 집사님 뒷조사한 거 경찰에 말해요? 자동차 서랍에 사진 있죠?"

"내가 경찰이야, 자식아. 쪼그마한 게 어디서 못된 것만 배워서 어른을 협박해?"

"아까 미래로 보니까 아저씨네 반장님이 능력도 없는 새끼라면서 경찰도 아니라고 하던데요?"

"뭐 이 자식아?" 형사님이 나를 쥐어박기라도 하려는 듯 주먹을 들어 보였다.

"때리지도 못할 거면서."

"아오! 진짜 맞아 볼래?"

"나가야겠어요. 나 데리러 사람이 올 거예요."

나는 형사님을 무시하고 일어났다. 순간적으로 펼쳐진 미래의 롯데리아에 박기사 아저씨가 어른거렸다. 오빠의 부탁을 받고 나를 데려가려는 것일 테지. 가자면 내가 돌아갈 줄 알고? 천만에! 나는 돌아가지 않을 것이다. 오빠는 나에게도 '진실이 필요하다는 것을 깨달았'지만, 진실을 알려 줄 마음은 없는 것 같았다. 결국 진실은 나 스스로 찾아야만 했다. 휴대용 라디오와 곰 인형을 양손에 챙겨 들고 돌아섰다. 뒷문까지 걸어가서 기자 아저씨와 형사님에게 빨리 나오라고 손짓을 했다. 혼잡한 롯데리아의 풍경 위로, 또다시, 보인다.

――박기사 아저씨가 롯데리아로 들어온다. 매장 한가운데에 서서 주변을 두리번거린다. 우리가 앉아 있던 자리를 발견한다. 천천히 다가온다. 우리가 빠져나간 뒷문을 바라본다. 귀에 꽂아 넣은 리시버를 만지작거린다. 돌아서 롯데리아 밖으로 나간다――

기자 아저씨의 아들을 담당하고 있다는 의사 선생님은 사건 기록이라는 서류를 오랫동안 검토하고 있었다. 째깍째깍. 진료실을 빽빽하게 채워가는 초침 소리가 내 마음을 초조하게 만들었다. 아저씨는 다리를 떨고 있는 나를 돌아보며, 걱정하지 말라는 듯 고개를 끄덕였다. 가식적인 표정이었다.

'미래를 볼 수 있다는 게 진짜든, 가짜든 상관없어. 이선민은 우리가 궁금해하는 걸 알아낼 수 있는 열쇠야.'

기자 아저씨는 병원으로 오는 자동차 안에서 나를 이용하려는 속셈을 드러냈다. 뒷자리의 내가 잠이 들었다고 생각한 모양이었다. 나를 끝까지 마음에 들어 하지 않는 형사님에게 자신감을 내비쳤다. 보나 마나 교회를 협박해서 돈을 뜯어낼 방법을 찾고 있는 거겠지. 나는 가늘게 뜨고 있던 눈을 완전히 감았다. 기자 아저씨를 이용하려는 것은 나도 마찬가지였다. 상대의 속내를 미리 알게 되었으므로 이용당하지 않을 자신이 있었다.

"부검을 했다면 다른 요인이 발견됐을 수도 있겠습니다만, 현재로서는 자살이 타당한 결론으로 보입니다."

의사 선생님이 마침내 입을 열었다. 우리나라에서 최고라던 기자 아저씨의 소개가 뻥으로 밝혀지는 순간이기도 했다. 두꺼운 사건 기록을 모두 살펴본 뒤에도 딴소리만 늘어놓고 있으니까. 나는 답답한 마음에 고개를 세차게 저었다.

"나도 알아요, 언니 자살한 거. 근데 언니 우울증 아니에요. 그 수면제, 잠 오는 약은 내 거라고요. 곰 인형을 끌어안아도 잠이 안 올 때가 있어서 먹던 거라고요."

"우울증 때문이란 말은 여기에 적혀있지 않구나."

"그러니까요! 뉴스에서 거짓말을 했다고요. 의사 선생님, 나는 우리 언니가 어떻게 죽었는지가 아니라, 왜 죽었는지가 궁금해요."

"한 가지, 조금 신경이 쓰이는 부분이 있긴 한데…."

"학대의 가능성인가요?"

기자 아저씨는 선생님의 말이 다 끝나기도 전에 끼어들었다. 마치 기다리고 있었다는 듯 신이 나서 엉덩이를 들썩거리기까지 했다. 나는 한심하다는 뜻으로 한숨을 길게 내쉬었다.

"목사님은 언니하고 나는 못 때렸어요. 오빠가 우리까지 때리면 가만 안 있겠다고 했거든요."

"최목사가 그렇게 말하라고 해? 매 맞는 걸 들켜 버린 제훈이는 인정하고 너희는 안 맞았다고 하래? 대체 너희들 그렇게까지 해서 최목사를 감싸는 이유가 뭐야?"

"하…! 내가 왜 목사님을 감싸 줘요? 아니니까 아니라고 하는 거지!"

"선민아!"

기자 아저씨가 답답하다는 듯 내 어깨를 붙잡았다. 나를 빤히 쳐다보는 눈에서 인정하라는 강요가 느껴졌다. 목사님이 아무리 싫어도 아닌 걸 맞다고 할 수는 없었다. 나는 입을 꾹 다물었다. 말을 해봐야 또 거짓말이라고 할 테니까. 의사 선생님이 책상을 똑똑 두드려 우리를 불렀다.

"오빠가 좋은 사람이구나. 네 말이 맞다. 언니에게는 학대를 당한 흔적은 없어."

"정말입니까?" 기자 아저씨는 실망하면서도 혹시 모를 가능성을 기대하고 있는 것 같았다.

"이 아가씨는 제가 해석할 수 있는 범위 밖의 진실을 필요로 하는 것 같네요. 제가 도울 일이 없는 것 같습니다. 그리고 아버님…, 따로 이야기를 나눌 수 있을까요? 영민이 때문입니다."

기자 아저씨가 병원으로 나를 데리고 온 이유는 언니가 매를 맞았다는 증거를 찾기 위해서였다. 나는 주의를 했음에도 불구하고 이용을 당한 것이다. 더는 끌려다닐 수 없다고 생각하며 먼저 복도로 나왔다. 내가 원하는 것을 분명하게 말해야 했다. 하지만.

잠시 후 진료실 밖으로 나온 기자 아저씨는 심각해진 얼굴로 나를 지나쳐 걸어갔다. 나는 허겁지겁 뒤를 따라갔지만 쉽게 말을 붙일 수 있는 분위기가 아니었다. 엘리베이터에서도 생각에 깊이 잠겨 있던 아저씨가 문이 열리기 직전에야 손으로 얼굴을 꼬집어 굳어 있는 표정을 풀었다. 눈치를 살피던 나는 기회를 놓치지 않았다.

"집사님 뒷조사했을 때 이상한 점 없었어요?"

"협박 그만해라. 아저씨 머리 아프니까."

"…내가 그랬지? 한 번 더 지랄하면 그땐 황민주, 그년 무덤에서 파내 조져 버린다고."

나는 집사님을 흉내 내어 기자 아저씨를 멈춰 서게 만들었다.

"뭐야, 지금?"

"집사님이 죽기 전에 오빠 만나러 와서 했던 말이에요. 그것뿐이었지만 집사님은 언니가 왜 죽었는지 알고 있는 것 같았어요."

"오빠하고 뭔가 의심스러운 이야기를 나눈 모양이구나."

"약속 지키라고요. 무슨 약속인지 모르지만 지키라고 했어요. 집사님이 뭔가를 준다고 했더니, 오빠가 집사님에게 애도 있다고 했고, 또 목사님을 찾아온 손님 얘길 엿들었다고 했어요. 민주… 그러니까 우리 언니 일 때문에 집사님을 대신할 사람이 필요하다고요."

머릿속에 가지런히 정리되어 있던 장면들이 입 밖으로 꺼내지자 엉망진창으로 흩어졌다. 다행히 기자 아저씨는 눈을 반짝이며 귀를 기울이고 있었다. 어른이었으므로 알아서 알아듣고 있는 거겠지. 덕분에 당황하지 않고 이야기를 끝마친 나는 자신 있게 동의를 구했다.

"집사님이 아저씨한테 협박받은 다음에 일어난 일이었어요. 수상하죠? 네?"

골똘히 생각에 빠져 있던 기자 아저씨가 고개를 저었다. "무슨 얘기인지 하나도 모르겠다. 육하원칙에 맞게 정리할 줄 몰라?"

"육하원칙이 뭔데요?"

"누가, 언제, 어디서, 무엇을, 어떻게, 왜."

"왜긴 뭐가 왜에요?"

"다시 잘 정리되면 얘기하자."

기자 아저씨는 귀찮다는 듯 손을 휘휘 저으며 돌아섰다. 무척이나 부자연스러웠다. 정말 알아듣지 못했다면 꼬치꼬치 캐물었어야 했다. 갑자기 말을 돌려 대화를 중단한 이유는 내 이야기를 듣는 동안 무언가를 알아냈기 때문일 것이다. 오빠처럼 내게 아무것도 알려 주지 않으려고 잔꾀를 쓰는 거겠지. 그러나 곧장 따질 수가 없었다.

기자 아저씨를 따라 걷던 나는 커다란 글자로 〈정숙〉이라고 적힌 종이가 붙은 중환자실 앞에 도착했다. 커다란 유리로 만들어진 벽 너머에는 온몸에 기계장치를 부착한 오빠 또래의 남자가 누워 있었다. 아저씨의 아들, 김영민이었다.

"많이 아파졌나 봐요."

"…."

씁쓸하게 웃어 보인 기자 아저씨가 출입문으로 다가가 간호사 언니와 이야기를 나누었다. 그때였다. 사람 목소리가 희미하게 들려왔다. 고개를 돌리자 유리벽 안의 풍경이, 아저씨의 아들이 눈에 닿았다. 유리벽 안에서 다시 희미한 목소리가 들려오자, 조심스럽게 귀를 가져갔다.

"너 뭐 하니?" 기자 아저씨가 나를 어이없다는 표정으로 바라보고 있었다.

"무슨 소리가 들린 거 같아서요."

"…쓸데없는 소리 말고. 아저씨 일하러 가야 하니까 오늘 밤에는 이 언니랑 있어."

기자 아저씨가 내 손을 잡아 간호사 언니의 손에 건네주었다.

"잘 부탁해요."

"싫어요! 언니 왜 죽었는지 알아봐 주기로 했잖아요!"

"의사 선생님 말씀 못 들었어? 아저씨는 약속 지켰다."

기자 아저씨는 인사도 없이 돌아섰다. 나를 버려두고 빠르게 멀어져 가는 뒷모습에 다급함이 느껴졌다. 이로써 아저씨가 무언가를 알아냈다는 내 짐작이 확실해졌다. 잠시도 방심할 틈을 주지 않는 비겁한 인간이었다. 간호사 언니가 방으로 가자며 나를 잡아끌었다. '들장미 소녀 캔디' 만화책으로 나를 유혹했다. 나는 꼼짝하지 않았다. 곧 중환자실 안에서 요란한 경보가 울리고, 간호사 언니가 화들짝 놀라서 달려 들어가는 모습을 이미 보았기 때문이었다. *셋, 둘, 하나.* 미래가 붉게 반짝였다.

"저기 저 차 따라가 주세요. 저기 저 똥차요!"

나는 병원 로비로 달려 나와 줄지어 있는 손님들을 밀쳐내고 택시에 올라탔다. 기자 아저씨의 자동차가 어둠을 가르며 정문을 빠져나가는 중이었다. 나에게서 훔쳐 간 진실이 거기 실려 있을 것이다. 어이가 없다는 듯 나를 돌아보고 있는 운전기사님에게 외쳤다.

"빨리요!"

1992년 10월 21일 II

"황민주, 최목사한테 강간을 당해 온 걸지도 몰라."

기준은 강형사가 대기 중인 자동차에 올라타며 말했다. 주치의가 아들을 핑계로 이선민을 먼저 진료실 밖으로 내보낸 뒤에 제기한 뜻밖의 가능성이었다. 황민주의 다리와 손목에 희미하게 남아있는 멍 자국들이 이유였다. 강형사는 사건 기록 속 황민주의 사진을 들여다보며 고개를 갸웃거렸다.

"글쎄…."

"아주 희미해. 검시(檢屍)에서 놓친 게 이상하지 않을 정도로."

주치의는 사진만으로는 성폭행 여부를 확신하기 어려운 상태라며 하나의 가능성에 지나지 않는다고 거듭 강조했다. 하지만 기준은 상습 폭행이 성폭행으로 발전되었던 수많은 사건을 떠올렸다. 그러자 사진 속의 희미한 흔적들이 선명하게 구분되어 보였다.

"오집사는 최목사가 황민주를 강간해 왔다는 걸 알게 된 뒤에 십억을 뜯어낸 거야. 아마도 현금으로 받았겠지? 그걸 동거녀의 죽은 엄마 명의로 세탁을 했으니 완전히 깨끗해질 수밖에 없던 거지. 충분히 개연성 있는 전개야.”

“이제훈은? 네 말 대로라면 경찰에 협조했었어야지. 우리 뒤통수를 치고 최목사를 도왔잖아. …황민주가 당한 걸 모르나?”

“알고 있을 거야.”

이제훈과 오집사의 만남을 되짚는 이선민의 목격담은 허술했다. 황민주에 대해서, 정체 모를 약속에 대해서, 오집사의 비밀에 대해서, 그리고 그에게 전달된 경고에 관해서 이야기했으나 어느 하나 명확한 내용이 없었다. 말주변이 부족했던 것은 아니었다. 다만 그들이 공유하고 있는 비밀을 몰랐기 때문이다. 기준이 거기에 ‘이제훈이 황민주의 피해 사실을 알고 있었다’는 조각을 끼워 넣자 빈약했던 서사가 풍성하게 부풀어 올랐다.

“오집사는 황민주가 성폭행을 당했다는 사실이 세상에 알려지기 싫으면 입을 다물라고 협박을 했을 거야. 이제훈이 최목사를 도와서 황민주의 죽음을 순교로 포장한 건, 단순히 장사 때문만은 아니었다는 거지.”

“병신 같은 새끼. 그럴수록 민중의 지팡이를 잡았어야지.”

“그러기엔 약속된 보상이 너무 컸을 거야.”

“천만 원?”

“아니. 승천교회.”

기준은 자동차를 출발시켰다. 어느새 해가 저물어 어둑해진 도로를 달리며 황민주의 자살 직후 일어났던 일들을 정리해 나갔다.

이제훈이 경찰에 도움을 요청했던 그때, 최목사는 해외로 도주하기 위해 재산을 빼돌렸다. 망치에게는 위기인 동시에 승천교회를 집어삼킬 기회가 찾아온 것이었다. 최목사를 붙잡아 폭행하며 동업자에서 지배자로 권력관계를 재설정했다.

"망치가 교회를 먹으려면 최목사를 재껴도 신자들이 남아 있어야 해. 그 대안이 이제훈이야. 신자들은 어차피 신의 아이들, 그중에서도 이제훈을 보고 모여들었어. 최목사가 사라져도 교회는 충분히 돌아갈 수 있는 거지. 10월 28일이 지나서 최목사를 빵에 처넣고, 신의 아이들로 새로운 교회를 만든다. 그림이 좋잖아! 근데 최목사 같은 빠꼼이가 이런 설계를 모를 리가 없지."

"신자들 속에서 칼잡이를 찾아내 살인으로 방어를 했다?"

"그리고 최목사는 이제훈에게 천만 원을 쐈지."

"오집사가 쏜 거라며?"

"우리가 틀렸어. 뒷돈을 누가 실명으로 쏴? 최목사는 천만 원으로 일정한 보상을 주며 경고를 남겼던 거 같아."

"네가 오집사랑 붙어먹은 걸 알고 있다, 라고?"

"이제훈은 최목사의 폭력에 길들어 있어. 공포로 몰아넣는 건 어렵지 않을 거야. 그리고 최목사는 이제훈을 이용해서 오집사와 망치를 서로 이간질했지. 찾아와야 할 게 있으니까."

"…십억!"

최목사는 이제훈을 찾아온 오집사에게 망치가 그를 버리려 한다는 거짓 정보를 흘렸다. 위기감을 느낀 오집사가 은행에 감춰둔 십억 원을 옮기려는 그때, 돈을 되찾으려는 계획이었을 것이다. 하지만 최목사는 변수가 끼어들었다는 것을 알지 못했다.

"오집사는 우리에게 협박을 당한 바람에 이제훈을 만나기 전인 20일 아침에 미리 돈을 찾아놨어. 최목사의 계획과 달리 돈을 다른 곳에 새롭게 감추어 버린 거지. 기억해 봐. 헬멧은 분명 뭔가를 찾고 있었어."

슬롯머신도박장에서 마주한 헬멧은 강형사의 권총을 피해 사무실로 들어갔다. 돌이켜 보면 그것은 도망이 아니었다. 그들과 마찬가지로 망치에게 흘러 들어갔다고 판단한 돈을 찾기 위해서였을 것이다. 강형사가 마침내 기준의 의견에 완전히 동의했다는 듯 손바닥으로 무릎을 쳤다.

"꼬맹이는 왜 두고 왔어? 걔 잡고 쑤시면 더 나오지 않겠어?"

"일단 가정뿐인 상황인데… 황민주가 강간당해서 죽은 것 같다는 말을 할 수는 없잖아."

"착해 빠진 놈. 제수씨가 그렇게 됐는데… 혼 좀 나면 어떻다고."

"아직 애야. 지금도 충분히 혼나고 있어. 우린 돈이나 먹자고."

"돈을 먹으면 되는데…, 지금 어디로 가는 거지? 혹시 오집사가 돈 묻어 놓은 곳 알고 있어?"

"찾을 수 있을 거야. 우린 오집사의 동선을 모두 파악하고 있으니까." 기준은 글러브박스를 가리켰다.

"그래, 사진 찍어놓은 게 있었지!"

기쁘게 글러브박스를 연 강형사는 문득 생각에 잠긴 듯 그대로 움직임을 멈췄다.

"왜 그래?"

"이거 아까까지만 해도 고장 나 있었는데?"

강형사가 글러브박스를 닫았다가 다시 열어 보였다. 그랬다. 경첩이 고장 나 한쪽이 덜컹거리며 떨어져야 할 글러브박스가 정상적으로 매달려 있었다. 분명 의심스러운 일이었으나 그들에게는 의심할 시간이 없었다.

"아, 몰라 씨발!"

먼저 생각을 떨쳐낸 강형사가 서류 봉투 안에서 사진을 꺼내 넘기고 있었다. 그들의 목적지가 될 오집사의 흔적이 한 장 한 장 넘겨졌다. 기준이 핸들을 바쁘게 움직였다.

"망치한테 걸릴까 봐 제대로 타고 다니지도 못한 벤츠부터 털어 보자고."

폭발이 일어났던 시영아파트 건물이 밤에 잠겨 있었다. 파괴된 가로등이 아직 복구되지 않은 탓이었다. 은은하게 쏟아지는 달빛과 멀찍이 떨어진 지점에서 흘러온 가로등 불빛에 기대어 어둠을 간신히 버텨내고 있었다. 그 앞에서 오집사가 애지중지 먼지를 닦아내던 고급 외제자동차가 홀로 반짝이며 존재를 드러냈다.

"잠깐만 기다려." 강형사가 기준을 붙잡아 세웠다.

어둠 속에는 아직 복귀하지 않은 경찰들이 숨어 있었다.

"저 자식들, 벤츠를 덫으로 놓고 기다리는 건가?"

"이전부터 오집사한테 붙었던 게 아니라면 알 수가 없어. 명의부터 대포로 출고했으니까."

"단서 찾을 때까지 박아 둔 모양이네, 젠장. 내가 주의를 끌어볼 테니까 넌 가서 문을 따." 기준에게 철제 옷걸이를 주고 일어난 강형사가 소리쳤다. "아니, 왜 철수도 안 시키고 지랄이래?"

단지에 강형사의 외침이 크게 울리자 몸을 감추고 있던 경찰들이 움직였다. 단정한 어둠이 어수선하게 흩어졌다. 강형사를 확인한 경찰들이 버릇처럼 담배를 꺼내 물었다. 시경 감식반이 다녀간 뒤에도 철수를 불허한 상부를 향해 불만을 토로하며 모여들었다.

"그러니까 말이야. 자기들은 등 따습게 앉아서 신선놀음이나 하고 자빠졌지? 개새끼들."

기준은 강형사가 호들갑을 떨며 경찰들의 시선을 차단하는 동안 어둠을 밟아 단숨에 고급 외제자동차로 접근했다. 그런데 차창 너머로 비치는 자동차의 내부는 이미 누군가 헤집어 놓은 흔적이 가득했다. 경찰의 손을 탄 것은 아닐 것이다. 그들은 고급 외제자동차의 존재조차 모르고 있다는 듯 강형사에게 홀려있다. 자연스럽게 헬멧, 그리고 최목사가 떠올랐다. 혼자만 오집사의 모든 동선을 파악하고 있다는 것은 오만이었다. 적들은 한발 앞서 오집사가 감춰 둔 십억 원을 찾아냈을지도 몰랐다. 그래도 확인해 봐야 했다.

기준은 철제 옷걸이를 길게 펼쳐 운전석 차창 안쪽으로 밀어 넣었다. 불안한 마음 때문인지 여러 번 헛손질을 했다. 숨을 고르며 옷걸이를 위아래로 흔들었다. 갈고리처럼 꺾어 놓은 옷걸이 끝에 걸쇠가 잡히는 느낌이 전해졌다. 남은 건 옷걸이를 들어 올려 잠긴 문을 여는 것뿐이었다.

"아저씨!"

날카로운 외침이 조용한 아파트 단지를 뒤흔들었다. 병원에 있어야 할 이선민이었다. 품에 곰 인형을 안은 채 휴대용 라디오를 든 손을 휘저으며 기준에게 달려왔다.

"안 돼요, 그거 건들면."

"얀마, 네가 왜 여기 있어?"

"빨리 따라와요. 아저씨 죽어요."

"그게 무슨 말이야?"

이선민이 기준의 손목을 잡아끌었다. 역부족이라는 것을 알면서도 고집스럽게 낑낑거리고 있었다. 기준은 그녀가 이끄는 대로 움직여 주었다. 경찰들이 이선민을 알아본 듯 다가오고 있었다.

"이제훈이 동생! 거기 스톱!"

이선민은 신경 쓰지 않았다. *열, 아홉, 여덟….* 입으로 숫자를 헤아리며 걸음의 속도를 높였다. 기준은 그녀에게 끌려가면서도 뒤를 힐끔거렸다. 이쪽으로 오는 경찰들 너머 고급 외제자동차로 다가가는 경찰 한 명이 보였다. 그가 운전석 차창에 꽂아놓은 옷걸이를 잡아당겼다. *하나.* 이선민이 속삭이며 몸을 웅크렸다.

고급 외제자동차가 폭음을 쏟아내며 크게 들썩였다. 차창을 부수며 터져 나온 화염이 시영아파트 단지의 어둠을 단숨에 집어삼켰다. 기준은 고급 외제자동차를 휘감은 불길에 홀려 멍하니 서 있었다. 머릿속이 새하얗게 변해 아무 생각도 할 수 없었다.

"빨리요, 잡히기 싫으면." 이선민이 다시 손목을 붙잡고 기준을 인도했다.

삐 소리가 나면 녹음하시고 녹음이 끝나면 우물정자를 눌러 주십시오. '상황이 심각해. 차 문 열었던 애가 죽었어. 아니, 그게 문제가 아니라…. 그래, 경찰이 죽었는데 그것보다 심각한 문제가 생겼어. 오늘 낮에 시경 감식반이 오집사 집에서 기폭 장치를 발견했거든. 가스 폭발이 아니라 폭탄이야. 아직 정확한 종류는 밝혀지지 않았는데, 젠장 그 벤츠에도 같은 폭탄이 설치되어 있었던 거 같아. 그것뿐만이 아니야. 낮에 수원 쪽 주택가에서 폭발 사고가 있었어. 조금 전에 사망한 피해자 신원이 파악됐는데…, 오집사네 부모야. 사고 현장이 오집사 그 새끼 본가였다고. 지금 그쪽으로 시경 감식반이 내려갔다. 다들 폭탄이 사용되었을 거라고 추정하는 중이야. 대체 폭탄이 어디에서 난 거냐? 칼잡이에… 폭탄에… 하… 씨발! 개또라이 새끼들이 미쳐서 날뛰고 있다. 아, 그리고 우리 쪽에서도 오집사랑 망치 접점을 찾았어. 최목사 이 새끼는 조직폭력배도 신앙을 가질 수 있는 거 아니냐며 진술하고 간 것 같은데…, 교회와 망치의 관계가 밝혀지는 건 시간문제야. 위에서 수사본부 꾸리라는 명령이 내려왔거든. 이제 망치네 영업장 터진 것까지 묶어서 전면적으로 들여다보게 될 거야. 10월 28일 전에 무조건 해결하래요. 잠깐만. …네, 알겠습니다. 곧 따라가겠습니다…. 그래도 걱정은 말아라. 당분간은 무조건 비밀 수사로 갈 거니까 우리 속도는 못 따라올 거야. 대통령 선거가 코앞인데 폭탄이라니! 확실한 거 없이 까다가는 야당이고 여당이고 경찰 가죽까지 벗겨 먹겠다고 전부 달려들 거 빤하잖아.

빨대들 죄다 뽑아 버리고 입을 꽉 다물어서 사쓰마리들도 아직 냄새를 못 맡고 있어. 기준아, 최목사 그 새끼 십억 아직 못 찾았다. 돈을 먹었으면 조용히 시마이 해야지 불꽃놀이를 할 필요는 없잖아? 일단 넌 내 정보원이고, 이선민이는 포섭한 거라고 얼버무려 놨으니까 빨리 돈부터, 영민이 치료비부터 찾아라, 꼭.'
녹음이 완료되었습니다.

붉은 경광등 빛으로 어둠을 흐트러트린 승용차가 빠르게 지나갔다. 공중전화부스 밖으로 나오던 기준은 도로를 등지고 선 채 고개를 숙였다. 경찰의 추적에서 벗어났다는 메시지에도 도망자의 관성은 완전히 가셔지지 않은 채였다. 쭈그려 앉아 있는 이선민이 고개를 꺾어 기준을 바라보았다.

"우리 안 잡힌다고 했잖아요, 내가."

시영아파트 단지에서 도망칠 때부터 이선민은 확신에 차 있었다. 기준을 거침없이 잡아끌어 자동차에 태운 뒤 쉴 새 없이 지시를 내렸다. 오른쪽으로, 왼쪽으로, 빠르게, 느리게. 기준은 이선민이 뱉어내는 단어를 따라서 홀린 듯 핸들을 움직였다. 도로 위의 자동차들 사이사이를 아슬아슬하게 파고들면서도 아무 사고 없이 앞으로 나아갔다. 도로의 신호가 주행과 정지를 오가며 진로를 확보해 주었다. 경찰들이 요란한 사이렌 소리로 도로를 활짝 열며 뒤를 따랐지만 무력하게 멀어져 갔다.

기준은 이선민이 미래를 볼 수 있다는 것을 믿을 수 없었다.

논리적이지 못한 상황의 사실 여부를 가리느라 시간을 낭비하는 것보다 상황을 진전시키는 것이 합리적이라고 판단하고 장단을 맞췄을 뿐이다. 그러는 동안 이선민이 스스로 능력을 증명하고 있었다. 여전히 믿을 수 없었지만 이제는 믿을 수밖에 없도록 만들었다. 그러자 복잡하게 꼬여 버린 문제의 해답까지도 갖고 있을지 모른다는 기대가 생겨났다.

“오집사에 대해서 얼마나 알고 있어?”

“아저씨가 치사하게 숨기고 있는 거부터 말해주면요.”

“…먼저 말해.”

“….”

이선민은 마치 기 싸움을 벌이고 있다는 듯 입을 앙다물고 있었지만 기준과 시선을 마주하지는 않았다. 눈동자를 어수선하게 굴려 주변을 더듬거릴 뿐이었다.

“너는 지금 아무것도 모르고 있어. 오집사에 대해서 아는 척 할 말을 만들려고 급하게 기억을 뒤적이고 있는 거잖아. 티가 너무 심하게 난다.”

기준이 돌아섰다. 이선민이 옆으로 쪼르르 달려왔다.

“집사님은 왜요? 아저씨 지금 뭐 찾고 있는데요?”

“애들은 몰라도 되는 거.”

“내가 도와줄까요? 나 미래를 볼 수 있잖아요. 아직도 나 못 믿겠어요?”

“…너한테 일어나는 일만 보인다며? 그게 나한테 무슨 도움이 된다고."

"조금 전에 나 아니었으면 아저씨 죽었어요."

"…."

"앞으로도 내 옆에 있으면 아저씨 안 죽는다는 말이에요. …잠깐만요."

가슴을 내밀고 자신만만하게 말하던 이선민이 검지를 입으로 가져갔다. 쉿! 휴대용 라디오를 귀에 대고 아무 소리도 들려오지 않는 스피커에 잠시 신경을 집중하는 모습을 보였다.

"아저씨, 혹시 지금 불나방룸살롱으로 가려고 했어요?"

놀란 기준이 애써 침착하게 물었다. "네가 거길 어떻게 알지?"

"불나방룸살롱에서 폭발이 일어났다는 내일 뉴스가 들려오고 있어요. 나한테 위험한 일이 생기면 내가 원하지 않아도, 보려고 노력하지 않아도 이렇게 자동으로 알 수 있어요."

"내가 불나방으로 간다는 것까지 알고 있었잖아."

"나는 그런 데를 모르니까요. 지금 아저씨 아니면 누가 날 데리고 가요? 못 믿겠으면 뉴스 읽어줄까요? …어젯밤 서대문구에 위치한 룸살롱이 폭발했습니다."

이선민이 예언한 대로였다. 오집사가 단골로 드나들던 망치의 영업장 불나방룸살롱이 폭발했다. 도시를 뒤흔든 폭음을 따라서 불기둥이 솟아나 어두운 밤하늘을 밝혔다.

"이제 가 봐도 돼요."

기준은 위험이 완전히 사라졌다는 이선민의 예언이 주어진 뒤에야 현장에 발을 디뎠다. 맹렬히 피어올랐던 연기 사이로 거리의 실루엣이 드러나는 중이었다. 다행히 요란했던 폭발에 비해 피해 규모는 크지 않았다. 다닥다닥 붙어 있는 상가 사이에서 룸살롱이 위치한 건물만이 주저앉아 불에 타고 있을 뿐이었다.

"살려주세요."

현장에서 희미한 신음이 들려오며 꿈틀거리는 그림자들이 어른거렸다.

기준이 가까이 달려가자 피투성이인 사람들이 보였다. 더러는 숨이 끊어진 것처럼 움직임이 없었고, 더러는 온 힘을 다한 몸부림으로 생존을 알리는 중이었다. 손 하나가 기준의 바짓단을 붙잡았다. 등으로 폭발을 받아낸 듯 옷이 갈가리 찢어진 남자가 힘겹게 고개를 들었다. 일전에 마주쳤던 웨이터가 이마에서 피를 철철 흘리며 쓰러져 있었다.

"상처가 깊진 않아. 살 수 있어."

기준은 멀찍이 떨어진 곳으로 웨이터를 옮겨 놓은 뒤 돌아섰다. 어느새 모여든 행인들이 기준을 따라 부상자들을 구조하고 있었다. 하지만 웨이터는 기준을 향해 간절히 팔을 뻗어 왔다. 손끝에서 시작된 떨림이 온몸으로 위태롭게 퍼져가고 있었다.

"무서워요…. 같이 있어 주세요."

"어떻게 된 일이야?" 기준이 재킷을 벗어 덮어 주며 물었다.

"…몰라요. 난 그냥 밖으로 나오고 있었는데…, 아무것도 생각이 안 나요."

대답을 기대했던 것은 아니었다. 온몸으로 폭발을 받아낸 웨이터였다. 정상적인 대화가 가능한 상태가 아니라는 것은 알고 있었다. 무슨 말이든 대화가 필요하다고, 기준은 판단했을 뿐이었다.

"…헬멧." 웨이터가 놀란 눈을 하고 신음처럼 말했다.

"헬…, 멧?"

기준은 웨이터의 시선을 따라 현장을 돌아보았다. 사고 현장을 구경 중인 사람들 속에 헬멧을 손에 든 오토바이 운전자에게 시선이 닿았다. 아주 잠깐 '헬멧'을 떠올렸으나 착각할 여지가 없는 작은 체구의 남성일 뿐이었다.

"헬멧을 쓴 새끼…, 저 새끼!"

그러나 웨이터에게는 헬멧이 폭발의 충격으로 잃어버린 기억을 되살리는 방아쇠가 된 모양이었다. 역시나 폭발이 '헬멧'의 짓이라는 것을 증명하는 증언이 쏟아졌다.

"명한 형님이 맡기긴 뭘 맡겨 이 개새끼야! 마담 누나도 모른다고 했단 말이에요. 그런 건…, 씨발 전당포에나 가서 물어보라고 이 미친 새끼야! 꺼지라고! 기도 보는 형 팔이 잘렸어요. 헬멧 그 새끼 멱살을 잡았던 손이 바닥에 뒹굴었어요. 아무것도 없다고 개새끼야! 살려주세요! 씨발, 제발 우리 좀 살려달라고! 나는 무서워서 도망쳐 나왔는데… 왜 쫓아와! 오지 말라고, 이 미친 새끼야! 잘못했어요. 나는 무릎 꿇고 빌었어요. 살려주세요. 한 번만 살려주세요. 아파요! 뜨거워요!"

웨이터가 발작하듯 온몸에 경련을 일으키며 소리 소리를 질렀다. 기준은 과거와 현재를 혼란스럽게 오가는 진술 속에서 십억 원이 아직 발견되지 않았다는 확신을 하게 되었다. 예상했던 대로 헬멧은 오집사의 행적을 따라 이동하는 중이었다. 하지만 그는 여전히 십억 원이 망치에게 넘겨졌다고 판단하는 것 같았다. 망치를 살려 둔 채로 슬롯머신도박장을 폭파시켰고, 망치의 영업장인 룸살롱을 폭파시켰다. 연이은 폭발은 단순한 복수가 아니라 십억 원을 내놓으라는 경고로 읽혔다.

"아저씨, 뭐 해요? 이제 곧 경찰이 와요. 우리 빨리 가야 해요."

자동차에 남겨져 있던 이선민이 밖으로 고개를 내밀고 손을 흔들었다. 기준이 돌아보자 웨이터가 팔을 꽉 붙들었다. 피로, 눈물로, 콧물로 범벅이 된 얼굴을 좌우로 저었다.

"가지 마세요…. 잘못했어요, 제발요."

"…괜찮아."

기준이 자리에 남아 웨이터를 달래는 동안 자동차에서 내린 이선민이 투덜거리며 다가왔다.

"내 말 못 들었어요? 경찰 온다니까요."

"구급차 올 때까지만."

"…뭐 아저씨 잡혀가는 모습은 없었으니까."

이선민이 현장을 둘러보다 투정을 그쳤다. 연기가 흩어지고 흙먼지가 가라앉아 고스란히 드러난 현장을 오도카니 지켜보고 있었다. 적잖이 충격을 받았을 거라고, 기준은 생각했다. 마음 같아서는 '여기 펼쳐져 있는 지옥도는 너희가 퍼트린 종말론에서 비롯된 광기의 산물'이라는 것을 알려 주고 싶었다.

"아저씨 나 이용해 먹으려고 하죠?"

그런데 이선민은 엉뚱한 질문을 던져왔다. 조금 전까지 미간을 구기며 심각한 표정을 짓고 있던 것은 폭발 현장의 참혹한 풍경 때문이 아니었다. 지금과는 아무 상관없는 고민에 빠져 있던 것이다. 그리고 이제 결론을 찾았다는 듯 후련한 얼굴을 하고 있었다.

"…무슨 소리야, 그게?"

"솔직해지자고요. 내가 생각을 해봤는데요. 사실 나도 아저씨를 이용하려고 했어요. 우린 서로를 이용해 먹으려고만 하니까 발전이 없는 거예요. 내 말 맞죠? 그러니까 이렇게 해요. 내가 아저씨를 먼저 도와줄게요. 아저씨가 원하는 거 찾으면, 아저씨도 알고 있는 거 말해 주세요."

"너 그게 지금 할 소리야?"

"왜요? 지금 바빠요? …그럼 이따가 다시 얘기하고요."

이선민에게서는 아무런 감정도 느껴지지 않았다. 폭발로 무너져 불타는 건물 앞에 아무렇게나 쓰러져 죽어 버린 사람들과 운 좋게 생존했지만 죽음과도 같은 고통으로 비명을 질러대는 사람들, 그리고 그들을 구조하기 위해 안간힘을 쓰는 사람들은 안중에도 없었다. 지루하다는 듯 하품을 쏟아내며 품 안의 곰 인형을 쓰다듬고만 있을 뿐이었다.

1992년 10월 22일

은행 직원이 창구에 놓인 두 개의 보스턴백에 현금 뭉치를 정신없이 담고 있다. 몸이 급한 마음을 따라주지 않는 듯 자꾸만 현금 뭉치를 떨어트린다. 창구 앞의 오집사가 손목시계를 확인하며 짜증이 잔뜩 묻어 난 몸짓을 보인다. 사과를 하듯 허리를 굽힌 직원이 현금 더미를 무너트린다. 곧장 은행 직원의 머리를 후려친 오집사가 창구 안으로 몸을 뻗어 직접 현금 뭉치를 담는다. 잠시 후 두둑해진 보스턴백을 들고 인사도 없이 허겁지겁 돌아선다.

기준은 은행의 시시티브이 녹화 영상을 정지시키고 화면에 표시된 시간을 수첩에 기록했다. 1992년 10월 20일 오전 11시 24분. 이미 알고 있던 대로 오집사가 살해당하던 날 오전에 은행에 들러 십억 원 모두를 인출하는 장면이었다. 중요한 건 승천교회로 가서 이제훈을 만나게 되는 정오까지의 행적이었다. 고작 30분이었지만 돈을 새로이 감추기에는 충분한 시간이었다. 모든 가능성을 확인해야 했다. 늦게 시작된 추적인 만큼 꼼꼼하게 짚어나가고 싶었다. 하지만.

"하필이면 그날, 대여금고 라인에 설치된 시시티브이 카메라가 전부 고장 났다는 말을 믿으라는 겁니까?"

은행 총무과장은 시시티브이 녹화 영상의 확인이 끝낼 때까지 기준이 던진 질문의 답을 내놓지 못했다. 손으로 조국일보 사회부 명함을 만지작거리며 변명으로 일관하고 있었다.

"우연이라는 게…, '하필이면' 싶을 때 일어나지 않습니까. 양해 부탁드립니다."

"과장님께서 기자를 호구로 보시네요. VIP들이 출처 불분명한 돈을 넣고 뺄 때마다 카메라부터 끄는 거 모를 것 같습니까? 나는 가라로 작성한 출입 기록이나 먹고 떨어지라는 거죠?"

"하… 하지만 오명한 씨는 대여금고를 사용하지 않았습니다. 있었으면 벌써 말씀드렸죠."

"확실해요? 차명으로 개설했을 경우까지 생각한다면 대여금고 사용자 명부를 일일이 대조하는 시간이 모자랐을 텐데요?"

"믿어 주십시오."

"믿어 달라는 말만큼 믿음 없는 말이 없습니다. 일단 시중 은행들의 범죄 자금 은닉에 관한 기사를 써보죠. 대조 작업처럼 귀찮은 일은 경찰들이 잘하거든요."

"…좀 봐주십시오."

"그럼 다시 한 번 부탁드리겠습니다."

기분이 상한 듯 입술을 깨물었던 총무과장이 공손한 인사를 남기고 관제실을 나갔다.

기준은 씀벅거리는 눈두덩을 주무르며 다시 시시티브이 녹화 영상으로 몸을 돌렸다. 그리고 눈에서 손을 떼자 녹화본이 정지된 화면이 아니라, 현재 로비를 비추는 영상으로 넘어가 있었다. 소파에 배를 깔고 누워 있는 이선민이 비치는 중이었다. 두 자리를 홀로 차지한 채 여성지를 휙휙 넘기고 있는 모습에 눈살이 찌푸려졌다. 역시나 마음에 들지 않았다.

'왜 이렇게 일찍 일어나서 난리에요?'

중환자실로 떠난 영민의 빈 침대를 차지하고 잠들었던 이선민은 오늘 아침 투덜거리며 잠에서 깨어났다. 기준이 오집사의 사진을 늘어놓고 행동반경을 분석하며 부스럭거리는 소리 때문이었다. 그러면서도 숙면을 취했다는 듯 개운하게 기지개를 켜는 모습이 얄밉게 다가왔다.

'잘 자더라. 코까지 골고.'

'수면제는 가끔이라니까요. 이 곰 인형만 있으면 잘 자요.'

'어제 그 난리를 봤는데도 아무렇지 않은 모양이구나.'

'어제 뭐요? 아… 불난 거요? 그게 왜요?'

지난밤처럼 이선민에게서는 아무런 감정도 느껴지지 않았다. 일부러 감정을 숨기는 것은 아니었다. 눈앞에서 피를 흘리며 죽어가는 사람들을 마주한 상황에서도 일관되게 무관심했었다. 단지 이기적인 것뿐이라고, 기준은 생각했다. 죽어가는 이웃을 보고도 구조는커녕 신고조차 하지 않고 지나가는, 오직 자기 자신만이 중요한 요즘 아이들의 전형이었다. 시한부 종말론의 예언자로 살 수 있는 것은 그 때문인지도 모른다. 양심의 가책 따위 느끼지 않고 신자들을 마음껏 속여 먹을 수 있는 최고의 조건을 갖추고 있는 셈이었다.

"확인 끝났습니다."

한참 후에야 관제실로 돌아온 총무과장이 대여금고 사용자들의 실명이 확인된 장부를 건넸다. 당당하고 떳떳한 표정을 통해 굳이 읽지 않아도 오집사의 이름이 없다는 것을, 기준은 알 수 있었다. 남은 건 승천교회에서 나와 기준을 만나게 되는 오후 다섯 시까지의 행적뿐이었다. 헬멧과 꾸준히 동선이 겹쳤던 것으로 미루어봤을 때 최목사 역시 아직 알아낸 것이 없을 것이다. 서둘러야 했다.

"정말 폭발하는 거 안 보여?"

그러나 로비로 돌아온 기준은 발이 쉽게 떨어지지 않았다. 총무과장을 협박하여 관제실 문을 열고, 오집사의 행적을 살펴보고, 오집사의 대여금고 존재 여부를 확인하는 동안 시간은 벌써 오후로 넘어와 있었다. 한산했던 은행이 사람들로 발 디딜 틈도 없이 붐비는 중이었다. 만에 하나 헬멧이 나타나고 또다시 폭발이 일어난다면 그전과는 비교도 할 수 없을 만큼 많은 사람들이 희생될 것이다. 추적이 늦어진다 한들, 그래서 최목사에게 선수를 빼앗긴다 한들 무시할 수 있는 상황이 아니었다. 하지만 이선민은 귀찮다는 듯 건성으로 주변을 훑었다.

"안 보인다고요, 안 보여. 오늘 여기 아무 일도 안 일어나요.

어휴! 나 그냥 좀 믿어요."

"잘 봐 봐. 혹시 모르는 거니까."

"아저씨 겁쟁이예요? 나랑 있으면 절대 안 죽는다고 했잖아요."

"나 말고 여기 사람들 죽으면 안 되잖아."

"아저씨랑 상관도 없는 사람들인데 뭐 어때요?"

이선민은 역시나 공감하지 못한 채 밖으로 나갔다. 이기적인 정도를 넘어선, 인간으로서 용납될 수 없는 무책임한 발언과 함께였다. 기준은 재빨리 뒤를 따라 나가 이선민을 붙잡았다.

"아, 왜요?"

"넌… 사람들이 죽는 게 아무렇지도 않아?"

"나랑 상관없는 사람들인데요?"

"너한테 그런 능력이 있으면 사람들을 구해 주고 그래야지!"

"내가 왜요? 사람들은 한 번도 우릴 도와주지 않았는데?"

이선민은 부모와 함께 큰아버지 집으로 떠나던 날부터 시작된 불행한 기억들을 떠올렸다. 트럭이 절벽 아래로 떨어지는 미래를 오빠에게 속삭였고, 오빠가 자신과 쿠션을 꼭 끌어안아 함께 살아남을 수 있었다. 그 후 남매는 부모의 보험금으로 빚잔치가 벌어지는 동안 친척들 집을 전전하다 거리로 도망쳐 나왔다.

"아무도 우릴 도와주지 않았어요. 오빠가 슈퍼에서 빵을 훔쳐서 맞아 죽을 뻔했을 때도 있고요. 오빠가 쓰레기통에서 김밥을 주워 먹었다가 이상한 병에 걸려서 죽을 뻔한 적도 있고요. 나쁜 오빠들한테 아빠가 사 주었던 나이키 운동화를 뺏긴 적도 있어요. 미래요? 나한테 안 좋은 일, 위험한 일이 생길 때만 보이는 거였어요. 근데 오빠랑 함께 살아남으려면 마음대로 볼 수 있어야 했어요. 그래서 숨을 참고, 숨이 막혀 죽는 상황을 만드는 방법을 찾아냈던 거예요. 무슨 말인지 알아요? 보이지 않는 미래까지 보기 위해서는 내가 죽으려고 해야 한다고요. 그게 얼마나 괴로운지 모르죠? 그런 힘을 왜 우리하고 상관도 없는 사람들을 위해서 써야 해요? 다른 사람들은 아무도 우릴 도와주지 않았는데, 나는 왜 다른 사람들을 도와줘야 하냐고요!"

울분을 쏟아낸 이선민은 옆에 주차되어 있는 자동차의 범퍼를 신경질적으로 걷어찼다. 행인들의 따가운 시선이 쏟아졌다. 기준은 다시 발길질을 내지르는 이선민을 끌어안았다. 괜한 말썽은 사양하고 싶었다. 발버둥을 치는 이선민을 데리고 뒤로 물러났다.

기준의 눈에 자동차 운전석 유리창에 붙어 있는 불법 주정차위반스티커가 들어왔다. 이선민을 안고 있는 팔에 힘이 빠지며 언젠가 한강 둔치에서 오집사와 만났던 기억이 세세하게 떠올랐다. 오집사는 망치에게 제거당할지도 모른다는 두려움 때문에 다급해져 있었다. 운전석 앞에 붙어 있는 불법 주정차위반스티커도 제거하지 않고 달려왔을 만큼.

'네 말대로야. 오집사 이 새끼 오후 2시…, 단속한 순경이 정확한 시간을 안 써놨는데… 오후 2시 몇 분에 시청역 앞에서 불법 주정차로 단속됐어. 내가 일단 주변 은행들에 협조를 구할게.'

기준은 강형사의 연락을 기다리는 동안 단속 지점 인근 상점에서 탐문을 시작했다. 당시 무척이나 초조한 상태였던 오집사는 비자금을 묻어 놓을 은행을 정하지 못한 채 도심으로 나왔을 것이다. 주정차 금지 구역이라는 것도 모르고 자동차에서 내렸을 만큼 허겁지겁 우왕좌왕 거리를 헤맸을 것이 분명했다. 인상에 남을 수밖에 없다고 생각했다.

"혹시 이 사람 본 적 없습니까?"

기준은 슈퍼마켓 밖에 나와 있는 상인에게 오집사의 사진을 내밀었다.

"며칠 전에 저 앞에 차를 주차하고…."

상인이 사진을 건성으로 힐끔거린 뒤 고개를 저었다. 다음 상점으로 옮겨 가려던 기준은 자신의 어깨 너머를 향하는 상인의 불만 가득한 눈길에 사로잡혔다. 그를 따라 고개를 돌렸다. *예수 천국, 불신 지옥!* 거리 포교에 나선 종말론자들이 나타나 있었다. 행여 수경이 포함되어 있을까 종말론자들의 면면을 살폈다.

"10월 28일 믿는 자들이 하늘로 올라가고 버려진 이 땅에는 재앙이 시작됩니다. 우리 내일로교회에서 예수님 믿고 구원받으세요. 예수 천국! 불신 지옥!"

거리의 종말론자들은 승천교회 소속이 아니었다. 휴거가 예고된 10월 28일까지 엿새가 남아 있는 가운데, 총력을 다해 마지막 포교에 열을 올린 수많은 시한부 종말론 교회들 중 한 곳이었다. 종말론자들은 행인들에게 시한부 종말론을 설파하는 유인물을 나누어 주며 행진했다. 상인이 재수가 없다며 소금을 뿌리고 상점으로 들어갔다. 거리는 순식간에 텅 비어 버렸다. 가로수 뒤에서 일렁거리던 그림자가 은근슬쩍 얼굴을 내밀었다. 이선민이었다.

"뭐 해?" 기준이 다가가서 물었다.

"우리 교회 사람들인 줄 알았어요. 천사님이 이렇게 막 돌아다니고 그러면 안 되거든요."

"…나도 한 가지 예언을 해줄까? 넌 앞으로도 이렇게 숨어 살게 될 거야."

"아닌데요."

"10월 28일. 휴거가 일어나지 않고, 종말이 시작되지 않으면 천사님은 어떻게 될까?"

"…."

"아저씨가 나쁜 짓 안 하고 살 수 있게 도와줄까?"

기준은 이선민을 조금은 이해하게 되었다고 생각했다. 교회를 차지하겠다는 욕심에 지배당한 오빠와는 달리 과거의 상처에서 벗어나지 못한 상태일 뿐이었다. 그래서 어쩌면 혹시나 하는 기대로 손을 내밀어 보았다. 하지만 이선민은 그를 거부했다.

"우린…, 우린 나쁜 짓 안 했어요! 신도들한테 희망을 주고 있다고 오빠가 그랬거든요!"

"희망…, 이라고?"

기준은 이신민이 삽작스러운 친절에 놀라 위악을 방어기제로 선택했다는 것을 알고 있었다. 그러나 비난을 무마하고 싶었다면 동정심을 불러일으키는 것으로 그쳤어야 했다. 현재의 악행을 정당화시키지는 말았어야 했다. 그녀에게 잘못을 확실히 인식시켜줄 필요가 있었다.

"오지도 않을 종말로 사람 미치게 만들고, 가족 버리게 만들고, 그래서 돈을 뜯어내는 게 좋은 일이야? 그게 희망이냐고! 너희들이 불행하게 살아온 건 알겠는데, 그렇다고 다른 사람을 불행하게 만들 자격은 없어. 그건 나쁜 짓이야!"

"나쁜 건 자기면서! 나 다 알거든요. 아저씨 은행에서 뇌물 받았죠?"

이선민은 지지 않고 덤벼들어 기준의 재킷 안주머니를 가리켰다. 은행 로비로 나오기 전에 총무과장이 찔러주었고, 굳이 거절하지 않은 돈 봉투가 들어 있었다. 기준은 부끄러워하지 않았다. 오히려 재킷을 활짝 열어 안주머니의 돈 봉투를 드러냈다.

"이게 뭐?"

"혼자만 착한 척하고…. 오빠가 정의로운 척하지 말라고 했을 텐데요? 정말 우웩이네요!"

"역겨워? 내 아들 치료비를 뜯어간 네가 역겨워할 자격이 있어?"

"우리가 뜯어간 거 아니거든요!"

"신자들이 알아서, 자발적으로 돈을 가져왔다는 핑계는 대지마. 그 사람들 천국 가게 해준다는 말에 속아서 가져다 바친 거니까. 너희들 미국으로 도망치려고, 잘 먹고 잘살려고 돈을 모았지?

거기 내 아들 치료비도 들어 있다는 거 알아 둬."

"우린 신도들 돈에 손댄 적, 없거든요!"

"없어?"

"돈 같은 건 얼마든지 벌 수 있어요. 비밀이라서 말은 못 하지만, 교회 돈은, 신도들 돈은 안 건드린다고요!"

"도둑은 안 훔쳤다고 말하고 살인범은 안 죽였다고 말하지."

"우린 도둑도 아니고 살인범도 아니에요!"

"내가 무슨 말을 하는지 알고 있잖아. 너는 지금 거짓말이 아니라 잘못했다, 미안하다는 말을 해야 하는 거야."

"…나 집에 갈래요." 거친 숨을 씨익씨익 뱉어내던 이선민이 기준을 밀치고 걸어갔다.

"도망만 쳐서는 문제가 해결되지 않아!"

기준의 외침과 함께 이선민이 자리에 멈춰 섰다. 하지만 기준 때문이 아니었다. 미래를 보고 있다는 듯 멍해진 눈으로, 지하로 이어진 시청역 입구를 응시하고 있었다. 손에 든 휴대용 라디오를 귀로 가져갔다. 그리고 선언했다.

"한 시간 뒤에 폭발이 일어날 거예요."

폭발이 뱉어낸 화염이 역사(驛舍)에 휘몰아치며 사방으로 흘러간다. 시청역 입구마다 불기둥이 높게 솟아난다. 콰과광── 땅울림을 따라 충격이 지상으로 전달된다. 아스팔트가 쩌억쩌억 갈라지며 크게 파도친다. 자동차들이 출렁거리며 서로 충돌하는 가운데 도로가 폭삭 주저앉는다. 폭발이 시작되었던 역사가 매몰된다. 여기저기에서 몽글몽글 피어난 연기가 곧장 검게 변해 하늘을 어둡게 뒤덮는다.

기준은 역사 안으로 들어와 헬멧을 찾아 뛰었다. 희생자 수가 집계조차 되지 않는 초대형 재난을 예고한 이선민의 예언에 의심은 없었다. 눈길이 닿는 곳곳마다 폭발에 휩쓸리는 몹쓸 장면이 보이는 것 같았다. 하지만 정작 헬멧은 어디에서도 모습을 보이지 않았다. 헛걸음이 반복될 때마다 모골이 송연해지며 갈피를 잡지 못하고 헤맸다. 그리고 개찰구로 걸어가는 이선민을 발견했다.

"어디야? 폭발이 일어나는 곳이!" 기준이 달려가 이선민을 막아섰다.

"몰라요. 불길이 쏟아지는 것밖에 못 봤어요."

"그럼, 빨리 찾아봐야 할 거 아냐?"

"나 집에 간다니까요. 이제 아저씨랑 다니기 싫다고요."

"여기 있는 사람들 이유도 모르게 죽게 둘 거야?"

"내가 죽이는 거 아니잖아요."

"…승천교회 때문에 죽는 거야."

"아! 아버지 하나님의 이름으로 불지옥이 올라온대요? 나 그런 뻥에는 안 속거든요."

기준은 돌아서는 이선민을 붙잡았다. 무릎을 꿇어 눈을 맞추며 고백했다.

"내가 찾고 있는 건 오집사가 남겨 놓은 돈이야. 최목사도 그 돈을 좇고 있어. 그런데 최목사는… 복잡하니까 결론만 말하자면,

돈을 찾기 위해서 폭탄을 이용하는 중이야."

"거짓말하지 말아요. 목사님이 왕재수이긴 하지만… 이런 짓까지 한다고요? 왜요?"

"나는 진실을 말했어. 믿고 안 믿고는 네가 결정할 문제야."

이선민이 의심 가득한 눈초리로 아무 말 없이 기준을 바라보고만 있었다.

"거짓말이라고 생각해도 좋아. 하지만 한 번만 속아줘…. 부탁이야."

"…아저씨 진짜 이상해요. 저 사람들이랑 돈은 상관없잖아요. 혹시 여기에 아저씨가 아는 사람이라도 있는 거예요? 그러면…, 그럼 내가 도와줄게요."

기준은 이선민의 짐작에 장단을 맞춰 주면 원하는 정보를 얻을 수 있었다.

"아니. 여기에 내가 아는 사람은 없어." 그러나 거짓말을 하고 싶지 않았다.

기준은 이선민에게서 작은 변화를 감지하였다. 그가 '아는 사람이 있을 경우'라는 단서를 붙여 도와주겠다고 했다. 그것은 필요조건이 아니라 평소와 다른 선택을 위한 명분일 뿐이었다. 혼란이 느껴졌다. 타인에게 무관심하게 살아오며 형성된 이기적인 가치관이 흔들리기 시작한 것이라고 판단되었다. 기준은 폭발에 휩쓸릴 사람들은 물론이고 그녀까지도 포기하고 싶지 않았다.

"…그런데 선민아. 아무도 너희들을 도와주지 않았다고 해서 너까지 그 '아무도'가 될 필요는 없어. 나 때문에 마음이 상한 건 충분히 알겠어. 그렇다고 죄 없는 사람들 그냥 내버려 두지 말자. 저 사람들도 누군가에게는 소중한 사람들이야. 너한테 오빠와 언니가 소중하듯이."

기준은 이선민에게 한낮의 평온한 역사 안을 둘러보게 했다. 등산복 차림의 노인들이, 손을 꼭 잡은 엄마와 아이가, 바쁜 걸음을 재촉하는 양복쟁이 직장인이, 배를 잡고 까르르 웃으며 몰려가는 학생들이, …그리고 수많은 사람들이 잠시 후의 비극을 짐작도 못 한 채로 지나쳐 가는 모습을 확인시켜 주었다. 호흡이 가빠지던 이선민이 기준을 힘껏 뿌리쳤다.

"선민아!" 기준이 다그치듯 외쳤다.

이선민은 다가오지 말라는 듯 손을 들어 올렸다. 자리를 떠나지 않고 주변을 둘러보았다. 이미 미래를 보고 있던 것이었다. 초점이 나가 있는 눈에 그렁그렁 차올랐던 눈물 한 줄기가 볼을 타고 흘러내렸다. 이선민은 물품보관함을 향해 손가락을 들어 올렸다.

"제일 밑에, 오른쪽에서 세 번째 칸이에요."

서울지하철공사 직원으로 위장한 폭발물 제거반이 물품보관함을 에워싼 공사용 가림막 안으로 들어갔다. 제보를 쉽사리 믿지 못하던 경찰은 역내 안내 방송을 통하여 대피 명령을 내리겠다는 기준의 협박에 마지못해 출동했다. 아직 세상에 알려져서는 안 되는 비밀 수사 중이기 때문이다. 역에 도착한 반장은 신고가 허위로 결론 날 경우 기준을 잡아 처넣겠다며 성질을 부렸다. 그러나 곧장 가림막 안이 소란스러워졌다.

강형사가 밖으로 나와 기다리고 있던 기준에게 손을 흔들었다. 이선민이 가리켰던 물품보관함 경첩에 기폭 장치를 설치한 폭탄이 발견되었다. 공사 현장에서 사용되는 건축용 다이너마이트였다.

"근데 돈은 없었어. 오집사가 여기에 숨긴 게 확실해? 그러면 헬멧이 가져갔다는 말인데…."

"폭발이 일어난다는 것만 알았지 돈이 있었는지는 몰라. 그것보다 여기에 왜 폭탄을 설치했는지가 중요해. 망치랑 관련 있는 곳도 아니잖아. 어쩌면 나를 노린 것일 수도 있어. 내가 뒤를 따라오고 있다고 생각한 건 아닐까? 그래서 제거하려고…."

"또라이 새끼들을 이해하려고 하지 마라. 그게 이해되는 새끼들이냐? 막말로 일 크게 만들어서 종말이 오는 증거다! 이런 지랄을 계획한 것일 수도 있지. …이건 씨발 너무 오바다."

"아냐…. 충분히 가능성이 있어."

강형사의 농담은 핍진성을 갖춘 음모론이었다. 시한부 종말론은 1992년 10월 28일에 당장 세상이 끝장난다는 것이 아니라 그날부터 종말이 시작된다는 것이었다. 믿는 자들이 하늘로 사라지는 휴거 현상이 일어나지 않는다고 하여도 종말을 암시하는 재앙이 계속된다면 동력을 유지할 수도 있었다. 최목사는 이미 복수 다음을 바라보고 있는 것일지도 몰랐다.

"광기에 가속도가 붙었어. 이제 단순히 신도들한테 돈을 뜯어내는 게 문제가 아니야. 지속적으로 종말론을 주장하기 위해서 사회 전체를 위협할 수도 있어. 지금처럼."

"…그래도 네 덕에 폭발도 막고, 건축용 다이너마이트라는 것까지 알아냈다. 출처만 찾아내면 최목사 그 새끼 딴짓 못 하게 조질 수 있을 거야. 일단 너는 돈을 좀 더 찾아봐. 아직 헬멧이 가져간 게 확실한 건 아니니까. 나도 뭐든 나오면 삐삐칠게."

강형사가 공사용 가림막으로 달려갔다. 비밀리에 작전을 끝낸 폭발물 제거반과 경찰들이 철수하고 있었다. 기준은 반장과 마주치지 않기 위해 서둘러 자리를 벗어났다.

"착한 일을 했는데 표정이 왜 그래?"

경찰을 피해 먼저 자동차로 돌아와 있던 이선민이 멍한 얼굴로 앉아 있었다. 생각에 깊이 잠겨 있는 것처럼 기준이 운전석에 앉을 때까지도 큰 반응을 보이지 않았다. 뒤늦게 아무것도 아니라는 듯 고개를 저었다. 그러다 대시보드 위에 올려놓은 휴대용 라디오로 눈을 가져갔다.

"이제 곧 미래가 바뀔 거예요."

"터져야 할 폭탄이 터지지 않았으니까 좋은 일이 일어나려나? 범인의 정체가 드러난다거나."

"아직 몰라요. 미래는 조금만 건드려도 모든 게 바뀌어요. 내가 옥상에서 떨어지는 바람에 오빠가 매를 맞는 모습을 아저씨에게 들키게 된 것처럼요. 좋은 일인지 나쁜 일인지는 지켜봐야 해요."

이선민은 입술을 오므리며 숨을 참았다. 안 좋은 일, 위험한 일이 발생하기 전에만 보이는 미래를 아무 때나 마음대로 보기 위해 숨이 막혀 죽는 상황을 만든다고 했다. 얼굴이 벌겋게 물들기 시작했다.

기준은 가만히 예언을 기다렸다. 물품보관함에서는 돈이 발견되지 않았다. 헬멧이 가져간 것인지, 애초에 비어있던 것인지 확인할 수 없는 상황이었다. 예언에 매달릴 수밖에 없었다. 하지만 이선민은 이내 숨을 토해냈다.

"왜 이렇게 안 되지?"

이선민이 숨을 뱉어내고 다시 참길 반복했다. 사이사이 입으로 물어뜯은 손톱에 초조가 묻어났고, 찌푸린 눈에 깊어져 가는 고민이 드리워졌다. 기준은 괜찮다고 달래듯 등을 토닥여 주었다. 그녀가 한숨을 길게 쏟아냈다.

"고민이 생긴 모양이구나."

"…살려달라고 소리치는 사람들을 보면서 엄마 아빠가 생각났어요."

"혹시 내가 괜한 걸 물어보는 거야?"

"아! 보고 싶다거나 그런 건 아니니까 나 불쌍하게 보지 말아요. 엄마랑 아빠도 절벽에서 떨어질 때 살려 달라고 소리쳤던 게 기억나서 그런 거예요."

"…죽기 전엔 누구나 그럴 거야."

"엄마 아빠는 자기들이 죽겠다고 절벽으로 트럭을 몰았는데요?"

"정말로 죽고 싶어 하는 사람은 없어. 넌 보이지 않는 미래를 봐야 할 때마다 숨을 참아서 죽는 상황을 만든다고 했지? 그렇게 죽고 또 죽어도 익숙해지지 않잖아. 죽는 거 싫잖아?"

"그럼 안 죽으면 되지 왜 죽어요?"

기준이 사회부 기자로 살아오며 마주했던 수많은 자살 사건은 수많은 사연을 담고 있었으나 원인은 언제나 한 가지로 귀결됐다.

"…사는 게 힘드니까."

"사는 게 어떻게 힘들어야 죽기까지 해요?"

"여러 가지 이유가 있겠지만 쉽게 말하자면 안 좋은 일, 나쁜 일이 생긴 거야. 대부분의 사람들이 버텨내고 이겨내지만 나약한 사람들은 불행한 선택을 하게 되지."

"…맞아요. 엄마 아빠도, 힘들어했었어요. 깡패들이 매일매일 돈을 내놓으라고 찾아왔거든요. 우리 언니도 마찬가지였던 거죠?"

이선민이 마지막 질문을 던졌다. 그러나 대답은 필요 없다는 듯 스스로 결론을 내렸다.

"분명 언니한테도 나쁜 일이 생겨서 자살한 거예요. 오빠가 나한테 말을 안 해주는 건 어린이가 알면 안 될 만큼 나쁜 일이라서 그래요. 아저씨도 그렇고요."

"글쎄…."

"감추지 마세요. 그건 날 위한 일이 아니에요. 나 아저씨를 위해서 미래를 봐줄 테니까 내게 진실을 알려 주세요. 부탁할게요."

잠시 머뭇거렸던 기준은 고개를 끄덕였다. 이선민의 고민에 개입한 순간부터 예상했던 결론이었다. 타인의 죽음을 주의 깊게 살핀 뒤에 필연적으로 발생하게 될 의문들의 종착역은 황민주일 수밖에 없었다. 어느새 이선민에게 마음이 열리고 있었다. 평생 물음표를 달고 살아가도록 내버려 두고 싶지 않았다. 아무리 참혹한 진실이라도 황민주와 친자매처럼 살아온 그녀는 알 권리가 있다는 것을 받아들여야 했다. 다만 진실을 전달하는 방식이 문제였다. 상처를 최대한 덜 받을 방법을 모색하고 있을 뿐이었다. 그사이에 망설임을 모두 지운 얼굴로 다시 숨을 크게 들이마시고 참았던 이선민이 기준을 불렀다.

"보여요."

이선민은 '비공식 방일(訪日) 일정을 발표한 뒤 경기도 분당 신도시 건설 현장을 방문한 노태우 대통령의 동향'을, '이란에서 무장괴한에게 납치됐던 대우 근로자 4명의 구출 소식'과 '남북 핵 통제 공동위원회의 결렬 소식', 그리고 'KAL기 폭파범 김현희의 가족이 북한 정치범수용소에 수감되었다는 일본의 보도'를 차례로 전해주었다. 기준은 아무 소리도 나오지 않는 휴대용 라디오에서 미래를 읽는 그녀를 부럽게 바라보았다.

"나도 뭐든 미리 알 수 있으면 좋겠구나. 그러면 헬멧보다 먼저 움직여서…."

기준은 문득 휴대용 라디오가 놓여 있는 대시보드 밑으로 시선을 옮겼다. 조수석으로 몸을 뻗어 손으로 글러브박스 아래쪽을 더듬었다. 잠시 후 글러브박스의 경첩에서 작은 나사못을 뽑아냈다. 손잡이를 당기자 덜컹 소리를 내며 글러브박스가 주저앉았다.

"왜 멀쩡한 걸 고장 내요?" 이선민이 뜨악한 표정으로 기준을 돌아봤다.

"원래 고장 나 있었어. 그 사실을 모르는 누군가 몰래 내 차에 들어와서 여길 열었다가 자기가 고장을 낸 줄 알고 고쳐 놓고 간 거지."

"뭐가 있었는데요? 아… 집사님 사진!"

"그래, 오집사의 행적이 담겨 있는 사진들…. 헬멧은 그걸 훔쳐 본 거야. 그러니까 우리보다 먼저 움직이면서 폭탄을 터트릴 수 있던 거고."

"헬멧이 누구예요?"

"최목사 명령을 받고 사람들을 죽이는 남자. 혹시 교회에 중국집 배달 오토바이 타고 다니는 사람…."

"잠깐만요." 이선민이 숨을 크게 들이마시며 휴대용 라디오를 향해서 몸을 기울였다. "…김태영이라고 알아요?"

"김태영? 김태영… 김태영… 김태영… 망치?"

"망치는 누군지 모르겠고요. 아무튼 김태영이라는 그 사람, 오늘 밤에 목사님을 찔러서 체포된다는 뉴스가 새로 생겼어요. 돈 때문이래요."

기준은 최목사의 계획이 완전하게 보이는 것 같았다. 헬멧을 통하여 십억 원을 회수한 최목사는, 오집사가 남긴 십억 원의 행방을 쫓기 시작한 망치를 물품보관함으로 유인하여 폭발로 복수를 완성하고 사회의 혼란까지 몰고 오려고 했던 것이다. 그러나 기준이 폭탄을 제거하며 미래가 바뀌었다. 실패한 유인책은 망치를 교회로 이끌어 최목사를 찌른 뒤 돈을 훔쳐서 도주하다가 경찰에 체포되는 결말로 만들 예정이었다. 기준이 모든 것을 잃게 되는 최악의 상황이었다. 막아야 했다.

"마라나 타. 천국에서 뵙겠습니다."

승천교회의 경비가 삼엄해져 있었다. 파수꾼들은 신자들의 인침을 일일이 확인하며 출입을 통제했다. 하지만 기준의 자동차는 달랐다. 조수석 창틈으로 이선민이 얼굴을 비추자 굳게 닫혔던 문이 활짝 열렸다. 북적거리던 신자들이 예배를 보기 위해 건물로 바쁘게 들어갔다. 앞으로 예고된 미래까지 30분이 남아 있었다. 기준은 자동차에서 내려 한산해진 주차장으로 나갔다.

"아저씨." 창문을 내린 이선민이 은밀하게 말했다. "비밀 금고는 사무실 안쪽에, 얇은 벽 뒤에 숨겨져 있어요. 사무실은 2층에 있는 거 알죠? 그리고…."

"…무슨 말인지 알아."

"돈 찾으면 꼭 말해 줘요. 우리 언니 죽은 이유."

"그래."

기준은 망치가 최목사를 찌르기 전에 붙잡을 계획이었다. 기꺼이 십억 원을 나누며 최목사의 범행들을 입증할 증거를 요구할 것이다. 오집사에게 건넸던 제안과 같지만 다른 제안이었다. 최목사에게 시한부 종말론으로 세상을 속인 책임을 지게 하는 것은 물론, 황민주가 성폭행으로 말미암아 자살을 선택하게 만든 책임도 함께 묻는 것이 목적이었다. 그래야만 이선민이 참혹한 진실을 버틸 수 있을 것이다. 모두를 위한 일이었다.

주 예수 대문 밖에 기다려 섰으나, 단단히 잠가 두니, 못 들어오시네. 나, 주를 믿노라고 그 이름 부르나 문밖에 세워 두니, 참 나의 수치라. 문 두드리는 손은 못 박힌 손이요, 또 가시 면류관은 그 이마 둘렀네. 이처럼 기다리심 참 사랑이로다, 문 굳게 닫아 두니 한없는 내 죄라. 주 예수 간곡하게 권하는 말씀이 네 죄로 죽은 나를 너 박대할쏘냐. 나 죄를 회개하고 곧 문을 엽니다. 드려서 좌정하사. 떠나지 마소서. 아멘.

텅 빈 복도는 예배당에서 새어 나온 찬송가 소리로 가득 차 있었다. 기준은 빠끔 열려 있는 문틈으로 예배당 안을 살폈다. 최목사의 처벌과 함께 일상으로 돌아오게 될 수경의 안부를 확인하기 위해서였다. 실수를 모두 용서한 것은 아니었으나, 위태로워진 아들에겐 엄마가 필요했다.

기준은 신자들의 틈바구니에서 수경을 발견한 뒤에도 자리를 떠나지 못했다. 단상 위의 최목사를 바라보며 뜨겁게 찬송가를 부르는 신자들의 모습이 선뜻 이해되지 않았다. 이전과는 사뭇 달라진 풍경이었다. 예배당은 이제훈의 등장 전이었음에도 흡사 이제훈이 등장해 있을 때처럼 뜨거웠다. 보름도 지나지 않은 시간 동안 일어난 변화치고는 지나치게 극적이었다. 계기가 될 만한 사건을 떠올려보았다. 알 수 없었다.

'명심하세요. 두 번째 찬송가가 그친 뒤에 김태영이라는 남자가 밖으로 나올 거예요.'

기준은 이선민의 예언을 되새기며 다시 걸음을 옮겼다. 망치가 예배당으로 내려오기 전에 만나야 했다. 2층에 도착하자 어두운 복도 끝의 사무실에서 희미한 불빛이 새어 나오고 있었다. 그리고 그때 무언가 부서지는 소리가, 쿵 하고 울려왔다. 기준은 빠르게 이동하여 어둠 속에 몸을 감췄다. 창문 너머로 사무실이 보였다.

커다란 슬레지해머로 사무실 한쪽 벽면을 부순 망치가 감춰져 있던 비밀 금고를 열었다. 하지만 그 속은 텅 비어 있었다. 기준이 복도에서 모습을 드러내지 않은 것은 그래서였다. 예상이 빗나갔다. 모든 계획을 보류해야 했다.

잔뜩 흥분한 망치가 해머를 머리 위로 들어 올렸다. 곁에 꿇어앉아 있는 이제훈을 향해 온 힘을 다해 내리찍었다. 쿵—. 이제훈은 슬레지해머가 무릎 옆을 아슬아슬하게 비켜나는 동안에도 눈 한 번 깜빡이지 않았다. 오히려 바짝 다가와 있는 망치의 귀로 입을 가져가서 무어라 속삭이는 여유를 보였다. 그리고 손을 들어 올렸다. 마치 마법 주문을 걸듯 손목을 돌렸다.

쨍그랑—.

외부로 나 있는 사무실 창문들이 단번에 깨지며 와장창 쏟아져 내렸다. 기세등등하던 망치가 비명을 지르며 주저앉아 버렸다. 잠시 후 전투 자세를 취한 채 자리에서 일어났다. 아무도 없는 사무실을 둘러보며 한참을 경계했다. 잔뜩 겁을 먹은 얼굴이 되어 뒷걸음질 치며 사무실에서 도망쳤다.

이선민이 보았던 미래 속에 포함된 사건이었을까. 어쩌면 미래가 또다시 바뀐 것일지도 몰랐다. 기준은 아무런 판단도 할 수 없었다. 그사이 무릎을 털며 자리에서 일어난 이제훈이 복도를 향해 돌아보았다.

"예배당으로 가면서 얘기해도 될까요, 김기자님?"

예배당 뒤편의 어두운 대기실에는 최목사의 설교가 희미하게 들려오고 있었다. 두꺼운 커튼에 막혀 뭉개진 목소리에 귀를 기울이고 있던 이제훈이 웃었다.

"우리 목사님, 요즘 신바람이 나서 살고 계세요."

"오집사한테 뺏겼던 돈을 되찾았으니까."

"내가 다른 사람 함부로 판단하지 말라고 경고했잖아요. 왜 이렇게 감에 의지하세요? 그러니까 후배들한테 새치기를 당하셨죠."

"또 시작이구나. 너야말로 나를 함부로 판단하고 있어."

"정확한 분석이라고 해주세요. 기자님은 감으로 믿고 싶은 결론을 먼저 만들어 두고 모든 사실을 거기에 맞춰 나가요. 그러다 특종이 터진 적도 있었지만, 대부분 빗나가기 마련이었죠. 자꾸 오보가 나니까 승진에서 누락되는 건 당연한 거고요. 하지만 기자님은 출신 대학을 탓하고 사내 정치에 책임을 돌렸어요. 그러면서 지위에는 관심이 없는 척, 현장에 죽고 사는 척을 하며 실패를 인정하지 않았죠.”

“날 자극해서 얻는 게 뭐지?”

“내가 기자님한테 뭘 얻을 수 있겠어요. 지난번처럼 함부로 판단하지 말라고 경고하는 거예요. 목사님이 민주를 강간했다고 하셨나요?”

웃음기를 걷어내고 질문을 던진 이제훈이 살며시 커튼을 들어 올렸다. 열정적으로 설교 중인 최목사의 뒷모습과 설교에 취한 신도들의 모습이 강렬하게 내리쬐는 조명을 받아 빛나고 있었다.

“목사님은 예정된 종말에서 인간들을 구원으로 이끌겠다는 사명감으로 살아온 사람이에요. ‘돈을 사랑함이 일만 악의 뿌리가 되나니, 이것을 탐내는 자들은 미혹을 받아 믿음에서 떠나 많은 근심으로써 자기를 찔렀도다(디모데전서 6:10).’ 순수한 마음으로 물욕을 버리라고 설교를 했던 적도 있어요. 하지만 작년에 목사님이 독자적으로 성경을 해석해서 예언했던 북한에서의 대규모 순교가 일어나지 않자 믿음이 흔들리기 시작했어요. 우리는 평소보다 많은 예언들을 쏟아내 목사님이 친 사고를 수습했죠. 그 과정에서 목사님은 신도들이 모두 우리만 보고 있다는 걸 깨달았어요. 고아들에게 선지자의 이름을 빼앗겼다는 박탈감을 느끼게 된 거죠. 그렇다고 해서 민주를 강간한 건 아니에요. 한동안 돈을 섬겼을 뿐이죠. 민주가 자살했을 때에는 모아 놓은 돈을 들고 도망을 치기도 했어요. 그런데 이제는 달라요. 신도들이 다시 목사님을 바라보기 시작한 이상 돈 따위는 관심도 없을 테니까요. 시한부 종말론을 부정했던 과거는 잊고, 이제 누구보다 굳건히 휴거와 종말을 믿고 있어요. 세상 참 편하게 살아요, 우리 목사님. …기자님, 이리 오세요. 위대한 선지자가 탄생하는 순간을 보여줄게요."

이제훈이 기준에게 손짓을 하고 옆자리를 가리키자 피 울음이 섞인 목소리가 들려왔다.

"최재권!"

예배당으로 들어선 망치가 의자를 집어 던졌다. 겁을 집어먹었던 얼굴이 흥분으로 붉게 달아올라 있었다. 불경하게 최목사의 이름을 거듭 외치며 단상으로 향했다. 자리에서 일어나 앞을 가로막는 신자들에게 주먹을 휘두르며 멈추지 않고 나아갔다. 어느새 손에는 은촛대가 들려 있었다. 전도사를 한주먹에 날려 버린 망치가 단상 위로 뛰어올랐다. 그리고 설교대를 걷어찬 뒤 최목사의 어깨를 잡고 복부에 은촛대를 쑤셔 넣었다.

예배당으로 달려 나가려던 기준이 멈춰 섰다. 이선민의 예언대로였다. 다만 돈을 찾아낸 뒤에 상해를 입힌 것이 아니라, 상해를 입힌 뒤에 돈을 찾아내는 것이었다. 지금 이 순간 망치는 은촛대에 찔린 최목사로부터 돈의 위치를 듣고 있을지도 몰랐다. 피가 묻어 버린 이상 출처가 아무리 깨끗하더라도 안전한 돈이 아니었다. 처음부터 실패가 예정된 작전이었다는 사실을 깨달은 기준이 허탈하게 웃었다.

"다 끝나 버렸구나."

갑작스러운 충격으로 정적에 휩싸여 있던 신자들이 뒤늦게 비명을 터트렸다. 이제훈이 커튼을 닫으며 돌아섰다.

"목사님은 고난이라는 조건을 충족했어요. 이제 신도들에게 완벽한 선지자가 될 거예요."

"이게 모두 최목사를 위한 계획이었다는 거니? …망치는 그 대가로 돈을 챙기게 되는 거고?"

"아직 실망은 일러요. 무슨 일이 벌어질지는 모르는 거니까."

"제훈아…, 내가 앞으로의 일을 예언해주마. 망치는 도망치지 못해. 밖으로 나가는 순간 경찰에 체포될 테니까. 승천교회와 조직폭력배의 밀월 관계가 세상에 까발려질 거야."

"목사님은 선지자에게 응당 따라붙는 고난이라 생각할걸요?"

"그게 무슨 소용일까. 법을 집행할 수 있는 근거가 마련되었는데. 처벌은 피할 수 없어. 이제라도 경찰에 진실을 말해."

"하…, 기자님께 충고해드렸잖아요. 정의로워지지 말라고."

"정의? 나는 그저 돈을 차지하지 못한 패배자에 불과해. 하지만 선민이…."

이제훈의 눈이 흔들렸다. "선민…, 이요?"

"최목사가 벌을 받게 해서 민주가 죽은 이유를 알려 준다면, 선민이도 극복할 수가 있을 거다. 진실을 언제까지 감출 수는 없잖아. 최목사 같은 인간 때문에 선민이 인생까지 망가트리지 말란 말이야. 너희들 아직 어려. 다시 시작할 기회가 있어. 큰 처벌을 받지 않도록 아저씨가 도와줄게."

이제훈은 기준을 뚫어지게 바라보았다. 진의를 파악하려는 듯 오래 생각에 잠겨 있었다. 하지만 결국 아무런 결론을 내리지 못한 채 물었다.

"…그거 진심이에요?"

"지금에 와서 무슨 착한 척을 하겠냐."

"이건… 나도 예상치 못했던 거라서 뜻밖에 감동받았네요. 이 순간만큼은 기자님에게 진심으로 감사를 할게요. 하지만 속죄는 신에게 어울리지 않는 말이에요. 신은, 언제나, 옳으니까."

이제훈은 손가락으로 미간을 잡아당기며 촉촉이 젖어가던 눈가를 훔쳐냈다. 그리고는 강하게 박수를 쳐서 주위를 환기시켰다.

"이제부터 상을 드릴게요. 기자님은 사실 실패하지 않았어요. 돈이 필요하다고 했죠?"

"…돈?"

"돈이요."

이제훈이 손가락을 까닥여 기준을 불렀다. 기준은 의심스럽게 바라보면서도 천천히 그에게 다가갔다. 알 수 없는 힘에 이끌리듯 거부할 수가 없었다. 그때.

"오빠 말 들으면 안 돼요!"

익숙한 목소리가 고요한 대기실을 울렸다. 숨 가쁘게 달려온 듯 가슴을 들썩이는 이선민이 다가와 기준과 이제훈의 사이를 가로막았다.

"미래가 바뀌었어요. 망치라는 사람 말고 아저씨가 경찰에 잡혀가게 될 거예요. 나 믿죠?"

"…." 기준은 이선민과 이제훈을 번갈아 바라보았다.

"선민이 말을 들어도 돼요. 하지만 자신 있나요? 기자님의 감은 이번에도 틀릴 거예요. 사실과 진실이 확인되지 않은 오보는 그만 보도하셔야죠."

기준은 황민주가 최목사로부터 성폭행을 당했기 때문에 자살을 했다는 생각에는 변함이 없었다. 그것은 일련의 상황들을 설명할 수 있는 유일한 전제 조건이었다. 하지만 이제훈이 불을 지핀 의심이 서서히 타오르고 있었다. 이선민은 아직 어리다. 틀릴 수도 있다는 것을 전제하고 알려 줄 수 있을 만큼의 확신은 없다. 그래서 확실해지기 전에는 함부로 입을 열 수 없다는 결론에 닿았다. 기준은 그녀의 애타는 눈빛을 외면했다. 고개를 돌리자 이제훈이 기다렸다는 듯 다가와 속삭였다.

"목사님은 이제 곧 구급차에 실려서 교회를 떠날 거예요. 아마도 구급차에 오르기 전에 몸을 일으켜서 신도들한테 손을 흔들겠죠? 나는 괜찮다면서…. 그럼 신도들이 울며불며 구급차를 따를 거예요. 그런 다음에 밖으로 나가세요."

기준은 더 이상 자신을 부르지 않는 이선민의 침묵으로부터 실망을 느꼈다. 고개를 숙인 채로 도망치듯 대기실을 벗어났다.

이제훈이 일러 준 시간까지, 기준은 한참 동안 복도에 몸을 감추었다. 많은 생각이 휘몰아쳤으나, 아무 생각도 하지 않으려고 했다. 출동한 구급차의 사이렌 소리와 목사님을 간절히 찾는 목소리들이 복도 가득 울리다가 사라질 때까지 기다린 뒤에야 밖으로 나갔다.

'우리 교회 봉고차를 찾아가세요. 운전석에 기자님이 원하는 게 있을 거예요.'

기준은 시한부 종말론을 홍보하는 유인물로 요란하게 치장된 봉고차의 운전석 문을 열었다. 그리고 어둑한 운전석의 의자를 가만히 살폈다. 실밥이 뜯어졌다가 다시 봉합된 흔적이 도드라져 보였다. 기준은 볼펜으로 틈을 벌렸다. 실밥이 한 번에 투두둑 뜯어지며 이음새가 크게 벌어졌다. 그 속에 놓인 서류 봉투를 꺼냈다. 채권 한 장이 들어있었다.

"일십백천만십만…."

사방이 밝아지며 채권에 적힌 액수가 훤히 드러났다. 보고 있으면서도 믿을 수 없는 삼십억 원이 확인된 순간 주차장에서부터 쏟아진 여러 개의 플래시 불빛이 눈을 따갑게 찔렀다. 기준이 얼굴을 찡그리자 가늘어진 시야로 익숙한 얼굴들이 보였다. 경찰들이 봉고차를 포위하고 있는 것이었다. 그 속에서 강형사를 알아본 그때 경찰들이 달려들었다. 망치를 대신하여 경찰에 잡혀갈 거라는 이선민의 예언은 틀리지 않았다. 채권을 들고 있던 팔이 뒤로 꺾여 수갑이 채워지는 동안 기준은 왠지 모르게 이제훈의 마지막 인사가 머릿속에 맴돌았다.

'기자님, 휴거는 있어요. 목사님이 주장한 방식은 아니지만.'

예언자 6

나는 어쩌자고 기자 아저씨를 믿어 버린 걸까.

그 아저씨는 목사님의 돈을 뜯어내기 위해 언니의 죽음을 이용하려던 사람이었다. 내 덕분에 두 번이나 경찰에 붙잡히지 않았으면서도 고마워하기는커녕 내게서 진실을 훔쳐낸 뒤 나를 버려두고 도망치기까지 했다. 그런 주제에 정의로운 척을 하며 시한부 종말론을 주장하는 나를, 오빠를, 언니를, 우리를 나쁜 사람으로 몰아갔다. 마치 도둑과 살인범처럼!

"아무도 너희들을 도와주지 않았다고 해서 너까지 그 '아무도'가 될 필요는 없어. 나 때문에 마음이 상한 건 충분히 알겠어. 그렇다고 죄 없는 사람들 그냥 내버려 두지 말자. 저 사람들도 누군가에게는 소중한 사람들이야. 너한테 오빠와 언니가 소중하듯이."

폭발이 예정된 시청역에서도 기자 아저씨의 정의로운 척이 계속됐다. 아무 상관도 없는 사람들을 구해 주자고 떼를 쓰는 아저씨를 나는 이해할 수가 없었다. 그런데 아저씨에게 붙잡혀 바라보게 된 사람들은 미래의 뉴스 속에서 희생자들로 뭉뚱그려 들려오는 숫자가 아니었다. 누군가의 할머니 할아버지였고, 엄마 아빠였고, 언니 오빠였고, 동생이었고, 친구였다. 미래가 최후의 순간을 반복해서 비추고 있었다. 사람들은 폭음과 함께 거센 불길이 솟아난 지하도에서 서로를 끌어안고, 안타깝게 도망치고, 무기력하게 주저앉았다. *살려 줘!* 죽음을 맞이하는 모습은 제각각이었으나, 죽고 싶지 않다는 마음만은 하나같았다. 나는 나쁜 사람이 아니었으므로 그들을 외면할 수 없었다. 기자 아저씨의 부탁에 따라 '착한 일'을 선택했다. 하지만.

폭탄이 무사히 제거되었음에도 나는 기뻐할 수가 없었다. 미래를 바꾸는 동안 트럭이 가드레일을 부수고 절벽으로 뛰어들던 옛날이 떠오른 탓이었다. 살려 달라던 엄마 아빠의 외침이 생생하게 되살아나 귀에서 맴돌았다. 스스로 죽음을 선택했으면서 죽고 싶지 않다는 것을 이해할 수 없었다. 내가 '착한 일'로 구해낸 사람들과는 다른 상황이었으니까. 그때 기자 아저씨는 '정말로 죽고 싶어 하는 사람은 없다'고 했다. '나쁜 일 때문에 사는 게 힘들어서 불행한 선택을 하게 된다'며 나를 이해시켰다. 나는 엄마 아빠가 매일 매일 찾아오는 무시무시한 깡패들의 빚 독촉에 시달렸다는 기억을 떠올리며 고개를 끄덕였다. 그러자 언니에게도 죽음을 선택할 만큼 나쁜 일이 일어났을 거란 생각이 들었다—여기저기 부서져 있던 화장실의 칸막이는 목을 매단 언니가 살려 달라며 발버둥을 쳤던 흔적일지도 몰랐다. 아니, 확실했다. 그것이 오빠가 진실을 감춘 이유였을 테니까. 어린아이가 알면 안 될 정도로 심각하게 나쁜 일이었을 것이다. 기자 아저씨가 입을 다문 이유도 마찬가지였을 거라고, 멋대로 결론을 내렸다. 그래서 어리석게도 나는 아저씨를 믿어 버린 것이었다.

"감추지 마세요. 그건 날 위한 일이 아니에요. 나 아저씨를 위해서 미래를 봐줄 테니까 내게 진실을 알려 주세요. 부탁할게요."

나는 기자 아저씨를 위해 보이지 않는 미래를 보았고, 돈을 두고 소동이 일어날 우리 교회로 안내하였으며, 교회의 비밀 금고 위치까지 알려 주었다. 자동차에 남아 아저씨를 기다리며 원하던 진실을 얻게 되리라는 것을 추호도 의심치 않았다. 그러나 예배가 시작되어 텅 빈 주차장에 새롭게 그려진 미래가 무언가 잘못되고 있다는 것을 알려 왔다. 어두운 주차장 구석에 숨어 있던 경찰들이 우리 봉고차를 향해 달려갔고, 망치라는 남자 대신에 기자 아저씨가 수갑이 채워져 끌려 나오는 모습이 보인 것이다. 오빠였다! 미래를 갑작스럽게 바꿔버릴 수 있는 건 오빠뿐이었다. 나는 자동차에서 내려 교회로 달려갔다.

"오빠 말 들으면 안 돼요! 미래가 바뀌었어요. 망치라는 사람 말고 아저씨가 경찰에 잡혀가게 될 거예요. 나 믿죠?"

기자 아저씨는 나를 믿지 않았다. 정말이지 나는, 어쩌자고 그 아저씨를 믿어 버린 걸까. 원망하는 마음과 후회가 깊어졌고, 억울해서 눈물이 글썽거렸다. 하지만 아저씨의 망설임이 나를 위로해 왔다. 언니가 겪은 나쁜 일이 말로는 표현할 수 없을 만큼 심각하기 때문에 결코 말해 줄 수 없다는 뜻으로 읽혔기 때문이다. 나는 기자 아저씨를 믿은 것이 아니라 그가 알아낸 진실을 믿고 있었을 뿐이었다. 더는 용건이 없었다. 죄의식을 느낀 듯 고개를 숙인 채 멀어지는 비겁한 뒷모습에 미련을 두지 않았다. 이제는 오빠가 대답할 차례였다.

"나한테도 진실이 필요하다는 걸 인정하게 됐다면서? 내가 진실을 찾을 수 있게 도와준다고 했잖아! 근데 왜 방해를 하냐?"

"방해한 적 없어."

"아… 오빠는 그런 말을 하지 않았다고 하려나? 어차피 나 혼자 미래를 본 거니까?"

"나는 떠나는 널 잡지 않았어. 그리고 계속 널 지켜봤지. 박기사님이 네 위치를 알려 왔거든."

"그건 도와준 게 아니라 미행한 거잖아! 지금처럼 내가 진실을 알게 되는 걸 방해하려고 그런 거고!"

나는 연거푸 콧방귀를 터트렸다. 오빠는 진실을 말해 주기는커녕 억지스러워진 거짓말을 뻔뻔스럽게 늘어놓고 있다. 이대로는 오빠를 미워하게 될 것만 같았다. 고개를 돌려 버린 것은 그래서였다. 오빠는 그런 내 마음도 모르고 재빨리 따라붙어 눈을 맞추어 왔다.

"진실…. 너는 진실이 뭐라고 생각해?"

"사실대로 말해주는 거!"

"사실과 진실은 달라. 네 손에 들린 라디오에서 오늘 뉴스가 나온다는 건 사실이고, 선민이 네가 그 라디오로 내일 뉴스를 미리 듣는다는 건 진실이야."

"…그게 뭐가 다른 건데."

"내일의 뉴스는 믿지 않는 사람들에겐 거짓말에 불과해."

"…."

"내가 널 믿으니까 진실이 되는 거야. 진실이라서 믿는 게 아니라, 믿기 때문에 진실이 되는 거지. 그래서 잘못된 사실을 믿어버린다면 잘못된 진실이 잉태될 수밖에 없어. 좋은 나무마다 아름다운 열매를 맺고, 못된 나무마다 나쁜 열매를 맺(마태복음 7:17)듯이…. 그게 오늘 내가 널 도와준 첫 번째 이유야."

오빠는 계속해서 어려운 이야기만 늘어놓았다. 내가 알아듣지 못해서 입을 다물기를 바라는 것만 같았다. 더는 되묻지 않았다. 어느새 멀리 돌아온 이야기를 다시 원래의 자리로 되돌려야 했다.

"나 오빠가 하는 말은 알아듣지 못하지만, 한 가지는 알고 있어. 언니에게 나쁜 일이 생긴 거지? 죽고 싶지 않은데 죽어야 했을 정도로 끔찍한 일이!"

"네 말이 맞아. 김기자의 짐작이 틀렸을 뿐이야. 늘 그렇게 선불리 판단하거든, 그 사람."

오빠는 진실을 너무 쉽게 인정했다. 미리부터 예민하게 날을 세우고 있던 나는 할 말을 잃고 의심스럽게 오빠를 바라보았다.

내 마음을 알고 있다는 듯 오빠가 고개를 끄덕였다. "거짓말하는 거 아니야."

"그럼 오빠가 얘기해 줘. 언니에게 일어난 그 나쁜 일이 뭔지."

"그 전에 오해부터 풀어 볼까?"

오빠는 대뜸 손을 내밀었다. 나는 오빠의 손을 물끄러미 바라보기만 했다. 대답을 해줄 때까지는 다정해지고 싶지 않았다. 무안하다는 듯 허공을 쥐었다 놓은 오빠가 돌아서서 커튼을 걷어 냈다. 목사님도, 전도사님도, 신도들도 보이지 않는 텅 빈 예배당이 나타났다. 먼저 단상으로 걸어 나간 오빠가 손짓으로 나를 불렀다.

나는 영문도 모른 채 한 걸음 한 걸음 앞으로 나아갔다. 예배당은 어수선했다. 신도들이 급히 자리를 떠난 듯 길쭉한 의자들이 삐뚤삐뚤 어질러져 있었다. 오빠 곁에 도착하자 단상 위를 적시고 있는 시뻘건 핏자국이 눈에 들어왔다. 내일 뉴스가 전해 주었던 대로 김태영이라는 남자가 목사님을 찌른 흔적일 것이다.

"우리 교회의 돈을 빼돌려 오던 조직폭력배가 은촛대로 목사님의 배를 찔러 버렸어. 내일 아침이면 그 사실이 뉴스로 알려질 거고, 우리 교회는 무너지게 될 거야."

핏자국을 따라 단상 밑으로 내려간 오빠가 나를 돌아보았다. 양팔을 펼치고 선 오빠의 뒤로 보이는 미래가 펼쳐졌다. 보인다.

——복도로부터 들려오는 웅성거림과 함께 예배당 문이 쾅 부서지며 열린다. 성이 잔뜩 나 있는 신도들이 쏟아져 들어온다. 내가 여기에 얼마를 바쳤는데! 이 사기꾼 새끼들아! 개새끼들아! 험악한 말들이 예배당을 가득 채워 나간다. 언론의 악의적인 보도일 뿐입니다. 신도들을 달래던 전도사님

이 머리채를 붙잡힌다. 쓰러진다. 매를 맞는다. 신도들이 예배당의 의자를 부수고, 벽면의 플래카드를 떼어 내고, 단상 위로 올라와 십자가를 내린다. 또 다른 무리가 급히 예배당으로 달려 들어온다. 언니의 죽음으로 교회가 문을 닫았을 때에도 담장 밑에서 떠나지 않던 열성 신도들이다. 그들은 흥분한 신도들을 말리려고 온 힘을 다한다. 도적들도 예수님을 믿었는데 깡패들이라고 못 믿을 이유가 어디 있어요? 흥분한 신도들은 진정되지 않는다. 머릿수로 열성 신도들을 밀쳐 내고 예배당을 부수어 나간다. 더러는 사무실로 가서 돈이 될 만한 것을 찾자며 신도들을 선동한다. 그러다 감정을 주체하지 못한 신도 하나가 언니의 추모 제단을 향해 위협적으로 다가간다——

"언니!"

나는 소리치며 달려갔다. 부서진 의자를 집어 든 미래의 신도가 당장에 언니의 추모 제단을 엉망으로 만들어 버릴 것만 같았다. 그러나 걱정은 오래 머물지 않았다. 보인다.

——추모 제단으로 달려드는 신도 앞에 박기사 아저씨가 나타난다. 아저씨는 신도가 휘두르는 의자를 머리로 막아 낸다. 이마에서부터 흘러내린 피가 얼굴로 번진다. 그럼에도 불구하고 조금의 틈도 보이지 않는다. 오히려 불경을 저지른 신도에게 한 걸음 성큼 다가간다. 제기랄! 순교는 무슨 순교! 저것도 다 사기라고! 신도는 호기로운 외침과 달리 겁을 먹은 듯 주춤주춤 물러나다가 엉덩방아를 찧고 주저앉는다. 박기사 아저씨는 언니의 추모

제단으로 돌아간다. 팔짱을 끼고 앞을 지키며 예배당을 바라본다. 난동을 부리는 신도들은 아무도 아저씨에게 덤벼들지 못한다. 열성 신도들만이 곁으로 다가와 무릎을 꿇고 울며불며 기도를 올릴 뿐이다. 하늘에 계신 우리 아버지시여, 오늘의 우리를 용서해 주시옵소서——

오빠가 내 곁으로 다가와 어깨를 살며시 감싸 안았다. 나는 오빠를 뿌리치지 않았다. 함께 언니의 추모 제단을 바라보며 서 있었다.

"나는 목사님을 위해서 아무것도 하지 않았어. 목사님이, 최목사가 가짜 방주를 직접 침몰시키게 만들려고 했을 뿐이야."

"왜 그래야 했던 건데?"

"민주는 진짜 구원열차를 만들길 원했으니까."

"수수께끼는 그만두고 솔직하게 말해 줄 수는 없는 거야?"

"솔직하게라…, 솔직하게 말하자면 나는 너에게 솔직하게 말해 줄 수가 없어."

"언니에게 일어난 일이 그만큼 안 좋은 일이라고 알아들어도 돼?"

대답은 충분했다. 입 밖으로 꺼내는 것 자체가 고통인 말을 굳이 듣고 싶지는 않았다. 내가 진실을 원했던 이유는 오빠를 괴롭히기 위해서가 아니었으니까. 나를 속인 거짓말은 문제였지만, 이제는 거짓말을 해야만 했던 이유까지도 이해할 수 있었다. 오빠를 도와줘야 할 시간이었다. 언니가 겪은 나쁜 일을 지우기 위해 슬픈 죽음을 예쁘게 포장해야 했다. 그것이 순교였다.

"언니가 순교했다는 거, 이제는 진짜로 믿을게."

"민주가 순교했다는 건 진실이지만, 네가 말하는 순교는 진실이 아니야."

"그게 무슨 말이야?"

"너는 믿음으로 진실을 얻은 게 아니라 어쩔 수 없어서 내 진실을 믿어 버린 거잖아."

"…오빠 말을 믿는 거로는 부족한 거야?"

"네가 어린아이라면 그것만으로도 충분하겠지. 하지만 너는 이렇게 매일매일 어른이 되어가고 있어. 그렇다면 사실을 끝까지 들여다봐야 해. 거기에 네가 믿어야 할 것이 있을 거야."

"나는 아직도 혼자서는 아무것도 못하는 어린아이야. 지금껏 봤으면서…."

나는 칭얼거리는 목소리로 어리광을 부렸다. 이제 어른인 척은 하고 싶지 않았다. 그것이 오빠를 의심하며 멀어진 시간을 힘겹게 겪어 내고 얻은 결론이었다. 영원히 오빠에게 기대어 살고 싶었다. 오빠는 어리광을 받아 주지 않았다. 나를 달래듯 머리를 쓸어내려 줄 뿐이었다.

"너는 아직 모르고 있겠지만, 네가 진실을 찾아가는 과정이 민주를 위한 일이 되고 있어. 그러니까 적당한 선에서 타협을 하거나 멈춰 서면 안 된다는 말을 해주고 싶었어. 이것이 오늘 너를 도와준 두 번째 이유야."

"나는 정말 모르겠단 말이야. 내가 뭘 해야 하는지."

"구하라. 그러면 너희에게 주실 것이요. 찾으라. 그러면 찾을 것이요. 문을 두드리라. 그러면 너희에게 열릴 것이니, 구하는 이마다 받을 것이요. 찾는 이가 찾을 것이요. 두드리는 자에게 열릴 것이니라(누가복음 11:9-10). 운명이 너를 옳은 쪽으로 이끌 거야."

"오빠가 도와주면 되잖아."

"네가 진실을 찾는 동안 나는 이 교회의 주인이 되어 있어야 해. 그것이 내가 해야 할 일이야."

오빠는 파고들 여지를 주지 않았다. 내게서 멀어져서 삐뚤빼뚤하게 어질러진 의자를 정리해 나갔다. 쓸데없는 짓이었다. 어차피 내일이면 신도들이 난동을 부려 엉망이 될 테니까. 나는 오빠에게 아까 미리 엿보았던 내일의 교회 모습을 들려주었다. 오빠는 계속해서 의자들의 줄만 맞추고 있을 뿐이었다.

나는 숨을 꾹 참아서 다시 내일을 당겨 왔다. 소란을 피우던 신도들이 모두 돌아간 내일 밤의 모습을 보았다. 아무도 찾아오지 않게 될 이깟 교회의 주인이 될 필요는 없다고 말해 주기 위해 흉물스레 버려진 예배당 곳곳의 모습을 머릿속에 담아 나갔다. 그러다, 보인다.

──모두 돌아가고 어둠만 남겨진 내일의 예배당으로 기자 아저씨가 살금살금 들어오고 있다. 도둑처럼──

1992년 10월 23일

기준은 창문도 없는 취조실에 혼자 남아 있었다. '아는 것을 모두 털어놓으라'며 어기대던 반장이 빈손으로 떠난 뒤였다. 묵비권을 행사한 건 아니었다. 모든 것을 파악하고 있다고 여겼던 사건이, 한순간에 아무것도 모르는 사건이 되어 버린 탓이었다. 여러 단서가 두서없이 쏟아지다 서로 충돌하길 반복했다. 어떤 것도 확신할 수 없었다. 어느샌가 머릿속이 새하얗게 변해 있었다. 눈을 뜬 채로 잠이 든 듯 멍해질 무렵에야 다시 취조실의 문이 열렸다. 강형사였다.

"집에 갈 준비하자. 최목사 이 새끼 꼬리 잡았다."

승천교회 봉고차에서 찾아낸 채권은 일정 기일이 지난 뒤 다시 매입한다는 조건을 붙여 판매된 환매조건부채권으로서 1993년 5월 만기가 예정되어 있었다. 당연히 1992년 10월 28일에 믿는 자들과 함께 하늘로 휴거할 최목사와는 상관이 없어야 했다. 그러나 환매채에서는 최목사의 지문이 덕지덕지 묻어 있었고, 증권사에서는 밤새 최목사의 차명 거래 흔적을 찾아 보내왔다. 혐의를 입증할 준비가 일사천리로 완료된 것이었다. 더불어 오집사를 미행하며 찍어 둔 기준의 사진들이 교회와 조직폭력배의 관계를 증명하고 있었기에 여론전에서도 우위를 점한 상태였다.

"다 우리 김기자 덕인데 반장이 안 풀어주고 배겨? 나쁜 새끼. 나랑 너랑 똥구멍 맞춘 작전이라는 말은 안 듣고, 공범이니 정범이니 헛소리만 지껄이더니 이제 와서 모르쇠다? 새끼가 괜히 망치한테 장난질을 쳐서 최목사 몸에 구멍만 내고."

"…망치가 교회에 온 게 너희들 때문이라는 말이야?"

"그 자식, 빠징코 터진 날부터 여기저기 껄떡대다 발이 걸렸어. 나야 십억 냄새 맡은 거 알고 있으니까 조금만 기다리자고 했는데, 젠장할 반장이 폭탄 때문에 눈이 돌아서 삐꾸기를 날리더라고. 교회로 몰아서 먹이를 물고 나오게 만들겠다고."

기준은 그제야 미래가 바뀐 이유를 되짚었다. "…이선민이 예언했던 대로라면 지금 여기엔 망치가 앉아 있어야 해."

망치는 최목사를 찌른 직후가 아니라 환매채를 손에 넣는 순간 경찰에 체포될 예정이었다. 그러나 실제로는 환매채의 존재조차 모른 채로 사라졌고 기준이 대신하여 봉고차로 향했다. 결국 '지금'을 결정지은 정보는 이제훈이 장악하고 있던 것이다.

"이제훈은 처음부터 환매채를 넘길 생각이었던 거야. 배달부로 망치 대신 나를 선택한 거고. 그래서 미래가 바뀌어 버린 거야."

"예언 같은 소리 하고 있네. 네가 그 꼬맹이 구라를 언제부터 믿었다고."

"예언은 실제로…."

"됐고. 이제훈 입장에서는 망치보다 너를 통해서 경찰에 넘기는 게 더 확실하다고 생각했을 수도 있지. 복잡하게 생각하지 말자. 황민주, 최목사한테 성폭행당한 거 같다며? 이제훈이한테 티끌만큼의 양심은 남아 있어서 최목사를 재낀 것일 수도 있어. 동기, 목적 완벽하네."

"정말 성폭행이 있었을까? 이제는 모르겠다…."

몇 시간 전의 기준이었다면 강형사의 확신에 강력하게 동의했을 것이다. 하지만 이제는 달랐다. 기준은 체포 직후부터 이어진 혼란의 근원이 '함부로 판단하지 말라'던 이제훈의 경고라는 것을 깨달았다. 지금껏 틀린 답을 더듬거리며 전진해 왔다는 것이 밝혀진 것이다. 모든 것이 의심되는 지경에 이르러 있었다.

"아니어도 상관없어." 강형사는 대수롭지 않은 일이라는 듯 말했다. "내 말부터 들어 봐. 이제부터가 본론이니까. 십억, 그 돈 아직 살아 있어."

"헬멧이 가져간 거 아니었어?"

"지하철 보관함엔 처음부터 아무것도 없었어."

경찰이 확인한 시청역 시시티브이 녹화 영상에는 물품보관함에 폭탄을 설치하는 헬멧의 모습만 담겨 있었다. 돌아서는 헬멧의 손에는 아무것도 들려 있지 않았다.

"이유는 모르겠는데 아무튼 뭘 찾는 기색은 없었어."

"그럼 최목사랑 헬멧이 관계가 없다는 거야? 빠칭코에서 나온 인침 쪼가리는?"

강형사가 비밀하게 말했다. "지하철 5호선 27구간 공사 현장에 다이너마이트 재고가 안 맞아. 조금 있다가 관련자들 족칠 거야. 뭐든 나오겠지."

기준이 경찰서 밖으로 나오자 동트는 아침이었다. 해장국이나 한 그릇 하고 가라는 강형사를 물리치고 역으로 걸었다. 경찰서 출입 기자들에게 일찌감치 배포했다는 보도 자료 때문이었다. 부지런한 출근길 인파 속으로 까까머리 소년들이 합류했다. 그들은 옆구리에 끌어안은 신문 뭉치에서 낱장을 꺼내 들고 목청 좋게 외쳤다.

"호외요, 호외! 시한부 종말론을 주장하는 사이비 승천교회, 조직폭력배 연루, 호외요!"

만원 지하철 속의 승객들은 서로 부대끼면서도 호외를 읽어 나갔다. 승천교회와 조직폭력배의 결탁을 폭로하며 시작된 호외는 비자금 조성 경위와 규모, 용처까지 꼼꼼히 서술하며 법적 처벌이 가능해졌다는 것을 알리는 승전보였다. *미친놈들. 또라이 새끼들. 사기꾼.* 여기저기에서 탄식 같은 감탄사가 쏟아졌다. 아직 폭파 사건과의 연관성은 발표되지 않았다. 여론을 등에 업은 경찰로서는 서두를 필요가 없었을 것이다. 확실한 증거들을 수집한 뒤에 결정타로 사용해도 될 만큼 시간은 충분했다. 서둘러야 하는 건 기준이었다. 수사에 속도가 붙기 전에 십억 원을 찾아 흔적을 지워야 했다. 하지만 그전에 망가진 일상을 되돌리고 싶었다. 기준은 지하철에서 내려 호외를 뿌리는 소년에게 다가갔다.

"그거 전부 다오." 옆구리에 절반이나 남은 신문 뭉치를 가리켰다.

기준이 짐작했던 대로였다. 종합병원 건물이 마주 보이는 도로에 승천교회 신자들이 자리를 펴고 앉아 있었다. 응급실로 실려 간 최목사를 기다리며 밤을 꼬박 새운 것이다. 모두 초췌한 몰골이었지만, 아무도 지친 기색을 보이지 않았다. 바닥에 꿇어앉은 채로 두 손을 공손히 모아 최목사를 위한 기도를 읊조렸다. 행여 분위기가 어두워질 기미라도 보이면 누군가 일어나 찬송가를 선창하며 입을 하나로 모았다.

갈보리 산 위에 십자가 섰으니 주가 고난을 당한 표라. 험한 십자가를 내가 사랑함은 주가 보혈을 흘림이라. 최후 승리를 얻기까지 주의 십자가 사랑하리. 빛난 면류관 받기까지 험한 십자가 붙들겠네.

기준은 공중전화부스 안에서 병원 건물을 훑어보았다. 아들의 담당 간호사에게 전화를 걸어 알아낸 병실의 위치를 가늠해 보는 중이었다. 층수를 헤아리고 작은 창을 하나하나 세어 나가던 중 어렵지 않게 최목사를 찾았다. 무사히 치료를 마친 듯 창가에 서서 거리의 신자들을 바라보고 있었다. 불러낼 수고를 덜었다는 기쁨은 잠시였다. 멀리 떨어진 최목사의 표정이 선명하게 보이는 것만 같았다. 뿌듯한 미소가 역겹게.

이제훈이 티끌만큼 남아 있는 양심 때문에 최목사를 단죄했다는 강형사의 결론을, 기준은 여전히 받아들이기 힘들었다. 단죄라고 하기에는 최목사가 얻을 것이 너무도 분명했다. 최목사가 교회의 몰락을 '선지자에게 응당 따라붙는 고난으로 받아들일 것'이라는 이제훈의 전망은, 지금 병원 앞에 모여 있는 신자들의 모습을 통해 광기 어린 믿음을 가진 소수 정예를 거느리게 될 거라는 뜻으로 해석할 수 있었다. 어쩌면 수습할 수 없을 만큼 과열된 시한부 종말론의 출구 전략일지도 몰랐다. 삼십억 원의 환매채는 은닉한 재산을 지키기 위해 의도적으로 헌납된 일부일 가능성이 컸다.

기준은 또다시 헛발을 짚었을 가능성에 대해 잠시 생각했다. 하지만 신중해지고 싶지 않았다. 어떤 이유로든 최목사에게 쏟아지는 추앙을 견딜 수 없었다. 신자들에게 다가간 기준이 들고 있던 신문을 하늘 높이 던졌다.

"호외요, 호외!" 낱장의 신문들이 펄럭거리며 흩어졌다.

기준은 신처럼 지상을 굽어보는 최목사에게 신자들이 등을 돌리는 모습을 보여주고 싶었다. 그가 탐하는 명예만큼 지울 수 없는 생채기가 남길 바랐다. 선지자의 칭호까지 박탈당하고 추락하는 처벌이 내려지길 기원하는 의식이기도 했다. 애써 기준을 무시하던 신자들이 바닥에 떨어진 호외에 눈을 가져갔다. 좌중이 술렁거렸다. 동시다발적으로 신음 같은 탄식이 터져 나오며 커다란 충격이 전해졌다. 기준은 신자들 속으로 파고들었다. 다른 신자들과 마찬가지로 호외를 바라보며 할 말을 잃어버린 아내에게 손을 내밀었다.

"가자. 영민이 기다려."

중환자실 복도에 도착한 수경은 아무 말이 없었다. 온몸에 생명유지장치가 부착된 채 산소호흡기에 의지하고 있는 아들을 오래도록 바라보고 있었다. 믿어지지 않는다는 듯 멍하니 고개를 저었다. 그러다 유리벽을 향해 무너졌다. 기준이 가까스로 어깨를 끌어안았다. 억지로, 억지로 참고 있다는 듯 몸을 바들바들 떨던 그녀가 결국 울음을 터트렸다. 서럽게 엉엉 소리를 내어 울었다. 오랫동안.

"아버지 하나님께서 휴거 전에 내리신 마지막 시험일 거야."

가슴을 크게 들썩여 울음을 삼킨 수경이 어깨를 감싼 기준을 뿌리쳤다. 무언가 결심한 듯 주먹을 불끈 쥐었다. 의자 앞에 쭈그리고 앉아 시험을 무사히 통과할 수 있게 살펴 달라고 읊조리며 바쁘게 성경책을 넘겼다.

"사람이 감당할 시험 밖에는 너희에게 당한 것이 없나니 오직 하나님은 미쁘사 너희가 감당치 못할 시험 당함을 허락지 아니하시고 시험 당할 즈음에 또한 피할 길을 내사 너희로 능히 감당하게 하시느니라(고린도전서 10:13). 이 상황이 굉장히 힘든 건 맞아. 하지만 딱 그만큼이야. 영민이는 나랑 같이 10월 28일에 휴거할 준비를 하고 있는 거야."

기준은 어떠한 감정적 동요도 일지 않았다. 충격에 익숙해진 수경이 마지막 발악처럼 진실을 부정하는 것이었다. 성경책 위에 호외를 올려주었다. 진실을 인정할 때까지 거듭 확인시켜 주고 싶었다. 그녀는 고개를 저어 거부하면서도 여러 번 기사의 첫머리로 시선을 가져갔다.

"집사님이 조직폭력배라고? 좋으신 분이었어. 신실하셨다고…. 그래, 어쩌면 깡패일 수도 있지. 하지만 신앙은 진짜였을 거야."

"신앙이 아니라 다른 목적으로 교회에 들어갔으니까 문제지."

"…돈, 때문이라고 말하고 싶은 거야?"

"그래."

"여보. 세상이 우리 교회를 어떻게 생각하는지 잘 알고 있어. 하지만 우리에게 돈은 아무 의미도 없어. 하나님의 나라에서는 쓸모없는 금속이고 종이일 뿐이라고."

"오해하지 말고 들어. 너…, 그리고 신자들의 금욕을 모욕하려는 게 아니야. 하지만 오집사에게는 신앙이 없어. 그는 단지 교회의 자금을 세탁하기 위해서 드나들었을 뿐이야. 최목사도…."

"오집사님, 돌아가신 그날도 예배 시작하기 전에 교회에 들러서 사역하고 가신 분이야."

수경이 말을 자르고 들어왔다. 오집사를 밟고 일어나 최목사의 잘못을 일일이 짚어 주려던 계획이 가로막혔다. 그 대신 오집사가 주정차위반에 단속된 '그날' 오후 2시경에 멈춰 있던 추적이 다시 시작될 수 있는 단서가 던져졌다.

“오집사가 예배 시작 전에, …교회에 갔다고?”

“그래! 집사님이 민주 천사님 추모 제단을 얼마나 소중하게 닦아 주고 가셨는데!”

“점심시간이 아니라? 그게 정확히 몇 시야?”

수경의 진술은 오집사가 기준을 만난 오후 5시까지의 행적을 채워 주었다. 하지만 그녀는 다급해진 기준의 태도를 수상하게 여긴 듯 의심스럽게 바라보았다.

“그게 왜 궁금한데?”

“말해, 빨리!”

“싫어. 당신, 우리 교회에 대해서 나쁜 기사를 쓰려는 거잖아. 여기 신문사에 특종 빼앗겨서 그런 거지? 나 이용해서 만회하려고!”

“…영민이 위한 거야.”

“영민이 함부로 이용하지 마. 당신하고 이십 년을 살았어. 내가 당신에 대해 모를 거 같아?”

“영민이 이렇게 될 때까지 네가 한 게 뭐야? 되지도 않는 기도나 하고 자빠져 있던 게 다잖아! 그냥 닥치고 얘기해! 이거 영민이 위한 거 맞으니까. 오명한…, 오집사 몇 시에 봤어?”

“….”

“정수경!” 고집스럽게 입술을 다물고만 있는 아내를 향해 기준의 초조함이 폭발했다.

“처…청소할 때였으니까, 3시? 4시?”

기준은 겁을 먹은 듯 움츠러든 아내를 모른 척 중환자실 앞에 남겨 두고 돌아섰다. 사정을 설명할 여유가 없었다. 머릿속에서 오집사의 행적이 펼쳐지고 있었다. 그날 은행에서 나온 오집사는 승천교회에서 이제훈을 만난 뒤, 시청역 앞으로 이동했고, 다시 승천교회 예배당으로 돌아갔다. 그 사이사이에 일어났을 사건들이 개연성 있게 그려지고 있었다. 확인을 위해 시청역으로 향했다.

"경찰이 곧 시청역 폭파 미수 사건을 대중에 공개하며 책임을 서울지하철공사 실무자, 그러니까 선생님께 떠넘기려 한다는 소문이 있습니다."

기준은 역무원에게 사회부 명함을 쥐여 주며 경찰에게 대응할 수 있는 논리를 만들어 주겠다고 회유했다. 대신에 사흘 전의 시시티브이 녹화 영상이 필요하다고 했다. 역무원은 분통을 터트리며 재빨리 시시티브이 녹화 테이프를 찾아왔다.

"여기서 멈춰 주세요."

기준은 그날의 시시티브이 녹화 영상을 빠르게 재생하는 역무원의 손을 정지시켰다. 오전 11시 45분. 오집사가 나타나 돈이 들어 있는 보스턴백을 물품보관함에 넣는다. 예상대로였다. 기준은 오집사가 불법 주정차단속에 적발된 오후 2시 전후의 영상을 요청해 재생시켰다. 다시 물품보관함 앞에 나타난 오집사가 보스턴백을 꺼내 사라졌다. 남은 건 승천교회로 되돌아간 뒤에 벌어진 일뿐이었다. 그 역시도 논리적으로 구성이 끝나 있었다. 남은 건 증명뿐이었다.

"호외요! 승천교회 은닉 재산 추가 발견, 호외요!"

후속 보도가 다시 거리마다 호외로 뿌려졌다. 경찰은 최목사가 환매채를 사들였던 차명으로 전국 방방곡곡의 부동산들을 매입했다는 사실을 밝혀냈다. 분노한 신자들이 승천교회로 모여들고 있었다. '1992년 10월 28일 믿는 자들은 하늘로 돌아가고 세상에는 종말이 시작된다'는 주장이 거듭된 공격으로 변명의 여지없이 완전히 뒤집힌 것이었다.

기준은 인근 건물에 숨어 상황을 지켜보고 있었다. 주차장에 주저앉아 울고불고 소리를 치는 신자들이, 가족들에게 머리채를 잡혀 끌려가는 신자들이, 교회 기물을 절취하여 밖으로 나오는 신자들이, 전리품을 서로 갖겠다며 실랑이를 벌이는 신자들이 뒤섞여 아비규환을 만들어 내고 있었다. 최목사가 쌓은 성이 무너지는 중이었다. 교회의 창문이 깨지며 세간들이 주차장으로 쏟아졌다. 그것을 신호처럼 출동해 있던 경찰들이 돌입했다. 질서유지를 명목으로 난동 중인 신자들을 돌려보내기 시작했다. 대부분이 잠자코 경찰의 지시에 따랐으나 교회 건물 안에서 끌려 나오는 중에도 목소리를 높여 아버지 하나님을 찾던 열성 신자들은 바닥에 자리를 펴고 누웠다. *나는 구원열차 올라타고서 하늘나라 가지요.* 찬송가를 부르며 버티고 또 버텼다. 기준이 파고들 틈이 보이지 않는 혼란을 지켜보며 내일을 기약할까 고민하는 가운데 삐삐가 울렸다. 강형사의 음성 메시지였다.

'최목사 이 새끼가 사돈의 팔촌 명의까지 긁어다 바친 전도사한테 몽땅 뒤집어씌우고 발뺌한다. 교회에 다녀오겠다고 나간 전도사 병신은 튀어 버렸고. 그래도 우리는 못 먹어도 가는 거야. 네가 돈은 찾았는지 모르겠다만 아니라면 서둘러야 해. 다이너마이트 출처에서 연결 고리가 나왔거든. 오늘내일 중에는 실행범 잡아내고 혐의 입증까지 가능할 거 같아. 사건 완전히 열리면 십억 드러나는 거 금방인 거 알지? 그전에 찾아서 그 돈 먹어야 해. 내가 최목사 이 새끼한테 독박 씌우려고 준비하고 있으니까 걱정하지 말고. 또 연락할게.'

어스름이 찾아왔다. 끝까지 남아 있던 열성 신자들은 힘이 빠진 듯 순순히 경찰에게 이끌려 순찰차에 올라탔다. 마지막까지 교회에 미련이 남는 듯 눈길을 떼지 못한 채였다. 승천교회 주차장에 완전한 침묵이 내렸다. 기준은 섣불리 움직이지 않았다. 어둠이 깊어지는 동안 4층짜리 교회 건물 어디에도 불이 켜지지 않는 것을 확인한 뒤에야 몸을 움직였다. 난리 속에서 이선민과 이제훈이 해를 입진 않았을까 걱정이 들었지만, 위험에 강한 아이들이었으므로 벌써 몸을 피했을 것으로 생각하며 승천교회로 향했다. 그런데.

쿵―, 쿵―, 쿵―.

아무도 없어야 할 교회에 진동을 동반한 둔탁한 소음이 울리고 있었다. 작은 손전등 불빛에 의지해 복도를 걷던 기준이 멈춰 섰다. 소리는 희미한 불빛이 어른거리는 예배당에서부터 새어 나오고 있었다. 슬레지해머를 휘두르던 망치가 자연스럽게 떠올랐다. 기준과 마찬가지로 답을 찾은 뒤 신자들 속에 숨어들어 있었던 것일지도 몰랐다. 화를 이기지 못한 채 이리저리 해머를 휘두르는 망치의 모습이 그려졌다.

"경찰입니다. 아직 누구 남아 있습니까?"

기준은 모험을 걸어 정체를 가늠해 보았다. 설령 망치가 아니라 할지라도 지금과 같은 상황이라면, 경찰의 그림자만 다가와도 상대가 도망치리라고 판단했다. 예배당에서 조용한 소란이 일었다. 빠르게 달려가는 발걸음 소리와 앞쪽 출입문이 여닫히는 소리가 희미하지만 분명하게 고요한 복도로 흘러나왔다.

작은 손전등 불빛을 앞세운 기준이 예배당으로 들어섰다. 발을 들여놓는 순간 신자들이 남기고 간 분노가 고스란히 전해져 왔다. 다리가 부러진 채 아무렇게나 놓여 있는 길쭉한 나무 의자들 사이에 서서 사방을 비춰 보았다. 시한부 종말론을 예고하는 시뻘건 문구들과 종말을 표현한 조악한 종교화들로 채워져 있던 벽면의 콘크리트가 여기저기 부서져 골조를 훤히 드러내고 있었다. 낮의 신자들과 조금 전의 소음이 번갈아 새긴 흔적일 것이다. 폐허가 된 예배당에는 아무도 없었다. 기준은 예수의 성화도, 최목사의 초상도, 거대한 십자가도 사라진 단상을 향해 걸어갔다. 손전등 불빛에 닿은 황민주의 추모 제단이 어둠 속에서 반짝였다.

그날 오후 2시 17분 시청역 물품보관함에 감춰 놓았던 보스턴백을 되찾은 오집사는 특정할 수 없는 미상의 은행에 들러 새로이 통장을 개설하고, 승천교회로 돌아와 아무도 손을 댈 수 없는 신성한 황민주의 납골함에 감췄다는 것이 기준의 결론이었다. 모든 정황과 진술들이 만족되는 유일한 서사였다. 망치가 돈을 찾지 못했다고 확신하고 있는 것은 그래서였다. 슬레지해머의 쿵쿵거리는 소음 안에 유리 파열음이 들려오지 않았으므로.

추모 제단은 난리를 겪은 뒤에도 단정하게 서 있었다. 신도들은 흥분 상태에서도 망자의 무덤에 함부로 손을 댈 수는 없었을 것이다. 기준 역시도 목표를 앞에 둔 채 망설이고 있었다. 돈을 위해 양심을 버리고 살았어도 인간이기를 포기한 적은 없었다. 그럼에도 불구하고 손을 뻗어야만 했다. 기준은 아버지였다. 인간이길 포기해서라도 아들을 지켜야 했다. 손가락이 추모 제단의 유리벽에 닿았다.

"금융실명제가 빨리 시행돼야 한다니까."

통장은 기준이 예상했던 대로 유골함 속에 감춰져 있었다. 예상했던 대로 황민주의 명의였고, 예상했던 대로 애타게 찾던 돈이 십억 원에 조금 모자라는 액수로 고스란히 기장되어 있었다.

기준은 북받쳐 오르는 감정을 꾹 누르며 서 있었다. 뒤로 바짝 다가온 기척을 느끼지 못한 것은 그래서였다. 묵직한 손길이 뒷덜미를 잡아당겼다. 몸이 아무 저항도 못 한 채 내던져졌다. 바닥에 처박힌 충격에 고통을 느끼며 추모 제단 앞에 서 있는 남자의 거대한 뒷모습을 바라보았다.

"서서서… 성물에 손이 닿았어!"

기준은 더듬거리는 말투를 통해 그가 교회 봉고차를 운행하는 남자임을 알았다. 정확한 이름은 알지 못했다. 알 필요가 없었다. 그는 모두에게 박기사라고 불리며 교회의 잡일을 도맡는 사람일 뿐이었다.

박기사는 분이 풀리지 않았다는 듯 어깨를 들썩거리면서도 조심스러운 손길로 유골함을 정리해 나갔다. 유리문을 닫은 뒤엔 호호 입김을 불어가며 어지럽게 찍혀 있는 손자국을 닦아냈다. 기준은 최대한 소리가 들리지 않도록 기어서 이동했다. 바닥에 떨어트린 통장을 향해서 손을 뻗었다. 하지만 어느새 제단의 정리를 마친 박기사가 사뿐히 날아들어 기준의 손등을 밟았다. 다른 발로는 통장을 툭 걷어차 밀어냈다.

"미안합니다. …저것만 가지고 돌아가겠습니다."

"서서…, 성물에 더러운 손…, 손을 댔어!!"

기준은 박기사에게 머리채를 잡혔다. 커다란 덩치에서 시작된 압도적인 힘이 의지와는 상관없이 몸을 일으켜 세웠다. 그리고 복부로 주먹이 날아왔다. 허리를 굽히자 턱을 올려 쳐서 몸을 세웠다. 뒤로 넘어가려는 순간 정강이를 걷어차 몸을 앞으로 끌어당겼고, 다시 옆구리를 타격하여 몸이 접히게끔 만들었다. 공격은 빠르고 강력했으며 영리했다. 단 한 순간도 피할 수 없음은 물론이었고 방어조차 불가능했다.

박기사가 쓰러지는 기준의 목덜미를 움켜쥐었다. 마치 숨통을 터트리기라도 하겠다는 듯 강력하게 옥죄었다. 기준이 손을 뜯어

내 보려고 안간힘을 써도 소용없었다. 발길질까지 내질러 보았지만 그는 한 치의 흔들림도 없었다. 의식이 가물거렸다. 지난 삶을 돌이켜 볼 틈도 없이 죽음이 다가오는 중이었다. 무의미한 반항을 포기하자 몸이 축 늘어졌다. 그 순간 이선민의 목소리가 꿈결같이 예배당에 울렸다.

"그만해, 아저씨!"

"처처처… 천사님." 박기사가 곧장 기준을 놓았다.

바닥으로 쓰러진 기준이 가슴을 크게 들썩이며 깨어났다. 몸을 좌우로 뒹굴며 호흡을 되찾아 갔다. 곁으로 다가온 이선민이 박기사를 가로막고 섰다. 그녀의 단호한 뒷모습을 바라보는 동안 두려움이 지워지고 안정이 찾아왔다.

"이이이이…이 인간이 미미…민주 천사님 성물에 손을…."

"그만해. 그만하고, 예배당에서 나가."

박기사는 이선민의 명령을 받들어 사라졌다. 그제야 긴장이 완전히 풀어진 기준은 살아났다는 기쁨과 함께 걱정이 찾아왔다. 약속을 어긴 이후 첫 만남이었다. 무슨 말을 어떻게 해야 할까 머릿속이 복잡했다. 이선민은 아무 일도 없었다는 듯 다가와서 손을 내밀었다.

"일어나요. 아저씨네 자매님이 조금 있으면 자살할 거예요."

이선민을 따라 종합병원 지하실로 내려온 기준은 여러 갈래로 나뉜 길 앞에서 멈춰 섰다. 크게 수경을 불러 보았으나 육중하게 돌아가는 보일러 소리에 잡아먹혔다. 몸이 이끄는 대로 발을 내디뎠다. 아내가 불행한 처지를 비관하여 자살한 시한부 종말론자로 소개되는 뉴스를 볼 수는 없었다.

"기다려요."

이선민이 팔을 뻗어서 기준을 막았다. 그리고 숨을 크게 들이마신 뒤 참았다. 주변을 두리번거리는 동안 얼굴이 붉게 달아오르며 몸이 움찔거렸다. 지금 미래의 이선민이 보일러실을 헤집고 다니는 중이라는 것을, 기준은 알고 있었다. 초조했지만 애써 진정하며 기다렸다. 숨을 크게 토해낸 이선민이 길을 선택해 가리켰다.

"빨리요!"

기준이 달렸다. 보일러실 한쪽 구석 벽을 밟고 올라서 있는 수경이 보였다. 그녀는 천장에 노출되어 있는 배관에 침대 시트를 걸어 놓고 매듭 속으로 머리를 들이민 채였다. 기준과 눈이 마주쳤으나 한 치의 망설임도 보이지 않았다. 입술을 앙다문 채 눈을 감았고, 앞으로 크게 걸음을 걸었다. 허공에 몸이 크게 출렁거렸다.

"너 뭐 하는 짓이야?" 간신히 도착한 기준이 수경의 다리를 끌어안아 들어 올렸다.

"놔! 이거 놔! 죽게 내버려 두라고!"

수경이 악다구니를 부리며 빼앗긴 죽음을 되찾으려 했다. 그러나 뒤를 따라온 이선민을 발견하고는 이내 울음을 터트렸다. 더는 고집을 부리지 않은 채 잠자코 지상으로 내려와 고개를 숙였다. 승천교회의 민낯이 드러났음에도 신의 아이에 대한 경외심은 사라지지 않은 듯했다. 이선민을 따라 고분고분하게 응급실로 옮겨졌고, 그녀 곁에서 진정제를 맞고 잠이 들었다.

“미국 측의 닥터가 방한을 거절했다는 소식을 전한 게 실수였습니다.”

처치를 끝낸 주치의가 돌아서 기준에게 고개를 숙였다. ‘아내분도 치료 계획을 알고 계실 거라 생각했다’며 거듭 사과를 전했다. 기준은 주치의에게 책임을 물을 생각이 없었다. 중요한 건 미국 의사의 결정뿐이었다.

“…돈 때문인가요? 대체 얼마를 요구하는 겁니까?”

“닥터 스케줄이 내년까지 꽉 차 있다더군요. 도저히 조정이 안 된다고….”

“의사가 연예인입니까? 핑계 대지 말라고 전해 주십시오. 달라는 대로 주겠습니다.”

“닥터와는 비용에 대한 이야기는 나누지 않았습니다. 문제가 오직 돈 때문이라고만 생각하신다면 해답을 찾을 수가 없어요.”

“그럼 어떻게 생각해야 해답이 있습니까, 네?”

“닥터는 영민이 상태에 대해서 관심을 보였습니다. 영민이 같은 케이스는 의학 너머의 것을 봐야 할지도 모른다는 짧은 소견을 보내왔어요. 진료 기록을 정리해서 조금 더 자세한 조언을 부탁할 테니 기다려 보시죠.”

기준은 고개를 설레설레 저었다. 여전히 돈 때문이라는 생각뿐이었다. 처음부터 거절할 수 없을 만큼의 큰돈을 제시했다면 태도가 달라졌을 것이 분명했다. 통장을 끝까지 쥐고 있지 못했던 손이 원망스러웠다. 텅 빈 손바닥을 말아 쥐고 힘껏 벽을 쳤다. 아무런 통증도 느껴지지 않았다. 대신 바닥에 유리병이 떨어져 깨지는 소리가 아프게 들려왔다.

"약속하셨잖아요, 천사님."

어느새 눈을 뜬 수경이 침대에서 내려가다가 링거병을 떨어트린 것이었다. 그녀는 신경 쓰지 않는다는 듯 이선민 앞에 무릎을 꿇고 앉아 애원하듯 호소하는 중이었다.

"우리 구원받는다고 하셨잖아요. 목사님, 집사님… 정말 신문에서 말하는 대로 사기꾼에 깡패인가요? 정말 휴거는 없나요?"

"…." 이선민은 곤란하다는 듯 입을 꾹 다물고만 있었다.

"이대로 휴거가 없으면, 이 세상이 끝나지 않으면 저는 어찌하라고요? 영민이 구원받게 하려고 열심히 찬양했어요. 영민이 저렇게 아픈 줄도 모르고…, 저 사람 말대로 애가 죽어 가는데 기도나 하고 자빠져 있었다고요. 모든 게 거짓말이면, 우리 구원받아서 하늘로 휴거 하는 거 아니면 영민이 죽어요. 치료비까지 모두 가져다 봉헌했단 말이에요."

응급실의 모든 시선이 그들에게 집중되었다. 주치의와 간호사까지도 헛소리를 간절히 외치는 수경을 신기하게 바라보고 있었다. 시한부 종말론과 어떠한 관계도 없을 때의 기준이 그러했듯, 아내를 한심하게 여기고 있다는 것이 느껴졌다. 기준은 침대로 다가가 커튼을 쳤다. 수경을 일으키려 했다. 하지만 그녀는 차갑게 팔을 뿌리치고 이선민에게 기어가 바짓단을 붙잡고 늘어졌다.

"제 아들 좀 살려 주세요. 목사님이 나쁜 거지… 천사님들께선 아니시죠? 전해 주신 주님 말씀, 진짜 맞죠? 제발요, 천사님. 제발 종말이 오게 해 주세요!"

기준은 곤란하다는 듯 수경을 바라보고만 있는 이선민이 답답했다. 천사님으로서 거짓 위로를 건네면 끝날 일을 질질 끌고 있었다. 언제나처럼 죄의식을 가질 필요가 없었다. 이선민의 어깨를 두드려 부른 뒤 소리 없이 말했다. 부탁한다고.

"…." 이선민은 고민을 끝내지 못한 듯 침묵이 길게 이어졌다.

망설임이 길어지는 동안 기준은 초조함이 차올라 숨을 짧게 뱉어내며 간절하게 신호를 보냈다. 아무런 대꾸도 하지 않던 이선민은 결국, 수경이 절망적인 울음을 터트린 뒤에야 결심이 섰다는 듯 결연하게 고개를 끄덕였다.

"맞아요, 자매님. 종말은 있어요. 지금 우리는 거짓 선지자를 몰아내면서 끝까지 믿음을 잃지 않는 14만 4천 명을 가리기 위한 마지막 시험을 통과하는 중이에요. 흔들리면 안 돼요. 이제 곧 10월 28일이에요. 공중으로 몸이 떠올라 아버지 하나님의 땅으로 가야죠. 영민 오빠랑 같이."

이선민이 손을 뻗었다. 안도의 한숨처럼 아멘, 아멘 중얼거리던 수경이 양손으로 이선민의 손을 잡았다. 그리고 기도를 하듯 이마로 가져다 대고 눈을 감았다. 거칠게 들썩이던 어깨가 차분하게 가라앉았다. 이선민이 남은 손을 수경의 머리 위에 올렸다. 마치

신처럼.

“내일 낮에 교회가 다시 문을 열 거예요. 가세요. 구원열차를 지키고 있는 우리 오빠, 제훈 천사님을 만나세요.”

1992년 10월 24일

수경은 아침이 밝아오기 전부터 떠날 채비를 했다. 병실에서 중환자실로 옮겨진 영민의 흔적을 정리했고, 식당에서 먹을거리를 사와 기준과 이선민을 깨웠다. 식사가 이어지는 동안 기준에게 전기밥솥과 세탁기 사용법, 공과금 납부일 등이 적힌 메모를 건네며 잔소리하듯 일일이 설명을 해 나갔다. 불과 몇 시간 전에 자살 소동을 벌였다는 것이 믿기지 않을 만큼 생기가 넘쳤다.

기준은 잠시 아들이 건강하던 시절의 일상으로 돌아간 듯한 착각을 느낄 정도였다. 귀찮다는 듯 볼멘소리로 투덜거려 보기도 했다. 그러나 감상에 젖을 수 있는 시간은 잠시뿐이었다.

"천사님. 영민이 여기에 두고 가도, 정말 휴거할 수 있는 거죠?"

수경은 이선민에게 아들의 거취와 휴거의 상관관계를 거듭 확인했다. 이선민은 별다른 언질이 없었음에도 불구하고, 긍정적인 대답으로 그녀를 안심시켜 주었다. 중환자실에 들러 영민의 목에 인침을 직접 걸어 주며 준비를 끝낼 수 있도록 돕기도 했다. 그러는 동안 떠날 시간이 찾아와 있었다. 수경이 종합병원을 빠져나오며 기준에게 작별 인사를 전했다.

"당신은 여전히 나를 이해하지 못하겠지만, 그래도 보내 주어서 고마워. 하늘나라에 가서도 잊지 않을게. 잘 지내고…."

기준은 수경을 교회로 보낼 생각이 없었다. 난장판이 된 성지의 처참한 풍경이 다시 한 번 거짓 희망을 꺾어버릴 염려 때문이었다. 하지만 이선민은 교회가 다시 문을 연다는 위로가 거짓말이 아니었다고, 오빠는 신도들이 돌아올 것을 확신한다고, 지난밤 '박기사 아저씨'를 시켜 예배당을 정리하는 중이었다고 했다. 수경을 잡지 않은 것은 그래서였다. 이제훈이 어떤 계획을 갖고 있는지는 중요하지 않았다. 신의 아이가 직접 이끄는 교회라면, 10월 28일까지 그녀의 안전을 보장해 주리라는 확신이 들었다. 기준은 남아 있는 나흘 동안 대책을 찾아낼 작정이었다. 구원이 완전한 거짓으로 밝혀진 뒤에도 아내와 아들, 모두를 구할 수 있는.

잠시 머뭇거린 수경이 말을 이었다. "…마지막이니까, 당신이 믿지 않더라도 해 주고 싶은 말이 있어. 우리가 떠난 뒤에는 이 세상에 온갖 재앙이 벌어질 거야. 그건 이 세상의 멸망이 시작되는 신호니까 늦더라도 주님을 영접해. 신앙이 생기면 힘들어도 견딜 수 있을 거야. 당신이 7년 뒤, 최후의 그 날에 아버지 하나님께 구원받을 수 있도록 기도할게."

"…."

기준은 말없이 택시를 잡았다. 입을 여는 순간 '마지막 인사'를 논리적으로 반박하게 될 것만 같았다. 참고 보내야만 했다. 그런데 택시에 올라타는 것은 수경뿐이었다. 이선민은 기준 옆에 남아 있었다. 미처 이유를 물을 틈도 없었다. 이미 이야기가 되어 있다는 듯 수경이 공손히 목례를 하며 문을 닫자 택시가 출발했다.

"난 볼 일이 남았어요." 이선민이 말했다.

"한 번 배신한 사람을 믿을 수 있겠어?"

"지나간 일은 잊자고요. 지금부터 모든 걸 다시 시작해야 하니까."

"너한테 도움 줄 게 없어."

"만약 이 모든 게 전부 우리 오빠가 계획한 거라면요?"

"…이제훈이 모든 걸, 전부?"

"아저씨가 집사님을 추적한 것도, 내가 아저씨에게 간 것도 모두 오빠의 계획이었다고요. 아저씨가 우리 교회에 협박하러 온 날부터 시작된 거였어요."

"…너무 허황된 말이구나. 제훈이는 너처럼 미래를 볼 수 있는 것도 아니잖니?"

기준은 더 이상 이제훈을 폭력에 길들여진 불쌍한 꼭두각시로 보고 있지 않았다. 분명한 욕망과 선명한 의지로 움직이고 행동한다는 것이 여러 차례 증명됐다. 명석한 머리와 뛰어난 언변으로 대중을 휘어잡는 카리스마를 지니고 있기도 했다. 그럼에도 불구하고 이제훈은 아직 얼굴에 여드름이 가득한 청소년일 뿐이었다.

"오빠는 미래를 볼 수 없지만 특별한 사람이에요. 내 능력을 깨닫게 한 것도, 이렇게 숨을 참아서 미래를 마음대로 보는 방법을 찾은 것도 다 오빠 덕분이에요. 그래서일지도 몰라요. 오빠는 자세히는 아니어도 내가 무엇을 보고 있는지 알아맞히기도 하고, 내가 보았던 미래를 마음대로 바꿔버리기도 해요."

"그만하자. 만화 같은 이야기잖아."

"내가 미래를 보는 것도 만화 같은 이야기에요. 근데 믿잖아요."

"그건…."

"증거요? 내가 자매님한테 확인한 게 있는데…, 오빠가 영민이, 아저씨 아들이 위급해지는 계시가 오면 연락을 해준다고 아저씨 삐삐 번호를 물어본 적이 있대요."

"그게 무슨 상관이 있다고…."

"오빠는 언젠가 그걸로 미래를 바꾼 적이 있을 거예요."

기준은 문득 슬롯머신도박장에서의 일이 떠올랐다. 느닷없이 나타나서 칼부림을 펼친 헬멧과 대치하던 그때였다. 영민이 위급하다는 호출을 받았고, 공중전화를 찾아 밖으로 달려 나갔으며, 간호사로부터 아무 일도 없다는 소식을 전해 들었다. 그 후 도박장이 폭발했다. 잘못 호출된 삐삐 덕에 목숨을 건진 기준은 현장에서 발견된 인침 조각으로 최목사를 배후로 확정하고 추적을 시작했다. 꼬리에 꼬리를 물었던 우연들이 뒤늦게 작위적으로 느껴졌다.

"아저씨 지금 뭔가 알아낸 거죠? 이번엔 속이지 말아요."

"모든 것을 계획했다고 치자. 그것도 최목사를 위한 거니?"

"목사님을 위해서가 아니에요. 오빠는 목사님의 방주를 가라앉히고, 교회의 주인이 되겠다고 했어요."

"…."

"거짓말 같나요?"

"…나도 네 오빠가 최목사의 자리를 노린다고 생각했던 적이 있어. 하지만 지금은 그때와는 달라. 풍비박산이 난 교회의 주인이 되고 싶을 리가 없잖아."

"언니가 진짜 구원열차를 만들길 원했다고 했어요."

"황민주가? 유언 같은 걸 남긴 거니?"

"모르겠어요. 오빠는 언제나처럼 내게 그 이유를 말해주지 않았어요. 결국 언니가 죽은 이유와 관련이 있기 때문일 거예요. 못 믿겠더라도 나랑 손을 잡아요."

기준이 머뭇거렸다. 이선민이 아니라 스스로를 믿지 못하고 있었다. 확신했던 모든 것이 하나씩 부정당해 왔기 때문이다. 다시 진실을 찾아 나설 용기가 생기지 않았다. 더욱이 10월 28일까지 나흘뿐이었다. 손에서 놓친 통장을 되찾는 것에 집중해야 했다. 낭비할 시간이 없었다.

"도와 달라는 것도, 협박하는 것도 아니에요. 거래해요, 우리. 내가 아저씨한테 돈을 줄게요."

"…혹시 최목사의 재산이 더 남아 있는 건가? 이제훈은 그걸 욕심내고 있는 거고?"

"말했죠? 우린 교회 돈에 손 안 댄다고. 나는 주택복권 1등 번호를 미리 알 수 있어요. 당첨 복권이 먼저 팔려 버리기도 해서 매주 당첨된 건 아니지만, 십억이나 모았다고요."

"십억, 이라고?"

기준은 뒤통수를 맞은 듯 멍해졌다. 그동안 쫓아온 십억 원의 출처가 신의 아이들이라면 설명되지 않던 부분들까지 모두 채워질 터였다. 모든 것이 오빠의 계획이라는 이선민의 주장을 더는 부정할 수 없었다. 이제훈의 목적 또한 어렴풋이 그려졌다. 다만 어느 것도 확신하지 않았다. 기준이 지금 해야 할 일은 다시 이선민과 함께 진실을 찾는 것뿐이었다.

"박기사 아저씨한테 당첨될 복권 찾아달라고 전화해 놓을게요. 이번 주에 못 찾으면, 다음 주 당첨 복권이라도 찾아서 꼭 보내줄게요. 약속해요."

이선민이 불쑥 내민 새끼손가락이 턱밑으로 다가오자, 기준은 어제 박기사에게 살해당할 위기에 처해 있던 순간이 떠올랐다. 목을 조르고 있는 오른손을 뜯어내려 안간힘을 쓰다가 붙잡았던 손목에서 두껍게 만져졌던 흉터들의 촉감이 생생하게 살아났다. 슬롯머신도박장에서 목격했던 헬멧의 손목 흉터들과 꼭 닮아 있는 자해의 흔적이었다. 거기에 평범한 운전기사라고는 믿기지 않는 격투 능력과 엄청난 힘까지!

기준은 공중전화로 달려가 경찰서로 전화를 걸었다. 통화가 연결된 강형사가 마치 기다리고 있었다는 듯 기준을 앞질러 입을 열었다. 전혀 예상할 수 없던 소식이 수화기를 타고 전해져 왔다.

'어젯밤에 헬멧을 잡았어.'

강형사는 피곤에 절어 있었다. 다방에 도착하자마자 밤을 꼬박 새웠다며 블랙커피부터 찾았다. 기준은 이선민과 나란히 앉아서 연신 하품을 쏟아 내는 강형사를 바라보고 있었다. 헬멧을 잡았다는 소식을 전한 직후 갑작스럽게 회의에 들어가며 끊어진 전화의 뒷이야기를 기다리는 중이었다. 승천교회를 언급하지 않았으므로 체포된 헬멧이 박기사가 아니라는 것만 짐작하고 있는 상태였다. 강형사가 블랙커피를 한 잔 더 주문하며 입을 열었다.

"지하철 공사 현장 잡부 명단에 어디서 많이 본 이름이 있더라고. 황재호, 누군지 알지?"

"…황민주 부친?"

"다이너마이트가 비는 구간하고 이 인간이 일했던 구간하고 딱 맞아떨어지는 거야."

"그걸로 용의자로 특정하기에는 부족하지 않아?"

"그 새끼가 사는 여관 월세방에서 헬멧이 나왔고 근처에서 개조된 오토바이를 찾아냈어."

"황재호가 그렇게 정교한 기폭 장치를 만들 수 있다고? …그래 만들었다고 치자. 하지만 칼은? 우리가 아는 헬멧은 전문적인 칼잡이였어." 기준은 박기사에게 잡혔던 목을 쓰다듬었다.

"그건 그렇지. 사실 이상한 게 한둘이 아니긴 해. 그 새끼 마치 뽕 맞은 것처럼 굴더라니까."

체포 당시 경찰은 황재호가 남아 있는 다이너마이트로 저항할 경우를 대비하여 만반의 준비를 하고 여관으로 출동하였으나, 작전은 아무런 충돌 없이 허무하게 끝나고 말았다. 여관 월세방에 머물던 황재호는 넋이 완전히 나간 모습으로 벽을 바라보고만 있을 뿐이었다. 경찰서로 연행된 뒤에도 초점 없는 눈으로 횡설수설 주절거리기만 했다. 형사들이 모두 달라붙어 흩어진 말을 그러모은 뒤에야 그 내용이 간신히 파악되었다.

공사 현장에서 날품을 팔아 하루하루 먹고살던 황재호는, 슬롯머신도박장에서 매일매일을 탕진하다 사채를 끌어 쓰기에 이르렀다. 그리고 눈덩이처럼 불어난 이자가 원금의 30배를 넘기자 장기매매를 권유받았다. 그러던 와중에 어릴 적 헤어진 딸이 죽었다는 소식을 듣게 되어 상심했고, 딸이 예언자로 있었던 교회에 망치일당이 신자로 있다는 것을 알게 됐다. 그래서 일을 나가던 지하철 공사 현장에서 발파 작업에 쓰이는 다이너마이트를 훔쳐서 복수를 하게 된 것이다.

황재호는 우연으로 떡칠된 진술 끝에 수갑을 찬 손으로 스스로의 얼굴을 가격했다. 경찰의 만류에도 자해가 이어졌다. 혼란스럽던 진술과는 달리 또렷한 목소리와 말투로 소리 소리를 질렀다.

'전 아버지 자격도 없습니다. 이렇게라도 반성해야 합니다. 벌해주세요. 벌 받지 않으면 저 죽습니다. 죽고 싶지 않습니다!'

경찰들은 코피가 터진 황재호를 제압했다. 술 냄새는 나지 않았다. 당연하게 마약을 의심할 수밖에 없었다. 그는 머리털을 뽑아내는 틈을 이용해 다시 자해를 기도하며 발광을 멈추지 않았다.

"또라이 새끼 때문에 이게 뭔 지랄인지 모르겠다. 그래도 이제 하나하나 파고들면 답이 나오겠지."

강형사의 이야기를 듣고 있던 기준은 고개를 저으며 말했다.

"헬멧 아니야."

"어떻게 알아?"

"진술이 고르지 않아. 도박장과 망치 얘기는 감정이나 세부적인 행동들이 함께 묘사되는데 다이너마이트 얘기는 '내가 했다'라는 거 말고는 아무런 디테일이 없잖아. 직접 경험한 일과 어디서 주워들은 일의 차이야. 네 입으로 전해진 거 감안하더라도 아닌 건 아닌 거야."

"이제 잡았잖냐. 공범이 있을 수도 있는 거고. 망치 찾아서 말 좀 맞춰 보면 메꿔지겠지. …너는 무슨 일 때문에 전화했던 건데?"

"좀 보고. 나도 황재호 때문에 헷갈린다."

"오집사가 묻어 놓은 거는? 찾았어?"

강형사가 옆을 힐끔거려 눈치를 살폈다. 이선민이 어른들 이야기에는 관심이 없다는 천진한 얼굴로 우유를 홀짝거리고 있었다. 기준은 신경 쓰지 말라는 듯 손을 저어 강형사의 시선을 떼어냈다.

"그 돈 말이야, 십억. 차명 자산들 파도 파도 출처가 안 잡혀. 최목사한테 독박을 씌울 필요도 없어. 아주 깨끗해."

"승천교회랑 관련이 없는 돈일 가능성도 있어."

"그럼 어디서 나온 건데? 오집사 그 새끼 뭐 주택복권이라도 됐대? 가만, 십억이면 몇 장이 당첨돼야 하냐?"

그때 이선민이 대화를 자르고 들어왔다. "아저씨, 나 배고파요."

기준은 반장에게 의심받지 않게 그만 붙어 다니라는 강형사의 충고에 고개를 끄덕이며 옆을 돌아보았다. 연신 투덜거리는 이선민의 얼굴이 진지하게 변해 있었다. 그녀가 턱짓으로 탁자 위에 올려놓은 휴대용 라디오를 가리켰다. 미래의 뉴스가 들려오고 있는 것이었다. 다시 배가 고프다고 투정을 부리는 목소리가 강형사를 빨리 따돌리라는 재촉처럼 들려왔다.

"확실해?"

다방에서 나온 기준은 이선민이 인도한 대로 시 외곽에 있는 성인나이트클럽 앞에 도착했다. 이선민이 다시 한 번 숨을 꾹 참은 채로 들고 있는 휴대용 라디오를 바라보았다. 얼굴이 빨갛게 달아오른 뒤에 숨을 크게 뱉었다.

"아까랑 똑같아요. 미래는 바뀌지 않았어요. 오늘 여기에서 자살했다는 뉴스가 나와요. 김태영…. 망치라는 사람 맞죠?"

"…다녀오마."

"나도 같이 가요."

"여기에 있어, 위험해."

"아저씨는 나 도와주는 게 아니라 거래한 거예요. 같이 갈래요."

이선민은 허락을 기다리지 않고 먼저 자동차에서 내렸다. 기준은 뒤를 쫓아가지 못한 채 머뭇거리고만 있었다. 이제훈의 지적대로 황빈수가 최목사에게 강간을 당했다는 추리는 틀렸을지도 모른다. 그렇다 하더라도 진실은, 십억 원의 정체가 그러했듯 짐작과 다르면서 비슷할 것이라고 생각했다. 어떤 결론이 되었든 이선민이 견디기에는 버거운 내용임은 분명했다. 하지만 그녀는 벌써 나이트클럽 입구에 도착해 있었다. 기준을 향해 빨리 오라고 손짓을 했다.

"어떤 새끼가 문을 열고 다녀! 너희들 문단속 안 할 거야?"

팔자걸음으로 홀을 가로질러 걸어가던 러닝셔츠 차림의 덩치가 신경질적으로 소리쳤다. 영업 전의 어두운 홀을 밝게 비추는 출입문이 닫힌 뒤에도 분이 안 풀린 듯 온갖 욕을 쏟아 내며 사라졌다. 테이블 밑에 숨어 있던 기준과 이선민이 나왔다. 빠르게 어둠을 밟아 2층으로 올라갔다. 발소리가 울리자 덩치의 신경질이 다시 크게 터져 나왔다.

"야, 이 새끼들아 조용히 좀 하라고!"

이선민이 2층을 빼곡하게 채운 룸 중 하나를 가리켰다. 미래를 통해 모든 문을 열어보고 망치가 있는 곳을 찾아낸 것이었다.

"마지막으로 묻자. 꼭 들어가야겠어?"

"여기까지 와서 왜 이래요? 망치라는 사람, 언니네 아빠하고 관련 있는 사람이잖아요. 분명히 진실을 알고 있을 거예요."

"내가 듣고 와서 전해 주는 방법도 있어."

"못 믿겠어요."

"이번에는 배신하지 않아."

"배신을 걱정하는 게 아니에요. 나는 언니에게 일어난 일이 심각하게 나쁘다는 건 알고 있어요. 그래서 아저씨는 진실을 알게 되어도 있는 그대로 말해 주지 못할 거예요. 내가 상처를 받을까 봐 적당히 포장하겠죠. 그게 싫어요. 모든 걸 알지 못하면 궁금한 게 생기고, 궁금한 것들은 내가 생각할 수 있는 가장 끔찍한 상상으로 채워질 거란 말이에요. 있는 그대로를 듣고 판단하고 싶어요."

기준은 이선민의 혜안에 감탄했다. 진실은 비극일 것이다. 따라서 모든 걸 말해 주겠다고 결심하고 다짐을 하더라도 결국 모든 걸 말해 줄 수 없게 되리라는 것을 인정할 수밖에 없었다. 이선민을 떼어 낼 명분이 남아 있지 않았다.

"옆에 꼭 붙어 있어."

룸의 문이 열리자 소파에 누워 있던 망치가 화들짝 놀라며 일어났다. 며칠 사이에 양 볼이 패일 정도로 야윈 얼굴에는 두려움이 어른거리고 있었다. 시커먼 그림자를 밟고 선 두 눈은 초점이 나간 듯 기준을 알아보지 못했다. 술병이 어지럽게 늘어진 테이블을 더듬거려 인터폰으로 손을 가져가고 있었다.

기준은 테이블을 발로 걷어찼다. 술병들이 사방으로 떨어져 요란하게 깨졌다. 겁을 먹은 듯 엉거주춤 뒤로 물러나는 망치에게 바짝 다가갔다. 멍한 눈에 얼굴이 맺힐 수 있도록.

"남의 영업장에 얹혀 있는 주제에 소란 떨지 말자. 너 나 알잖아?"

"…형사, 님?"

"잡으러 온 거 아니니까 정신 차려."

망치는 연거푸 술을 들이켠 후 안정을 찾은 듯 몸을 축 늘어트렸다. 하지만 여전히 불안이 남아 있는 듯 작은 소리에도 움찔거리며 예민하게 반응했다. 기준과 눈이 마주치자 멋쩍어하며 다시 독주를 입에 털어 넣었다. 그리고 분하다는 듯 잔을 세게 내려놓았다.

"저요. 죄를 지었다고 생각 안 합니다. 교회 미친놈들이 달려들지만 않았어도 최목사 멱을 따버릴 수 있었을 거라고요."

"갑자기 왜 그런 선택을 했지?"

"내가 죽이지 않았으면 그 새끼가 저를 죽였을 거예요. 이거 정당방위라고요!"

"정당방위가 될지 안 될지는 사정을 들어봐야 아는 거고. 말해봐. 무슨 일이 있었던 거야?"

"그러니까 그게…." 머뭇머뭇 입을 뗀 망치가 체념한 듯 빠르게 진술을 이어갔다. "최목사한테 빡친 건 빡친 거고 돈부터 찾으려고 했습니다. 형사님들 덕에 명한이 새끼가 십억을 삥땅친 걸 알게 됐으니까요."

망치에겐 복수보다 연달아 터진 영업장으로 인한 손해를 메우는 것이 우선이었다. 오집사가 빼돌린 십억 원을 찾아 재기의 발판으로 삼으려 했다. 그런데 오집사의 친인척을 붙잡아 '족치던 중'에 평소에 관리하던 경찰로부터 연락을 받았다—강형사가 말했던 삐꾸기였다. 경찰은 승천교회와의 연결고리가 드러나기 직전이라며 장난질을 쳤으면 자진 납세하라고 압박했다. 망치가 곧장 승천교회로 향한 것은 그래서였다. 돈이 목적이 아니었다. 서로의 배신을 막기 위해서 나누어 관리한 이중장부를 없애야 했다. 이제훈을 겁박하여 벽을 부수고 비밀 금고를 찾아냈다. 그러나 장부는 보이지 않았다. 이제훈은 뒤늦게 진실을 털어놓았다. 망치가 안타깝다는 듯이.

'아저씨들은 10월 28일이 지나고 목사님이 구속된 이후를 계획했어요. 우리들, 신의 아이들을 이용해서 새로운 교회를 세우고 계속해서 돈을 챙기려고 했죠?'

'그래서 내가 네 대가리를 못 부술 거라고 개기는 거냐? 지랄 마, 이 새끼야! 오함마로 처 막기 전에 말해! 장부 어디 있어?'

'목사님은 바보가 아니에요.'

망치는 슬레지해머를 힘껏 휘둘렀다. 꿇어앉아 있는 이제훈의 무릎 옆을 짓찧어 공포감을 조성했다. 하지만 이제훈은 겁을 먹지 않았다. 망치의 귀에 더 큰 공포를 속삭였다.

'목사님은 경찰에 체포되면 아저씨가 배후라고 말할 거예요. 오 집사가 관리하던 장부는 불에 타서 없어졌고, 아저씨에게 불리한 것만 남았잖아요.'

'내가 인정할 거 같아?'

'인정할 필요 없어요. 그 배후는 오늘 신의 이름으로 죽어 죄를 뒤집어쓰게 될 거니까요. …왜 제 발로 찾아온 거예요?'

그 순간이었다. 외부로 나 있는 사무실 창문들이 단번에 깨지며 와장창 쏟아져 내렸다. 누가 어떻게 어떤 장치를 이용했는지 알 수 없었고 알 필요도 없었다. 이미 망치의 머릿속에는 죽음이라는 공포가 깊게 스며들어 있었다. 사무실을 빠져나와 복도를 걸어가는 동안에도 창문들이 계속해서 깨졌다. 날카로운 소음들이 망치의 공포를 팽창시켰다. 꾹 참았던 비명이 혀끝에 매달려 있던 그때, 예배가 한창인 예배당 앞에 도착해 있었다. 설교 중인 최목사의 목소리가 들려오자 분노가 치밀었다. 죽지 않기 위해서는 죽여야 한다는 결론이 망치를 예배당으로 이끌었다.

"최목사 새끼를 찌르고 나왔는데 어둠 속에 악마가 기다리고 있었어요. 저를 죽이려고!"

"그게 누구지?"

"헬멧! 보이진 않았지만 분명 그 새끼였어요. 잡히면 바로 죽는 거 알잖아요? 그래서 도망을 쳤는데… 가는 길목마다 먼저 가서 지키고 있는 거야! 그 새끼가 안 보이는 데까지 뛰고 또 뛰었는데… 씨발, 지금도 불만 끄면 그 새끼가 보이는 것 같다고요!"

망치는 여전히 헬멧이 쫓아오기라도 한다는 듯 주변을 경계했다. 연신 한쪽에 놓인 모니터를 힐끔거렸다. 나이트클럽 내부를 비추는 시시티브이 영상이었다. 어두컴컴하던 홀이 영업 준비를 시작한 듯 희미하게 불을 밝히자 이리저리 오가는 덩치들이 화면에 어른거렸다. 움직임이 감지될 때마다 망치는 동작을 멈춘 채 얼어붙었다. 그와 반대로 목소리는 점점 커져갔다. 피하거나 도망칠 수조차 없는 위험에 직면했을 때, 무력하게 당하지 않고 싸우게 만들기 위해 두려움을 분노로 바꾸는 인간의 본능이었다.

나쁘지 않은 흐름이라고 기준은 생각했다. 분노는 차가울 수 없었다. 뜨겁게 흥분한 끝에 원하는 대답을 쏟아낼 거라고 기대했다.

"벌 받고 있다는 생각은 안 해?"

"뭔 벌을 받아! 씨발! 사이비 짓 하는 딸년에게 돈 뜯어내는 빚쟁이 새끼한테 숟가락 좀 얹은 게 뒈질 일입니까?"

눈덩이처럼 불어난 빚에 숨통이 막혀가던 황재호는, 신문에서 우연히 시한부 종말론을 주장하는 사이비 교회의 어린 예언자로 소개된 딸의 이름을 발견했다. 동명이인으로 생각하고 넘길 수는 없었다. 함께 소개된 아이들이 딸과 함께 도망쳤다는 아이들과 같은 이름이었기 때문이다. 거창한 계획을 세운 건 아니었다. 운이 좋으면 술값이나 뜯어내고, 아니라도 밑져야 본전이란 생각으로 승천교회를 찾아갔다. 그런데 거기 정말 딸이 있었고, 겁을 집어먹은 딸이 최목사를 불러냈으며, 놀란 최목사가 은밀히 큰돈을 쥐여주었다. 화려한 나날이 시작되는 순간이었다. 단번에 빚을 청산한 황재호는 해가 뜨면 슬롯머신도박장으로 찾아가 레버를 당겼고, 해가 지면 취할 때까지 술을 마신 뒤 잠이 들었다. 그리고 돈이 떨어지면 승천교회에 전화를 걸었다.

"돈 냄새 풀풀 나는 노다지를 가만두면 병신이죠. 사장님사장님 굽실거려가며 술 사 처먹이니까 사이비 교회에 빨대를 꽂고 있다는 걸 술술 불더군요. 다음은 알잖아요? 최목사랑 동업했죠. 황재호 같은 빈대 새끼 쫓아 주고! 최목사 뒷주머니 만들어 빵빵히게 불려 주고! 신의 아이들이란 애새끼들 관리도 해 주고…."

망치가 문득 이선민에게 시선을 옮기며 말끝을 흐렸다. 그제야 이선민을 알아보았다는 듯 생각에 잠겼다. 시르죽어 있던 눈에 생기가 차오르고 있었다. 테이블을 두드려 다음 진술을 채근하는 기준을 모른 체했다. 잠시 후 망치가 기분 나쁜 웃음을 흘렸다.

"정당방위라고 주장할 필요도 없었네요. 어차피 형사님은 나 못 잡아가는데."

"뭐?"

"강형사님 제끼고 혹이랑 다니는 거 보면 명한이가 삥땅 친 십억을 혼자 드시려는 거 같은데, 정보 얻으러 와서 이러시는 건 반칙이죠. 동업하자고 손을 내밀어도 시원찮을 판에…. 먼저 형사님 패를 봅시다. 들어보고 같이 갈지 안 갈지 정해야 하니까."

망치가 기지개를 켰다. 한쪽 팔을 의자에 걸치며 넓은 가슴을 훤히 드러내고 앉았다. 멋대로 착각에 빠져 건방을 떨고 있는 것이다. 하지만 고개는 편하게 기울어지지 못한 채 뻣뻣하게 굳어 긴장을 드러냈다. 감으로 베팅한 결과를 초조하게 기다리고 있다는 뜻이었다. 기준은 지지 않을 자신이 있었다. 다만 압도적으로 이길 방법을 고민하느라 침묵이 길어지고 있을 뿐이었다.

"돈은 이미 찾았어요." 이선민이 기다릴 수 없다는 듯 껴들었다.

"그래? 그럼 너랑 얘기하면 되겠구나! 어디 있니, 내 돈?"

"우리 언니 왜 죽었는지 알아요?"

"언니가 왜 죽었는지 궁금하니? 돈부터 가져와."

망치가 기준을 보며 얄밉게 웃어 보였다. 섣불리 승리를 예상하고 과감히 도발해 왔다. 기준은 아무런 표정도 드러내지 않았다.

테이블 밑에서 이선민의 손을 꼭 붙들었다.

"쓸데없는 정보 주지 마. 이 새끼는 민주하고 아무 관계도 없어."

잘못 내보인 패를 살리는 법은 상대가 패를 잘못 읽게 만드는 것뿐이었다. 영리한 이선민이라면 의미를 알아들을 것이라고 믿었다. 그녀는 흥, 하고 콧방귀를 뀌며 고개를 돌렸다. 망치가 다급히 의자 끝으로 엉덩이를 이동시켜 이쪽으로 몸을 기울일 만큼 기대 이상의 활약이었다.

"십억을 감춘 곳이 죽은 황민주하고 관계가 있다는 거잖아요?"

"몰라, 비싼 척하는 새끼랑은 장사 안 해."

"오명한이에요! 오집사 때문이라고요. 황민주 자살한 거."

눈에 보이지 않는 곳에 숨어서 아무리 찾으려 해도 찾아지지 않던 진실이, 뜻밖의 순간에 의도치 않게 모습을 드러냈다. 그리고 놀랄 시간을 주지 않겠다는 듯 폭로가 성실하게 이어졌다.

오집사는 교회에 심어진 날부터 황민주를 탐했다. 천사님에게 함부로 손을 댈 수는 없었기에 주변만 맴돌다가 교회와 신뢰 관계가 형성되고 돈이 안정적으로 흐르자 황재호를 미끼 삼아 밖으로 불러냈다. 그리고 강간했다. 비밀은 오래가지 않았다. 고귀한 존재로 추앙받는 천사를 범했다는 정복감에 취해 가볍게 입을 놀렸다.

"명한이 별명이 발정 난 개새끼에요. 빠따를 때려도 그때뿐이지 또 건드리더라고요. 근데 그게 애들 관리하는 데 효과가 있다 보니 그냥 내버려 둔 거죠. 아마 명한이 때문에 죽었을 거예요, 황민주."

기준은 망치의 진술을 의심할 수 없었다. 거짓의 징후가 보이지 않았을뿐더러, 거짓말로 하여 기대할 수 있는 이득이 전무한 상황이었다. 진실로 받아들여야 했다. 다만 황민주의 선택이 쉽게 이해되지 않았다. 오랜 시간 성적 학대를 견뎌오다 이제훈, 이선민과의 도미(渡美)를 앞둔 시점에서 벌어진 자살이었다. 그녀의 등을 떠민 결정적인 이유가 있으리라고 생각했다.

"넌 그런 사정을 알고 있으면서도 이 모든 게 이제훈 짓이라는 생각을 해본 적 없어?"

그러나 기준은 의혹에 정면으로 부딪치지 못했다. 입술을 은밀히 깨물어 분노를 삭이던 이선민이 괴로움을 참지 못한 듯 고개를 돌려버린 탓이었다. 진실에 짓눌려 축 늘어진 작은 어깨가 눈에 아프게 안겨 왔다. 그녀가 충격을 서서히 받아들일 수 있게 폭로의 속도를 조절해야만 했다. 그런데.

"이제훈이 왜요? 그 새끼는 우리한테 꼼짝 못 해요."

"왜지?"

"경한이가 그년을 벗겨 놓은 사진을 갖고 있었거든요."

기준은 진실을 통제하지 못했다. 엉켜 있던 실타래가 풀리듯 진실은 거침없이 폭로됐다.

황민주가 자살했던 그날, 최목사는 이제훈이 경찰에 협조를 요청한 사실을 알려왔다. 그러자 오집사는 숨겨 놓았던 황민주의 나신(裸身) 사진을 꺼내며 해결사를 자처하고 나섰다. 아이들이 도망칠 때를 대비하여 찍어 놓았다던 그것을 세상에 공개하겠다고 협박함으로써 이제훈의 결심을 단숨에 무너트린 것이었다. 상상조차 할 수 없던 비극이 휘몰아쳐 왔다.

"그때죠? 오명한 이 새끼가 십억을 슈킹한 게… 아, 젠장 그게 이제훈이 돈이었구나! 그럼 이제 동업하시는 겁니까?"

"사진 어디 있어요?"

이선민이 기준에게 붙잡혀 있던 손을 뿌리치고 일어났다. 기준은 그녀를 붙잡아 앉힐 수 없었다. 더 이상 분노를 눌러놓지 못한 채 온몸을 부들부들 떨고 있었다.

"돈은 어디 있는데?" 망치는 실실 웃음을 흘리며 이선민을 조롱했다.

"집사님이 언니 이름으로 통장 만들어서 교회에 감췄어요."

"선민아!"

기준은 무의식적으로 위태롭게 소리쳤다. 확신을 얻은 망치가 손을 높이 들어 올렸다.

"오케이 여기까지. 내가 냄새를 좀 잘 맡거든. 너 이 개새끼, 형사 아니지?"

"…."

"대답하지 않아도 돼. 형사여도 상관없으니까. 어차피 나 만나러 온 건 비밀로 했을 거고, 여기에서 죽어도 아무도 모를 테니까."

"너 미쳤냐?"

"미친 건 너지. 내가 얼마나 개 같아 보였으면 애새끼를 달고 쳐들어오지? 여기가 어딘지 알아? 신(新) 평화사거리파 본진이야, 이 새끼야! 장단 맞춰 주니까 좋았지?"

망치가 동료들을 부르기 위해 인터폰을 들었다. 기준은 언제 어떤 이유로 정체가 탄로 났는지 고민을 하다 고개를 저었다. 빠져 나갈 방법부터 찾아야 했다. 이선민의 능력이라면 가능할지도 몰랐다. 그런데 이선민은 분위기를 읽지 못한 듯, 핏기 어린 목소리로 분노를 터트렸다.

"사진 어디에 있냐고 물었잖아요!"

"싸가지 없는 년이 어른한테 버릇없이 소리나 빽빽 질러대고 말이야. 내가 그딴 게 어디 있는지 어떻게 알아? 그 새끼 단골 전당포라도 가서 물어보든가. 어딘지 알려 줘?"

'전당포?'

기준은 오집사를 처음 만났던 날이 떠올랐다. 그가 먹고 떨어지라며 흩뿌렸던 만 원권 지폐 속의 전당포 명함이 아직 지갑에 들어 있었다. 묻고 싶은 것이 많았으나 아무것도 묻지 않았다. 마지막 교섭을 위한 최후의 수단이 되어줄 수도 있었다. 인터폰이 연결되기 전까지 그럴싸한 카드로 만들어야 했다.

"아무도 받을 수 없어요."

이선민이 자리에서 일어나 시시티브이 영상이 비치는 모니터 앞으로 다가갔다. 그리고 손가락으로 화면을 툭툭 두드려 어슴푸레하게 일렁이는 그림자들을 가리켰다. 안내를 따르자 그림자들의 형태가 점차 가늠되어갔다. 덩치들이 한 남자에게 덤벼들고 있었고, 무력하게 쓰러지는 중이었다.

기준은 그가 누구인지 알고 있었다. 헬멧, 아니 박기사였다. 망치도 마찬가지로 화면 속에 비치는 상황을 읽어낸 듯 눈을 크게 뜬 채 멍하니 서 있었다. 이선민이 휴대용 라디오를 머리 위로 들어 올렸다.

“지금부터 내일 뉴스를 알려 줄 거예요. 잘 들어요. 시한부 종말론을 주장하는 승천교회의 자금을 횡령하고 목사 최재권 씨를 상해한 혐의로 수배 중이던 조직폭력배, 마흔여섯 살 김태영 씨가 은신해 있던 폭력 조직 평화사거리파의 나이트클럽 업소에서 조직원들을 죽이고 자살한 채 발견되었습니다.”

룸의 문이 열렸다. 온몸에 피를 뒤집어쓴 박기사가 들어왔다.

예언자 7

나는 비로소 오빠의 말을 모두 이해할 수 있었다. 내가 진실을 찾는 과정은 집사님 아니, 그 쓰레기가 오빠를 협박하여 돈을 뜯어 간 뒤에도 돌려주지 않았던 언니의 사진을 찾는 과정이기도 했다. 그러므로 돈에 눈이 먼 저 인간에게는 더 이상 볼 일이 남아 있지 않았다. 오빠의 명령으로 나를 미행하고 있었을 박기사 아저씨가 때마침 나이트클럽으로 들어와 있었다. 감시카메라로 비추어지는 너른 홀에서 덩치 큰 깡패들을 쓰러트리며 다가오는 중이었다.

오빠는 모두에게 무시를 당하는 박기사 아저씨가 사실은 대단한 사람이라고 했다. 반이 잘려나간 혀로 더듬더듬 들려준 무용담들을 그대로 믿은 것이었다. 그 속에서 아저씨는 똘이장군*처럼 빠르고 강하고 멋지게 공산당들을 해치워 나가곤 했다. 말도 안 되는 이야기였으나, 내 능력도 말도 안 되는 능력이기는 마찬가지였으므로 그럴 수도 있다고 생각했다. 그래서 무시무시한 헬멧이 박기

---

* 1978년 한국에서 제작된 최초의 반공 애니메이션.

사 아저씨라는 기자 아저씨의 주장에도, 온몸에 피를 뒤집어쓰고 나타난 지금도 그리 놀라지 않았다. 다시 말하지만, 그럴 수도 있는 일이었다.

"야 이 개 같은 새끼야!"

망치가 술병을 깨고 내게 달려들었다. 뾰족한 병 끝을 내게 겨누며 '이년 살리고 싶으면'까지 외친 순간, 밧줄이 날아와 망치의 목을 휘리릭 감았다. 망치는 엄청난 힘에 이끌려 단숨에 날아갔고, 밧줄이 문틈에 걸리며 허공에 매달렸다. 박기사 아저씨는 망치가 발버둥을 치지 못하게 다리를 꺾어 부러트린 뒤 시간을 확인했다. 그리고 내게 다가와 리시버와 연결된 무전기를 건네주며 길을 터주었다.

"처처천사님 …나가, 나가 계십시오."

"기자 아저씨는 건드리지 마."

나는 넋이 나간 채 자리에 주저앉은 기자 아저씨를 보고 고개를 끄덕여 안심시킨 뒤 그곳에서 나왔다. 여기저기에 쓰러져 있는 깡패들은 하나 같이 목에서 피를 뿜어내고 있었다. *살려줘.* 아직 숨이 끊어지지 않은 듯 희미한 신음들이 들려왔다. 그들은 지하철에서 마주했던 희생자들과는 달랐다. 모두 오집사와 같은 쓰레기들이었다. 티끌만큼의 동정도 생기지 않았다. 온통 붉게 물든 어둠을 밟아 내려오며 귀에 무전기의 리시버를 꽂았다. 오빠의 목소리가 귀로 먹먹하게 흘러들어 왔다.

'지금은 오후 네 시 정각이야. 듣고 있지, 선민아? 나는 지금부터

민주가 남긴 편지를 읽어 주려고 해. 그 전에 선민아, 너에게 사과를 해야 할 일이 있어. …나 사실 그날, 민주를 따라서 죽으려고 했었어.'

내가 이미 알고 있던 대로 오빠는 경찰에게 협조를 약속하며 언니의 죽음을 파헤쳐 달라고 부탁을 했으나, 오집사 그 쓰레기가 찾아와 언니를 더럽힌 시간이 담긴 사진을 내밀어 입을 막았다. 기도실로 나를 찾으러 오기 전까지 길고 길었던 밤을 홀로 헤매던 오빠는, 홀린 듯 사건이 벌어진 여자 화장실로 향했다. 경찰이 출입을 막아 놓은 노란 테이프를 뜯어내고 언니가 목을 매달았던 자리에 도착했다.

'죽고 싶어서 그랬던 건 아니야. 죽는 것 말고는 아무것도 생각할 수 없었던 거지. 민주처럼 목을 매달려고 했을 때 박기사님이 들어와 구해 주지 않았더라면 나는 너를 두고 죽어 버리는 죄를 지었을지도 몰라. 미안해. 오빠가 너무 나약해서 내 동생을 먼저 생각하지 못했어. 정말 미안해.'

나는 하나도 서운하지 않았다. 그때 그 시간에 오빠가 느꼈을 고통과 공포가 피부로 생생하게 느껴졌다. 오히려 하나님에게 들어주지도 않는 기도를 하느라 오빠 옆에 있어 주지 못한 내가 미안했다. 오빠가 죽기 싫어도 죽어야 할 만큼 나쁜 일을 겪었음에도 살아 있어 주어서 고마웠다.

'민주는 나를 너무 잘 알고 있었어. 박기사님이 나를 구하고 전해 준 편지는 이렇게 시작을 해. …오빠는 지금 바보 같은 선택을 했기 때문에 이 편지를 보고 있는 거지? 박기사님한테 뭐라고 하지 마. 내가 지금 같은 상황에만 편지를 전해 주라고 부탁한 거야.'

편지를 읽어나가는 오빠의 목소리 위로 언니의 목소리가 들려오는 것만 같았다. 언니가 언제인지 모를 시간에, 앉은뱅이책상 앞에 앉아 한 글자 한 글자 꾹꾹 눌러썼을 편지가, 긴 시간을 지나 도착한 것이었다.

나는 오늘 오빠와 선민이를 두고 떠나게 되었어. 오빠와 선민이가 슬퍼하고 또 힘들어할 거 너무 잘 알아서 망설였지만 어쩔 수 없었어. 그래도 나 이해해 달라고, 미워하지는 말아 달라고 뻔뻔하게 부탁할게. 들어줄 거지? 오빠는 착하니까. 너무 착해서, 나를 위하느라 편하게 지낼 수 있는 고아원을 포기하고 나온 거잖아. 목사님한테 매까지 맞으면서 나와 선민이를 지켜 주고 있잖아. 오빤 우리 아빠가 나를 찾아낸 것도, 그래서 깡패들이 교회로 들어오게 된 것도 다 알고 있었지? 내가 미안해할까 봐 모른 척해 준 거 알고 있어. 고마워, 정말…. 그래서 한때는 오빠한테 오집사 일을 얘기해 볼까 생각했던 적도 있어. 근데 나도 염치가 있지…, 또다시 오빠한테 내 문제를 떠넘기고 싶지 않았어. 나 혼자 조금만 힘들면 되는 거였으니까…. 우린 10월 28일에 미국으로 가기로 했었잖아. 끝이 예정되어 있는 고통이라고 생각하니까 얼마든지 참을 수가 있었어. 그리고 … 무엇보다 말하고 싶지 않은 일이었어. 모든 걸 알게 되는 오빠지만 이 일만은 모르길 바랐어. 그것 때문에 내가 욕심을 부렸어. 나를 오집사한테 태워다 주곤 했던 박기사님은 나 때문에 입을 다물 수밖에 없었던 거고…. 박기사님도 힘드셨을 거야. 내가 절대 죄책

감 느끼지 마시라고, 어떤 일이 일어나더라도 오빠와 선민이를 꼭 지켜 달라고 편지를 드리긴 했는데 … 그래도 많이 놀라셨을 거야. 오빠도 기사님 위로해드려. 미안하단 말도 한 번 더 전해 주고.

나 이제야 신도들이 왜 종말을 믿는지 이해가 돼. 아무런 희망이 없으니까 차라리 세상의 끝이 오길 기다리는 거였어. 오빠는 이것도 알고 있었지? 돈을 다 모았으면서도 휴거 일을 계속 미루다가, 더는 미룰 수가 없어서 올해 10월 28일로 정한 건 그래서였잖아. 신도들을 두고 우리가 사라져 버리면, 신도들이 상처받을까 봐 이런저런 고민했던 거 알아. 우리한테는 돈 욕심부리는 척했지만 다 티가 났어. 근데 오빠, 이젠 망설이면 안 돼 …. 오빠의 예상대로였어. 깡패들은 10월 28일이 지나면 최 목사를 경찰에 넘기고 우리를 이용해서 새로운 교회를 세우려고 해. 오빠는 그땐 우리가 미국에 있을 테니 걱정하지 말라고 했지만 …, 오집사가 우리 계획을 눈치채 버렸어. 그것도 모자라서 나는 약점까지 잡혀 버리고 말았어. 그 사람, 이제 곧 그걸로 오빠를 협박할 거야. … 끝이 있어서 참을 수 있던 고통이 끝이 없는 고통이 되어 버렸기 때문일까? 이제는 참기가 힘들어. 그리고 무엇보다 나를 힘들게 하는 건, 오빠랑 선민이는 결국 나를 버리고 가지 못해서 여기에 남게 될 거고, 우린 다시 사람들을 속이게 될 거라는 거야. 그때는 지금처럼 미국으로 갈 수 있다는 희망을 꿈꾸지 못해. 단지 깡패들을 위해서 거짓말을 계속해야만 할 거야. 우리를 믿던 신도들에게는 미안하지만, 더 이상 피해를 늘리지 않기 위해서는 여기에서 끝을 내야 해.

생각해 보면 다 나 때문이었어. 내가 아니었으면 오빠랑 선민이는 여전

히 고아원에 있었을 테고, 내가 아니었으면 내년에 성인이 된 오빠랑 오빠의 친동생인 선민이는 고아원을 나가 행복하게 살았을 거야. 나를 만나면서 오빠와 선민이가 불행해졌다는 걸 이제는 인정할게. 그러니까, 내가 떠나야 해. 아까 내가 날 이해해 달라고, 미워하지 말아 달라고 뻔뻔하게 부탁했던 건 잊어버려. 그냥 날 미워하고 원망해. 그래서 잊어버려. 선민이 데리고 도망쳐. 오빠와 선민이, 늘 꿈꾸던 미국에서 자유롭고 행복하길 하나님께 진심으로 기도할게. 아멘. 정말 미안해. 모든 게 다… 모든 게 다 미안해. 오빠… 선민아….

"마지막으로…, 정말로 내가 너무 사랑했었다는 말, 직접 못 해주고 가서 정말 미안해."

붉은 어둠을 뚫고 나이트클럽 밖으로 나오자 기다리고 있던 오빠가 보였다. 오빠는 다 읽은 편지를 주머니에 넣은 뒤, 들고 있던 내 곰 인형 속에서 작은 마이크를 뽑아내 바닥에 버렸다. 무전기와 연결되어 있던 것일 테지.

"그동안 미행하고 엿들어서 미안해."

"…꼭 종교를 위해서가 아니더라도 소중한 걸 위해 죽음을 선택하는 것도 순교라고 했지? 언니는 순교한 거야, 우리를 위해서."

나는 울고 싶었지만 울지 않았다. 그동안 거대한 슬픔을 혼자 끌어안고 있어야 했던 오빠 앞이었으니까. 그리고 무엇보다 아직은 울 수 있는 시간이 아니었다.

"나… 우리가 찾아야 하는, 그 사진은 아직 찾지 못했어."

"그건 처음부터 김기자가 받들어야 할 소명이었어. 김기자라면

완수해 낼 거라고 믿어. 너는 여기까지야. 네가 할 수 있는 모든 것을 했어. 우리는 돌아가서 신도들을 맞이해야 해. 민주가 남긴 숙제를 할 시간이야."

"숙제?"

"구원열차를 움직여야지." 오빠가 내게 손을 내밀었다.

나는 궁금한 게 많이 남아 있었지만, 오빠의 손부터 덥석 붙잡았다. 오랜 시간 느낄 수 없었던 온기가 전해졌다. 다신 놓지 않겠다고 다짐을 하며 온 힘을 다해서 오빠의 손을 꽉 쥐었다. 오빠가 아프다는 듯 짧게 신음하며 나를 바라보았다. 그리고 웃었다.

1992년 10월 25일

"황민주는 최목사가 아니라 오집사에게 강간을 당해오다가 자살을 선택한 거야. 이제훈은 오집사로부터 황민주 나체를 찍어 놓은 사진을 풀겠다고 협박을 당해서 입을 다물었던 거고."

기준은 강형사에게 전화를 걸어 사건의 진상을 밝혔다. 황민주의 이름으로 개설된 통장을 발견했던 일부터, 이선민과의 동행, 그리고 망치의 죽음까지 모든 것을 솔직하게 털어놓았다. 강형사는 쉽게 믿어 주지 않았다.

'어제 망치가 뒈진 게 자살이 아니었다는 거잖아? 그리고 이게 전부 이제훈이 저지른 일이라고? 젠장, 복수 때문에?'

"이제훈은 끝내 황민주의 나체 사진을 회수하지 못한 채로 오집사를 죽여 버렸어. 더 이상 참을 수 없었거나, 아니면 다른 이유가 있었겠지. 대신에 오집사와 관련된 장소를 모조리 폭파해 버린 거야. 사진을 찾지 못해도 남아 있을 수 없도록."

'사진 몇 장을 태우자고 이 난리를 친 거라고? 너 이제훈이 몇

살인지 알지?'

"나이는 상관없어. 어차피 이제훈이 그린 그림을, 헬멧이… 박기사가 실행한 거니까."

기준은 셔츠 안쪽에서 욱신거리는 통증을 느꼈다. 나이트클럽에서 느꼈던 공포가 아직도 가시지 않았다. 망치를 공중에 매단 뒤 발버둥을 치지 못하도록 다리를 부러트린 박기사가 한 걸음 한걸음 다가왔다. 도망을 칠 수도 없는 룸의 구석에 몰려 있던 기준은 저항은커녕 살려 달라고 빌 용기조차 생기지 않았다. 기준을 건드리지 말라던 이선민의 명령에 희망을 걸어 볼 뿐이었다. 그때 빠르게 날아온 손날에 목을 강타당하며 그대로 정신을 잃었다.

"눈을 떠보니까 오늘 아침이었어. 병원 주차장에 차를 대고 안전벨트까지 하고 있더라. 꿈일까 싶었는데 당연히 꿈이 아니었고."

'어제 그 나이트클럽에서 13명이 죽었어. 진짜 거기에 있었으면 살아 나온 것만으로도 기적이지. …지금은 어딘데?'

"나 오집사가 십억을 차지하기 전에 드나들던 전당포를 찾아냈어. 그 자식, 그동안 교회 물품을 훔쳐다가 생활비를 벌어왔던 거야. 거기…."

강형사가 다급히 말을 자르고 들어왔다. '사진이 있었어?'

"…아니, 전당포가 없어졌어."

전당포는 오집사가 살해당하기 전날에 이미 의문의 화재로 전소된 상태였다. 앞으로 시작될 폭파 사건을 아무도 모르게 예고했던 것이다. 기준은 복덕방에서 시간을 보내는 전당포 사장을 찾아가

보았으나, 달갑지 않다는 듯 성의 없는 대답만 돌아왔다. 오집사의 사진을 보고서도 툴툴거리기만 했다.

'재수 없는 예수쟁이는 뭣 하러?'

'예수쟁이요?'

'전화로 담보 죄다 폐기하라면서 강짜를 부리던 놈이, 성경책을 이렇게 안고 와서는 새로 맡아 줄 수 있냐잖아. 그런 놈이 예수쟁이가 아니면 누가 예수쟁이야?'

기준은 오집사가 성경책을 예민하게 보호하던 모습이 떠올랐고, 성경책으로 인생이 바뀌었다며 자랑하던 모습이 떠올랐고, 죽어가는 순간에도 성경책을 향해 손을 뻗던 모습이 떠올랐다. 그리고 성경책을 비롯한 오집사의 모든 소지품이 경찰에 넘어갔다는 것을 떠올렸다.

"아무리 억지 춘향이라도 황재호의 혐의 입증이 끝나 가고 있어. 판을 뒤집기가 쉽지 않아. 젠장! 처음부터 정보를 공유했으면 좋았잖아…."

강형사는 전화를 끊고 찾아온 기준을 증거물 보관창고로 데리고 들어가는 동안에도 시큰둥하게 굴었다. 경찰들이 황민주의 아비 황재호에게 자백을 되풀이시키며 진술의 앞뒤를 맞추고 있는 중이었다.

"내가 미안했다."

기준은 강형사로부터 개입이 여의치 않게 된 상황에 대한 아쉬움보다, 이선민과 비밀리에 움직였다는 것에 대한 서운함이 더 크게 느껴졌다.

“사람 쪼잔하게 만들지 마라. 내가 이선민 같은 애새끼를 질투하는 거 같잖아.”

“웬 이선민? 늦게 도착해서 미안하다고. 차가 좀 밀렸어.”

“기자 새끼들은 아무튼 한 마디를 안 져요.” 피식 웃어 버린 강형사가 진지하게 덧붙였다. “나는 현실적인 얘길 하는 거야. 미리 귀띔이라도 해줬으면 뻥끼를 써서라도 스탑을 시켰지.”

“처음에야 황재호가 헬멧이라고 믿었다고 쳐도 결국에는 아니라는 거 알았어야 했잖아. 다른 사람들은 몰라도 너는 말이야.”

“남은 다이너마이트를 토해냈는데 믿어야지. 그 새끼 잡히고 폭발도 멈췄는데 뭔 말을 하냐? 그래! 어제 나이트클럽도 안 터졌잖아.”

“어제 일은 망치한테 뒤집어씌우려던 작전이었으니까. …다이너마이트 개수가 안 맞는다면서?”

“반장은 술쟁이가 술을 못 먹다 보니까 대가리가 안 돌아서 산수가 안 되는 거란다.”

“그렇게 자신 있는데 왜 아직도 진술을 맞추고 있는 거래? 언제 발표하려고? 10월 28일 전에 해결해야 한다고 하지 않았어?”

“…최목사 그 자식, 더럽게 비싼 독일 유학파 변호사 샀다. 앉자마자 호외로 나갔던 내용을 죄다 뒤집어서 전도사한테 던지기를 하는데 꼼짝을 할 수 없더라고…. 일부 언론은 오늘 아침에 정정기사까지 내보냈어. 이제 우리 손에는 황재호만 남아 있는데….”

"황재호를 실행범으로 두니까 시한부 종말론하고 폭파 사건이 묶이지 않겠지. 얼핏 관계가 있어 보이지만 조금만 생각해 보면 각기 다른 사건이거든."

"그러니까 반장은 최목사가 인정하는 그림을 원하고 있지. 협박도 설득도 안 먹히지만, 젠장."

"평생 인정하는 일 없을 거야. 살인하고 폭탄에 관련된 건 정말 몰랐을 테니까."

"그렇다고 네 주장을 무작정 따를 수는 없어. 너 기다리면서 알아봤는데, 전당포 화재는 그냥 전기 누전 때문이더라."

증거물들이 놓인 철제 앵글 사이를 누비던 강형사가 멈춰 섰다. 잠시 후 오집사 사건의 증거물 보관 상자를 내려놓았고, 그 속에서 성경책을 찾아 빠르게 넘겼다. 책등을 잡고 털어 보기도 했지만 아무것도 나오지 않았다. 경형사가 어깨를 으쓱거렸다.

"네 말이 사실이라면 망치 사인(死因)부터 다시 살펴보자고. 자살이 아니라 타살이란 증거가 나오면 나머지도 캐 볼 여지가 생기지 않겠어?"

"이제는 시간이 없어."

기준은 성경책을 증거물 보관 상자에 돌려놓는 강형사의 팔을 잡았다. 성경책을 모로 눕히자 가죽표지 위로 미세하지만 볼록하게 울어 있는 흔적이 보였다. 표지 안쪽에 붙은 빨간색 내지를 뜯어내자 그 속에서 필름이 툭 하고 떨어졌다. 굳이 빛에 비추어 보지 않아도 필름의 칸칸마다 맺혀 있는 여자의 나신이 확인되었다.

"사진으로 협박하고, 필름으로 보험 들고. 이게 기본이야."

"…황민주의 벗은 사진이 이제훈이 진범이라는 근거는 안 되잖아. 젠장, 점프가 너무 심해. 다른 증거는 없어?"

"없어도 돼."

"반장을 어떻게 설득하라고."

"설득 안 해."

강형사는 기준의 의도를 단번에 알아챘으나 잘못 알아들었다는 듯 고개를 갸웃거렸다. 기준의 눈이 단호하게 반짝이자 그제야 깜짝 놀라 목소리를 높였다.

"통장하고 바꾸려는 거야?"

"황민주 유골함 뚜껑 딸 때부터 사람인 거 포기했어."

기준은 이제훈에게 전화를 걸어 필름을 넘기는 대가로 통장과 박기사를 요구했다. 시한부 종말론과 살인 사건의 혐의 대부분을 최목사와 황재호 그리고 죽은 오집사와 망치에게 골고루 뒤집어씌울 수는 있어도, 실행범까지 놓아둘 수 없다는 것이 강형사와 합의된 지점이었다—그리고 최소한 박기사가 붙어야 사건 간의 연결고리를 만들어 낼 수 있었다. 이제훈은 어린 나이답지 않게 말귀가 밝았다. 기꺼이 박기사를 넘기겠다며 숙지시켜야 할 사항을 물어왔다. 그만큼 박기사를 깊이 세뇌해 놓았다는 자신감처럼 느껴졌다. 이선민의 명령에도 복종했던 박기사였다. 문제가 없을 거라고 여겨졌다. 하지만.

"박기사 말이야. 신원 조회가 안 돼. 말소된 게 아니라, 애초에 기록 자체가 없어."

승천교회로 출발하자 강형사가 박기사의 신상을 짚어 가며 불안을 드러냈다. 기준도 마찬가지였다. 일이 예상한 대로 너무 쉽게 흘러가고 있었다. 사소한 것들까지 신경이 쓰이며 의심이 거듭되었다. 기준은 차분하게 생각을 털어 냈다. 거래를 앞둔 시점이었다. 평정을 찾아야 했다.

"가명이겠지."

"헬멧… 확실한 거 맞지?"

"덤빌까 봐 쫄았냐?"

"쫄긴 누가 쫄았다고…. 나 강민철이야!"

"걱정하지 말자. 어차피 서로 배신할 수 없는 구조야. 나는 거기에 수경이가 있고, 이제훈도 이제 와서 경찰서로 가긴 싫을 테니까."

기준의 자동차 뒤로 인근 파출소의 순찰차가 따라오고 있었다. 아직 반장을 움직일 수는 없었다. 강형사는 박기사를 데리고 복귀하여 사건의 판을 완전히 뒤집을 예정이었다.

"제수씨는 왜 돌려보낸 거냐?"

"…28일까지는 거기가 가장 안전할 거 같아서."

"기준아, 나는 이해가 안 된다. 제수씨도 그렇고 다른 놈들도 그렇고…. 우리가 최목사랑 법리 싸움을 하게 된다고 해도 교회가 자금을 빼돌려서 부정 축재를 한 사실이 변하는 건 아니잖아. 그럼 시한부 종말론이고 나발이고 그만 믿어야지."

"이선민은 신자들이 돌아오는 것도 이제훈이 계획한 거라고 했어."

"그 새낀 왜 그런대? 끝장난 교회에서 뭘 더 빼 처먹으려고?"

"아무리 생각해도 답이 안 나와. 황민주 일을 생각한다면 복수를 하고 필름을 챙겨서 도망쳐야 정상인데…."

혼란이 정리된 승천교회는 이전과는 사뭇 달라진 모습을 하고 있었다. 활짝 열려 있던 정문에 철창으로 된 대문을 세웠고, 모든 창문에 신문지를 붙여 폐쇄적인 분위기를 조성해 놓은 것이다. 게다가 돌아온 것은 일부 신자뿐이라는 듯 주일 오후 예배를 앞둔 지금까지 주차장이 한산하게 비워진 채였다.

기준은 승천교회를 차지하려는 이제훈의 동기와 목적이 더더욱 알 수 없어졌다. 최목사를 위한 것이 아니라는 것만 밝혀진 상황이었다. 그에게 기대되는 이득은 전무했다. 단지 예언이 실패하게 될 10월 28일만 남아 있을 뿐이었다. 기준이 고개를 흔들어 복잡한 머릿속을 지웠다. 답을 찾을 수 없는 질문이었다. 지금은 미국 의사에게 거액을 제시하며 방한을 설득하는 일에만 몰두해야 했다. 예언이 실패한 10월 28일에 아내와 아들 모두를 구해내기 위해서.

정문을 지키고 있던 파수꾼 신자가 자동차로 다가왔다. 창문을 내리자 기준을 마뜩잖게 쏘아본 뒤 골목의 빈 곳을 가리켰다. 승천교회 옥상에서 정면으로 내려다보이는 위치였다.

"천사님께서 차는 저기 두고 올라오라 하셨습니다."

기준은 난간에 기대어 필름을 확인 중인 이제훈을 기다렸다. 이제훈의 어깨 너머에서 옥상 곳곳을 수색한 강형사가 나타나 고개를 저었다. 박기사를 찾지 못한 듯 아래로 내려가 보겠다며 손짓을 하고 옥상을 빠져나갔다.

이제훈이 라이터를 꺼내 불을 댕겼다. 그는 필름이 그슬어 쪼그라드는 모습을 덤덤히 바라보고 있었다. 후련하지도, 슬프지도, 기쁘지도 않다는 듯 무표정으로 일관했다. 그리고 필름이 완전히 폐기되자 순순히 통장을 건넸다.

"박기사는 어디 있니?"

"나는 거짓말쟁이예요."

"인화된 사진이 있을 거란 걱정은 없구나."

"설마요."

"나를 무척 믿는 모양이야."

"기자님은 내가 필름을 회수하기 위해 모든 일을 저질렀다고 생각하니까요. 처음부터 통장을 받을 수 있다는 걸 확신했기 때문에 따로 보험을 만들어 둘 필요가 없었던 거죠. 박기사님은 명분 챙기기에 불과하잖아요."

"박기사는 벌을 받아야 해."

"알잖아요? 내가 계획한 일들이라는 거."

"죄 없는 사람들까지 죽인 건 박기사야! 그리고…."

기준은 말을 잇지 못했다. 모든 것이 이제훈과 이선민 남매를 지키기 위해 타협한 결과라는 것을 이야기해 봐야 믿지 않을 것이 빤했다. 오히려 반발만 키울지도 몰랐다. 그를 차갑게 쏘아보고 있는 이제훈이었으므로.

"기자님은 박기사님이 혐의를 부인하지 않을 거라고 생각했어요. 내가 박기사님을 세뇌해서 명령하는 대로 살인을 저지르게 만들었으니 명령하는 대로 죄를 뒤집어쓸 거라고 확신한 거죠. 기자님은 돈을 갖고, 친구는 실적을 갖는다. 각자 원하는 것을 가졌으니 진실 따위 어떻게 되든 상관없는 거고요. 이게 사회부 시절부터 이어져 온 두 사람의 콤비 플레이였죠? 진실보다 명분이 중요한 위선적인 정의…. 근데 틀렸어요. 나는 박기사님을 세뇌한 적이 없고, 박기사님은 내 꼭두각시로 살지 않았어요. 함부로 판단하지 말라는 말, 벌써 잊었나요?"

"너야말로 계속 나를 함부로 판단해 왔어. 넌 나에 대해 아무것도 몰라."

"정말 그럴까요? 기자님은 왜 이렇게 아들을 살리고 싶어 하는 거죠?"

기준은 대답하고 싶지 않았다. 말을 할 때마다 수렁으로 빠뜨리는 이제훈의 페이스에 끌려가고 있다는 것을 늦게나마 깨달은 것이다. 입술을 앙다문 채로 이제훈을 노려볼 뿐이었다. 이제훈이 손가락을 튕겨 주위를 환기시켰다.

"박기사님을 찾으러 간 친구에게 시간을 벌어 주려고 내게 말을 붙인 거 알고 있어요. 그럼 친구가 돌아올 때까지 내게 집중하세요.

그게 싫다면 당장 교회에서 나가시고요."

"…자식을 살리고 싶은 건 아버지로서 당연한 마음이야."

"세상에 당연한 건 없어요. 자식들을 죽이려던 아버지도 있고, 자식을 내다 버린 아버지도 있어요. 그들은 모두 부성 뒤에 숨어서 자식을 위한 일이라는 핑계를 댔죠."

"…사정이 있었겠지."

"그래요. 누구에게나 사정이 있어요. 하지만 기자님은 그 사정을 무시하고 멋대로 생각하고 판단해요. 심지어 본인의 사정도 무시해 버려요. 그래서 나는 기자님에게 스스로를 돌아볼 기회를 선물하기로 결심했어요. 꽤나 고마워하고 있는 것도 사실이니까."

이제훈이 바닥에 떨어진 필름의 잔해를 꾹 밟으며 옥상 입구로 고개를 돌렸다. 누군가와 실랑이를 벌이는 듯한 강형사의 목소리가 복도를 타고 들려오는 중이었다. *제수씨!* 그리고 점점 가까워지던 목소리가 밖으로 쏟아져 나온 순간, 강형사를 뿌리친 수경이 옥상에 도착했다.

"당신 그러면 안 돼. 그 돈 오집사님이 민주 천사님 이름으로 교회에 봉헌하신 거야. 욕심내면 안 돼."

수경은 다급한 표정으로 기준을 훑어보다 손에 들려 있는 통장을 발견하고 빠르게 다가왔다. 기준도, 수경도 이제훈이 놓아둔 덫에 걸린 것이다. 통장을 뒤로 감춘 기준은 몸싸움을 벌이며 그녀를 설득하려 했다.

"무슨 얘길 들었는지 모르겠지만 뭐가 됐든 무시해. 모두 거짓말이니까.”

“당신 대체 왜 이래? 영민이 아빠 맞아? 왜 자꾸 영민이를 불행하게 만드는 거야?”

“내가 언제 영민이를 불행하게 만들었다고 그래?”

“모르는 척하지 마. 당신 늘 영민이를 못 잡아먹어서 안달을 떨었잖아! 그래서 애를 불행하게 만들었잖아!”

“네가 지금 이러는 게, 영민이를 불행하게 만드는 거야. 제발 한 번만 날 믿어 줘!”

“그만 좀 뻔뻔하게 굴어! 영민이 사고 난 것도 다 당신 때문이었잖아!”

예상치 못한 결론이 기준을 꼼짝할 수 없게 만들었다. 분명 헛소리였다. 그러나 할 말을 찾지 못한 채 입술을 더덜거리기만 했다. 수경이 주먹으로 기준의 가슴을 원망스럽게 두드리다 무너져 내렸다. 기준은 그녀를 잡아 주지도, 일으켜 세워 주지도 못했다. 몇 번을 곱씹어 보아도 도무지 해석되지 되지 않는 말을 부정하듯 고개만 가로젓고 있었다. 그러다 담배에 불을 붙이는 이제훈과 눈이 마주쳤다. 담배 연기가 날아와 코를 간지럽히자 무의식 깊은 곳에서부터 문장 하나가 모락모락 피어올랐다.

‘하다 하다 담배까지 피워?’ 언제인지 정확하게 기억나지 않는 어느 날의 기억이 툭 떨어졌다.

기준은 학교에서 돌아온 아들의 가방을 빼앗았다. 얼마 전부터 로션에 덮여 있던 수상쩍은 냄새가 노골적으로 풍기고 있었다.

가방에서는 책과 학용품만 쏟아질 뿐이었다. 하지만 기준은 불룩 솟아난 영어사전의 표지를 놓치지 않았다. 표지 뒤쪽에 붙어 있는 내지를 뜯어내자 납작하게 눌러 감춰 놓은 담배 두 개비가 모습을 드러냈다.

'…집중력이 좋아진다고 해서 그랬어요.'

'그렇게 집중력을 높여서 이번 시험 몇 등 했어?'

'…전교 60등이요.'

'서울대 갈 수 있는 성적이야? 연대는? 고대는? 정신 똑바로 차리라고 했지? 좋은 대학 못 나오면 아무리 열심히 일해도 무시당하면서 사는 거야. 먼저 승진한 후배한테 꼬박꼬박 존대하면서 살아야 하는 거라고. 너 그렇게 실패한 인생으로 살고 싶니?'

'아빠, 저… 공부 말고 다른 거 하고 싶어요.'

기준은 허탈하게 웃었다. 밤낮없이 취재원을 만나고, 현장에서 버티기를 하고, 손에 피고름이 맺히도록 원고지를 채우던 시간이 모두 아들을 위해서였다는 생각이 들었다. 배신을 당한 기분이었다. 책상 위를 신경질적으로 쓸어 버렸다. 엉망진창으로 쌓여 있던 책들이 바닥에 쏟아졌다. 재빨리 주저앉아 책을 주섬주섬 정리하는 아들이 한심하게만 느껴졌다.

'잘됐네. 공부 때려치우고 공장이나 들어가!'

'아빠, 저는 그런 뜻이 아니라요…, 제 얘기 좀 들어주세요!'

'한심한 놈…. 어쩌다가 너 같은 게 나왔는지 모르겠다.'

기준은 진심이 아니었다. 말과 행동이 다소 모질게 느껴졌을 수 있었으나 훈육의 일부일 뿐이었다. 아들의 미래를 염두에 둔 사랑의 매에 불과했다. 설사, 그것들이 상처가 되었다고 한들 아들을 식물인간으로 만든 뺑소니 교통사고와는 아무 상관도 없었다.

"당신 그날 밤에도 전화 받고 취재 나갔지? 마약 특종 잡는다고. 영민이 그때 가출한 거야. 그러다 사고 난 거라고! 당신 때문에, 당신 때문에!"

"억지 쓰지 마. 그날 아니었으니까."

아닐 것이다, 아니어야만 한다, 고 기준은 생각했다.

"나 똑똑히 기억해. 그날 당신 때문에 속이 상해서 울다 잠이 들었는데 영민이가 방에 들어왔어. 내 손을 꼭 잡고 태어나서 미안하다고, 나 때문에 엄마 아빠가 힘들어서 미안하다고 울다가 나갔어. 그게 마지막이야. 나는 그때 잠에 취해서 영민이 붙잡지 못한 거 때문에, 영민이한테 네 잘못 아니라고 말해 주지 못한 거 때문에 죄인처럼 살았어. 근데 당신은 나한테 다 뒤집어씌우고 뻔뻔하게 잘 먹고 잘 살았잖아!"

"아니야…. 그때가…."

"그래 놓고 이제 와서 영민이 위한다는 핑계로 사람까지 죽이면 어쩌자는 거야?"

"내가…, 사람을 죽였다고?"

기준은 덫에 걸린 다리를 빼내려고 발버둥을 치다 더욱 깊숙이 사로잡힌 가여운 짐승처럼 주춤거렸다.

"당신 때문에! 너 때문에! 네가 오집사님을 죽여서 우리 영민이까지 아버지 하나님께 벌을 받게 생겼어! 네 죄, 내 아들이 다 뒤집어썼다고!"

바닥에 주저앉아 통곡하는 수경을 바라보는 기준의 얼굴로 불길한 예감이 훅 끼쳐 왔다. 잘못된 사실관계를 바로 잡을 틈을 주지 않겠다는 듯 재빨리 수경에게 다가간 이제훈 때문이었다.

"괜찮아요, 자매님. 벌은 아버님께서 직접 받으실 거예요. 이제 곧 경찰이 아버님 차에서 피 묻은 칼을 발견한다는 계시를 받았거든요."

상황을 착잡하게 지켜보던 강형사가 문득 정신을 차리고 난간으로 달려갔다. 자취를 감췄던 박기사가 뒤따라왔던 파출소 순경들을 이끌어 골목 한쪽에 주차해 놓은 기준의 자동차로 데려가고 있었다. 순경이 머뭇머뭇 문을 열었다. 강형사가 신경질적으로 머리를 헝클며 뒤를 돌아보았다. 이제훈이 기준 곁으로 바짝 다가가 있었다.

"진실이 눈에 보이지 않는 곳에 존재하는 이유는, 진실이 모습을 보이고 싶어 하지 않기 때문이에요. 왜 아들을 살리기 위해 노력했는지 다시 생각해 보세요. 거기에 진실이 있을 테니까."

기준은 수경을 데리고 옥상을 빠져나가는 이제훈을 잡지 못했다. 그저 멍하니 서 있을 뿐이었다. 목이 타는 듯이 말랐다. 속이 꽉 막혀서 제대로 숨을 쉴 수가 없었다. *기준아, 김기준!* 강형사가 입술을 크게 움직여 기준을 부르고 있었지만 아무 소리도 들리지 않았다.

"반장 이 새끼, 내 말은 듣지도 않는다."

유치장으로 찾아온 강형사는, 반장에게 따귀를 맞아 시뻘겋게 부어오른 얼굴을 감추기 위해 비스듬히 서서 기준의 반응을 기다렸다. 철창 안의 기준은 손목에 수갑이 채워지던 승천교회에서와 다를 바가 없는 상태였다. 멍한 눈으로 허공만 의미 없이 응시하고 있었다.

"오집사 죽던 날 네가 시영아파트에서 목격됐다는 진술이 나왔어. 공중전화에서 병원으로 전화를 걸었던 기록도 발견됐고…. 도박장, 주차장, 룸살롱, 그리고 나이트클럽… 현장마다 네가 있었다고 난리다. 너랑 나랑 공조한 거라고 해도 안 믿어. 논리적으로 말이 안 되는 부분들이 넘치는데 통장 때문에 눈이 돌아서 이유를 억지로 만들어 내고 있어. 이제훈 이 새끼는 대체 어디에서부터 계획한 거냐?"

"민철아…." 기준이 바짝 마른 입술을 떼어 냈다.

"그래, 나 여기 있다. 네 친구."

"나 다 알고 있었던 거 같아."

"이제훈, 그 새끼 계획?"

"우리 영민이 그렇게 된 거… 내가 영민일 못살게 굴어서, 그래서 그런 일이 벌어졌다는 거, 분명히 알고 있었어. 인정하기 싫었던 거지."

그때 기준은 강형사를 따라 사흘간의 뻗치기를 한 끝에 마약

밀매 현장을 잡았다. 예고 없이 움직이는 용의자들을 놓치지 않기 위해 업무와 관련 없는 삐삐는 모두 무시해야 했던 며칠이었다. 점점 간격이 짧아지며 기준을 부르던 아내의 호출도 마찬가지였다. 아들의 사고 소식을 뒤늦게 알게 된 것은 그래서였다.

'넌 애가 한밤중에 돌아다니는 것도 모르고 뭘 한 거야?'

응급실에 도착한 기준이 아들의 안부를 묻기 전에 수경부터 탓했던 이유는, 사고의 원인이 자신에게 있다는 것을 어렴풋이 느끼고 있었기 때문일지도 몰랐다. 그녀가 아무런 원망도 할 수 없도록, 책임을 모두 떠넘기려 최선을 다해 성질을 부렸을 가능성이 커다랗게 부풀어 올랐다.

"회사 때려치우고 나와서 딴따라들 뒤통수를 후려치고 살았던 것도, 쓰레기 소리 들으면서 더럽게 돈을 모았던 것도… 우리 영민이 사랑해서가 아니라 영민이가 죽으면 다 내 탓이 될까 봐, 그게 싫어서 그렇게 열심히 살았던 건 아닐까 싶어. 그런 주제에 아들을 위해 희생한다면서 자기 연민에 빠져 있기나 하고…. 나 정말 비겁하지 않냐?"

"몰라, 새끼야. 네 진심이 뭐였는지 모르겠는데, 뭐가 됐든 네가 펜대 꺾고 똥밭에서 굴렀으니까 지금껏 영민이 살아 있는 거야. 그거면 됐지, 무슨 이유가 더 필요하다는 거야?"

"…지금 애는 죽어 가는데 나는 치료비를 만들지도 못하고 여기 이렇게 갇혀 있어. 아무런 희망이 보이지가 않아. 나 이제야 수경이가 자살을 기도했던 이유를 알 것 같다."

"쓸데없는 소리 하지 마라. 영민이 안 죽어. 다시 딴따라 새끼들한테 삥 뜯으면 그깟 치료비 금방 만들 수 있어. 내가 도와줄 테니까 껍질까지 벗겨 먹자. 빌어먹을 누명도 내가 금방 벗겨줄 테니까. 조금만, 조금만 참아. 다 잘 될 거니까."

강형사가 떠나자 유치장이 깊은 고요에 잠겼다. 담배를 들고 일어났던 의경 근무자는 여전히 자리를 비운 채였고, 오늘따라 아무도 잡혀 오지 않았다. 홀로 남겨진 기준은, 홀로 중환자실 복도에 남겨져 있었던 그날의 수경을 계속해서 떠올리고 있었다.

수경은 기계장치로 간신히 숨을 붙잡아 놓은 아들을 바라보며 모두 잘 해결되리라는 긍정과 이대로 끝이라는 부정 사이에서 아슬아슬하게 버티고 있었을 것이다. 기댈 곳은 어디에도 없었다. 신앙은 위태롭게 허물어지는 중이었고, 남편은 이유도 없이 사라진 뒤였다. 그러다 주치의로부터 미국 의사의 진료 거부 소식을 전해 듣게 됐다. 진료를 의뢰했다는 사실을 알기도 전에 거절을 통보받았다. 어딘가에는 남아 있을지도 모른다는 미지의 희망까지 사라져 버린 순간이었을 것이다. 감정의 줄타기가 끝이 나며 폐허가 된 마음으로 곤두박질치자 사방에 온통 죽음밖에 보이지 않았던 것이라고.

기준은 생각하며, 재킷을 벗어 철창 위쪽으로 걸었다. 양쪽 소매를 서로 묶어 매듭을 만든 뒤 그 속으로 머리를 집어넣었다. 황민주 명의의 통장이 경찰에게 압수되던 순간, 이미 모든 희망은 꺼져버린 것이었다. 수경이 그러했듯 선택은 한 가지뿐이었다. *나는 구원*

열차 올라타고서 하늘나라 가지요. 마음의 준비를 하는 동안 찬송가가 들려오는 듯한 착각이 들었다. 만일 누군가 지금 시한부 종말론을 전도한다면 덜컥 믿어 버릴지도 몰랐다. *죄악역 벗어나 달려가다가 다시 내리지 않죠.* 기준은 시한부 종말론이 절망의 다른 이름이 아니라는 것을 깨달았다. 가까운 시일에 세상이 끝장난다는 것은, 가까운 시일에 고통도 함께 끝나게 된다는 예고였으므로 비참한 현재를 살아 있게 만드는 희망이 될 수도 있었다. 바보 같고 멍청하고, 나약하고 한심한 인생의 패배자들이라고 여겼던 종말론자들이 역설적이게도 종말을 통해 삶을 갈구하고 있다는 것을 알게 된 것이다. *차표 필요 없어요. 주님 차장되시니 나는 염려 없어요.* 그러나 기준에겐 그들처럼 삶을 꿈꿀 자격이 없다. 이선민을 통해 다시금 믿음을 회복하고 죽음을 포기했던 수경과도 달랐다. 불행의 원인을 제공한 죄인 주제에 아들을 살려내지도 못했으므로 살아 있을 자격이 없었다. 벌을 받아야 했다. 몸에 힘을 빼며 자리에 주저앉았다.

"나는 구원열차 올라타고서 하늘나라 가지요."

기준이 허공에 대롱대롱 매달린 채 의식이 가물어지는 동안에도 그치지 않던 찬송가가 귓가에 가득 차오른 채 끝이 났다. 그리고 이선민이 눈앞에 나타나 있었다. 그녀는 모든 게 꿈이라고 생각하며 죽어 가는 기준에게 다가와서 물었다.

"정말로 죽고 싶어 하는 사람은 없다면서요?"

예언자 8

목을 매달았던 기자 아저씨가 나와 눈이 마주치자 놀라서 몸을 허둥거렸다. 아저씨의 목을 감싸고 있던 재킷 소매의 매듭이 풀어졌고, 요란한 소리를 내며 바닥에 떨어졌다. 죽음에 바짝 다가갔다가 멀어진 아저씨는 뒤늦게 겁이 났는지 온몸을 부들부들 떨었다. 그러다 허탈한 듯 웃었다. 정신이 완전히 돌아온 것 같았다. 나는 철창 앞으로 바짝 붙어 서서 다시 따져 물었다.

"아저씨가 그랬잖아요. 정말로 죽고 싶은 사람은 없다면서요?"

"죽고 싶어서 죽으려던 거 아니야."

"아저씨가 왜 죽으려고 하는지는 알고 있으니까 됐고요. 내가 궁금한 건 죽고 싶어서 죽는 사람도 있느냐는 거예요. 뭔가 막 죽음이 기다려지는 것처럼 설레하면서."

"그럼 미친놈이지."

"나쁘게 말하지 말고요!"

나는 소리를 빽 질렀다. 사정을 알 리 없는 기자 아저씨였으므로 오빠를 두고 한 말이 아니라는 것을 알고는 있었지만, 어떤 식으로든 오빠가 '미친놈' 취급을 받는 것은 싫었다. 오빠는 단지 이해를 할 수 없는 상태일 뿐이었다. 어제 나이트클럽에서 멀어져 택시를 잡아탔던 그때부터.

'왜 교회로 돌아가는 거야?'

나는 교회를 목적지로 말한 오빠에게 물었다. 언니의 마지막 편지에는 분명 우리가 미국으로 떠나길 바란다고 적혀 있었고, 쓰레기 오집사에게 빼앗겼던 돈도 언니의 이름으로 돌아와 있었다. 우리가 교회로 돌아갈 이유는 어디에도 없었다.

'민주가 우리의 도망을 바란 건 신도들을 위해서이기도 해. 우리가 교회를 떠나야 신도들이 나쁜 사람들에게 이용당하지 않을 테니까. 하지만 이제 최목사도, 나쁜 사람들도 모두 사라졌어. 민주가 살아 있었다면 신도들을 두고 도망치지 않았을 거야.'

오빠는 차분하게 설명을 해나갔다. 우리의 갈등은 완전히 끝난 뒤였다. 더 이상 막무가내로 믿음을 강요하지는 않았다. 그렇게 완성된 결론은 완전히 받아들일 수 없었지만, 부정하기도 힘들었다. 착한 언니였으니까.

'우리는 아무런 희망 없이 살아가는 신도들에게 구원자가 되어야 해. 신의 아이들이잖아.'

'모르겠어, 그게 무슨 말인지.'

'복잡하게 생각하지 마. 들리는 그대로 들으면 돼. 우린 신도들을 구원하러 가는 거야.'

'…우리가 정말 그런 걸 할 수 있을까?'

끝을 모르고 깊어지던 내 걱정은, 택시에서 내려 교회로 돌아와 있는 신도들을 발견하는 순간 거짓말처럼 사라져 버렸다. 이전처럼 교회가 가득 채워진 모습은 아니었으나, 일일이 셀 수 없을 만큼 많은 인원이 돌아와 있었다. 그들은 활짝 열어 놓았던 교회 정문에 철창 대문을 설치하는 중이었고, 배교자들의 난동으로 부서져 못 쓰게 된 집기들을 끄집어내는 중이었으며, 계란에 맞아 얼룩진 교회 외벽을 말끔히 닦아 내는 중이었다. 전날의 비극은 간데없이 활기가 느껴지고 있었다. 교회를 일으켜 세우겠다고 말한 오빠가 언제나처럼 말한 그대로를 이루어낸 것이다. 나는 오빠가 말하는 구원이 무엇인지는 몰라도 오빠라면 신도들을 구원할 수 있을 것이라는 확신이 들었다. 동시에 오래 감추고 있던 의심도 삐쭉 솟아났다.

'나는 미래를 보지 못하면서 미래를 마음대로 만들 수 있는 오빠가 늘 신기했어. 혹시 오빠도 미래를 볼 수 있는 거 아니야?'

오빠는 엄마 아빠가 원치 않는 임신으로 낙태 수술이라는 것을 고민할 때 하나님과 부처님, 알라신, 단군 할아버지, 산신령님 등 세상 모든 신에게 동생을 지켜 달라고 기도를 드렸기 때문에 내 능력이 생겨난 것이라고 말해 왔다. 엄마가 병원에 갈 때마다 건강 상태가 나빠져서 수술을 포기할 수밖에 없게 된 것이 그때부터였다는 게 이유였다. 내가 배 속에서 위기를 미리 알아채고 엄마를 괴롭혔기 때문이라고, 그것이 세상에 나와 미래를 보는 신비한 능력으로 발전된 거라고 주장했다. 하지만.

'사실 내 능력은 그렇게 생겨난 게 아니라, 오빠가 나누어 주었을 거라고 생각을 하고 있었어.'

오빠가 배를 잡고 웃음을 터트렸다. '이선민, 너 왜 이렇게 웃기니? 여자 심형래 같잖아!'

'아, 왜?'

'그건 네 능력이 왜 생겼는지 설명할 수 없으니까 한번 상상이나 해보자고 했던 거잖아. 특별한 건 오직 너뿐이야. 나는 미래를 보지 못해. 단지 방향을 읽을 줄 아는 거야.'

'방향을 읽는다고?'

'미래라는 건 강물처럼 흘러가는 현재가 도착하게 되는 어떤 지점이야. 그러니까 현재가 어디에서 흘러왔는지, 어디로 흘러가는지 앞뒤를 잘 살펴보면 대략적으로 그려볼 수 있는 거지. 그 흐름을 건드려서 얼마든지 방향을 바꿀 수 있는 거고.'

나는 마치 미래의 방향을 읽어 보겠다는 듯 눈을 가늘게 뜨고 주변을 살펴보았다.

'보는 것에 그치지 말고 다음을 상상해 보는 거야. 너는 미래를 볼 수 있으니까 나보다 더 정확하게, 더 멀리 볼 수 있을지도 몰라.'

'…어려워.'

'예를 한 번 들어볼까? 나는 어제 교회 곳곳에 남아서 울고 있던 신도들을 찾아다니며 성경을 읽어 주었어. 내가 선한 싸움을 싸우고 나의 달려갈 길을 마치고 믿음을 지켰으니, 이제 후로는 나를 위하여 의의 면류관이 예비되었으므로, 주 곧 의로우신 재판장이 그날에 내게 주실 것이니, 내게만 아니라 주의 나타나심을 사모하는 모든 자에게니라(디모데 후서 4:7~8)라고.'

'혹시 그 성경 구절이 마법 주문 같은 거야?'

'설마.'

'고작 그걸 읽어 주었다고 신도들이 돌아왔다는 게 믿어지지 않아서….'

'나는 신의 아이들이, 우리가 아직 여기에 남아 있고 앞으로도 남아 있을 거라는 걸 알려 주려고 했을 뿐이야. 그들에게 돌아올 이유를 만들어 준 거지. 유행을 따라서 혹은 호기심에, 아니면 기독 신앙 때문에 자리를 차지하고 있던 사람들과는 달라. 교회가 없으면 살아갈 수 없는 우리 신도들이니까.'

오빠를 따라 교회로 고개를 돌리자 신도들의 면면이 눈에 들어왔다. 모두 예배 시간마다 치열하게 앞자리를 차지하고 앉아 있던 신도들이었고, 언니의 죽음 후에 돌아가라는 명령에도 아랑곳하지 않고 담장 아래 잠들어 있던 신도들이었다.

오빠는 내 귀에 신도들의 이야기를 속삭여 주었다. 가장의 실패로 거리에 나앉은 가족들이, 가족들에게 노예처럼 부려지다 집을 나온 주부가, 악화되는 건강 때문에 어렵게 들어간 명문대학에서 쫓겨난 대학생이, 죽기 직전까지 매를 맞다가 부대에서 도망친 군인이, 사랑하는 사람에게 모든 것을 빼앗기고 버려진 언니가, 공부를 못해서 사람 취급을 받지 못한 오빠가…. '저마다의 나쁜 일을 십자가처럼 짊어진 채 교회로 흘러와서 남아 있는 모든 것을 바쳤다'는 사연이 아프게 들려오는 가운데 나는, 교회 담장 밑을 청소 중인 기자 아저씨의 아내를 바라보고 있었다.

아줌마가 죽음을 선택했던 이유는 단순히 시한부 종말론이 사기라고 밝혀진 탓이 아니었다. 식물인간 아들이 살아날 가능성이 사라져 버렸기 때문이다. 언니와 마찬가지로 벗어날 수 없는 '나쁜 일'이 찾아온 것이었다. 나는 아줌마가 마지막 시험을 통과했다는 거짓말과 함께 오빠가 직접 교회를 일으킨다는 소식을 전했다. 고민을 거듭한 끝에 아줌마를 구할 수 있는 유일한 수단이라고 판단했던 것이다. 오빠가 열성 신도들에게 읽어 주었다는 성경 구절과 같은 의미였겠지. 겨우 그것뿐이었지만, 겨우 그것만으로도 아줌마는 '나쁜 일'을 이겨냈으니까. 환하게 피어났던 웃음이 여전히 시들지 않은 채 반짝이고 있었다. 그래서 내겐 새로운 걱정이 생겨났다.

'10월 28일이 되면? 그때 휴거를 할 수 없으면 저 사람들은 어떻게 되는 거야?'

'마지막 희망이 사라진다면 지금보다 더 많이 절망하겠지.'

'그럼 더더욱 교회로 돌아오면 안 되는 거잖아. 우리도, 신도들도.'

'걱정하지 마. 우린 휴거 할 거야.' 오빠가 자신만만한 목소리로 말했다.

나는 사람이 하늘로 사라져야 하는 휴거를 어떻게 이루어 낸다는 것인지 도무지 짐작이 되지 않았다. 마치 머리를 써보라고 말하는 듯 이마를 톡톡 두드려 보이는 오빠의 입장이 되어 이런저런 방법들을 상상해 보았다. 그러다 언니가 죽은 이유를 알아내기 위해 폭발을 따라 도시를 떠돌던 기억이 떠올랐다. 모두 오빠가 계획한 사건들로서 오빠의 현재가 흘러온 과정이기 때문이었다. 오빠의 현재는 멈추지 않고 앞으로, 앞으로 흘러갔다. 그 순간 내 일보다 먼 미래의 모습이 번쩍거리며 눈앞에 떠올랐다. 혹시 오빠가 말했던 미래의 방향이 읽어진 것일까. 깜짝 놀라서 오빠를 돌아보았다.

오빠는 내 머릿속을 훤히 들여다보고 있다는 듯 미소를 지었다.

'쉿! 아직은 비밀이야.'

'하지만 그건…, 그건 나쁜 짓이야.'

'선민아. 나는 신도들을 보고 있으면 옛날의 우리가 생각나.'

'옛날의… 우리?'

'살아갈 이유가 없을 때 말이야.'

엄마 아빠의 동반 자살에서도, 친척들의 냉대 앞에서도, 도망쳐 나온 거리의 폭력 속에서도 나와 오빠가 살아 있던 이유는 단지 살아 있기 때문이었다. 추위와 첫눈을 피해 고아원에 들어갔을 무렵에는 더 이상 살아 있을 이유가 없다는 결론에 다다라 있었고, 원장님이 나를 기관으로 보내 오빠와 갈라놓는다면 함께 죽으려고 결심했던 상태였다.

'민주가 나타나서 우리를 구해 주지 않았다면…. 우리는 아마

결심한 그대로를 선택했겠지?'

언니는 우리와 기꺼이 우리가 되어 주었고, 우리는 함께여서 행복한 미래를 꿈꿔 왔다. 아무리 힘든 일이 생겨도 서로가 서로에게 살아갈 이유가 되어 주었기 때문에 아무렇지 않게 버틸 수 있었다.

'그런데 민주는 이제 없어. 우리는 가족과 친구를 잃었고 꿈꿔 온 미래를 잃은 거야.'

나는 언니의 죽음이 뜻하는 바가 무엇인지 비로소 절절하게 느껴졌다. 우리에겐 아무것도 없었다. 다시 살아 있어야 할 이유가 없어진 채였다. 단지 살아 있기에 살아가고 있던 것이다.

'우리 신도들도 마찬가지야. 그들은 모든 것을 잃었거나, 곧 모든 것을 잃을 예정이지. 지금껏 나는 그들이 좋아할 만한 이야기를 들려주면 그만이라고 생각했지만 이제는 달라. 불행뿐인 삶은 필요 없어. 나는 우리 신도들을 구원할 거야. 아무런 고통 없이.'

'…신도들하고 함께 죽는 거라는 말이지?'

'불행한 죽음이 아니야. 천국으로 간다고 믿고 있는 사람들에게 휴거가 진실이 되는 거지. 함께 가는 거야, 민주에게.'

나는 오빠의 계획을 완전히 이해하지는 못했지만, 거부하지는 않았다. 그래도 지금 당장은 아니었다. 아직은 떠날 수 없었다.

'언니의 그 사진이 아직 남아 있어.'

'그건 걱정하지 마. 내일이면 김기자가 가지고 올 테니까.'

오빠는 그 역시 계획이 되어 있는 일이라는 듯 확신에 차 있었다.

어떻게? 자세한 과정을 듣고 싶었지만 우리를 발견한 신도들이 반갑게 손을 흔드는 바람에 대화가 끝나 버렸다. 오빠는 밝게 웃으며 함께 손을 흔들어 주고 있었다.

나는 모든 게 오빠의 말대로 이루어지리라는 것을 알면서도 괜한 걱정 때문에 숨을 참았다. 숨이 차오르는 동안, 보이지 않는 미래가 당겨져 왔다. 보였다. 우리 교회로 찾아온 기자 아저씨와 형사님이.

——기자 아저씨는 어떻게 찾아냈는지 모를 언니의 필름을 오빠에게 내어주고 통장을 받는다. 하지만 아저씨는 돌아가지 않고, 박기사 아저씨를 체포하겠다고 고집을 부리며 오빠를 협박한다. 그러다 결국 오빠의 꾀에 넘어가 혼쭐이 난다. 쓰레기 오집사를 죽였다는 누명을 뒤집어쓴 채로, 출동한 경찰들과 형사님에게 체포되어 끌려가는 것이다. 모든 것을 잃어버린 텅 빈 눈으로, 이미 죽어 버린 듯 온몸에 힘이 빠진 채로——

미래를 따라 옥상에 도착한 나는, 경찰차에 태워지는 미래의 기자 아저씨의 모습을 확인한 뒤 참았던 숨을 길게 내쉬었다. 바보 같은 선택을 한 아저씨가 안타까웠다. 하지만 언니의 필름을 이 세상에 남기지 않기 위해서는 어쩔 수 없는 일이라고 생각했다. 보약을 먹었을 때처럼 입에 쓴맛이 돌았다.

옥상에서 바라본 교회는 빠르게 정리되어 가고 있었다. 오빠는 어느새 팔을 걷어붙이고 일손을 보태는 중이었다. 신도들은 때때로 눈치를 살피며 어려워하기도 하였으나, 대체로는 오빠와 함께 즐겁게 웃고 떠들며 시간을 보내고 있었다. 나는 다시 오빠를 이해할 수 없었다. 죽음을 앞둔 사람은 조금 전까지 목격했던 미래의 기자 아저씨처럼, 언니를 만나기 전의 우리처럼, 언니를 잃은 뒤의 나처럼 불행해 보여야만 했다. 죽고 싶어 하는 사람은 세상에 없는 법이니까. 우리는 나쁜 일을 겪었기 때문에, 살아 있을 이유가 없어졌기 때문에 죽음을 선택하는 것이었다. 그래서 나는, 행복하게 함박웃음을 짓고 있는 오빠를 이해할 수 없었다.

"아저씨! 정말로 죽고 싶어 하는 사람은 없는 거냐고요."

"…없어. 죽고 싶어서 죽는 사람은 아무도 없어."

기자 아저씨는 내 질문이 거듭된 끝에 어렵사리 입을 열었다. 오랜 시간 생각에 잠겨 있던 것치곤 시시한 대답이었다. 나는 답답한 마음에 한숨을 길게 내쉬었다.

"아! 진짜 모르겠다."

"뭐가?"

기자 아저씨로부터 정답을 찾지 못하리라는 것은 예상했던 일이기는 했다. 아저씨는 어른이었지만, 아저씨도 아직 죽어 보지 못한 건 마찬가지였으니까. 혹시나 하는 기대와 함께 약속을 지키기 위해서 찾아왔을 뿐이었다. 그래, 분명히 그래서 찾아온 것이다. 나는 철창 안으로 손을 집어넣었다. 꼭 쥐고 있는 수먹을 펼쳐서 발표 날짜가 오늘로 되어 있는 주택복권을 보여 주었다. 어제 박기사 아저씨가 서울 시내를 돌아다녀 찾아와 준 것이다.

"이게 정말 1등에 당첨된 복권이라고?"

"설마 아직도 날 못 믿어요?"

기자 아저씨가 고개를 저었다. "…내가 이걸 받을 자격이 있나 싶어서."

"아저씨가 사진을 들고 교회로 찾아오는 데까지가 오빠 계획이었어요."

"그걸 결정한 건 나지."

"박기사 아저씨를 지켜 주려면 그 방법밖에 없어서 말리지 않은 거예요. 우리 언니 가지고 협박하는 것도 알미웠고…. 달라고 부탁했으면 그깟 돈 그냥 줘 버렸을 텐데…. 진짜 못 됐어."

"…미안하다."

"안 받을 거면 버릴 거예요. 나는 이제 돈 필요 없거든요."

내가 주택복권을 찢어 버리려고 하자 아저씨가 재빨리 손을 뻗어 왔다.

"미안하단 말은 그만해요. 아저씨 사정 다 알고 있으니까. 그리고 우리도 너무 미워하지 말아요. 그딴 걸 세상에 남겨 놓고 갈 수는 없어서 그런 거예요. 내가 미래를 좀 멀리 볼 수 있게 되었는데, 아저씨 곧 풀려날 거니까 걱정 안 해도 돼요."

"남겨, 놓고 가?"

주택복권을 소중하게 만지작거리던 기자 아저씨의 손이 멈칫했다. 내 말을 의심스럽게 따라 발음하는 동안 팔뚝 위에 곤두선 솜털들을 쓸어내렸다. 불길한 예감을 느낀 것 같았다. 하마터면 오빠의 계획을 망칠 뻔했다. 그런데 나는 입을 다물지 못했다. 기어코 혀끝에 매달려 있던 한 마디를 덧붙였다.

"우린 신도들을 구원할 거예요."

"구원…, 이라고? …그래. 교회를 다시 세웠으니까 신자들을 구원하는 건 당연하지. 그게 목회자들의 역할이니까. 올바른 일을 결정했구나. 그런데 어떤 방법으로 구원할 생각인지 물어봐도 될까?"

눈치 빠른 기자 아저씨가 우리의 비밀 곁으로 성큼 다가왔다. 시치미를 뗄 차례였다. 나는 주택복권과 함께 들려주려고 했었던 기자 아저씨의 아들에 관한 이야기를 꺼내야 했다. 하지만 아저씨가 정의한 구원이 나를 붙들었다. 내가 찾아 헤맨 답이 얼핏얼핏 보이는 것 같았다.

"구원이 왜 올바른 일이에요?"

"어려움이나 위험에 빠진 사람들을 구해 주는 일이니까. 종교적으로는 고통과 죄악에서 건져 준다는 뜻이기도 하지."

우리 신도들은 모두 벗어날 수 없는 '나쁜 일'을 겪고 있다. 단지 살아 있기 때문에 살아가는 우리처럼, 살아 있기 때문에 살아서 고통을 당하고 있을 뿐이다. 오빠는 신도들을 '나쁜 일'에서 벗어나게 해 주려는 중이었다. 불행한 죽음이 아니라고 했다. 천국으로 간다는 기대에 젖어 기쁜 목소리로 하나님을 찬양하는 신도들이 사나운 불길에 휘감겨 고통을 느낄 순간도 없이 사라지는 미래의 방향이 보였다.

“구원은 착한 일을 하는 거네요. 나쁜 일을 겪고 있는 우리 신도들이 다신 나쁜 일을 겪지 않게 만들어 줄 테니까.”

오빠도 구원이 착한 일이라는 사실을 알고 있을 것이다. 그러니까 죽음을 앞두고도 행복하게 함박웃음을 지을 수 있을 테지. 비로소 나도 오빠의 결정을 기쁘게 받아들일 수 있을 것만 같았다. 우리는 신의 아이들이었으므로 신도들을 구원해야 했다. 기자 아저씨가 답답하다는 듯 무슨 일이 있는 것이냐고 계속해서 물어왔다. 나는 대답 대신 환하게 웃어 보였다. 오빠처럼 행복해 보이도록.

1992년 10월 26일

"진짜 확실한 거지?"

전화기를 내려놓은 강형사의 얼굴에 걱정이 가득했다. 반장은 갑작스러운 면담 요청에 수화기 밖으로 넘치도록 쌍욕을 퍼부어 텅 빈 사무실을 흔들었었다. 자정이 넘은 시각이었다. 잠자리에 들 준비를 마쳤다며 전화를 끊으려는 그때, 기준이 승천교회의 집단 자살 가능성을 소리쳐 제보했다. 반장은 결국 '별일 아니면 멱을 따 버리겠다'는 협박과 함께 출발을 알려온 것이다.

"개수가 안 맞던 다이너마이트들, 지금 승천교회에 설치되어 있을 거야. 아마도."

"젠장, 아마도라는 말은 빼라니까!"

"…이번엔 확실해. 확신해."

"좋아. 그럼 정리해 보자. 그러니까 조금 전에 이선민이 유치상으로 찾아왔었다는 거잖아. 반장한테는 말해 봐야 욕이나 처먹을 부분이지만 우리끼리는 짚고 넘어가자고. 아무튼, 이선민은 네가 병신처럼 자살하려는 걸 막아줬어. 그리고?"

기준은 다시 살아갈 '기회'를 얻은 뒤에야 이선민이 비밀스럽게 품고 있는 고민을 발견했다. 자세한 내용은 알 수 없었지만, 정황상 죽음과 관계되어 있다는 것만은 분명했다. 불길한 예감이 엄습해왔다. 고민의 실체를 확인해야 했다. 그런데 이선민은 '구원'이라는 단어만 붙잡고 늘어졌다. 그 끝에 '구원은 착한 일'이라고 결론을 내리며 원하는 답을 찾았다는 듯 기뻐했다. 거짓된 감정이라는 것을, 기준은 알고 있었다. 무표정한 눈 밑으로 입술만 움직여 만들어 낸 미소 때문이었고, 결론을 억지로 받아들이고 있는 것처럼 반복해서 중얼거렸기 때문이었다.

기준의 머릿속에서는 최악의 상황이 그려지고 있었다. 지금껏 일어난 폭파 사건들의 진범은 박기사였고, 배후는 이제훈이었으며, 다이너마이트는 모두 회수되지 않았다는 사실관계가 새삼 되짚어졌다. 무너진 자리에서 다시금 일어난 교회로 돌아간 열성 신자들을 기다리고 있는 미래가 무엇인지 알 것 같았다. 이번에도 헛발을 짚는 것이라고, 틀린 짐작일 것이라고 생각해 보아도 쿵쾅거리는 가슴은 진정될 기미를 보이지 않았다.

"단순히 이단으로 낙인찍힌 교파와는 달리, 시한부 종말론을 주장하던 사이비 종교의 결말은 동서양을 가리지 않고 집단 자살로 귀결되곤 했습니다. 약속된 종말이 찾아오지 않을 테니, 직접 종말을 맞이하는 것이죠. 이제훈도 구원이란 이름으로 같은 마지막을 계획하고 있는 겁니다."

기준은 어느덧 사무실에 도착한 반장에게도 보편적인 사례들을 통해 집단 자살의 징후를 이해시켜 나갔다. 그에 앞서 십억 원을 쫓았던 과정을 솔직하게 털어놓은 덕에 예지능력으로 유치장에 침입한 이선민과의 대화를 굳이 밝히지 않았음에도 의미가 전달되는 중이라고 여겼다.

"5년 전인 1987년 시한부 종말론을 주장하던 오대양이란 종교단체에서 32명이 죽었습니다. 여전히 자살이다, 타살이다 말이 많습니다만 중요한 건 죽음의 직접적인 이유가 사이비 종교라는 것입니다. 이번에는 그보다 많은 사람이 죽을…."

까치집이 지어진 머리를 긁적이던 반장이 손을 들어 말을 잘랐다. 더는 듣기 싫다는 듯 찌푸린 얼굴에 짜증이 가득했다.

"강민철, 너는 네 친구 말을 어떻게 생각하냐?"

"일련의 사건이 최목사가 아니라 이제훈의 계획이었다는 말에 동의합니다. 지금은 사라졌지만 오집사와 황민주의 관계를 증명할 증거도 있었습니다. 그렇기에 김기자의 주장을 확인해 볼 필요가 있다고 판단합니다."

"그동안 우리가 삘짓을 했다는 말씀이시고… 좋아. 다이너마이트로 집단 자살한다는 건?"

"폭파 사건의 용의자로 지목된 황재호는 사건의 세부 내용을 제대로 진술한 적이 없습니다. 제가 목격했던 인물과는 신체 조건부터 큰 차이가 있기도 하고요. 사건의 본질을 흐리기 위해 준비된 배우라는 의심이 들고 있습니다. 그렇다면 수량이 맞지 않는 다이너마이트에 대해 다시 고민을 해봐야 한다고 생각합니다."

"그럼 이제 다 한 거야?"

"네? 잘… 못 들었습니다."

"개 같은 소리 다 한 거냐고! 이 새끼들이 야밤에 사람 불러 놓고 지랄을 하고 자빠졌네. 대가리에 피도 안 마른 꼬맹이가 폭탄? 집단 자살? 에라 이 병신 같은 새끼야! 이딴 헛소리에 휘둘릴 시간에 최목사 조질 증거나 주워 와!"

"반장님!"

기준은 강형사를 밀쳐 내고 돌아선 반장을 붙잡았다. 그 순간 주먹이 날아와 망설임 없이 코를 강타했다. 그러나 물러나지 않았다. 코피가 흐르는 채로 반장의 눈을 똑바로 바라보았다. 거기, 승천교회에 아내가 있었다. 또다시 섣부른 판단일지라도, 그래서 모든 게 틀렸다고 할지라도 확인을 해야만 했다.

"거래하시죠. 최목사가 혐의를 인정하게 만들어 놓겠습니다."

기준은 경찰들이 입구를 지키고 있는 병실로 들어갔다. 침대에 몸을 비스듬히 기대어 앉은 최목사는 부러 크게 만든 기척에도 돌아보지 않았다. 고집스럽게 등을 돌린 채로 창밖을 바라보고만 있었다. 기준이 자리에 앉자 기다렸다는 듯 기계처럼 외워 둔 진술을 읊어 나갔다.

"나는 성경을 해석하여 종말을 주장하고 있을 뿐 신도들을 속이지 않았습니다. 불법적인 이득은 모두 전도사의 개인적인 일탈로 발생한 것입니다. 더불어 오명한 집사가 조직폭력배라는 것은 인지하지 못한 사실입니다. 일련의 살인 사건은 나와 아무런 관련이 없습니다. 이 또한 오명한 집사의 개인적인 일탈로 보셔야 합니다. 내게 죄가 있다면 어린 양들을 주님께 인도하던 길에 마귀의 시험에 빠졌다는 것이고, 그것은 하나님께 벌을 받아야 하는 문제입니다."

"내가 경찰은 아니니까 구구절절 변명하실 필요는 없습니다."

최목사는 그제야 기준을 돌아보았다.

"우리 구면이죠? 조국일보 김기준입니다."

"상대가 누구든 진실이 달라지진 않아요."

"변호사가 시킨 대로 잘하고 계시네요. 대답을 강요하진 않겠습니다. 내 얘길 듣고 평가나 해 주시죠. 결론부터 말씀드리면 나는, 목사님이 황민주의 정체를 밝히겠다는 협박 때문에 폭력 조직을 교회로 들였다고는 생각하지 않습니다."

그 당시 수사기관은 언론의 도움으로 시한부 종말론을 흔들었으나 확산을 막지 못했다. 메시지에 대한 공격이 실패하자 당연한 순서처럼 메신저를 표적 삼아 공격해 나갔다. 예언을 전하는 신의 아이들이 가짜라고 주장하는 스피커들이 곳곳에서 목소리를 높였다—고아원 원장까지 나서서 그들이 평범한 아이들이었다고 여러 번 인터뷰에 응하던 시기이기도 했다. 그럼에도 불구하고 신의 아이들은 아무런 피해도 입지 않았다. 미래를 정확하게 내다보는 예언들이 신자들의 믿음을 굳건하게 만들었고, 새로운 신자들을 불러 모으며 교회를 키워 나갔다. 아이들은 스스로의 힘으로 논란을 돌파하고 있던 것이다.

"그런 사실을 누구보다 잘 알고 계시던 분이 갑자기 추위를 타서 조폭과 손을 잡았다? 모순이죠."

"기자님이 당시 상황을 정확하게 모르시고 계시는군요. 교회 내부적으로 굉장히 힘들었던 시기였어요. 어떠한 논란도 더해지면 안 되는 상황이었습니다."

"아이들 때문이 아니라 목사님 때문이었죠. 북한에서 박해를 받던 인민들의 대규모 순교가 일어나고, 그것을 계기로 세계 3차 대전이 벌어져 종말이 시작된다는 목사님의 독자적인 예언이 빗나가는 바람에 신뢰가 떨어진 것이었다고 알고 있습니다."

"그건 나와 우리 신도들이 한반도와 세계의 평화를 위해 기도했기 때문에 아버지 하나님께서 가엽게 여기시고 재앙을 막아 주신 것이었…."

"소설 쓰는 시간 아닙니다."

기준이 예민하게 말을 끊었다. 끝까지 들을 가치가 없는 구차한 변명이었다.

"목사님이 자처한 위기는 신의 아이들이 전에 없이 많은 예언을 쏟아 내어 극복할 수 있었습니다. 그때 목사님은 신도들의 믿음이 아이들에게 집중되자 질투를 느끼셨고, 그래서 돈을 섬기기 시작했다…, 라고 제훈이가 말하더군요."

"어린아이의 유치한 상상에 불과합니다."

"나도 제훈이처럼 똑똑한 아이가 어째서 한쪽 면만 봤는지가 궁금합니다. 아마 목사님의 질투는 오래가지 않았을 겁니다. 그보다는 아이들의 막강한 영향력에 놀라셨을 거라고 생각되는군요."

"…." 최목사가 살며시 물고 있던 아랫입술을 슬며시 놓으며 마른침을 삼켰다.

"그리고 두려워지셨겠죠. 어느 날 갑자기 찾아왔던 아이들이 어느 날 갑자기 떠나 버린다면 그동안 공들여 쌓아온 탑이 허물어질 테니까요."

"그게 내가 깡패들과 손을 잡은 이유라는 거지요? 재미있군요."

"재미있게 들으시면 안 되는 내용입니다." 기준이 목소리를 무겁게 낮췄다. "적대적 공생이 시작되면서 교회로 들어온 오명한이란 작자가 황민주를 지속적으로 강간하여 얼마 전 자살을 하게 됐습니다. 오명한은 대체 무얼 믿고 그랬던 걸까요?"

오명한이 여자에 미쳐 있는 충동적인 성향을 갖고 있다 하더라도 사업의 핵심에 함부로 손을 댈 수는 없었을 것이다. 그것은 반드시 상부의 허락이 필요한 영역의 일이었다. 망치는 황민주를 강간한 사실을 자랑처럼 떠들던 오명한에게 '빼따'로 처벌을 내렸다고 했다. 남은 건 최목사 뿐이었다. 그는 천사님을 밖으로 불러낼 수 있도록 협조할 수 있는 유일한 인물이기도 했다.

"목사님은 깡패들이 교회로 들어오게 된 것이 모두 황재호 때문이라면서, 모든 책임을 황민주에게 떠넘겼을 겁니다. 그래야 반발하지 않을 테니까요."

"…강간까지 지시를 한 건 아니었어!"

최목사가 비명을 지르듯 소리쳤다. 위태롭게 유지되던 여유가 무너진 것이다. 기준의 추리는 크게 엇나가지 않았다. 최목사는 이제훈과 다르게, 빤한 욕망을 가진 보통 사람이었기 때문이다. 곧장 변명을 늘어놓았지만, 잘못을 정당화시키지는 못했다.

"민주를 콕 집어 말한 것도 아닙니다. 애들한테 겁만 주라고 부탁했던 겁니다. 그 사건은 말귀 어둡고 무식한 깡패가 혼자 멋대로 저지른 사고였어요."

"그건 내가 알 바 아니고요. 나는 이 이야기를 지금 경찰서로 출두하고 있는 제훈이에게 똑같이 들려줄 생각입니다. 판단은 제훈이가 하겠지요."

"…제훈이가 그딴 걸 믿을 거라고 생각합니까?" 최목사의 눈이 불안하게 떨렸다.

"목사님이 제훈이를 왜 이렇게 믿고 있는지 잘 모르겠습니다."

"나는 그 아이의 영적 스승이자, 아버지입니다."

"그런데 목사님, 꼭꼭 감추어 두었던 환매채는 왜 그렇게 어처구니없게 발견되었을까요?"

기준은 복도로 나오며 대기하고 있던 경찰에게 고개를 끄덕여주었다. 설득 끝에 최목사가 투항을 결정한 것이다. 병실 문이 닫히자 웅얼거리는 목소리가 새어 나왔다. 어느 부분까지 인정하고, 어느 선까지 받아들일지는 알 수 없었다. 다만 여러 사안이 복잡하게 얽혀 있는 만큼 적당히 타협되지는 못하리라는 추측만 해볼 뿐이었다.

복도 의자에 앉아 있던 강형사가 손을 들어 보였다. 이제 막 승천교회의 압수 수색을 끝내고 돌아왔다는 듯 지친 기색이 역력했다.

“최목사는 끝났어. 교회 분위기는 어때?”

“차분해. 들어오지 말라고 지랄하는 새끼들도 없고…. 이제는 뭐 배 째라는 분위기랄까? 암튼 예전하고는 많이 달라.”

“수경이는 만났고? 치료비 준비됐다는 말은 전했어?”

“…기준아. 다이너마이트 못 찾았다. 젠장!”

“내가 또 틀린 거야?”

기준은 허탈한 웃음이 터져 나오며 온몸에 힘이 빠져나가 휘청거렸다. 내내 바짝 조여져 있던 긴장이 단숨에 풀어진 것이다. 기뻐야 하는 오답이었다. 하지만 기준을 붙잡아 준 강형사는 고개를 저었다.

“이제훈이한테 당했어.”

이제훈은 승천교회로 출동한 경찰들을 2층의 사무실로 안내했다. 며칠 전의 난동으로 집기가 모두 사라진 한쪽 벽면에 비밀 금고가 드러나 있었다. 그 속에서 망치가 운영한 상회와의 도급계약서류 몇 장이 발견되자 반장은 그대로 수색을 종료해 버린 것이다.

“그렇게 쉽게 돌아섰다고?”

"반장 이 자식, 처음부터 교회에 다이너마이트가 설치되어 있다는 말 자체를 안 믿은 거 같아. 폭발물 제거반을 부르기는커녕 금속탐지기도 들고 가지 않았더라고."

"내 제보로 시청역에서 폭발을 막았잖아. 그러면 이번에도 믿어 봐야지!"

"상황이 달라졌어. 네가 십억을 노렸다는 걸 자백하는 바람에 폭파 사건하고도 깊이 관계되어 있다고 의심하는 거 같아. 지금도 수사에 혼선을 주려고 쇼를 하는 거란다, 네가. 젠장."

강형사가 턱짓으로 복도 한쪽을 가리켰다. 두 명의 경찰이 기준을 감시하듯 바라보고 있었다.

"그럼 뭐가 더 필요한 건데? 사람들이 죽게 생겼다는데 일단 까보기라도 해야지!"

"구원이니 뭐니 하는, 이제훈의 동기가 일반 사람들이 알아듣기에 좀 어려운 건 사실이야. 다이너마이트가 승천교회의 정확히 어디에 심어져 있다는 확실한 증거가 필요해."

"찾을 수 있겠어?"

"해 봐야지. 안 되면…, 제수씨라도 어떻게 데리고 나와 볼게."

기준에게 남은 건 지금 몸을 기대고 있는 것처럼, 강형사에게 모든 것을 맡기는 것뿐이었다. 그는 형사 이전에 가장 좋은 친구였다. 굳이 말하지 않아도 기준에게 필요한 것이 무엇인지 알 정도로.

"…유치장으로 돌아가기 전에 영민이 얼굴은 한 번 보고 가라."

중환자실로 들어선 기준은 침대 가까이 다가가지 못한 채, 곤히 잠든 아들을 지켜보고만 있었다. 온몸에 덕지덕지 붙어 있는 기계 장치가 아니었다면 환자라고는 생각할 수 없을 만큼 말끔한 얼굴이었다. 이선민이 손수 목에 걸어 주고 간 인침에 붙어 있는 증명사진과도 큰 차이가 없었다. 당장이라도 일어나서 배가 고프다고 투덜거릴 것만 같았다.

똑똑똑.

유리벽 너머에서 강형사가 노크했다. 복귀를 재촉하는 모양새는 아니었다. 기준을 감시하는 경찰들과 함께 담배를 피우고 오겠다는 신호를 보내왔을 뿐이다. 잔소리처럼 아들에게 다가가라는 입 모양이 읽혔다. 기준은 신경 쓰지 말라며 손을 휘저었다.

"…영민아." 그리고 무겁게 한 발을 내디뎠다.

어색했다. 아들을 마주 보는 것도, 곁으로 다가가는 것도, 이름을 불러 보는 것도…, 모든 게 처음이었다. 간호는 엄마의 일이라며 아내에게 모두 떠넘긴 탓이다. 하지만 지금에 와서 돌이켜 보면 기준은 스스로의 죄를 무의식적으로 깨닫고 있었기 때문에 의도적으로 거리를 두고 있던 것이었다. 미안한 마음이 들어서 잘못을 인정하게 될까 봐 겁을 내고 있었다는 것을 인정해야 했다.

'아저씨는 아들한테 미안하다고 말한 적 없죠?'

어젯밤 이선민은 유치장을 떠나기 전에 대뜸 아들과의 일을 물었었다. 이제훈의 덫에 걸려 까발려진 기준의 과오를 소상히 알고 있던 것이다. 그래서였을까. 기준을 바라보는 눈에 안타까움이 가득했다.

'…그러고 보니 한 번도 없었구나.'

'아저씨한테 그 복권이 언제까지 희망이 되어줄지 모르겠어요.'

'설마 당첨된 복권이 아니라고 말하려는 건 아니지? 언니를 이용하려던 나에게 복수랄지….'

'난 어린아이지만 그런 유치한 짓은 안 해요. 의사 선생님이 그랬죠? 문제가 오직 돈 때문이라고만 생각하면 해답을 찾을 수 없다고요. 결국 아저씨의 희망은 복권을 갖는 게 아니라 아들이 깨어나는 거잖아요?'

'미국에서 실력 있는 의사를 데리고 올 거야.'

'내가 오빠한테 좀 더 먼 미래를 볼 수 있는 법을 배웠는데…, 안타깝게도 아저씨의 전망은 밝아 보이지 않아요.'

'…이유가 있니?'

'지난번에 아저씨 아들을 봤을 때 이상한 목소리가 들려왔었어요. 아빠 죄송해요…. 아빠 죄송해요…. 잠꼬대처럼 중얼거렸는데 그땐 그게 뭔지 몰랐거든요.'

'혹시… 영민이 목소리를 들었다는 거야?'

'믿지 않아도 돼요. 그냥 나는 내 생각을 말해 주는 거니까.'

'….' 기준은 아무 말 없이 이선민을 바라만 보았다.

'그 목소리가, 한 번도 들어본 적 없는 아저씨 아들 목소리라는 것을 깨달은 건, 아까 옥상에서 아저씨랑 아들 사이에 있었던 일을 듣고 나서예요. 내 말, 무슨 뜻인지 알죠? 믿든 말든 아저씨가 선택하세요. 하지만 그 복권은 내가 미래의 방향을 살펴본 결과 답이 아니었어요. 내가 해 줄 말은 여기까지! 이곳을 감시하는 경찰이 돌아오거든요. 안녕, 아저씨. 그동안 고맙고 미안했어요.'

기준은 아들 곁에 앉아 있었다. 한참을 잠든 얼굴을 바라보다 침대 밖으로 나와 있는 손을 잡아 보았다. 낯설고 불편한 감정들이 치밀어 올랐다. 하지만 놓을 수는 없었다. 차게 식어가는 듯한 아들의 손은 이것이 마지막 기회라고 말하고 있는 것 같았다. 기준은 용기를 냈다.

"영민아…, 아들…. 아빠 많이 미웠지? …생각해 보면 아빠는 아들을 항상 한심하게만 봤던 거 같아. 아니, 한심하게만 봤어. 그런데 한심한 건 아빠였어. 아빠가 한심하게 사는 걸 우리 아들한테 화풀이했던 거야. 비겁하지? 그래서 아빠가 미웠지? 넌 아무 잘못이 없어. 아빠한테 미안해하지 않아도 돼. 영민아! 아빠 말이야, 염치가 없지만 너에게 미안하다는 말을 하고 싶어. 그러니까 제발 버텨 줘. 어떻게든 우리 아들 살려낼 테니까… 아빠 때문에 죽지 말고, 제발 살아서 아빠 많이 혼내 주라. 아빠가 얼마든지 용서를 빌 테니까… 조금만 힘을 내줘, 영민아."

기준은 어느새 양손으로 붙잡고 있던 아들의 손을 이마로 가져갔다. 마치 기도를 올리듯 몸을 앞으로 기울인 채 잠시 멈춰 있었다. 감정이 복받쳐 올랐다. 느꺼운 기운이 온몸을 뜨겁게 휘감고 있었다. 곧장 숨을 크게 들이마시며 어깨를 꾹 눌렀다. 아직은 울 시간이 아니었다. 하지만 붉어진 눈동자 가득 차오른 눈물은 삼켜

지지 않았다. 재빨리 고개를 돌려 눈가를 훔쳐냈다. 유리벽 너머가 보였다. 경찰들과 담배를 피우러 간 강형사는 아직 돌아오지 않았다.

"이거 교수님께 전해 주세요. 사정은 전화로 설명드린다고…."

담당 간호사에게 복권을 넣어 둔 편지 봉투를 건넨 기준은, 의료진들의 동선과 연결된 중환자실의 뒷문을 바라보았다. 도망치고 싶었다. 의욕 없는 경찰을 대신해 다이너마이트가 설치되어 있을지도 모르는 승천교회를 수색하고 싶었다. 아무것도 발견되지 않아 모든 것을 잃게 된다고 하여도 상관없었다. 그러나 강형사가 마음에 걸렸다. 기준을 돕다 경력에 심각한 상처를 입은 그에게 더 이상의 짐을 지게 만들 수는 없었다. 강형사를 믿어야만 한다고 거듭 다짐하며 출입구로 걸음을 옮겼다.

"잠시만요, 아버님!"

담당 간호사가 기준을 다급히 불러 세웠다. '친구분께서 전해 달라셨다'며 현금이 두껍게 들어 있는 지갑을 전했다. 응급실 앞에 택시를 불러다 놨다는 메모와 함께.

삐 소리가 나면 녹음하시고 녹음이 끝나면 우물정자를 눌러 주십시오. '기준아, 너 이만큼 봐줬으면 확실히 해야 한다. 내 인생, 내 영혼까지 너한테 베팅한 거야. 미끄러지면 승진이고 나발이고 나 경찰서 앞에서 풀빵이나 구워야 해. 근데 이건 알아 둬. 나 우정이니, 파트너십이니 뭐 그런 뜨뜻미지근한 감정으로 지른 거 아니야. 네 생각이 맞다는 확신

에 올인한 거지. 그리고 옛날부터 잠입은 네가 더 잘했잖아. 각자 잘하는 거 하자, 잘하는 거.
나 안 그래도 지금 반장한테 빡 쳐 있어. 최목사한테 대놓고 면죄부를 줬거든. 딸랑이들 불러서 한참 작전을 짜는가 싶더니, 결제 기다리는 조서 읽어 보니까 혐의가 대폭 축소돼 있더라. 일단 시한부 종말론이 구라였다는 것까지만 인정하게 만들었어. 횡령은 최목사가 주장하는 대로 전도사가 뒤집어쓰고, 나머지 살인이니 폭탄이니 하는 것들은 황재호와 망치네 식구끼리 밥그릇 싸움으로 몰아가려는 거지. 무슨 목적인지는 모르겠는데 반장 딱지까지 달아놓고 세상 참 편하게 살아. 그치? 반장 돌아왔다. 잠깐만.
…야, 강민철! …무슨 일이십니까. …너 김기자 그 새끼 놓쳤다면서? …놓친 건 아니고, 화장실 간 사이에 튀었습니다. …이 새끼가 누굴 병신으로 아나? 정에 취해서 용의자를 놔줘? 네가 그러고도 형사야? …자꾸 왜 때리십니까. 제 짬밥이 얼만데 쪽팔리게. 씨발. …씨발? 이런 병신 같은 새끼가 어디서 기어올라? …아프니까 그만 좀 때리라고! 형사 같지도 않은 게. 이봐요, 반장님! 네가 외면한 진실, 내 친구가, 김기준이가 꼭 찾아올 거니까, 넌 닥치고 보기나 해!
들었지? 나 진짜 너한테 다 걸었다. 꼭 찾아와라. 기다린다.'
녹음이 완료되었습니다.

전파사 앞을 지키고 서 있는 기준 곁으로 사람들이 모여들고 있었다. 쇼인도에 진식된 티브이에서 긴급 속보로 최목사의 기자회견이 흘러나오기 시작했다. 환자복 차림으로 단상에 올라선 최목사가 공손히 인사를 하고 허리를 펴자 핏물이 배어 나온 복부가 비추어졌다. 동정심을 유발하려는 의도로 경찰과 합의가 된 연출일 것이다. 무척이나 지쳐 보이는 얼굴의 최목사가 바짝 마른 입술을 힘겹게 떼어 냈다.

"안녕하십니까. 승천교회의 목사, 저 최재권은 오늘 그동안 주장해 온 휴거와 종말이 성경의 잘못된 해석임을 고백하기 위해 이 자리에 섰습니다. 먼저 저의 잘못된 해석으로 심려를 끼쳐 죄송하다는 말씀드립니다."

기자회견은 성경 구절을 짚어 가며 해석이 틀렸음을 자인하는 쇼로 변해 갔다. 더 보고 있어야 할 이유가 없었다. 기준이 카메라 플래시가 쉴 새 없이 번쩍이는 화면을 등지고 돌아섰다.

경찰은 시한부 종말론의 최초 유포자인 최목사가 직접 시한부 종말론을 부정하게 만드는 지점에서 타협했다. 법리적 다툼이 필요한 교회의 자금 횡령 및 아직 책임 소재가 불분명한 폭파 사건과 살인 사건은 접어둔 것이다. 진실 따위는 크게 중요하지 않았다. 휴거일로 예고된 10월 28일 이전에 시한부 종말론 사건을 해결했다는 성과가 우선이었다. 한편, 최목사는 사기꾼 대신 성경을 오독한 어리석은 목회자가 되는 것을 선택했다. 언젠가의 재기를 꿈꾸며 최소한의 발판을 갖기 위해서였을 것이다.

기준은 당사자들 간의 이해가 충족된 거래였을지는 모르겠으나 큰 효과는 기대할 수 없을 것이라고 판단했다. 처음부터 사건에 대한 접근이 잘못되었다는 것을 깨달았기 때문이다.

현재 시한부 종말론을 주장하는 세력은 절대적 카리스마를 가진 교주 밑으로 추종자들이 모여 있는 피라미드 형태의 조직이 아니었다. 최목사가 성경에서 뽑아낸 '휴거', '시한부 종말론'의 개념과 신의 아이들이 적중률 높은 예언으로 신뢰를 쌓은 뒤 선택한 '10월 28일'이란 날짜를 공유할 뿐, 개별적인 교회와 개별적인 신앙을 가진 점조직으로 봐야 하는 것이 타당했다. 더욱이 최목사는 시한부 종말론에서 더는 그 어떤 의미도 갖지 못했다. 체포 당시의 충격으로 그가 가진 영향력이 대부분 소비되어 버린 탓이다. 오히려 최목사로 인한 소란에도 불구하고 그대로 남아 있는 교회와 신자들은 시한부 종말론에 대한 믿음이 한층 강화되었다고 판단하는 것이 합리적이었다. 승천교회로 돌아간 신도들이 그러했듯, 지금에 와서 최목사의 주장 따위에 흔들릴 이유가 없었다.

번화가로 나온 기준은 깊어 가는 밤에도 전도를 끝내지 못하는 종말론자들을 지나쳐 걸어갔다. 경찰의 바람과 달리 소동은 멈추지 않을 것이다. 마지막까지 신에게 믿음을 증명하기 위해 거리로 쏟아져 나온 각 교회의 종말론자들이 구원을 갈구하는 피켓을 든 채 행진하고, 진로를 막아서는 전경들과 크게 충돌하는 모습이 보이는 것만 같았다. 기준은 내일의 뉴스를 상상하며 중얼거려 보았다. 마치 미래를 예언하는 이선민처럼.

"어제 시한부 종말론을 주장해 온 승천교회 최재권 목사의 양심선언에 대해 시한부 종말론 교회들은 일제히 반박 성명을 내고 휴거가 예정대로 이루어진다고 주장하였습니다. 하지만 수사 당국은 최재권 목사의 진술에 근거하여 27일, 28일 양일간 시한부 종말론 교회들의 야외 예배와 포교 활동을 모두 불허하고, 각 교회마다 경찰과 구급 요원을 배치하여 만약의 사태에 대비하겠다고 발표하였습니다. 한편 정부는 국민들에게 사이비 종교 단체의 근거 없는 주장에 현혹되지 말고 주어진 자리를 묵묵히 지키는 성숙한 시민 의식을 당부하였습니다."

예언자 9

——모든 것이 느리게 변해 버린 시간이다. 마지막 기도를 끝낸 오빠가 눈을 감고 아멘, 하고 선언하면 일곱 번째 나팔이 울린다. 나는 예배당의 한쪽 벽을 바라본다. 요란한 폭음과 함께 쩌억 갈라지는 벽 안에서 시뻘건 불길이 솟아난다. 하늘을 바라보며 양팔을 벌린 신도들은 아무것도 모른 채 큰 소리로 외치고 있다. 아버지! 불길은 느리게 변해 버린 시간 속에서도 빠르게 신도들을 덮친다. 오빠가 나를 바라보며 고개를 끄덕인다. 나는 오빠를 바라보며 고개를 끄덕인다. 우리는 손을 잡는다. 붉은 불길이 우리를 뜨겁게 덮친다——

교회로 돌아온 나는 매일 같은 꿈을 꾸다 잠에서 깨어났다. 일찌감치 방향을 읽어 냈던 미래가 오늘을 예고하며 반복적으로 보이는 것이었다. 마침내 오늘이 되었기 때문일까. 평소보다 빨리 눈을 떴다. 아직 어둠이 방 안에 가득 차 있었고, 꿈의 잔상이 완전히 가시지 않은 몸은 여전히 뜨거웠다. 정신을 차리기 위해 가슴을 크게 들썩거리며 후하고 숨을 골랐다. 그러자 오빠가 다가와 2층 침대로 고개를 불쑥 내밀었다.

"진짜로 일찍 일어났네?"

"오빠는 더 일찍 일어났네?"

"옥상에 가 봐야 하니까."

"맞다!" 나는 몸을 벌떡 일으켰다.

어젯밤 오빠에게 나도 일찍 일어날 수 있다고, 나를 혼자 두고 가면 안 된다고 신신당부했던 것이 생각났다. 허겁지겁 이불을 걷어 내고 침대에서 내려왔다. 불을 켜자 혼자만 준비를 끝낸 오빠의 모습이 드러났다.

"치사하게, 진짜!"

"못 일어날 줄 알았지."

"못 일어나면 깨워 줄 생각을 해야지. 무슨 오빠가 이러냐? 어제부터 계속 치사해!"

어제 우리는 예배당에 칠해 놓은 페인트가 완전히 마르지 않아 신도들과 함께 복도에 모여 있었다. 박기사 아저씨가 두루마리 화장지처럼 돌돌 말린 흰 천들을 줄줄이 펼쳐 놓는 동안, 오빠는 세상에 남기고 싶은 말을 적어 교회 밖에 걸어 두자고 제안했다. 아버지 하나님을 찬양해도 좋으나, 꼭 아버지 하나님을 찬양하지 않아도 상관없었다. 거지 같은 세상에 시원하게 욕을 갈겨도 괜찮았다. 다만 건물에 걸 수 있는 개수가 한정되어 있으므로 여럿이 한 개의 플래카드를 만들어야 했다. 신도들이 어찌해야 할지를 몰라 머뭇거리는 사이에 오빠는, 준비되어 있던 함지박에서 커다란 붓을 꺼내 들고 흰 천에 한 글자씩 새겨 나갔다.

오, 늘, 밤, 우, 리, 는, 천, 국, 으, 로, 휴, 거, 한, 다.

차례를 기다린 나는 붓을 달라고 손을 내밀었다. 하지만 오빠는 남은 건 신도들의 몫이라며 박기사 아저씨에게 붓을 넘겼다. 신도들은 벌써 삼삼오오 모여 문구를 만들고 있었다. 나는 의논도 않고 혼자서 글씨를 적어 버린 욕심쟁이 오빠의 발을 꾹 밟았다. 그래도 분이 풀리지 않아 씩씩거리자 오빠는 우리 플래카드를 펼칠 기회를 내게 양보하기로 약속했다.

"마라나 타. 좋은 아침입니다."

옥상에는 신도들이 먼저 모여 있었다. 어제 난간마다 묶어 놓았던 플래카드 앞에서 모두 함께 해가 떠오르기를 기다리는 중이었다. 나는 재빨리 우리 플래카드로 달려갔다. 오빠가 끼어들지 못하도록 난간에 몸을 바짝 붙이고 가위를 들었다. 하지만 똑같이 치사해지고 싶지는 않은 마음 탓에 오래 지나지 않아 오빠에게도 자리를 양보해 주었다.

"우리 선민이 어른 다 됐네."

"됐거든. 어제도 어린아이처럼 욕심내지 말라고 했으면서!"

"이제 진짜 안 놀릴 테니까, 박기사님도 같이 하자."

신도들이 군데군데 모여 있는 가운데 홀로 자리를 잡지 못한 박기사 아저씨가 우리 뒤쪽에서 머뭇거리고 있었다. 나는 살짝 옆으로 비켜서서 아저씨에게 자리를 내주었다. 언제나처럼 더듬거리며 아니라고 사양하는 아저씨를 잡아당겼다. 똘이장군같이 힘이 장사였으나 내 앞에선 항상 약골인 아저씨가 힘없이 끌려왔다. 오빠가 나와 아저씨의 손을 포개어 잡았다.

"이제 가는 거야."

해가 저 멀리 어두운 하늘을 찢으며 떠올랐다. *떴다!* 누군가의 외침을 따라서 모두가 동시에 플래카드를 묶고 있는 끈을 잘랐다. 우리의 목소리가 교회 밖으로 찰랑거리며 떨어져 내걸렸다.

마침내 마지막 오늘이었다. 모두가 입을 꾹 다문 채 밝아 오는 하늘을 바라보고 있는 동안 내게는 보이는 미래가 찾아와 예정된 그대로의 오늘을 보여 주었다. 역시나 아무것도 변하지 않았다. 정말이지 아무것도 변하지 않은 채로 어제와 똑같은 오늘이 눈앞에 펼쳐졌다. 보인다.

——요란한 폭음을 따라 옥상이 거칠게 진동한다. 쩌억쩌억 금이 가는 바닥에서 시뻘건 불길이 트림처럼 치솟았다 꺼지고 시커먼 연기가 솟아난다. 좌우로 마구 흔들리던 건물이 부서져 내리기 시작한다. 교회 밖의 골목골목을 가득 채우며 모여 있는 사람들이 비명을 질러 댄다. 조각조각 갈라진 옥상 바닥이 밑으로 밑으로 꺼지고 있다. 하늘로 우뚝 솟아 있던 십자가가 힘없이 쓰러져 바닥으로 떨어진다. 그리고 어둠… 아무것도 보이지 않는 캄캄한 어둠이 내린다——

1992년 10월 28일

동이 터 올랐다. 승천교회 옥상에 모습을 드러낸 신자들이 난간마다 묶어 놓았던 플래카드를 하나씩 풀었다. '오늘 밤 우리는 천국으로 휴거한다', '남겨진 인간들에겐 끔찍한 재앙이 찾아온다!', '천국에서 등 따시고 배부르게 천년만년 행복하게!', '개새끼들아! 지옥불에서 전부 타서 뒈져 버려라!', '거지 같은 인생에서 우리는 구원을 받았다!', '우리를 무시하던 세상아! 하나님의 심판으로 불타올라라!', '엄마! 늦게라도 예수님 믿고 천국에서 만나!' 중구난방으로 적힌 종말론자들의 외침이 외벽을 타고 길게 떨어져 승천교회를 뒤덮었다. 그들의 마지막 인사는 구원의 기쁨과 그간의 울분, 참았던 슬픔, 사후의 기대 등 여러 감정이 뒤섞여 있었으나 그 어디에도 이 세상에 대한 아쉬움은 보이지 않았다.

기준은 지난밤부터 인근 건물에 숨어 승천교회를 감시 중이었다. 경찰과 갈등하며 떠들썩하게 휴거를 준비하고 있을 유사 교회들과 달리 승천교회는 감정적인 플래카드를 내건 이후 아무 움직임도 보이지 않았다. 철창 대문이 굳게 닫힌 채 고요 속에 깊이 잠겨 있었다—교회 안에서 숙식을 해결하는 신자들이 잠깐잠깐 모습을 드러냈다가 다시 건물 안으로 사라졌을 뿐이었다. 마치 외부인은 접근조차 할 수 없는 수도원 같았다. 정찰을 나와 있는 파출소 순경들과 일찌감치 정문 앞에 자리를 잡은 취재진은 지루하다는 듯 하품을 쏟아 내며 한가하게 시간을 보내는 중이었다. 기준은 조급해하지 않았다. 어젯밤 예배를 마치고 집으로 돌아간 신자들의 복귀를 위해 다시 문이 열릴 것은 분명했으므로.

"이런 곳에 숨어 계셨구먼! 너 조금만 더 있으면 현상금도 걸리겠더라?"

강형사가 반장을 질겅질겅 씹으며 찾아왔다. 역시나 최목사를 이용한 작전은 기대만큼의 결과를 내놓지 못했다. 발표 이튿날이자 휴거 하루 전인 어제, 전국의 종말론자들이 거리마다 쏟아져 나와 '예수 천국 불신 지옥'을 외쳐 댄 것이다. 결국 아무 성과도 내지 못한 채 10월 28일을 맞이한 반장은 독이 잔뜩 올라 엄한 기준만 탓하며 이를 갈고 있다고 했다.

"이럴 때 우리가 다이너마이트를 찾아서 뒤통수를 후려갈겨야 더 아플 텐데."

"도면은?"

"얘길 안 한 것 같은데, 내가 이틀 전에 오명한 살해 사건의 유력한 용의자를 놓아주는 바람에 징계를 받고 있어."

"…미안하다."

"그런데도 씨발, 이렇게 구하기 어려운 걸 가져왔다."

강형사가 투덜투덜 생색을 내며 바닥에 승천교회의 설계도면을 펼쳤다. 기준은 농담을 맞받아 줄 여유가 없었다. 재빨리 예배당의 위치를 확인했다. 그리고 복잡하게 연결된 선과 선을 짚고 이어가며 손가락을 바쁘게 움직였다.

"다이너마이트가 많이 남지 않았잖아? 이제훈이라면 가장 효율적으로, 가장 치명적인 피해를 줄 수 있는 지점을 선택했을 거야. 폭발만으로도 집단 자살에 성공할 수 있겠지만, 만에 하나 큰 부상을 입은 채로 살아남는 사람이 생긴다면 그건 구원이 아닌 게 될 테니까…."

"건물을 터트려서 무너트리는 것까지가 그 새끼 계획이다?"

"어제 만난 건축 전문가들은 공통적으로 건물의 정중앙에서 중심을 잡아 주며 기둥 역할을 하는 지점을 찾아야 한다고 했어."

기준은 손가락을 예배당의 한쪽 벽면에서 멈춰 세웠다. 며칠 전 신자들의 난동이 한바탕 휩쓸고 지나갔던 그 밤, 박기사로 짐작되는 인물이 슬레지해머로 구멍구멍을 내놓은 곳이었다. 예상했던 지점이 교회의 중심을 차지하고 있었다. 따라서 구멍들이 발파 준비 작업이었다는 의심도 무리가 없었다.

"나머지 부탁한 것들은?"

"금속탐지기는 여기에 있고, 이건 귀에 꽂는 무선기."

"들어가서 확인 끝내면 곧장 연락할게. 그때 밀고 들어오면 돼."

"같이 들어가?"

"넌 인침이 없어서 못 들어가."

기준은 사진을 떼어 낸 영민의 인침을 꺼내 보였다. 잠시 생각에 잠겨 있던 강형사가 권총을 건넸다. 뜨악하게 바라보기만 하는 기준에게 억지로 쥐여 주었다.

"이게 크기는 작아도 반동이 적지 않아. 영화에서 본 것처럼 후까시 잡고 쏘면 밀릴 거야. 한 손으로 그립을 잡고 남은 손으로는 그립 밑을 잡아서 이렇게 안정적으로 자세를 잡아. 그리고 당기면 되는데, 첫발은 폭발 위험 때문에 공포탄을 넣어 두니까 명심하고…. 아! 권총은 사정거리, 명중률이 더럽게 후지니까 군대에서 소총 쏘던 생각하면서 갈기지 말고 최대한 가까이 가서 당겨. 물론 쏠 일이 생기면 말이야."

"…이런 게 왜 필요해?"

"박기사 말이야. 신원 확인이 안 된다고 했지? 알아보니까 안기부에서 묶어 놓은 거였어. 아무래도 이상해서 최목사를 잡고 물어봤는데 간첩이라네."

"안기부가 간첩 정보를 갖고 있는데 안 잡는다는 게 말이 돼?"

"북한에서 내려보낸 게 아니라 북한으로 침투했던 간첩이라는데… 나는 모르겠다. 우리나라에서도 간첩을 키웠나 싶어서. 최목사도 신자들이 워낙에 거짓말을 많이 하니까 흘려들으라고 하긴 했지만, 우린 그 새끼가 싸우는 거 봤잖아."

"…북파공작원?"

기준은 불현듯 몇 년 전의 제보가 떠올랐다. 북한에서 31명의

무장 공비를 침투시켜 대통령 박정희의 암살을 기도했던 1968년, 각 군(軍)이 청와대에 충성을 증명하기 위해 김일성 암살을 목표로 한 비밀특수부대를 앞다투어 창설한 적이 있었다는 정보였다. 특종의 냄새가 진동했지만 취재는 불가능했다. 정부의 보도 지침과 상부의 압력이 무섭게 쏟아진 탓이었다. 북파공작원으로 통칭되는 그들의 행적은 철저하게 베일에 싸여 아직까지도 특별하게 밝혀진 바가 없었다. 다만 사회에서의 신분을 말소시킨 뒤 극한의 훈련을 통해 인간병기로 재탄생되었다는 소문이 입에서 입으로 전해지고 있을 뿐이었다.

"만일 북파공작원이었다면 헬멧…, 그동안 목격했던 박기사의 초인적인 모습이 설명이 돼."

"미친 소리는 그만하자. 북파공작원은 무슨…. 자유대한민국이 빨갱이들처럼 간첩이나 만들겠냐? 사람들이 심심하니까 만들어 낸 얘기지. 홍길동이나 슈퍼맨, 뭐 그런 거 있잖아."

"그래…. 아무도 확인한 사람이 없어. 소문일 뿐이야, 분명히."

기준과 강형사 모두 박기사의 정체를 애써 부정하면서도 긴장을 감추지 못했다. 강형사가 허벅지에 손을 비벼 땀을 닦았고 기준은 손에 들고 있는 권총을 괜스레 쓰다듬었다.

해가 기울어지고 땅거미가 내리기 시작하자 승천교회의 철창 대문이 빠끔 열렸다. 하얀 옷을 입고 밖으로 나온 파수꾼 신자들이 교회 앞에 진을 치고 있는 취재진을 정리하여 출입로를 확보했다.

그리고 돌아서 철창 대문을 완전히 열어젖혔다. 정문 위로 '지상에서의 마지막 예배'라고 적힌 플래카드가 걸렸다. 집으로 돌아갔던 신자들이 하나둘 모습을 드러냈다. 저마다 인침을 소중하게 들고 교회로 다가왔다. 모두 순백의 하얀 옷을 입은 채였다.

"마라나 타. 천국에서 만납시다."

입장이 시작되자 신자들의 가족과 친지와 친구들도 함께 모여들었다. 출입이 엄격하게 통제된 정문 앞에서 애원과 협박이, 읍소와 탄식이, 눈물 바람과 악다구니가 뒤엉켜 소란을 만들어 냈다. 종일 지루하게 시간을 낭비한 취재진들이 열심히 셔터를 누르고 부지런히 방송용 카메라를 돌렸다. 그러는 사이 구경꾼들이 모여들어 골목골목을 가득 채우고 있었다. 파출소 순경들과 교대하여 출동한 경찰들이 순식간에 혼란스러워진 승천교회 주변을 정리하며 전경들을 배치해 나갔다.

기준은 콧수염과 안경으로 분장을 하고 현장에 나타났다. 그는 흰 옷차림으로 신자들 속에 완전히 섞여 승천교회로 향하는 중이었다. 구경꾼들의 수군거림, 경찰들의 시선, 취재진의 플래시 세례를 지나는 동안 멸시가 느껴졌다. 단순한 피해 의식이 아니었다. 시한부 종말론을 한심하게 여기는 보편적인 인식을 알고 있었기 때문이다. 하물며 몸이 하늘로 들어 올려진다는 휴거를 위해 교회로 걸어가는 모습이 곱게 보일 리가 없었다. 모두가 당연하게 실패를 확신하고 있었고, 실패 뒤에는 '그딴 걸 왜 믿었느냐'는 조롱이 쏟아질 예정이었다. 파수꾼 신자가 영민의 이름으로 발급된 인침을 확인하는 동안 기준은 승천교회를 바라보았다. 죽음보다는 조롱을 받는 편이 나았다. 반드시 아내를 데리고 나오겠다고 다짐했다. 인침에 붙여 놓은 사진과 기준을 번갈아 보던 파수꾼 신자가 길을 터 주었다.

"마라나 타. 천국에서 만납시다."

"마라나 타."

교회 내부는 바깥의 소란이 무색할 정도로 조용했다. 기준은 앞서가는 신자들을 따라 살금살금 복도를 걸었다. 그 끝에 이전의 모습을 완전히 지워 버린 낯선 풍경이 나타났다. 난동으로 처참하게 망가진 몰골을 정리한 예배당은, 신앙을 요란스럽게 전시해 놓았던 과거로 돌아가지 않았다. 모든 물품을 깨끗이 정리하여 텅 비워 낸 실내를 온통 하얀 페인트로 칠해 놓았을 뿐이었다. 단상 위에 걸린 커다란 십자가가 오직 신자들로만 가득 채워지는 예배당을 차분히 굽어살피고 있었다.

기준은 차례차례 입장한 순서대로 자리가 배정되는 가운데 목표한 벽에서 멀찍이 떨어진 위치로 안내되었다. 함부로 이동할 수가 없는 상황이었다. 바닥에 꿇어앉은 신자들이 고개를 숙인 채 기도를 읊조리고 있었다. 구원을 바라는 간절한 목소리들이 모여 경건한 분위기가 조성되어 갔다. 소매 아래 묶어 놓은 금속탐지기를 초조하게 만지작거릴 뿐이었다.

멀리에서도 그 벽에 고른 간격으로 구멍이 메워져 있는 흔적이 선명하게 보였다. 굳이 확인해 보지 않더라도 다이너마이트가 설치되어 있음은 분명했다. 아주 잠깐 강형사에게 확인이 끝났다는 거짓 무전을 보내 경찰을 불러들일까 하는 유혹이 생겨났다. 그러나 이내 고개를 저으며 이기적인 마음을 질책했다. 기준을 위해 기꺼이 형사직을 걸어 놓은 친구였다. 만에 하나 또다시 예상이 빗나가 다이너마이트가 발견되지 않는다면, 수색으로 예배를 중단시킨 책임은 강형사가 고스란히 떠안게 될 것이다. 지금의 싸움은 아내를 구하기 위한 것이었으나, 친구의 명예를 회복하기 위한 것이기도 했다. 기회를 기다렸다. 지상에서의 마지막 예배가 이대로 차분하게만 끝날 리가 없었다.

"천사님들은 언제 오시나요?"

좀처럼 초조한 마음을 진정시키지 못하던 기준은, 마찬가지로 초조해지고 있는 신자들의 모습이 눈에 들어왔다. 기도를 하는 중간중간 고개를 들어 주변을 둘러보다가 안내를 맡은 신자들이 지날 때마다 이제훈과 이선민의 행방을 물었다.

"천사님들은 기도실에서 마지막 계시를 받고 계세요."

예배당이 신자들로 가득 채워진 뒤에도 이제훈과 이선민은 나타나지 않았다. 이제 와서 도망을 치거나 숨어 버리지 않았다는 것을, 기준은 알고 있었다. 다만 휴거가 예고된 자정까지 너무 많은 시간이 남아 있는 탓이라고 생각했다. 종교의식으로 쇼를 펼칠 최목사도, 신자들을 고취시킬 악대도 사라진 상태였다. 예언만으로 온전히 채워 나가는 것이 버겁게 느껴졌을 것이다. 최대한 늦게 등장하여 차분하게 마지막을 정리하려는 계획이 분명했다. 문제는 신자들이 자정까지 자율적인 기도만으로 버틸 수 없으리라는 것이었다. 휴거까지 안내할 목자의 부재가 그들을 초조하게 만들고 있었다. 예배당에 스멀스멀 피어나는 불안은 결국 의심으로 번지게 될지도 몰랐다. 그때였다.

"하늘에서 내려오시는 천사님들이 미국의 우주망원경에 잡혔대요!"

"지금 미국에서부터 나팔을 불면서 내려오고 계신 거래요!"

"천사님들의 수가 천만이래요!"

한 무리의 아이들이 예배당으로 소란을 몰고 왔다. 이미 적그리스도에게 지배를 당한 세계의 국가들이 예수의 공중 재림을 비밀에 부치고 있다며, '우리 천사님'들이 아버지 하나님의 계시로 알게 된 초특급 비밀이라고 수다스럽게 떠들었다. 곳곳에서 신음 같은 탄성이 터져 나왔다. 마치 무의식 속으로 불경하게 스며들던 의심을 털어내려는 듯.

"오, 주여!"

기준은 아이들 속에서 낯익은 얼굴을 발견했다. 고아원에서 통장을 건네주었던 소년이었다. 신자들의 질문에 답을 해 주고 있는 나머지 아이들도 모두 고아원에서 마주쳤던 것처럼 낯이 익었다. 아이들까지 집단 자살에 끌어들인 저의를 고민하는 사이 갑작스레 시작되어 신자들의 목소리를 하나로 모으는 찬송가가 들려왔다.

나는 구원열차 올라타고서 하늘나라 가지요. 죄악역 벗어나 달려가다가 다시 내리지 않죠. 차표 필요 없어요. 주님 차장되시니

나는 염려 없어요. 나는 구원열차 올라타고서 하늘나라 가지요.

불안은 해소되기 위하여 의도적으로 조장된 것이었다. 이제훈은 당연하게 여기던 상황을 간절하게 만든 뒤에 원하던 소식을 전해 주었다. 공포가 환희로 반전되는 극적인 상황이 신자들을 열광하게 만들었다. 특별한 의식 없이도 휴거를 기다릴 수 있는 동력이 마련된 것이다. 경건하던 예배당에 한바탕 축제가 벌어졌다.

기준은 기회를 놓치지 않고 목표했던 벽에 도착했다. 금속탐지기를 묶어 놓은 손목을 휘젓는 동안 아무도 관심을 두지 않았다. 삐—, 삐—, 삐—. 일정한 간격을 두고 경보음이 울렸다. 다이너마이트들의 뇌관과 기폭 장치가 감지된 것이라고 확신했다. 마침내 강형사에게 무전을 보냈다.

"민철아, 찾았다, 오바. 물론, 아닐 가능성도 있겠지만…."

'내 의견은 묻지 말고. 네 촉은 확실한 거 같아? 오바.'

"…어, 오바."

'그럼 나도 못 먹어도 고다, 오바.'

강형사가 달려가는 소리가 들려온다. 신자들의 가족과 친지와 친구들을, 취재진들을, 구경꾼들을 지나 반장에게 도착한다. 가쁜 숨을 토해내며 다이너마이트를 발견했다고 보고한다. 확실하냐고 여러 번 확인하는 반장에게 실물이 확인되었다는 거짓으로 지금 당장 폭발물 처리반을 불러야 한다고 주장한다. 하지만 반장은 기자들 앞에서 경솔하게 굴지 말라고 경고하며 함부로 결정할 사안이 아니라는 의견을 밝힌다. 책임을 지겠다고 해도 소용없다.

하위직의 사표 따위는 그리 비싼 것이 아니라며 상부에 보고부터 할 것을 지시한다.

“민철아, 나는 괜찮아. 기다릴 수 있어, 오바.”

반장에게 덤벼드는 강형사의 목소리를 듣고 있던 기준이 말했다. 아직 자정까지는 긴 시간이 남아 있었다. 신자들 속에서 함께 들떠 웃고 있는 수경을 바라보며 자리에 앉았다.

서서히 흥분을 가라앉힌 신자들이 어느새 마지막을 준비하기 시작했다. 차분하게 기도를 올리고, 미처 씻어 내지 못한 죄를 처절하게 고백하고, 회한으로 울컥거리다 울음을 터트리고, 서로 안아 주고, 악수를 나누고, 환하게 웃으며 하늘나라에서의 새로운 삶을 기쁘게 기다렸다. 모두가 다시 구원 앞에 꿇어앉은 밤 11시였다.

강형사는 아직 아무런 무전을 보내오지 않았다. 대꾸 없는 무전기의 버튼을 연신 눌러보는 동안 불길한 예감이 기준의 머리를 스치고 지나갔다.

‘…경찰은 폭탄이 터져도 상관이 없다는 건가?’

지금 교회에 설치된 다이너마이트를 찾아내면 최목사를 이용해 매듭지은 수사 결과가 거짓이 된다. 아니다. 다이너마이트를 찾아내든 폭파를 시키든 결과는 똑같은 것이다. 아니다. 교회를 폭파시키면 모든 사안을 입맛에 맞게 통제할 수 있다. 아니다. 수많은 취재진들과 구경꾼들을 앞에 둔 채로 폭발이 일어나도록 내버려 두지 않을 것이다. 아니다. 수많은 취재진과 구경꾼들을 목격자로 활용하여 책임을 피할 수 있다고 판단했을 수도 있다. 아니다. 살아 있는 사람들을 함부로 죽게 방관할 수는 없을 것이다. 아니다. 승천교회의 규모가 쪼그라들어 예상되는 희생자의 숫자를 충분히 감당할 수 있다는 계산이 섰을 것이다. 아니다. 여론이 가만있지 않을 것이다. 아니다. 시한부 종말론에 대한 전 국민적인 반감을 이용할 수 있을 것이다. 아니다. 강형사를 믿어야 한다. 아니다. 강형사도 경찰 조직의 일원일 뿐이다. 아니다. 강형사는 오랜 시간을 함께해 온 친구다. 아니다. 아니다. 아니다. 부정에 부정을 거듭하는 동안 등줄기를 서늘하게 만든 공포가 짙어져 갔다.

"천사님이시다!"

누군가의 외침을 따라 예배당에 함성이 터졌다. 단상 뒤의 커튼 사이에서 손을 꼭 잡은 이제훈과 이선민이 등장하고 있었다. 신자들이 목소리를 높여 찬양했다.

나는 구원방주 올라타고서 하늘나라 가지요. 험한 시험물결 달려들어도 겁내지 않죠. 뱃삯 필요 없어요. 주님 선장되시니 나는 염려 없어요. 나는 구원방주 올라타고서 하늘나라 가지요.

이제훈은 단상 아래를 천천히 굽어보았다. 신자들과 눈이 마주칠 때마다 옅은 미소를 지어 보였다. 비명처럼 쏟아지던 노랫소리가 잦아들며 모든 시선이 이제훈에게 집중되었다. 예배당에 설렘 가득한 침묵이 찾아왔다.

"마라나 타. 세상 사람들이 오지 않을 것이라 말하던 휴거까지 이제 한 시간도 채 남지 않았어요."

"아멘!" 신자들이 입을 모아 외쳤다.

"저는 오늘 지상에서의 마지막 예배를 준비하며 어떤 형제님을 떠올렸어요. 그 형제님은 사업에 실패하고 자살을 하기 위해 번개탄을 사러 슈퍼마켓에 들어간 적이 있었다고 해요. 근데 나와서 보니 한 손엔 번개탄을, 다른 한 손엔 주택복권을 들고 있었더래요."

기다리던 예언도 계시도 아닌 수다에 잠시 어리둥절하던 신자들이 웃음을 터트렸다. *누굽니까! 자수하십시오!* 곳곳에서 짓궂은 목소리도 함께 들려왔다. 이제훈은 마치 이 안에 주인공이 있다는 듯 신자들을 향해 손가락을 빙빙 돌렸다. 한바탕 웃음이 지나간 뒤 다시 설교가 이어졌다.

"우리 형제님은 죽음을 생각한 그 순간에 죽고 싶으면서 살고 싶었다고 해요. 저는 그때, 우리 모두가 그 형제님과 크게 다르지 않다는 생각을 하게 됐어요. 우리는 열심히 살아왔지만 우리의 삶은 나빠지기만 했으니까. 희망은 보이지 않았고, 주변은 우리를 외면했으니까. 그래서 우리는 세상 사람들이 사기라고 부르는 시한부 종말론에 쉽게 빠져들었는지도 몰라요. 차라리 이 세상이 망해 버렸으면 좋겠다는 생각이셨을 거예요. 그렇죠?"

이제훈이 단상에서 내려와 바닥에 꿇어앉아 있는 신자들 속으로 들어왔다. 신자들이 내미는 손을 잡아주고, 또 신자들이 내미는 머리마다 손을 올려 축복하며 설교를 이어갔다.

"그래도 우리는 살고 싶었어요. 그래서 복권을 한 장 구입했죠. 바로 주님의 구원이죠. 이 세상이 멸망을 해도 우리는 천국으로 휴거하여 영생하게 된다는 믿음이 우리를 행복하게 만들어줬어요. 그리고 이제 당첨 번호를 맞춰 볼 시간이 됐어요."

이제훈이 잠시 말을 멈추자 신도들이 입을 모아 외쳤다. "아멘!"

"그 형제님은 결국 복권에 당첨되지 않았다고 해요. 하지만 우리는 달라요. 주님께서 오십이억 인간 중에 선택한 인간들이잖아요. 발표를 기다릴 필요가 없어요! 우린 이미 당첨된 복권을 구입했던 거예요."

단상에 서 있던 이선민이 꽈배기처럼 생긴 나선형의 뿔 나팔을 들고 불었다. 부우—. 뱃고동을 닮은 소리가 높게 솟아올라 길게 울리며 예배당을 흔들었다.

"선민 천사가 11시 35분부터 5분 간격으로 주님의 나팔을 불 거예요. 그리고 일곱 번째 나팔 소리가 이 세상에 울리는 자정, 우리는 휴거를 합니다."

기준은 이제훈의 설교가 집단 자살을 정당화하는 핑계처럼 들려왔다. 그러나 속뜻을 알지 못하는 신자들은 선언이 끝나기 무섭게 기쁨에 취해 소리 소리를 질러 댔다. *천사님, 하늘나라에서도 뵙겠습니다! 하나님 아버지, 어서 오세요! 감사합니다, 아버지 하나님!* 이제훈이 뒤를 돌아 단상 위의 이선민과 시선을 주고받았다. 그리고는 한쪽 구석에 앉아 있던 남자에게 다가가 어깨 위에 손을 올렸다. 소중하게 모아 쥔 양손 위에 이마를 대고 기도 중이던 남자가 고개를 들었다. 눈물과 콧물로 범벅이 된 박기사의 얼굴이 드러났다. 이제훈이 허리를 숙여 인사를 건네자 화들짝 놀라며 일어나 큰절을 했다.

"꼴값하고 자빠졌다."

기준은 품에서 권총을 꺼냈다. 강형사에게서는 아직 아무 소식이 돌아오지 않았다. 여전히 친구를 믿고 싶은 마음이 그대로였지만, 더 이상 기다릴 수는 없었다. 권총의 안전장치를 풀며 자리에서 일어났다. 천장을 향해 손을 번쩍 들었다. 탕—. 총소리로 예배당의 환희를 깨부쉈다. 남은 손으로 안경을 벗어 던지고 콧수염을 떼어 내며 짜증을 터트렸다.

"죽는 게 어떻게 구원이야!"

신자들은 갑작스러운 총소리에 깜짝 놀란 듯 움찔하였으나, 상황이 단번에 파악되지 않았다는 듯 소란이 크게 번지지는 않았다. 군데군데에서 작은 비명이 나왔을 뿐이었다. 만일 기준이 칼을 들고 있었다면 충격으로 아수라장이 되었을 것이다. 권총은 즉각적인 공포를 주기에는 낯선 무기였다.

"괜찮아요, 겁먹지 마세요."

이제훈은 신자들이 권총을 완전히 인식하기 전에 진정시키려는 듯 연신 괜찮다고 다독이며 주변을 살폈다. 방패막이 되어 주고자 바짝 다가간 박기사에게도, 놀라서 벌떡 일어나 버린 수경에게도 앉아 있으라는 듯 눈짓을 보냈다. 예배당을 완벽하게 통제한 이제훈이 기준과 대치하듯 마주 섰다.

'김기준!'

침묵이 길게 이어지는 동안 귓속에서 마침내 강형사의 목소리가 들려왔다. 다급하게 누가 총을 쏘았느냐고, 괜찮은 것이냐고 상황을 거듭 물어온다. 제발 대답 좀 하라며 현재 상황을 설명해 나간다. 강형사는 수색영장을 발부받아 오라는 반장의 명령을 따르던 중 동료들에 의해 감금되었다가 가까스로 탈출한 것이다. 상부에서는 승천교회의 폭발을 방관할 계획을 수립했다. 자세한 이유는 알 수 없다. 그동안 벌어진 폭파 사건들의 책임을 모두 떠넘기려는 것일 수도 있고, 가스 폭발로 위장하여 수사의 허점을 은폐하려는 수작일 수도 있다. 혹은, 다가오는 대선(大選)을 위해 북괴의 소행으로 몰고 가려는 가능성까지 제기해 본다. 거칠게 숨을 몰아쉰 강형사는 이제 막 승천교회 담장 아래 도착했음을 알린다. 총소리로 승천교회 외부는 혼란에 빠져 있다. 총기의 출처를 알 리 없는 반장이 폴리스라인을 무작정 후퇴시켰고, 굉음의 정체가 감히 총소리라고 짐작도 못 한 취재진과 신자들의 가족, 친지, 친구들의 거센 항의를 받고 있다. 강형사는 들어갈 수 있는 건 지금뿐이라며, 다시 대답을 요구한다. 무사하다면 제발!

"나 여기 있어. …오바."

기준을 불안하고 초조하고 외롭게 만들었던 의심이 완전히 사라졌다. 조금만 기다리라는 강형사의 목소리가 들려오자 사납게 휘몰아치던 마음이 안정되었다. 무작정 권총을 뽑아 들었을 뿐 아무런 계획이 없던 기준은 비로소 다음으로 해야 할 일을 떠올렸다.

주변을 두리번거리며 벽을 부술 도구를 찾았다. 그러나 모든 것을 내다 버린 예배당에는 마땅한 물건이 없었다. 신자들 곁에 놓인 성경책과 물병, 방석을 차례로 바라보다 문득 손에 들고 있는 권총에 눈이 닿았다.

기준은 권총의 손잡이로 벽을 내리찍었다. 아직 완전하게 굳어지지 않은 듯 시멘트 조각이 부서져 내렸다. 뒤를 돌아 주변을 경계한 뒤 다시 벽을 때리고 벌어진 틈으로 손을 넣었다. 벽을 잡아 뜯어내자 그 안에 감춰져 있던 다이너마이트가 모습을 드러냈다.

"이것이, 이제훈이 말한 휴거고 구원입니다. 지금 여러분은 속고 있는 겁니다."

신자들은 눈앞에 벌어진 상황을 파악하기 위해 웅성거렸다. 이제훈은 아무런 방해도 하지 않았다. 오히려 기준에게 더 말해 보라는 듯 턱을 들어 보였다.

"나는 여러분들이 얼마나 힘든 일들을 겪어 왔는지 모릅니다. 하지만 죽겠다는 결심으로 차라리 살아 보세요. 하나님은 사람이 감당하지 못할 시련은 내리지 않는다면서요? 시험을 당할 때면 피할 길도 함께 준다면서요? 그러니 살아요. 이겨 내지 못할 것들은 하나도 없어요."

기준은 출입구로 다가가 예배당 문을 활짝 열었다. 그러나 신자들은 아무도 호응하지 않았다. 여전히 자리에 앉아 두리번두리번 주변의 눈치만 보고 있을 뿐이었다. 기준은 권총을 바로 잡고 이제훈을 겨냥했다.

“겁내지 마세요. 내가 이제훈이 아무 짓도 못 하게 끝까지 지키고 있을 거니까.”

“김기자님.” 이제훈이 한 발 앞으로 걸어 나왔다.

“가만히 있어!”

“당신은, 당신이 세상에서 가장 힘든 일을 겪었다고 착각하는 것 같아요. 그래서 우리를 가르쳐야 하는 대상으로 생각하고 있는 거고요.”

“논점 흐리지 마! 네가 지금까지 신자들을 속인 게 문제니까.”

“살아 있으면 이겨 내지 못할 것이 없다고요? 잘난 척하지 마세요. 지금 여기에는 그딴 잔소리에 귀를 기울일 사람이 없어요. 어쭙잖은 태도로 구원을 탐하던 껍데기들은 최목사가 구속되며 모두 떨어져 나갔어요. 여기는 당신보다 더 힘든 삶을 버텨 온 사람들, 그럼에도 불구하고 이 세상에서 아무런 희망도 찾을 수 없던 사람들만 남아 있어요.”

단상 위의 이선민이 시간을 확인하고 첫 번째 나팔을 불었다. 벌써 11시 35분이었다. 이제훈은 권총의 위협을 무시하듯 기준을 등지며 신자들을 둘러보았다. 주머니에서 기폭 장치를 꺼내 높이 들어 보였다.

“맞아요. 잠시 후 내가 이 버튼을 누르면 우리는 함께 죽음을 맞이하게 될 거예요. 하지만 그동안 거짓말을 해왔다고는 생각하지 마세요. 나는 여러분을 구원하려고 해요.”

“죽음은 구원이 아니야!” 기준이 위협적으로 소리를 질렀다.

이제훈은 무시로 일관한 채 신자들에게 말을 이어 나갔다.

“태어날 때부터 우린 아무 선택도 할 수 없었어요. 신이 정해준 부모 밑에서 태어나며 처음부터 정해진 삶을 살았어요. 부모의 재산, 부모의 학력, 부모의 외모, 부모의 인격…. 유전자와 환경이 처음부터 우리 인생을 결정했어요. 한 번 생각을 해봐요.”

탕—.

기준은 다시 한 번 천장에 총을 쏘아 이목을 집중시켰다. 권총을 겨누고 앞으로 걸어갔다. 저항하지 않겠다는 듯 양손을 들고 있던 이제훈이 요구를 받기도 전에 순순히 기폭 장치를 내밀었다. 기준은 의심스럽게 바라보면서도, 재빨리 기폭 장치부터 낚아챘다. 표정에 아무런 변화도 없는 이제훈을 두고 한 걸음 한 걸음 뒤로 물러났다. 하지만.

“마마마… 말씀을 방해하지… 하지 마!”

우악스러운 손길이 기준을 돌려세웠다. 기척 없이 접근한 박기사였다. 팔이 비틀린 기준이 비명을 내질렀다. 박기사는 바닥으로 떨어진 권총을 발로 차서 멀리 밀어내고 기준을 들어 신자들이 없는 구석으로 던져 버렸다.

“여러분에게 사는 건 무엇이었죠? 행복한 적이 있기는 했었나요?”

이제훈은 아무 일도 없었다는 듯 다시 신자들 쪽으로 돌아서서 설교를 이어 갔다. 박기사에게 무자비하게 폭행을 당하는 기준을 바라보던 신자들이 이제훈을 따라 고개를 돌렸다. 한 사람 한 사람에게 되묻듯 반복해서 중얼거리는 질문이 마치 주문처럼 신자들을 홀리고 있었다. 갑작스럽게 벌어진 상황에 갑작스러운 질문으로 당황한 빛이 역력하던 신자들이 서서히 생각에 잠겨갔다.

"힘들고 괴로우셨다는 거 알고 있어요. 고통이 끝나지 않고 반복되기만 했다는 거 알고 있어요. 저도, 선민도 똑같았으니까요. 그런데 그건 우리 잘못이 아니었어요. 처음부터 정해져 있던 인생이었잖아요. 우리는 아무런 선택도 할 수 없었으니까…. 하지만 아버지 하나님께선 우리를 긍휼히 여겨 선택할 수 있는 한 가지를 남겨주셨어요. 그게 바로 죽음이에요. 죽음은 불공평한 탄생과 다르게 평등해요. 부자에게도 거지에게도, 권력자에게도, 노비에게도, 남자에게도 여자에게도 모두 공평하게 주어져 있어요."

이제훈은 박기사가 되찾아 준 기폭 장치를 건네받고 단상 위로 돌아갔다. 시간을 확인한 이선민이 두 번째 나팔을 길게 불었다.

"나는 이제 형제자매님들께 선택을 넘기겠습니다. 만일 일곱 번째 나팔 소리가 들리지 않는다면 우리의 휴거는 취소될 거예요. 하지만 일곱 번째 나팔 소리가 들려온다면 우리는 예정대로 휴거를 합니다. …두려워하지 말라. 내가 너와 함께 함이니라. 놀라지 말라. 나는 네 하나님이 됨이니라. 내가 너를 굳세게 하리라. 참으로 너를 도와주리라. 참으로 나의 의로운 오른손으로 너를 붙들리라(이사야 41:10). …아멘."

이제훈은 이선민과 눈짓을 주고받은 뒤 장막 뒤로 향했다.

탕—.

다시 총소리가 울렸다. 기준이었다. 곤죽이 되도록 얻어맞아 기절했으나, 귓속의 무전기로 계속해서 들려오는 강형사의 목소리에 정신을 차렸고, 박기사가 방심한 사이에 바닥에 떨어진 권총을 향해 기어 왔던 것이다. 이제훈은 신경 쓰지 않는다는 듯 돌아섰다. 대신에 박기사가 시야를 가리며 달려오고 있었다.

기준은 빠르게 가까워지는 커다란 덩치에 압도되어 온몸이 벌벌 떨렸다. 총구가 위아래로 들썩였고, 방아쇠에 놓인 손가락은 꼼짝하지 않았다. 죽음을 예고하는 살기가 어느새 턱밑까지 닿아 있었다. 그때, 또 다른 발소리가 요란하게 들려왔다. 우렁찬 기합을 내지르며 강형사가 나타났다. 땅을 힘차게 밟고 뛰어올라 박기사의 어깨를 걷어차 밀어내며 기준 곁에 도착했다.

"내 친구 괴롭히지 마, 이 새끼야."

"…하." 기준이 참았던 숨을 쏟아 내며 무너질 듯 휘청거렸다.

"여긴 나한테 맡기고 가 봐."

"이거, 잘 썼어."

기준이 권총을 건넸다. 그러나 강형사는 받지 않았다. 벽 안에 설치된 다이너마이트를 확인한 뒤, 고개를 좌우로 뚝뚝 꺾어 몸을 풀며 싸움을 준비했다.

"여차하면 이제훈이 대가리에 구멍을 내서라도 막아. 난 어떻게든 해볼게."

"…북파공작원일 수도 있어."

"북파공작원이면 뭐? 난 육군 병장 제대야. 대한민국 오대장성!"

강형사가 박기사에게 달려갔다. 몸을 날려 체중이 실린 주먹을 크게 휘두르며 공격을 개시했다. 옆으로 비켜난 박기사를 가격하지 못한 채 허공을 갈랐지만 포기하지 않았다. 균형이 무너져 휘청거리면서도 박기사의 허리를 붙잡았다. 온 힘을 다해 매달려 발을 묶었다.

기준은 강형사 덕분에 아무런 방해도 없이 단상에 도착할 수 있었다. 그러나 곧바로 이제훈을 쫓을 수는 없었다. 애써 기준을 외면하듯 시계만 보고 있는 이선민이 눈에 아프게 밟혔기 때문이었다.

"나 안 막을 거야?"

"…나팔 불어야 해요."

"너도 네 오빠처럼 죽는 게 구원이라고 생각하니?"

"왜 구원이 아닌 건데요?"

"이 세상에 죽고 싶어 하는 사람은 없으니까."

"살아 있어야 할 이유가 없는 사람도 있어요."

"그렇다고 죽음이 정답은 아니야!"

"그럼 뭐가 정답인데요? 살아 있기만 하면 이겨 내지 못할 것이 없다는 말, 다 거짓말이잖아요. 자기도 내가 복권 안 줬으면 죽었을 거면서…."

"…그건."

기준은 논쟁을 이어 갈 수 없었다. 아직 싸울 수 있는 논리는 충분했지만 그것은 이기기 위한 말장난에 지나지 않는다는 것을 깨달았다. 처음부터 그랬다. 진실과 진심이 결여된, 듣기에 좋으라고 만들어진 뻔한 응원으로 잔소리를 늘어놓았던 것이다.

"…미안하다, 선민아. 아저씨가 진짜 문제가 뭔지 깨닫질 못했어. 내가 잘난 척을 했어."

"우리 오빠 말처럼 죽음으로 사람들을 구원할 수도 있는 거죠?"

"아니, 네 오빠도 틀렸어."

기준은 예배당을 향해 돌아섰다. 행복하게 꿈꾸던 구원이 깨어진 것도 모자라 갑작스럽게 죽음을 제안받은 신자들이 혼란에 빠져 있었다. 괴로운 듯 머리를 쥐어뜯었고, 주저앉아 울고 있었으며, 더욱 간절하게 기도를 올리고 있었다. 그러나 누구도 속았다는 것에 화를 내지는 않았다. 불행으로 가득한 삶을 살아왔던 사람들이라고 했다. 행복을 꿈꾸게 해 주었던 구원이 설령 거짓이라 할지라도 쉽게 놓을 수는 없을 것이다. 어쩌면 자포자기한 심정으로 죽음을 받아들이고 있는 것일지도 몰랐다. 기준은 다시 총구를 천장으로 치켜들었다. 탕—. 요란한 총소리로 시선을 집중시켰다.

"미안합니다. 여러분이 죽겠다는 결심으로 살아간다면 무엇이든 이겨낼 수 있다는 말은 거짓이었습니다."

총소리에 놀란 것도 잠시였다. 갑작스러운 기준의 고백에 신자들이 귀를 기울이고 있었다. 살기를 드러낸 박기사도, 비틀거리며 일어난 강형사도, 그리고 자리에 서서 전전긍긍하는 수경도 모두 기준을 바라보는 중이었다—기준을 끌어내리려는 움직임도 있었으나 이선민이 손을 들어 저지했다.

"저부터도 열심히 살아가려고 하지만 매일매일 나빠지는 하루를 겨우겨우 살아가고 있을 뿐이었습니다. 모든 희망이 사라졌을 때는 죽으려고도 해봤습니다. 그래요. 제훈이…, 이제훈 천사의 말처럼 죽음이 이 지긋지긋한 삶에 구원이 될 수 있을지도 모르겠습니다. 어쩌면 사후 세계가 존재하고, 이 세상에서 힘겹게 살았던 만큼의 보상이 주어질 수도 있을 테니까요. 없을 수도 있지만 이미 죽어 버렸는데 무슨 상관이겠어요?"

기준은 진심으로 고백했다. 모든 것을 잃고 또 잃다가 어딘가에 존재할지 모르는 미지의 희망까지 잃어버린 뒤 죽음밖에 선택할 수 없었던 시간을 경험한 뒤였다. 당장의 상황을 모면하기 위해 거짓 희망을 이야기하는 것은 기만이었다.

"…하지만 정말 죽음이 구원이라고 생각한다면 지금의 이 방법은 아닙니다. 누군가의 결정을 따라서 죽는 건 살해당하는 거예요. 신이 인간에게 허락해 준 유일한 선택이라면 본인 스스로 결정하세요. 부탁합니다."

기준은 멍해져 있는 수경을 향해 괜찮다는 듯 고개를 끄덕여 진심을 전한 뒤 돌아섰다. 그리고 혼란스러운 얼굴을 하고 있는 이선민의 머리를 쓰다듬어 주었다.

"네가 유치장에 왔던 이유는 오빠가 만든 미래를 바꿔 주길 바랐기 때문이지?"

"아니거든요!"

"아니어도 나는 네 오빠를 막을 거야. 괜찮지?"

"사실 나는 잘 모르겠어요, 어떤 게 맞는 건지. 아깐 오빠가 맞는 거라고 생각했는데, 지금은…. 하지만 아저씨는 미래를 바꿀 수 없어요. 미래는 아무것도 변하지 않았거든요."

"겁이 나는 모양이구나? 사람들을 죽인다는 게."

"아뇨. 그냥 아무것도 모르겠어요."

"…정답을 찾으려고 하지 마. 죽음은 어른들에게도 어려운 문제야. 너는 그냥 '아무도'가 되지 않으면 되는 거야."

세 번째 나팔 소리가 두꺼운 커튼을 흔들며 대기실까지 들려왔다. 어둠 속에 앉아 있는 이제훈이 다가오는 기준에게 기폭 장치를 들어 보였다. 기준은 권총을 꺼내 이제훈의 머리를 조준했다.

"예민하게 굴지 말아요. 더 이상 다가오지 말라는 경고니까. 나는 우리 형제자매님들의 결정을 따를 거예요."

"죽음이 구원이라고 했니? 그럼 오집사도 구원을 받았다고 해야 하는 건가?"

"내가 왜 오명한에게 십억을 줬다고 생각해요?"

"…."

"이번엔 틀렸다고 무안 주지 않을게요. 흔해 빠진 생각이라도 말해 봐요."

"…민주의 사진을 유포하지 말라고."

"정답이에요. 그리고 나는 오명한이 가장 행복한 상태에서, 절대 죽고 싶지 않은 상태에서 죽이려고 했어요. 죽음은, 죽음을 원치 않는 자에게는 벌이 되는 법이거든요."

기준은 십억 원을 지키기 위해 발버둥을 치던 오집사가 떠올랐다. 돈과 안전이 보장된 거래를 성사시킨 그는 동거녀가, 어린 자녀가, 집이 단번에 사라지는 장면을 목격한 뒤 살해당했다. 숨이 끊어지던 순간 황민주의 나신 필름이 들어 있는 성경책을 향해 뻗은 손끝으로 최후의 희망이 부질없이 빠져나가는 모습을 지켜보며 절망했을 것이라고, 생각했다. 잔혹한 형벌이었다.

"복수 때문에 사람을 죽인 건 이해한다. 필름을 없애려고 사람들을 죽인 거, 동의할 수 없지만 심정은 이해할 수 있어. 근데 동반자살은 아니야. 넌 저 사람들의 목숨을 빼앗을 권리가 없어."

"가난하다는 이유로, 머리가 나쁘다는 이유로, 성격이 별나다는 이유로, 몸이 약하다는 이유로, 장애가 있다는 이유로, 얼굴이 못생겼다는 이유로, 심지어 여자라는 이유만으로… 온갖 멸시와 차별 그리고 무시와 무관심 속에서 거듭된 절망을 학습하며 살아온 사람들이에요."

"살아가는 게 불쌍하니까 죽이는 거다?"

"나도 기자님처럼 우리 신도들을 불쌍하게 봤던 적이 있었죠." 혼잣말처럼 뇌까린 이제훈이 말을 이었다. "기자님은 민주가 강간을 당했기 때문에 자살했다고 생각하나요?"

네 번째 나팔 소리가 들려왔다. 기준의 착각이 아니라면 소리는 이전처럼 길게 뻗어 나가지 못했다. 중간에 한 번 끊어지듯 희미해졌다가 다시 크게 울었다. 이선민이 머뭇거리고 있다는 뜻으로 읽혔다. 어쩌면 이제훈도 설득할 수 있을 거라는 기대가 생겼다.

기준은 신중하게 대답을 고민했다. 시간이 자신의 편이라는 것을 알고 있는 이제훈은 채근하지 않고 여유롭게 기다렸다.

"…그것만은 아닐 거라고 생각하고 있어. 긴 시간 고통을 버틴 뒤에 내린 선택이었으니까. 다른 이유가 있었겠지."

"많은 발전이 있었네요. 처음부터 이랬으면 나한테 속지 않았을 텐데…."

"속았다고 생각하지 않아. 네 덕에 깨달은 것도 많고…. 그러니까 제훈아…."

"민주는! 그 쓰레기들이 자기 자신을 볼모로 삼아서 우리까지 붙잡아 두려는 계획을 알아 버려서, 벗어날 방법이 없다는 걸 알아 버려서, 더 이상 나아질 희망이 없다는 걸 알아 버려서, 우리라도 구하기 위해 죽음을 선택한 거예요."

"그렇다면 너희를 자유롭게 만들어 주려던 민주의 뜻을 따라야 하는 거 아니야? 더더욱 지금의 선택은 하지 말았어야지!"

다섯 번째 나팔 소리가 들려오며 어둡던 대기실이 잠시 반짝였다. 커튼이 흐트러지며 빛이 새어 들어온 것이다. 기준이 뒤를 돌아 확인하려는 순간 이제훈이 말을 받아 시선을 붙잡았다.

"아뇨. 민주는 우리에게 전부였어요. 민주를 잃었다는 건 우리의 전부를 잃은 것과 같아요. 기자님은 잘 알잖아요. 아무것도 남지 않았을 때 선택할 수 있는 건 죽음뿐이라는 거. 하지만 민주는 그냥 죽지 않았어요. 내게 신도들의 입장이 되어 신도들을 생각하게 만들었어요. 그래서 죽음은, 죽음이 필요한 사람들에게 구원이 될 수 있다는 것을 깨닫게 해줬어요. 내가 신이 되어서 신도들을 구원해야 한다는 걸 알려준 거예요. 순교를 한 거죠."

기준은 이제훈이 느긋하고 친절하게 주장을 펼쳐 나가는 이유를 알고 있었다. 살금살금 다가오고 있는 기척의 주인에게 시간을 벌어 주기 위해서였다. 박기사일 것이라고 생각했다. 강형사였다면 생색을 내며 요란하게 들이닥쳤을 것이다. 두려움보다 걱정이 앞섰다. 강형사의 대꾸가 돌아오지 않을까 봐 무전을 보내지도 못한 채 입술만 자근자근 씹었다. 그때.

'씨발.' 강형사는 기준의 생각을 알고 있다는 듯 무전으로 안부를 보내왔다.

기준은 안심할 틈이 없었다. 어느새 기척이 바짝 다가와 있었다. 이제 곧 공격이 시작될 것이다. 그러나 자리를 지켰다. 이제훈과의 긴장을 흐트러트리고 싶지 않았다. 노골적으로 변해 버린 발소리가 들려왔다. 기준이 선언하듯 말했다.

"넌 신이 아니야. 신이 될 수 없어."

"왜죠?"

"실수를 하니까."

모습을 드러낸 박기사가 권총을 들고 있는 기준의 팔을 붙잡았다. 당장이라도 부러트리려는 기세였다. 하지만 이제훈이 멈추라는 듯 손을 들어 저지했다. 박기사는 반쯤 꺾은 기준의 팔을 놓아주고 뒤로 물러났다.

"내가 무슨 실수를 했다는 거죠?"

"최목사…. 내가 너였다면 최목사를 죽였을 거야."

여섯 번째 나팔 소리가 들려왔다. 기준에게는 5분이 남아 있었다.

예언자 10

"네가 유치장에 왔던 이유는, 오빠가 만든 미래를 바꿔 주길 바랐기 때문이지?"

솔직하게 말하자면 그땐 그런 마음도 있었던 것 같다. 죽음을 결심했으면서도 행복한 듯 웃는 오빠를 끝까지 이해하지 못했다면, 기자 아저씨에게 모든 걸 솔직하게 털어놓고 도와 달라고 부탁했을지도 몰랐다. 확신이 부족했던 탓에 죽음에 겁이 났기 때문이다. 보이지 않는 미래를 볼 때마다 숨을 참아 경험했지만, 좀처럼 익숙해지지 않던 것이 죽음이었으니까. 어떤 이유로든 진짜로 죽는다는 건 마냥 쉬운 일이 아니었다. 그러나 기자 아저씨 덕분에 오빠가 말한 구원의 의미를 깨달았고, 오빠를 완전히 이해하자 죽음을 거부감 없이 받아들일 수 있었다. 어차피 언니를 따라가야 한다면, 신도들을 '구원'해 주는 것도 나쁘지 않았다. 우리는 신의 아이들이었으니까.

——모든 것이 느리게 변해 버린 시간이다. 마지막 기도를 끝낸 오빠가 눈을 감고 아멘, 하고 선언하면 일곱 번째 나팔이 울린다. 나는 예배당의 한쪽 벽을 바라본다. 요란한 폭음과 함께 쩌억 갈라지는 벽 안에서 시뻘건 불길이 솟아난다. 하늘을 바라보며 양팔을 벌린 신도들은 아무것도 모른 채 큰 소리로 외치고 있다. 아버지! 불길은 느리게 변해 버린 시간 속에서도 빠르게 신도들을 덮친다. 오빠가 나를 바라보며 고개를 끄덕인다. 나는 오빠를 바라보며 고개를 끄덕인다. 우리는 손을 잡는다. 붉은 불길이 우리를 뜨겁게 덮친다——

그리고 매일 반복되어 보이던 오늘의 마지막 장면에서는 혼자가 아니라 언제나 오빠와 함께였다. 그것만으로도 죽음이 주는 두려움을 극복할 수 있었다. 그런데도 나는 혹시나 미래가 바뀌지 않을까 계속 기대를 가졌던 것도 같다. 보이는 미래가 보일 때마다 이전과 달라진 부분을 찾으려고 했으니까. 그래서 기자 아저씨가 권총을 쏘며 모습을 드러냈을 때는 가슴이 살짝 두근거리기도 했다. 물론 아저씨는 아무런 변화를 가져오지 못했다. 내가 구해 주지 않았다면 죽으려고 했던 주제에 살아 있기만 하면 이겨 내지 못할 것들이 없다는 허풍을 떨었기 때문이다. 뒤늦게 무언가를 깨달은 듯 제법 멋있는 말을 늘어놓았으나 우리가 모두 죽는 미래를 바꾸기엔 너무 늦어 버렸다. 내게는 지금도 계속 거대한 폭발이 보이고 있었으니까. 그런데 정말이지 이상하게도 나는, 아저씨에게 이유 모를 기대가 자꾸만 생겨났다.

"겁이 나는 모양이구나? 사람들을 죽인다는 게."

"아뇨. 그냥 아무것도 모르겠어요."

"…정답을 찾으려고 하지 마. 죽음은 어른들에게도 어려운 문제야. 너는 그냥 '아무도'가 되지 않으면 되는 거야."

대기실의 오빠에게 향하는 기자 아저씨를 바라보며, 나는 세 번째 나팔을 불었다. '아무도'가 되지 말라고? 살아오는 동안 언니를 제외한 아무도 우리를 도와주지 않았기 때문에 우리만을 위해 살아왔던 우리였다. 이전 같았다면 우린 교회에서 벌써 도망을 쳤을 것이다. 언니에게 가기 위해 죽더라도 이곳이 아니라 다른 곳이었을 테지. 여기 남아 있는 이유는 지하철역에서 처음으로 사람들을 구한 나처럼 착한 일을 선택한 오빠 때문이었다. 불행으로 가득 찬 하루하루를 억지로 살아가는 신도들을, 더 살아 있어 봐야 아무런 희망도 기대할 수 없는 신도들을 돕고 있는 것이라고 믿었다. 신도들도 오빠의 진심을 금방 이해하게 될 것이다. 분명히. 그러므로 '아무도'가 되지 말라는 기자 아저씨의 말대로라면, 나는 오빠의 결정을 따라야만 했다.

"안 돼, 아저씨! 내가 일곱 번째 나팔을 불기 전까지 아무도 죽으면 안 돼."

나는 '아무도'가 아니었으므로 박기사 아저씨부터 말렸다. 너무 많이 맞아서 축 처진 형사님의 목을 비틀려는 순간이었다. 바닥에 던져진 형사님이 다시 덤벼들겠다는 듯 허우적거렸다. 살아 있다는 것을 재차 확인하며 네 번째 나팔을 불었다. 예배당 가득 소리가 퍼지도록 좌우로 움직여 구원의 때가 가까워지고 있음을 알렸다. 그런데 구원의 과정을 알게 되며 두려움에 주저앉았던 신도들에게서 변화의 기운이 느껴졌다. 주저앉은 바로 그 자리에서 결국 죽음이 가장 나은 선택이라는 것을 깨닫고 오빠의 구원을 받아들여야 하는 신도들이 몸을 들썩이며 운명에 저항하고 있었다.

"나는 죽으려고 종말을 기다린 게 아니야. 천국에서 잘 먹고 잘 살려고 종말을 기다린 거지."

"그래. 살고 싶어! 내일 또 지랄 같은 삶이 반복될 거 아는데…, 이렇게 죽기는 싫어!"

"이 몸 그대로 천국으로 휴거하는 거면 몰라도 죽는 건 무섭고, 두려워."

몇몇 신도들이 곳곳에서 벌떡 일어나 철없이 소리쳤다. 다행히 자리에 앉아 생각에 잠겨 있는 신도들의 수가 더 많았다. 철없는 신도들은 이내 다른 신도들에 의해 끌어 앉혀졌다. 여기저기에서 서로를 마주 보고 격렬하게 다투는 모습이 보였다. 죽음에 대한 두려움이 커지고 있기 때문일 것이다. 그러나 내가 그러했듯 신도들도 결국에는 이겨낼 것이라고 믿었다. 나는 다섯 번째 나팔을 불었다.

"선민아. 우리 진짜 죽어?" 고아원 친구들이 단상 밑으로 몰려왔다.

"겁이 나면 서로 손을 잡아. 함께하면 무섭지 않아."

"…겁이 나는 건 아니야. 제훈이형이 그동안 우리가 왜 세상에 남으면 안 되는지 이유를 알려 주었거든. 선생님도 학교 애들도 우리 엄마 아빠 없다고 욕하고 무시하고, 도둑 생기면 우리부터 의심하고 그러는 거 짜증이 나서 구원이라는 거 받고 싶어. 근데 디즈니 만화동산* 때문에."

"토요일에 하는 만화?"

"아냐. 이번 달부터 일요일 아침에 하는데…, 이번 주에 오리형사가 범인을 잡는단 말이야."

"오리형사가 있어?"

"도날드덕이랑 닮았는데 완전 멋져! 일요일 낮에 구원받으면 안 돼?"

"…안 돼. 오늘 해야 해."

"천국에서도 만화동산 볼 수 있냐?"

"글쎄. 테레비는 있을 거 같긴 한데…."

"아쉽네…. 오리형사 완전 멋진데. 야, 나팔 불 시간 됐다."

나는 여섯 번째 나팔을 불었다. 소리가 길게 울리는 동안 더욱 격렬하게 다투는 신도들이 보였다. 그리고 오리형사를 흉내 내며 즐거워하는 고아원 친구들이 보였다. 괜스레 짜증이 치밀었다. 나는 나팔을 더욱 세게, 그리고 길게 불었다. 물속에 깊이 잠수해 있을 때처럼 귀가 먹먹해진 뒤에야 입에서 나팔을 떼어냈다. 그런데 이상하기도 하지. 나는 어떤 말들이 예배당에 쏟아지고 있는지, 어떤 이야기들이 예배당을 채워 나가고 있는지 알 것만 같았다.

---

* 1992년 4월부터 2006년 1월까지 KBS에서 방영하던 주말 만화프로그램.

그 때문에 신도들을 구원하겠다는 오빠가 어쩌면 틀렸을지도 모른다는, 나쁜 생각이 들었다. 오빠가 틀렸을 리가 없다는 것을 알면서도 계속해서 같은 결론이 머리를 맴돌았다. 오빠를 의심하고 있다는 것이 끔찍하게 느껴졌다.

나는 곧바로 나팔을 입으로 가져갔다. 고작 5분이 당겨질 뿐이었다. 그때, 누군가 내 발목을 격렬하게 흔들었다. 떼어내려고 발버둥을 쳐도 떨어지지 않았다. 고개를 숙이자 단상까지 기어 온 형사님이 보였다.

"아직 5분 안 지났다. 반칙하지 마. 사람들 목소리 들리지? 살고 싶다고 소리치잖아."

그대로 드러누워 버린 형사님을 따라서 시선을 옮기자 들려왔다. 모든 목소리들이.

1992년 10월 29일

"내가 최목사를 죽이지 않은 게 실수라고요?"

기준은 이제훈에게서 전에 없던 예민함을 느꼈다. 단순한 느낌이 아니었다. 흥분하여 목소리를 높일 때에도 흐트러트리지 않았던 꼿꼿한 자세가 무너졌다. 기준을 향해 몸을 들이밀기 위해서였다. 적극적인 청자의 자세였다. 기준은 이제훈의 조바심을 자극하기 위해 침묵을 길게 이끌었다. 두꺼운 커튼을 뚫고 소란이 들려오고 있었으나, 이제훈은 들리지 않는다는 듯 스스로가 던진 질문에 몰입했다.

"민주에게 벌어진 일을 최목사가 알고 있었기 때문인가요? 그래서 나는 그가 선망하던 선지자의 이름을 주었다가 빼앗았죠. 그 사람에겐 그 정도가 마땅한 처벌이었어요."

"최목사에게 속은 것 같구나."

"…뭐라, 고요?"

"오집사에게 민주의 강간을 사주한 건 최목사였어."

“거짓말하지 마세요. 최목사는 민주가 죽은 뒤에 내게 직접 고해를 했어요. 그 사실을 알게 되었을 땐 어쩔 수가 없는 상태였다고….”

망치에 의해 도주가 무산되었던 최목사는 교회로 돌아와 이제훈 앞에 무릎을 꿇었다. 그는 민주의 아비 황재호가 찾아왔던 날부터 시작된 불행의 역사를 늘어놓았다. 그것은 책임을 회피하려는 변명에 지나지 않았다. 그러나 이제훈은 ‘어쩔 수 없는 일’이라고 기억했다. 기준은 이제훈도 황재호의 방문을 알고 있었을 것이라는 생각이 들었다. 아비 때문에 고아원에서 도망을 쳐야 했던 과거를 미안해하던 황민주를 위해 부러 모른 척을 했던 것일지도 몰랐다. 당시의 상황을 묵인했다는 후회로 책임을 홀로 짊어졌기에, 최목사에게 관대해진 것일 수도 있었다. 물론 입 밖으로 낼 수 없는 짐작에 불과했다. 확실한 것들만 이야기해야 했다.

“내가 알고 있는 사실과는 다르구나. 최목사는 너희가 언젠가 도망칠지도 모른다는 두려움 때문에 망치네 조직과 손을 잡았고, 오명한에게 너희가 도망치지 못하게 해달라고 부탁했어. 그래, 강간을 하라는 말은 하지 않았을 거야. 하지만 왜 망치가 아니라 꼬붕인 오명한에게 부탁을 했을까. 민주를 탐내던 오집사의 끈적끈적한 눈길을 알고 있던 건 아니었을까?”

“….”

고통스럽게 일그러지던 이제훈의 얼굴이 멍하게 풀어졌다. 사고마저 정지된 듯 꼼짝하지 않았다. 시간이 무겁게 움직였다. 기준은 손목시계를 힐끔거렸다. 나팔 소리가 들려오지 않은 내일이었다.

"제훈아, 12시 지났다. 이제 그만하자."

이제훈이 깜짝 놀라 정신을 차리며 박기사를 바라보았다. "박기사님, 선민이…. 그 사람이 선민이한테 무슨 짓을 한 거 같아요. 빨리 돌아가 주세요."

"선민이에게는 아무 일도 일어나지 않았어. 신자들이 삶을 선택했을 뿐이야."

"…."

이제훈이 들고 있던 기폭 장치로 눈을 옮겼다. 기준은 재빨리 권총을 들어 이제훈을 겨누었다. 예배당으로 향하던 박기사가 몸을 돌리자 당장에라도 방아쇠를 당기겠다는 시늉으로 위협했다. 기준과 이제훈의 거리를 계산하듯 눈을 굴리던 박기사가 이내 양손을 들며 한 발 뒤로 물러났다. 두꺼운 커튼 너머에서는 아무 소리도 들리지 않았다. 예배당은 이미 대피가 끝났다는 것을 알리는 침묵이었다.

"신자들처럼 너도 살아, 제훈아!"

"아뇨. 내겐 지금도 살고 싶지 않다는 목소리로 들려요. 어차피 살아 봐야 불행뿐이니까."

"네 죽음은 최목사에게 좋은 일을 시켜주는 것밖에 안 돼!"

"헛소리는 그만 해요!"

"최목사는 경찰과 거래를 했어. 벌을 받는 척만 하고 나오게 될 거야. 억울하지도 않아? 민주는, 너랑 선민이는, 피해자는 죽고 가해자는 앞으로도 잘 먹고 잘 살게 되는 거 억울하지도 않느냐고!”

“…!” 기폭 장치를 쥐고 있는 이제훈의 손이 망설임으로 크게 흔들렸다.

“넌 황재호에게도 나름의 벌을 주었다고 생각하고 있을 테지만, 교회가 폭발하면 황재호도 혐의를 벗게 될 거야. 경찰이 그동안의 범행을 교회에 죄다 뒤집어씌울 거니까. 그리고 민주의 이름으로 된 통장 속의 십억 원이 꼴에 아버지라는 그 자식에게 돌아가겠지. 복권당첨금이라 불법적인 정황이 없을 테니…. 살아. 그 개새끼들 미워하는 마음으로라도 살아.”

“…안 믿을래요. 기자님은 언제나 틀린 짐작만 했잖아요.”

“그래도 믿어, 이번 한 번만이라도 제발!”

“기자님이 끼어드는 바람에 모두 망했어. 다! 다! 모두 다! 기자님… 당신 때문이라고!”

이제훈이 목소리를 높였다. 온몸을 떨며 격렬하게 소리치는 동안 이성의 끈이 풀어졌다. *제훈아, 이제훈!* 기준은 이름을 불러 끝까지 포기하지 않겠다는 의지를 피력해 보았으나 대화는 불가능했다. 이제훈이 기폭 장치를 바로잡고 있었다. 기준은 가늠자로 눈을 가져가며 총구를 움직였다. 더는 망설일 수 없었다. 방아쇠울 안에 꽂아 넣은 검지를 잡아당겼다.

탕—. 총알이 허공을 찢으며 날아갔다.

하지만 총알은 이제훈에게 닿지 못했다. 미리 몸을 던진 박기사에게 막힌 것이다. 그는 바닥으로 떨어지며 이제훈을 감싸 안았다. 기준은 아무 저항도 할 수 없는 두 사람에게 다시 방아쇠를 당기지 못했다. 더욱이 기폭 장치는 이제훈의 손에서 사라진 상태였다.

'김기준!' 강형사로부터 다급히 무전이 들어왔다.

기준은 대답을 미룬 채 들려오는 소리에 귀를 기울였다. 밖으로 대피한 신자들을 향해 기자들의 무례한 질문들이, 구경꾼들의 조롱이 쏟아지는 중이었다. 아주 잠깐 이제훈의 선택이 옳았던 것일지도 모른다는, 동반 자살을 막지 말았어야 했다는 의심이 들었다. 그러나 잠시 후 신자들을 기다렸던 가족이, 친지가, 친구가 울음 섞인 목소리로 부르는 이름들이 들려왔다. 그제야 기준은 무전을 보냈다.

"살아 있다, 오바. 민철아, 마중 나온 사람 없는 신자들 찾아서 너라도 위로해 줘라. 괜찮다고… 다 괜찮다고."

기준은 박기사를 품에 안은 이제훈에게 다가갔다. 피가 솟아나는 복부를 다급하게 손으로 막으며 오열하는 모습이 그동안 신의 가면을 쓰고 있던 이제훈을 평범한 사춘기 소년으로 되돌려 놓았다.

"사람을 진짜로 쏘면 어쩌자는 거야! 박기사님 죽으면 안 돼요. 끝까지 지켜 준다고 했잖아요!"

"구구국가에…."

박기사는 피 묻은 손으로 이제훈의 손을 잡았다. 말을 더듬지 않기 위해 노력하듯 몇 번이고 마른 입술을 적셨다. 그리고 다시 말을 이었다.

"국가에 버림받고, 감시당하며 살다, 천사님들 만나 처음으로, 처음으로 사람대접받을 수 있어서… 행복했습니다. 고고… 고맙습니다."

"죽지 마요. 일어나요. 이건 부탁 아니에요. 명령이에요!"

박기사는 명령에 따르지 못했다. 눈을 감으며 몸을 축 늘어트렸다. 이제훈은 일어나라고 중얼거리며 연신 몸을 흔들었다. 그러다 기준을 사납게 노려보았다. 원망과 증오로 똘똘 뭉친 눈빛이었다.

기준은 이제훈을 무시한 채 박기사의 목으로 손을 가져갔다. 아직 맥이 희미하게 살아 있었다. 그러나 이제훈이 온몸으로 박기사를 꼭 끌어안고 놔주지 않았다.

"놔. 너 지금 이 양반 못 업어." 기준이 차분하게 말했다.

박기사를 둘러업은 기준이 밖으로 나왔다. 오와 열을 맞추고 승천교회로 돌입하려던 전경들이 좌우로 갈라지며 길을 열었다. 그러자 경찰에게 둘러싸여 보호를 받고 있는 신자들이 보였다. 다양한 표정으로 다양한 감정을 드러낸 그들은 서로 손을 꼭 잡고 있었다. 그것으로 서로를 위로하며 살아남았다는 안도를 나누고 있으리라는 생각이 들었다. 언젠가 오늘을 슬프게 돌아보며 후회할 수도 있을 테지만, 지금은 아니라는 것만은 확실했다.

강형사가 절뚝거리며 다가왔다. "뒈진 줄 알았네, 씨발."

"뒈지는 줄 알았다, 진짜."

"반장, 똥 씹은 얼굴 보러 갈래? 아니면, 제수씨부터 보러 갈래?"

강형사가 대답을 듣기도 전에 박기사를 빼앗아 가며 기준의 등을 떠밀었다. 수경이, 저기 멀찍이 떨어져 고개를 숙인 채 서 있었다.

기준은 교회를 빠져나오는 동안 여러 가지 생각을 정리해 보았으나 무슨 말을 해야 할지 결정하지 못한 채였다. 수경에게 다가갈 때마다 머릿속이 더욱 복잡해졌다. 때마침 이선민이 나타나 앞을 막아섰다. 쿵쾅거리던 가슴이 안정을 찾아 진정되었다.

"우리 오빠는요?"

"네 인형 가져온다더라. 민주가 준 거라며."

"안에 있다고요? 아저씨 바보예요? 우리 오빠 안 나와요! 어쩐지 미래가 안 변했더라니."

이선민이 알아들을 수 없는 혼잣말을 흘리며 짜증스럽게 교회로 달려갔다. 그러다 문득 멈춰 서서 뒤를 돌아보았다.

"아들한테 미안하다는 말은 했어요?"

"아마도?"

"아저씨 아들… 영민 오빠 살아날 거예요. 오늘이나 내일은 아닌데, 아무튼 언젠가는! 그러니까 포기하지 말아요. 그동안 고마웠어요."

이선민이 손을 흔들어 작별을 전하며 다시 교회로 달려갔다. 경찰서에 가서 조서를 써야 한다고, 도망치면 안 된다고, 아저씨가 도와주겠다고 크게 소리쳐 보았으나 대꾸하지 않았다. 그러는 동안 수경이, 기준과 똑같이 복잡한 심경이 고스란히 드러난 얼굴로 다가오고 있었다.

“저기….” 수경이 머뭇머뭇 입을 뗐다.

기준은 수경의 손을 덥석 잡았다. 다음에 이어질 말이 무엇인지 알고 있었지만 들을 필요가 없었다. 그들에게 필요한 말은 하나뿐이었다.

“가자, 영민이 기다리겠다.”

수경이 고개를 끄덕이며 기준의 손을 꼭 잡았다. 서로를 바라보고 있는 그들의 얼굴에 희미한 미소가 자연스럽게 그려졌다. 그리고 돌아서는 순간.

어두운 밤하늘을 깨우는 폭발음이 울렸다. 커다란 불길이 승천교회 위로 솟아난 뒤 사라졌고, 곧바로 검은 연기가 맹렬히 피어올랐다. 사람들이 새된 목소리로 비명을 지르며 사방으로 흩어지는 가운데, 기준은 어둠 속으로 요란하게 무너지는 승천교회를 바라보고 있었다.

멍하니.

신의 아이들

The Children of God

예언자 11

정말이지 오빠는 끝까지 자기 멋대로였다. 나를 어린이로 취급하지 않겠다고 약속까지 하고선 또다시 나를 어린아이로 취급했다. 마음 같아서는 이대로 폭발에 휩쓸리게 만들고 싶었지만 물어볼 것이 있었다. 왜 또다시 나를 두고 죽으려 하는 것이냐고, 혹시 내가 오빠를 배신했다고 생각하느냐고. 오빠는 어쩌면 내게 실망했을 수도 있었고, 나를 위해서였을 수도 있었고, 그냥 다 포기해 버린 것일 수도 있었다. 나는 오빠가 아니었으므로 정답이 뭔지는 알 수 없다. 그러니까 오빠는 죽어서는 안 된다. 나를 만나야 했다. 복도를 달리는 동안 보이는 미래가 곧 시작될 폭발을 끝없이 보여주며 위험을 경고했다. 나는 계속 달렸다. 보인다.

——깊게 잠든 어둠 속에 혼자 쓸쓸히 쓰러져 있는 오빠가. 바보처럼——

1992년 11월 8일

기준이 수경과 함께 병원으로 돌아온 그날, 아들의 상태는 거짓말처럼 호전되었다. 진료 기록을 받아 본 미국의 의사가 역할이 없을 것 같다며 최종적으로 진료를 거부한 날이기도 했다. 그리고 오늘, 주치의와 병동의 간호사들이 '김기적'이라고 부르기 시작한 영민이 마침내 일반 병동으로 옮겨졌다.

"내가 민간인한테 총을 빌려주는 바람에 감봉을 당해서 화려한 바구니는 못 샀다."

커다란 검은 봉지 가득 사과를 사 들고 온 강형사는 여전히 반장을 씹어 댔다. 폭파 사건 후에도 사과 한마디를 듣지 못해, 사과라도 먹으려고 사과를 사 온 것이라며 아직도 박기사에게 맞은 흔적이 가시지 않은 얼굴로 시퍼렇게 웃었다.

수경이 바구니에 사과를 잔뜩 쏟아 들고 일어났다. 강형사에게 씻어 오게 두라는 기준의 말을 무시한 채 화장실로 향했다. 강형사가 그제야 과장된 웃음을 그치고 용건을 꺼내 놓았다.

"어제 박기사 이 괴물 같은 새끼 탈출했다."

경찰병원에 입원해 있던 박기사는 안기부의 감시를 받고 있었다. 승천교회와 북한의 접점을 찾기 위한 시도들이 이어지는 가운데, 경찰 역시 살인 사건과 폭탄 테러에 대한 자백을 받아내기 위해 병실 주변을 맴돌았다. 그러나 박기사는 침대에 사지가 묶인 채로 숨만 붙어 있는 산송장 상태였다. 안기부와 경찰 모두 원하는 것을 얻지 못한 채 시간을 보내는 동안 경계가 허술해지는 중이었다.

"간호사가 주사를 놓으러 들어갔는데, 누가 주사기랑 같이 메모를 가져다 놨었다나 봐. 이 친구가 글쎄 선배가 놓은 건가 싶어서 그냥 내버려 두었다는데, 그 내용이 어디 보자…, 내가 적어 왔거든. '세상에서는 너희가 환난을 당하나 담대하라. 내가 세상을 이기었노라(요한복음 16:33).'"

"…성경인가?"

"사지를 묶어 놨던 수갑을 풀고 탈출해서, 옆 병동의 최목사를 죽이고 완전히 사라지는 데까지 딱 6분 28초가 걸렸어. 내가 살아 있는 게 기적이라니까."

"…역시 최목사부터 죽였구나."

기준은 놀라지 않았다. 승천교회의 잔해에서 어떠한 시신도 발견되지 않았다는 소식을 전해 들은 뒤부터 예상했던 일이었다.

"반장 이 새끼는 요즘도 감을 못 잡고, 폭탄 터질 때 산화할 수도 있다는 전문가 의견을 가져다가 사망으로 처리하라는데…."

"살아 있겠지. 신의 아이들이니까."

폭발을 바라보는 동안에도 기준은 남매가 위험하다는 생각이 들지 않았다. 보이는 미래를 바라보며 오빠를 이끌고 바삐게 걸어가는 이선민의 뒷모습이 그려졌을 뿐이다. 지금도 남매는 어느 번잡한 거리에서, 북적이는 사람들 속을 유유히 걷고 있을 것만 같았다.

기준은 언젠가 한 번쯤 그들이 찾아오길 바라고 있다. 아직 그들에게 듣고 싶은 이야기가, 그들에게 들려주고 싶은 이야기가… 못다 한 이야기가 너무 많이 남아 있었다.

"너는 사회부로 복귀 안 하냐?" 강형사가 한참 묵은 신문을 꺼내 건네며 말을 이었다. "이 기사 말이야. 네가 익명으로 승천교회 사태 쓴 거. 반응 좋던데… 복권도 맞아서 이제 딴따라들 쫓아다닐 필요 없잖아."

기준은 강형사가 원하는 답을 알고 있었다. 하지만 입을 꾹 다물고만 있었다. 힐끔힐끔 기준의 반응을 살피며 코를 긁적이던 강형사는 결국 데스크로부터 설득을 부탁받은 사실을 털어놓았다. 귀찮아서 죽겠다며 직접적으로 복귀를 권유했다.

"네가 있어야 나도 일을 편하게 해서 그래."

"돌아가고 싶어."

기준은 승진과 사내 정치를 위해 특종에 매달렸던 이전과는 다르게, 돌아가는 세상에 관한 기사를 쓰고 싶다는 순수한 욕심이 생겨나 있었다. 그러나 지금은 아니었다. 아직 잃어버린 삶을 되찾을 생각이 없었다.

강형사가 답답하다는 듯 소리쳤다. “가고 싶으면 가야지. 대체 망설이는 이유가 뭐야?”

“… 영민이한테 집중하고 싶어.”

그때, 병실로 들어오던 수경이 바구니를 떨어뜨렸다. 기준과 강형사가 사방으로 굴러가는 사과를 주워 담는 동안 수경이 떨리는 손으로 아들의 침대를 가리키고 있었다. 기준이 뒤를 돌아보았다.

아들이, 영민이 손가락을 까닥까닥 움직이고 있다.

예언자 0

——남자는 고층 빌딩 옥상 난간에 서서 화려한 불빛이 반짝이는 번화가를 내려다본다. 크리스마스캐럴이 들려오는 동안 난간을 내려갔다가 다시 올라오기를 여러 번 반복한다. 마침내 망설임이 끝난 듯 비장한 얼굴로 눈을 감는다. 그리고 허공으로 한 발을 내민다——

원래대로였다면 남자는 사람들 사이로 떨어져서 머리와 내장이 터져야 했다. 피가 사방으로 쏟아지며 사람들의 즐거운 크리스마스를 망칠 예정이었다. 하지만 박기사 아저씨가 남자의 몸이 추락하기 직전에 목덜미를 잡아 주었다. 죽는 기분은 기분대로 느끼고 살아난 기쁨도 느끼라는 오빠의 배려였다. 나는 반대를 했었다. 다 큰 어른이 지금처럼 저렇게 바지에 오줌을 싸는 모습을 보고 싶지 않았기 때문이다. 정말 더러운 건 딱 질색이라니까.

"나는 죽는 것도 맘대로 안 되네요."

남자는 바닥에 철퍼덕 앉아 하소연을 늘어놓으려고 했다. 하지만 우리는 들어줄 수 없었다. 오늘은 크리스마스였다. 구질구질한 기분을 함께 느끼고 싶지는 않았다. 오빠가 남자 곁으로 다가가서 벗어 놓은 신발을 신겨 주었다.

"죽는 거 억울하지 않아요? 당신이 죽어도 세상은 아무 일 없이 돌아갈 텐데."

"억울하지… 억울해. 근데 내가 뭐 어쩌겠어."

"답은 간단해요. 모두 다 같이 공평하게 죽으면 돼요. 아저씨, 국방과학연구소에서 일하시죠?"

"너희들… 누구야?"

"우린 1999년 12월 31일에 세계를 멸망시키려고 하는데, 우리를 도와줄래요?"

"…무슨 개소리를 하는 거야?"

"앞으로 7년 남았어요. 필요한 시기가 되면 우리가 아저씨를 쓰임이 있는 곳으로 부를 거예요. 그러니까 그때까지 살아 있어야 해요."

"너희들 뭐냐고, 새끼들아!"

남자가 끈질기게 물어 왔다. 배가 고팠다. 대충 대답해 주고 빨리 양념 통닭을 먹으러 가고 싶었다. 그러나 이럴 때를 위해서 오빠가 준비해 놓은 포즈와 대사가 끝나야 했다. 박기사 아저씨와 내 곁으로 다가온 오빠가 등을 보인 채 손가락으로 하늘을 가리켰다.

"신의 아이들이요."

──남자는 다시 난간으로 올라가 크게 숨을 내쉰다. 그리고 밑을 바라본다──

정말 손이 많이 가는 남자였다. 다음번에 또다시 자살을 한다는 소식이 있으면 구해 주고 싶지 않을 정도다. 하지만 그때도 지금처럼 오빠는 저 남자가 반드시 필요하다고 고집을 부릴 테지. 우리는 빌딩 아래에서 한참을 기다려 다시 자살을 시도하는 남자를 향해 반갑게 손을 흔들어 주었다. 남자는 어리둥절하게 우리를 바라보다가 슬그머니 난간에서 내려갔다. 남자가 죽는 미래는 더 이상 보이지 않았다.

"이제 진짜 양념 통닭 먹으러 가는 거지?"

"아직 갈 데가 남았어."

"싫다고! 아저씨도 배고프다고 했단 말이야. 그치? 어?"

"…네." 박기사 아저씨가 말을 더듬거리지 않고 정확하게 대답하며 고개까지 끄덕였다.

"봤지? 2대 1이니까 양념 통닭부터 먹어."

"지금 당장 먹는다는 말은 안 했잖아."

오빠는 다수결 원칙을 멋대로 무시한 채 통닭집과는 반대 방향으로 걸어갔다. 박기사 아저씨도 배신자처럼 오빠를 따라가 버렸다. 나는 자리에서 꼼짝 않고 심술궂게 외쳤다.

"난 안 가!"

“돈이 있어야 통닭도 먹지.”

“돈?”

“우리 돈 십억. 어제부로 압류가 풀렸대. 그 인간이 다 써버리기 전에 찾아야지.”

나는 더 이상 고집을 세울 수 없었다. 처음부터 내가 지는 게임이었다. 배에서 불쌍한 울음소리가 꼬르륵꼬르륵 났지만, 오빠를 따라가야 했다. 정확히는 십억 원이 아니라 구억 얼마일 거라고 투덜거리다가 문득 뒤를 돌아보았다.

남자가 옥상에서 빼끔 고개를 내민 채 우리를 바라보고 있었다. 나는 손짓으로 남자에게 경고를 남겼다.

죽지 말고 우리를 기다리라고.

〈끝〉

신의 아이들

The Children of God

1판 1쇄 발행 2018년 11월 20일

지은이 추종남

발행인 박광운
편집인 박재은

발행처 손안의책
출판등록 2002년 10월 7일 (제307-2015-69호)
주소 서울 성북구 화랑로 214, 102동 601호
전화 02-325-2375 팩스 02-6499-2375
카페 http://cafe.naver.com/bookinhand
이메일 bookinhand@hanmail.net

ISBN 979-11-86572-46-7 03810

정가는 뒤표지에 있습니다.
파본이나 잘못된 책은 구입하신 곳에서 교환해 드립니다.

* 이 도서의 국립중앙도서관 출판예정도서목록(CIP)은 서지정보유통지원시스템 홈페이지(http://seoji.nl.go.kr)와 국가자료종합목록시스템(http://www.nl.go.kr/kolisnet)에서 이용하실 수 있습니다.(CIP제어번호: CIP2018035128)